香子《かおるこ》 一

紫式部物語

帚木蓬生《ははきぎほうせい》

PHP

香《かおる》子《こ》（一）紫式部物語

目次

第一章　香子《かおるこ》

あれは八歳の春まだきの頃だったか、父君に呼ばれて、庭に面した部屋にはいった。

「香子《きょうこ》、今日からそなたのことを、かおること呼ぶことに決めた」

厚畳《あつだたみ》の上に坐《すわ》るなり、父君が言った。

「かおるこ、でございますか」

「そうだ。もともと、そなたの名を香子《きょうし》、あるいは香子《きょうこ》としたのは、そなたの亡き母だった。しかし、そなたの弟惟規《のぶのり》を産んだあとの肥立《ひだ》ちが悪く、旬日《じゅんじつ》ののちに身まかった。そなたはまだ二歳だったから覚えてはおるまい」

何度も聞かされた話を父君は繰り返す。そのとき、決まって父君の目は赤く潤《うる》む。

「今日のそなたを見れば、どんなにか喜んだろう。そなたの母は、自ら命名したにもかかわらず、そなたの名を呼んだのは、ほんの二年足らずだった。誠に不憫《ふびん》な女であった」

父君は涙をこらえるようにして、庭先を見やった。その母と、今度の「かおるこ」とはどんな繋《つな》がりがあるのか、首をかしげた。

「以来、私も、そなたの乳母《めのと》もみんな、改まった席ではきょうし、身内ではきょうこと呼び習わしてきた。私は今日以降、そなたをかおること呼ぶ。みんなに、そう呼べと強《し》いるつもりはない。しかし、いずれ広まっていく」

「どうして、かおるこでしょうか」

幼い頭で考えてもわからず、訊《き》くしかなかった。

「そなたの資質は、誰が見ても、他より抜きん出ている。実に、女子《おなご》にしておくには惜《お》しい。男子《だんし》であったならば、この堤第《つつみだい》の邸《やしき》を再興するにふさわしかろう。そして誰もが認める、ひとかどの人物になる。その資質が薫《かお》るからだ。ちょうど、今匂ってくる紅梅《こうばい》のようにな」

父君の見やった先に、しだれ紅梅が数輪、花をつけていた。梅には紅梅も白梅《はくばい》もある。人にも女子と男子がある。梅に優劣《ゆうれつ》などないのに、人には男女の優劣があるのが、幼な心にも不思議だった。しかし、それを父君に訊いてはいけないような気がした。

「そなたの弟の惟規は長男だから、幼きときから漢籍に触れさせた。そなたはいつも傍《そば》にいて、耳を傾けていた。ところが、たった二歳しか違わないのに、そなたはどんな書物でも、すんなり頭に入れることが出来る。ちょうど乾いた砂が水を吸うようにな」

父君は笑顔で言い足す。

「さ、香子、行ってよい。また惟規に教える時刻になれば、そなたを呼ぶ。庭には、一足先に春が巡《めぐ》って来ておる。春を探すのもよかろう」

春を探せ、とは漢詩人の父君らしい言い方だと思った。東宮《とうぐう》様の読書始《ふみはじ》めの儀《ぎ》で、副侍読《ふくじどく》を務めたのが自慢の父君は、いつもこんな風に耳に残る言い方をした。

庭に下りると、確かに春が来ていた。白梅も蕾《つぼみ》を無数につけている。あと十日もすればほころびはじめる。ところが、池の脇の桃《もも》は、まだまだ蕾が固い。地面に枝を垂らしている柳は、その若葉の緑が目に優しい。同じように池向こうの遣水《やりみず》近くの五葉松《ごようまつ》も、黄色い芽を枝先につけている。そこに鶯《うぐいす》でも来て、初音《はつね》を聞かせてくれると、もう確かに春だった。

先祖代々藤原家が受け継いできたこの邸は、古色蒼然《こしよくそうぜん》としてはいるものの、内も外もよく手入れされていた。内裏《だいり》の東にあり、邸の西側には中川《なかがわ》、東側には鴨川《かもがわ》が流れている。夏になれば、川の水もぬるむので、乳母たちに連れられて、水に足を浸《ひた》した。人の姿に驚いて、水鳥が一斉に飛び立つ羽音が耳に届く。鳥たちが空に舞い上がった先に、ひっそりと片足で立っているのは白鷺《しらさぎ》だった。悠然《ゆうぜん》として、頭さえ動かさない。その高貴な姿が幼い目にも鮮やかだった。

邸の方向に目を転じると、竹垣《たけがき》や土塀《どべい》の向こうに桜や桂《かつら》、桐《きり》や柏《かしわ》、赤松、真竹《まだけ》などが見える。その間に瓦葺《かわらぶ》きや檜皮葺《ひわだぶ》きの屋根が覗《のぞ》く。それらの樹木の高さが、そのまま堤第の古さを表していた。

この堤第が父方の曽祖父《そうそふ》伝来の邸であることは、何度父君から聞かされたろう。邸の広大さは、曽祖父がいかに偉かったかの印だと父君が言うたび、この家が代を経《へ》る毎《ごと》に、先細りしていることを、幼な心にも感じた。

曽祖父は藤原兼輔《かねすけ》といい、中納言《ちゆうなごん》の位まで昇りつめたという。娘の桑子《くわこ》という人を醍醐《だいご》天皇の後宮《こうきゆう》に入内《じゆだい》させ、更衣《こうい》の身分で章明親王《のりあきらしんのう》をもうけた。その折の歌が『後撰《ごせん》和歌集』にあり、暗唱《あんしよう》させられた。

人の親の心は闇にあらねども
子を思う道に惑《まど》いぬるかな

このときの入内にまつわる話は、『大和物語《やまとものがたり》』に書かれ、その四十五段を何度読まされたことか。他に『兼輔集』まであって、これも父君が手本とする歌集だった。

祖父の雅正《まさただ》殿もやはり歌人であり、周防守《すおうのかみ》や豊前守《ぶぜんのかみ》に任じられたという。そして父君の自慢は何といっても、その雅正殿が右大臣《うだいじん》藤原定方《さだかた》殿の娘を貰《もら》い、自分はその息子であるということだった。つまり自分の母方の祖父が右大臣だったのが、父君の誇りなのだ。

幼い頭には、それが何程の意味を持つのかは解《げ》せなかった。とはいえ、今から思えば、この分不相《ぶんふそう》応《おう》に広大な邸に様々な人が訪れ、父君にいろいろな邸や社寺《しゃじ》に連れて行かれたのも、先祖の威光のお蔭だった。

返す返す心残りなのは、母がどんな顔であり、どんな人であったか、微塵《みじん》も覚えがないことだった。そのため、母方の祖父である藤原為信《ためのぶ》殿と会ったときなど、その老いた顔をまじまじと見入った。しかしいくら見つめたところで、母の面影《おもかげ》を窺《うかが》うのは無理だった。唯一、その祖父の兄である為《ため》雅《まさ》殿から、「お前の母は賢い女子だった」と言われたときは、心底嬉《うれ》しかった。

あるとき、父君に向かって、「亡き母君は賢い人だったのでしょうか」と訊いたことがある。父君の返事は「それはもう、言わずと知れたこと」だった。

父君としては後添《のちぞ》えの母君への遠慮もあったのだろう。あからさまには「賢い」とは言えなかったのだ。この後添えの母君は、情《じょう》のある人だった。病弱な姉の朝子《あさこ》、弟の惟規を含めて、三人をよく慈《いつく》しんでくれた。

この母君の嘆きは、何と言っても邸の古さだった。特に気持ち悪がったのが、曽祖父から三代にわたって所蔵されている和漢の書だった。

広い邸の西側には伯父《おじ》の為頼《ためより》殿の一家も住んでいる。優《すぐ》れた歌人である伯父君は、多くの和書を集めていた。一方の父君は漢詩が得意なだけに、架蔵《かぞう》されていない漢籍を買い求めるのに熱心だった。それら和漢の典籍《てんせき》が収納されている部屋は暗く、天井《てんじょう》に蜘蛛《くも》の巣が張り、どことなく煤《すす》けている。母君はその部屋の前を通るのを忌《い》み嫌い、やむを得ず通らなければならないときなど、小走りになる。それが幼な心にもおかしかった。

「あそこには、何代にもわたる霊魂が詰まっています」が、母君の口癖だった。

その母君とて、子供たちを連れてよく寺詣《てらまい》りをし、墓所を訪れるのは好んでいた。墓は好み、古い典籍を嫌う、その矛盾《むじゅん》に首をかしげた。墓は墓で、大したことは学べない。ところが死んだように動かない古本は、開くとこちらが知りたいことを語りかけてくれるのに。

典籍が積まれているその部屋に、幼い頃から父君に手を引かれて何百、何千回足を踏み入れたろう。曽祖父君が既《すで》に所蔵していたと思われる『論語』や『千字文《せんじもん》』は言うに及ばず、『古事記《こじき》』や『日本書紀《にほんしょき》』『白氏文集《はくしもんじゅう》』『史記《しき》』『文選《もんぜん》』、さらには『法華経《ほけきょう》』から、伯父君が集めた『古今《こきん》和歌集』以下の勅撰《ちょくせん》集や私家集《しかしゅう》も、夥《おびただ》しく積み上げてあった。

そこに父君が購《あがな》い揃《そろ》えた諸々の詩文集、例えば『懐風藻《かいふうそう》』や『凌雲集《りょううんしゅう》』『文華秀麗集《ぶんかしゅうれいしゅう》』に加えて、嵯峨《さが》天皇や空海《くうかい》の漢詩文、菅原道真公《すがわらのみちざね》の『菅家文草《かんけぶんそう》』や『菅家後集《こうしゅう》』の他、『経国集《けいこくしゅう》』、円仁《えんにん》の『入唐求法巡礼行記《にっとうぐほうじゅんれいこうき》』、そして『和漢朗詠集《わかんろうえいしゅう》』に『土佐《とさ》日記』もあった。

とはいえ、病気がちだった姉君の言いつけで、よく取りに行ったのは、書架《しょか》の隅の方に積まれていた日記や物語集だった。埃《ほこり》っぽい書庫を好まない姉君は、右隅の上から何番目の棚にある、誰それの本を持って来て欲しいと指図した。『蜻蛉《かげろう》日記』『竹取《たけとり》物語』『宇津保《うつほ》物語』『落窪《おちくぼ》物語』、それに様々な歌詞集も、姉君は好んだ。

かび臭い書庫を毛嫌いする母君も、日当たりのよい縁側で、姉君の読む物語や日記類にはよく耳を傾けた。

「わたしは目が悪いので、こうやって聞くほうが何倍も楽しい」

母君はよくそう言うものの、目が悪いはずはない。細かい手仕事は乳母たちよりも上手《じょうず》だったし、遠い梅の枝にとまる目白《めじろ》の姿にもいち早く気がついたからだ。文字そのものに、さして興味を持っていないせいなのかもしれない。それだけに姉妹二人が仲よく本を開いている姿は、尊いものに思えるのだろう。そこに自分も加わるのが喜びだったのだ。

弟の惟規はそんな光景を見て羨《うらや》ましがり、父から呼ばれて漢籍の講読をするときになっても、もじもじするばかりだった。姉君も一緒ならとぐずるので、仕方なく一緒に父君の前に坐ってやらねばならない。

後添えの母君には、父君との間にもうけた年子の二人、惟通《これみち》と雅子《まさこ》がいて、姉君の読み聞かせに耳を傾けた。

惟通は兄の惟規とは二つ違いだったから、後には兄弟が並んで、父君の教授を受けるようになった。二人が逃げ出さないように、後ろに坐って見張る役をさせられる。ときにはこれこれの書物を持って来てくれと言われて、書庫にはいる。その途中で、姉君からも、「ついでにあの本も頼みます」

と言われる。両腕一杯に書物を抱えて戻ってくるのが日課になった。

幸い書庫には、上の棚の書物を取るために踏み台が置かれていた。しかしこれに乗っても最上段の棚に手が届かないので、父君は梯子《はしご》も作らせて置いてくれた。これは便利だった。慎重によじ登ると天井に手が届く。こうして月明かりさえあれば、灯明《みあかし》なしで、言いつけられた通りの典籍に手を伸ばすことができた。その際、注意しないと蜘蛛の巣がべっとりと顔に張りつく。

この時期、不思議でならなかったのは、父君がいつも邸にいることだった。家を出るのは十日に一度くらいで、母君の話では、どこぞに招かれて、漢詩文の手ほどきをするためだという。そんな無《ぶ》聊《りょう》をわずかでも紛《まぎ》らすために、子弟の訓育に力を入れているのに違いなかった。弟二人にとっては、それがはた迷惑だった。

この頃の楽しみのひとつは、伯父君や父君に連れられての外歩きだった。中でもひと月に一度は訪れたのが、邸からすぐ近く、南西の方角にある大邸宅だった。そこが具平《ともひら》親王の本邸で、舟が浮かべられるくらいの大きな池を擁《よう》していた。具平親王にはその他にも邸があり、ひとつが少し南の方にある桃花閣《とうかかく》で、これは近衛大路《このえおおじ》に面していた。もうひとつは遠く六条坊門《ろくじょうぼうもん》にある千種殿《ちぐさどの》だった。

具平親王がどういうお方なのかは、祖母君から聞かされた。祖母君は右大臣だった藤原定方殿の娘であり、その妹君が、醍醐天皇の子である代明《よしあきら》親王に嫁いでいた。その娘が荘子女王《そうしじょおう》であり、村上《むらかみ》天皇の妃《きさき》だった。二人の間にお生まれになったのが、具平親王なのだ。まだ二十歳《はたち》そこそこなのに、大人《たいじん》の風格が備わっていた。

初めてお目通りが叶《かな》った日のことは、よく覚えている。別邸である桃花閣の中の一室は、部屋自体が池の上に張り出していた。そのとき集まっていた殿方《とのがた》は五、六人はいただろうか。

「ほう、そなたが為時《ためとき》自慢の娘子《むすめご》か」

はい、香子《かおるこ》ですと答えたとき、親王は満面《まんめん》の笑みを浮かべられた。かねてから父君が我が娘を自慢していたことが恥ずかしく、顔が火照《ほて》って、その先、何を申しあげていいのかわからない。

「よかった。今日は丁度《ちょうど》歌合《うたあわ》せでもある。為時殿と為頼殿の間に坐って、誰が一番良い歌をものするか見物するといい。こちらが我らの師、慶滋保胤《よししげのやすたね》様だ」

名前を聞いたとき、一体どんな字を書くのだろうと、一瞬首をかしげた。その人は上座《かみざ》に坐り、父君よりはだいぶ年長で五十歳くらいだろうか。顎鬚《あごひげ》を長く伸ばした、唇の赤い方だった。

慶滋様が歌の題を出し、居並ぶ人たちが紙にさらさらと歌を書きつける。その日のお題は「桐」だった。ちょうど池の端《はし》で桃の花が少し盛《さか》りを過ぎかけ、池向こうの大桐が、紫がかった花房《はなぶさ》をいくつも垂《た》らしていた。

殿方たちは、それぞれ書きつけた歌を慶滋様の前に置いて、元の座に控える。それが終わったとき、不意に慶滋様から声をかけられた。

「為時殿の娘子で香子とやら、そなたはいくつになる」

「はい、十一になります」

簡単な質問なのではっきり答える。

「何か桐にまつわる逸話《いつわ》なり、言い伝えを知っているか」

「はい、瑞兆《ずいちょう》第一とされている鳳凰《ほうおう》がとまるのは、唯一、桐の木でございます」

答えたとたん、嘆声《たんせい》が上がり、具平親王に至っては手を叩《たた》いて喜んだ。

「なるほど、なるほど、為時殿。こう言ってはなんだが、とんびが鷹《たか》を生んだのう」

慶滋様に言われた父君は気を悪くするどころか、嬉しそうだった。

「いやいや、為時あってこその娘子だろう」

そう取りなしたのは具平親王だった。

それぞれの歌を慶滋様が批評され、こうしたらどうか、こうすべきだと直されるのは、子供心にも面白かった。

歌が終わると、漢詩文の詩合《しあわ》せに移った。すると慶滋様から、ここに坐りなさいと手招きされた。父君から背中を押されて、慶滋様の横に坐る。何とも恥ずかしい限りで、肩を縮めていた。

「さて、詩合せの題は、先刻、為時殿の娘子、香子殿が口にされた瑞兆です。優劣の判定には、この香子殿も加わってもらいます」

居並ぶ殿方たちは三人ずつに分かれ、それぞれが首を捻《ひね》りながら、詠詩《えいし》を書きつける。父君と相対するのは伯父の為頼殿だった。為頼殿は早くもすらすらと料紙《りょうし》二枚に書きつける。父君のほうは、詩想がまとまらないのか、窓の外や天井に目をやっていた。

天井は、中央が上に凹《くぼ》んだ網代《あじろ》の笠作《かさづく》りになっていた。こういう部屋で、書物を日がな一日ゆっくり読めたら、どんなに心地よかろうと思いながら眺《なが》めた。

出来上がった詩文は、一方を慶滋様に渡し、一方は手元に残す。それを二度朗詠《ろうえい》して、優劣の判定をするのだ。具平親王とその相方の詠詩では、慶滋様は具平親王の方に優をつけられた。

「香子殿、そなたはどう思うか」

慶滋様が訊く。

「はい。その通りだと思います」

「その理由は」

「聞いていて、どこか心地よいものがありました。自分が鳳凰になって大空に舞い上がるような気になりました」

正直に答えると、具平親王が笑いながら手を叩いた。

次の二人の詠詩は、互角だと慶滋様が判じ、それでよいかと、また訊かれる。

「右の殿方の漢詩が優れているような気がします」

小さな声で目を伏せながら答えたとき、また顔が赤くなる。

「ほう、それはまたどうして」

「詠じられている瑞鳥《ずいちょう》の二つ、鳳凰と鶴を見事に対比させているように思えました」

答えると、優の殿方が頷《うなず》き、劣の殿方が参ったというように頭に手をやった。

「ということで、優劣は香子殿の判じの通りです」

慶滋様が言い、益々《ますます》恥ずかしくなって身を縮めた。

父君と伯父君の詠詩では、慶滋様は伯父君の勝ちとした。

「香子殿、これでよいかな」

またしても尋《たず》ねられる。

「はい、伯父君の漢詩のほうが、柄《がら》が大きいように思えました」

「柄が大きいとな」

「はい。残念ながら父君の作は、小さくまとまり過ぎています。瑞兆の大らかさに欠けます。それに対し、伯父君の漢詩は宇宙の大きさを感じさせます」

「なるほど、なるほど」

慶滋様が頷かれる。「為頼殿と為時殿、そういうことじゃ」

これが判定だった。

帰りがけ、居並んだ殿方たちから過分な褒《ほ》め言葉を貰った。子供の、しかも女の分際《ぶんざい》でさし出がましいことを言った事を後悔して、気が沈んだ。とはいえ、伯父君から「香子、でかした」と言われ、父君も口には出さないものの満悦顔《まんえつがお》なので、牛車《ぎっしゃ》が堤第に着く頃には、心も晴れた。

その後も父君に同行して、毎月のように具平親王の邸に参上した。具平親王が、是非《ぜひ》ともあの娘子を連れて来いと父君に命じられたらしかった。それは、すぐ南の桃花閣だったり、ずっと南の千種殿だったりした。

会合は必ずしも歌合せや詩合せばかりでなく、政《まつりごと》についての談義もしばしばで、父君の後ろに坐ってじっと聞き入る他なかった。どうやら、具平親王やその師の慶滋保胤様以下、伯父君や父君を含めて七、八人の殿方は、政に関して、志を一《いつ》にしておられるようだ。

具平親王の邸を訪れるのが楽しみだったのは、歌合せや政事談義を聞く以外にも、邸のたたずまいや、調度品《ちょうどひん》の美しさを目《ま》のあたりにできたからだ。古色蒼然とした堤第とは異なる、新鮮な風情《ふぜい》に満ちていた。しかも本邸と二つの別邸には、それぞれ別の趣向《しゅこう》を凝《こ》らしてあった。

本邸は池に舟が浮かび、遣水の先には滝まである。部屋に通されるまでに、置かれている衝立《ついたて》の襖《ふすま》障子《しょうじ》、屛風《びょうぶ》、掛軸に目を奪われる。薫《た》き染《し》められた香《こう》を、何種類かかぎ分けることができた。

それに対して桃花閣の良さは、何といっても池の上に張り出した網代天井の部屋だった。四季折々の景色ばかりか、夏には開け放たれた三方からはいってくる風が快い。

もうひとつの別邸で六条院とも呼ばれる千種殿は、瀟洒《しょうしゃ》な造りで、都の中にありながらも、どこか静謐《せいひつ》さが漂っている。そこでの父君たちの会合はしばしば、声を潜《ひそ》めて政の談議になりがちだった。

あるとき、祖母君に頼まれて書庫にはいり、三つ四つの私家集を持って行った際、「香子は、具平親王にとても気に入られているよ」と言われた。嬉しそうな顔だった。

「為時殿は、かつて具平親王の家司《けいし》を務めていたことがある。だからこそ、香子の才覚を認めて喜んでおられる」

「具平親王はとてもお優しい方です」

かしこまって、そう答えると、

「もうひとつ、具平親王は伯父の為頼殿には、頭が上がらない面もあります」

「えっ」

驚くと、祖母君が声を低めた。

「以前、具平親王は、屋敷に仕《つか》えていた雑仕女《ぞうしめ》との間に子ができた。赤子《あかご》の処置に困られて、まず家司であるお前の父に相談し、為頼殿の息子伊祐《これすけ》殿の養子にすることになった。それがあの幼い頼成《よりなり》だ」

「そうですか」

初めて真相を聞かされて納得する。あの幼い子がことさら大事に扱われているのは、具平親王の実子だったからだ。

「その雑仕女はどうなりましたか」

気になって訊く。

「名は大顔《おおがお》と言う。美しい顔だったから、そう呼ばれたのだろう。この女を具平親王は大変愛《め》でられた。牛車に乗せてあちこちに連れて行かれた。あるとき、広沢池《ひろさわのいけ》のほとりにある遍照寺《へんじようじ》に行かれた。あの辺りは観月《かんげつ》の名所だ。香子も行ったことがあるはず。親王はその女子と、満月を観賞なさりたかったのだろう。ところが大顔は牛車の中で、物の怪《け》に襲われて忽然《こつぜん》と息を引き取った。具平親王は驚かれ、すぐさま付人《つきびと》をこの堤第まで走らせ、為頼殿と為時殿に事の次第を知らせた。すわ、お家の大事と心得た二人は、牛車で遍照寺に駆けつけた。大顔の亡骸《なきがら》を自分たちの牛車に乗せ、化野《あだしの》まで運び荼毘《だび》に付した。これで事なきを得たけれども、悲嘆にくれたのは具平親王だよ。大顔と共に乗っていた檳榔毛車《びろうげのくるま》を、おおがおと名付けられた」

可哀想《かわいそう》と思いながら、親王の脇で怪死する女の姿が目に浮かぶ。

「香子は知らないと思うが、親王は色好みで、正室のみならず側室を三人も持たれている。雑仕女に取り憑《つ》いたのは、おそらく正室か、側室のうちの誰かの生霊《いきりよう》だろうね。ひとりの生霊ではなく、二人か三人の生霊がこぞって取り憑いたのかもしれない」

「そんな不幸な生母のことを、あの頼成はいつ知るのですか」

つい訊いてしまう。

「いずれ頼成は、自分が親王の落胤《らくいん》だと知らされる。しかし実母が雑仕女とは、ついぞ知らされまい。人づてに知るようになれば、薄幸《はつこう》な生母について、為頼殿か伊祐が話すだろう」

胸が塞《ふさ》がるのを覚えつつ、祖母君の部屋を退くと、庭に雪が降りはじめていた。部屋に戻っても書を開く気にもならず、音もなく降る雪を眺めた。

雑仕女はおそらく、親王の寵愛《ちょうあい》を身に余る光栄だとは思いつつも、自分が仕えていた正室あるいは側室の奥方に、心の内では懺悔《ざんげ》していたのだろう。自分の定めを呪《のろ》っていたのかもしれない。

あの遍照寺の大池は桜の名所でもあり、二年前に母君と姉君と三人、牛車に揺られて見に行ったことがある。

　　大池の水面《みなも》に降り散る花びらの
　　　この世の名残《なご》りしばしとどめん

散り急ぐ花びらが、この世からすぐには去り難《がた》く、池面《いけも》に浮かんで、少しでも長らえようとするのを詠《よ》んだつもりだった。母君がこの歌を褒めてくれたのを思い出す。

祖母君から大顔の話を聞かされたあと、具平親王の許《もと》を訪れるたび、親王のお顔や立振舞《たちふるま》いに、ことさら目がいくようになった。整った鼻筋と穏やかな目、よく通る声に乗せられる言葉の優しさ、優雅な手つきなど、どこを取っても貴公子だった。親王の衣に薫き染められた香は、いつも変わらぬ匂いを漂わせていた。父君によると、おそらく貝香《かいこう》と麝香《じゃこう》を軸にした香だろうということだ。

そんな具平親王の正室と三人の側室は、それぞれ、本邸や桃花閣、千種殿に住んでいるはずだった。しかし、一度たりとも、その姿を見ることはなかった。

第二章　蔵人《くろうど》

十二歳のとき、それまで閑職《かんしょく》をかこっていた父君が蔵人《くろうど》に補《ふ》せられた。これをわが事のように喜んだのは祖母君で、蔵人がどういう位《くらい》であるか、詳しく聞かされた。

正式な令《りょう》には記されていない令外官《りょうげのかん》で、通常は青色の衣を身につけるという。もともとは天皇の側《そば》に仕《つか》えて、殿上《てんじょう》の日常一切を取りしきり、上奏下達《じょうそうかたつ》を掌《つかさど》る役だった。それが後には院や東宮《とうぐう》、諸宮司《みやつかさ》にも置かれるようになったのだ。

「ともかくも、昇進の登龍門《とうりゅうもん》だよ」

祖母君は嬉《うれ》しげだった。

「もともと、お前の父はなかなか勉学に長《た》けていた。ちょうどお前の年頃では殿上童《てんじょうわらわ》として、内裏《だいり》の歌合せに奉仕した。元服《げんぷく》後は大学寮《だいがくりょう》に進み、文章博士《もんじょうはかせ》の菅原文時《すがわらのふみとき》様に師事した。文時様は、お前もその著作を読んだことのある菅原道真《みちざね》公の孫にあたる。あの頃、大学の文章生《もんじょうしょう》の先輩たちには、秀才がひしめいていた。具平《ともひら》親王の師である慶滋保胤《よししげのやすたね》様も、その中のひとりだ。それらの若い殿方《とのがた》たちは、勧学会《かんがくえ》という、詩文と仏法《ぶっぽう》を共に学ぶ結社を作られた」

「仏法をですか」

仏法を文章生が学ぶとは信じがたく、つい祖母君に訊《き》いてしまう。

「文章生二十人と、比叡山《ひえいざん》の若い僧たち二十人が集まって、和歌や漢詩を作るとともに、法華経《ほけきょう》を学んで念仏を唱えたと聞いている。集《つど》うのは春秋二回、場所は月林寺《がつりんじ》や親林寺《しんりんじ》だった。とはいえ、この会は、学生《がくしょう》や僧たちがそれぞれ役職を得るようになって、立ち消えになった。お前の父は、そんな先輩方の薫陶《くんとう》を受けているはずだ」

道理で、書庫の片隅に少ないながらも仏典が置いてあった。

祖母君の話では、今現在、役職には三通りの大きな流れがあるという。大学を足場にして学問を専《もっぱ》らにする菅原氏や大江《おおえ》氏、奏文《そうぶん》を書いたり、詔書《しょうしょ》を作成する外記《げき》の役を担う中原《なかはら》氏、そして政事を執《と》り行う父君の属する藤原氏だ。

「為時《ためとき》殿は、大学寮を出たあとも、出世は順調だった。二十《はたち》歳の頃に、播磨権少掾《はりまのごんのしょうじょう》に任じられた。これは、当時仕えていた関白《かんぱく》藤原実頼《さねより》様の推挙によるものだった。もっとも播磨まで赴《おもむ》いたわけではなく、それ相当の扶持《ふち》を貰《もら》うことができた。そして三十歳の頃、お前も聞いたことがあると思うが、関白藤原兼通《かねみち》様の閑院邸《かんいんてい》で行われた東宮の読書始《ふみはじ》めでは、尚復《しょうふく》を務めた。これは東宮侍読《じどく》であった権左中弁《ごんのさちゅうべん》菅原輔正《すけまさ》様の補佐役だった。これこそ、またとない出世の入口と言えた」

言ったあと、祖母君が溜息《ためいき》をつく。「ところが、そのあとが続かなかった。お前の生母の父の為信《ためのぶ》殿、その兄である為雅《ためまさ》殿にも、つてを求めたが実らなかった。為雅殿の正妻の姉が、あの『蜻蛉日記《かげろう》』の作者であるのは、いつかお前にも話したと思うが」

「はい」

父君からも教えられて、その『蜻蛉日記』は親しいものに思えていた。

「だから、此度《こたび》の蔵人は、何ともめでたい。久方《ひさかた》ぶりの朗報だよ」

祖母君はようやく顔をほころばせた。

この慶事を祝し、御礼も兼ねて参詣《さんけい》したのが下鴨《しもがも》神社だった。二百年くらい前の嵯峨《さが》天皇に始まったとされる賀茂祭《かものまつり》は何度も見物したものの、それ以外でお詣《まい》りしたのは初めてであり、牛車三台を連ねた。網代車《あじろぐるま》に、祖母君と母君、父君、糸毛車《いとげのくるま》には、姉君と妹の雅子《まさこ》を含めて三人で乗り、半蔀《はじとみ》車《くるま》には弟の惟規《のぶのり》と惟通《これみち》が乗った。それぞれの牛車には従者が三、四人ついていたので、二十人近くの大行列になった。牛車が古かったから、中で身を縮めるようにしていた。

この地は鴨川《かもがわ》と高野川《たかのがわ》が相集《あいつど》う辺りで、糺森《ただすのもり》がうっそうとそびえている。新緑は過ぎて、樹木の葉色は黒さを増し、『古今《こきん》和歌集』のいくつもの歌にあるように、「ちはやぶる」の歌枕《うたまくら》にふさわしい森厳《しんげん》さが漂《ただよ》っていた。

牛車から降りて、しばらく歩き、神殿の前に一同並んで、父君の授位《じゅい》に感謝して頭《こうべ》を垂れた。

ちはやぶる賀茂の社《やしろ》にあい集い
河合の地に弥栄《いやさか》を見つ

そんな歌が思い浮かんだ。帰途、父君たちが晴れやかな顔で網代車に乗り込むのを見たとき、古びた牛車と、あの古めかしい堤第《つつみだい》の屋敷にも、新たな光が訪れるような気がした。

旬日《じゅんじつ》ののち、珍しく父君が邸《やしき》にいて、部屋に呼ばれた。蔵人になってから、父君の部屋にも、新しい典籍《てんせき》が増えていた。

「そなたが下鴨神社で詠《よ》んだ歌、稚拙《ちせつ》ながらもありがたかった」

父君が言った。

母君が父君に漏らしたのに違いない。あの日、家に辿《たど》り着いてから、母君に「お前のことだから、いい歌が出来たことだろうね」と尋《たず》ねられたのだ。咄嗟《とっさ》に口にしたのが、あの「ちはやぶる」の歌だった。

「そなたの言う弥栄が本物になればよいが、世の中はそう真直《まっす》ぐなものではない。鴨川と高野川がひとつの流れとなって、豊かになるとは限らない。流れの優劣で必ずや争いが起きるのだ。このことはそなたも知っておいてよい」

父君が続いて口にした話は、一生、胸の内に留《とど》まる予感がした。

「此度、先帝が譲位《じょうい》されて、円融院《えんゆういん》になられた。新しく今上帝《きんじょうてい》になったのは、甥《おい》で東宮の師貞《もろさだ》親王だ。そして新しい東宮になったのは、円融院の第一皇子である懐仁《やすひと》親王で、まだ五歳だ。円融天皇の代で、改元は何度あったろうか。兄の冷泉《れいぜい》帝から譲位されて帝《みかど》になったときが安和《あんな》、天禄《てんろく》の後、天変《てんぺん》地異《ちい》があって天延《てんえん》になった。しかし内裏《だいり》焼亡や大地震で三年後に貞元《じょうげん》となり、天変怪異、日照り続きで、二年後には天元《てんげん》になった。しかしまた五穀の炎旱《えんかん》で五年後には、永観《えいかん》とされた。このときの改元の詔《みことのり》を書いたのが、香子《かおるこ》も知っているあの慶滋保胤様だ。ともかく、先帝の治政下は災難続きだった」

父君が溜息をつく。

「確かに円融帝の治政は長かった。十五年も続いた。しかし治政が長くなると、どうしても政《まつりごと》のたがが緩《ゆる》くなってくる。冷泉帝や円融帝と同じく村上天皇の皇子である具平親王は、そのことをつとに案じておられた」

聞いていて得心《とくしん》がいく。具平親王は、母方の後見《うしろみ》が弱いために、皇位に就《つ》けなかったお方だ。それだけに、治政の裏までよく見通せるに違いない。

「しかし親王は、官職には就けないしきたりがある。どうにもならない。具平親王に親しい、かつての文章生たちは、必死で政を支えようとした。あの慶滋保胤様を慕《した》う人々は、その筆頭だった。しかし今は政への熱意が失《う》せ、朝政《ちょうせい》よりも仏教に魅了されるようになってしまわれた」

いつか父君から聞いた勧学会は、その表われだったのかもしれない。その成員の多くが、秀俊《しゅうしゅん》だったと聞いている。

「そして円融帝ご自身も、病《やまい》を得られたためか、政事に励まれなくなった。もともと円融帝が皇位に就かれたのは、わずか十一歳のときだ。天皇が幼いと、その裏で様々な力が働く。裏で力を競い合っていたのが、藤原北家《ほっけ》九条流《くじょうりゅう》と言われる藤原師輔《もろすけ》様の子息たちだ。円融帝の御代《みよ》の初期、関白太政大臣《だいじょうだいじん》は藤原兼通様だった。左大臣は醍醐《だいご》帝の皇子の源兼明《みなもとのかねあきら》様だ。ところが円融帝の勅命《ちょくめい》で、兼明様は親王に戻されたため、官職に就けなくなった。左大臣を辞するしかなく、左大臣には藤原家小野流の藤原頼忠《よりただ》様が補された。どうやらこれは、関白兼通様の策略だったようで、円融帝はそのかされたのだろう。治世に志を持たれていた兼明様は、怨《うら》みをもって亀山に隠棲《いんせい》された」

聞いていて、殿方たちの権勢に対する渇望《かつぼう》が、こうも深いものかと驚く他ない。父君も権勢の行方《ゆくえ》をはらはらしながら見守っていたはずだ。

「この兼通様は、愚鈍《ぐどん》ながらも計略家ではあった。兄で関白だった伊尹《これただ》様が五十歳を前に亡くなられたとき、次は自分こそ関白を継ぐべきだと念じられた。ところが、位はいつも四歳年下の弟、兼家《かねいえ》様のほうが上だった。そのとき、兼家様は既《すで》に従三位《じゅさんみ》、参議《さんぎ》、中納言《ちゅうなごん》と昇られた。兄である兼通様はようやくそのとき参議で、後塵《こうじん》を拝してばかりいた。この怨みは激しく、二人の仲は人も知るくらいに悪かった。この辺りの兄弟の犬猿《けんえん》の仲は、兼家様の妻の書である『蜻蛉日記』にも書かれている。そなたも読んで、知っているはずだ」

と言われても、記憶にあるのは、そんな兄弟のいがみあいではなく、多情な夫に対する作者の恨《うら》みだ。女というもの、夫が他の女の許《もと》に通うのを耐えなければならない。その不憫《ふびん》さが、『蜻蛉日記』を読んでの感慨だった。

「兼通様は、兄の死後に備えて、円融帝の生母で村上帝の妃である藤原安子《やすこ》様にとり入り、〈関白の位は兄弟の順に〉という一筆を書いてもらった。安子様の没後もそれをお守りにして、常に首にかけておられた」

「いつもですか」

つい確かめてしまう。その執念《しゅうねん》に、本人の愚鈍さが表われていた。愚かさと執念は同居することが可能なのだ。

「誰も確かめた者はいないが、火のない所に煙は立たない。そんなお方なのだろう。兄の死後、すぐにそれを円融帝に見せられた。母思いだった帝は母君の遺言だと思い、兼通様をひと息に関白に昇進させられた。そのとき兼通様は、まだ権《ごん》中納言という公卿《くぎょう》でも低い地位にあったので、これは人も驚く大抜擢《だいばってき》だった」

「そんなことができるのですか」

「円融帝の若さ故《ゆえ》の浅慮《せんりよ》かもしれない。程なく、兼通様は病《やまい》を得られて、もはや助からぬ身になられた。臥《ふ》せっていたとき、隣の兼家様の屋敷で牛車を出す音がした。従者の人払いの声もするので、さては弟が見舞に来てくれたかと喜んだ。

ところが、牛車は家の前を素通りして、二条大通りを内裏《だいり》の方に向かった。さては、兄はもう死も間近なので円融帝に直談判《じかだんぱん》して、関白太政大臣の位をねだりに行ったのだと、兼通様は直感された。そこでにわかに立ち上がり衣を替え冠《かんむり》をかぶり、牛車の用意を命じて、内裏に向かわれた。

ちょうど円融帝が弟と話されているのが目にはいった。仰天《ぎようてん》されたのは兼家様だ。実はもう兄は死んだと聞かされていただけに、まるで死人が甦《よみがえ》ったように思われたのだろう。口もきけない有様《ありさま》だった。そこへ必死の形相《ぎようそう》で兼通様が帝《みかど》に向かい、関白の後任には左大臣の頼忠様を昇格させ、兼家様を治部卿《じぶきよう》にする旨《むね》を取りつけられた。治部卿というのは閑職で、何の実権もない位だよ。そこまでやり遂《と》げて、兼通様は屋敷に戻られ、旬日の後に亡くなった」

聞いていて暗然とする。血の通う兄弟が最期まで憎み合うとは、化《ば》け物の世界そのものだった。

「それで、閑職に追いやられた兼家様はどうなられたのでしょうか」

「幸い、関白に就かれた従兄弟《いとこ》の頼忠様は、穏やかな方で、翌年には兼家様の閑職を解き、右大臣に引き上げられた。左大臣は源雅信《まさのぶ》様だ。つまり兼家様にとっては、目の上のたんこぶが二つあることになる。そこで別の手を使って、実権を握られた。左大臣の源雅信様は野心がないので、兼家様にとっては好都合だった。まず娘の詮子《あきこ》様を円融帝の女御《にようご》として送り込み、第一皇子の懐仁《やすひと》親王を得られた。将来の東宮になるはずで、兼家様はひとまず安心された。

対する関白の頼忠様も、娘の遵子《のぶこ》様を円融帝の女御として入内《じゅだい》させた。しかし悲しいかな、皇子は産めなかった。円融帝は、どちらかといえば、押しの強い兼家様よりも、円満な頼忠様を気に入っておられたようだ。帝は、政に巧みな兼家様に縛られたも同然で、手腕を発揮できないまま、体調を崩され、二十六歳の若さで退位された。そのあとに践祚《せんそ》されたのが、今上帝《きんじょうてい》（花山天皇）だ。話は長くなったが、そなたが政の裏にあるものを知っていても、損はするまい。世の中とは、こういうものだ」

父君が小さく嘆息《たんそく》する。

「皇位を継がれた今上帝は、どういうお方ですか」

つい訊かずにはいられなかった。

「私が此度、六位の蔵人になり、式部丞《しきぶのじょう》に任じられたのも、今上帝のお蔭だ。まだ東宮だった頃、読書始《ふみはじ》めの儀で、私が副侍読《ふくじどく》を務めたのを覚えておられた。ありがたいことだ。冷泉帝の皇子であり、まだ十七歳という若さにもかかわらず、政には並々ならぬ熱意を持っておられる。先の円融帝が、退位前の数年、政に興味を失われたのとは逆だ。

まず手をつけられたのが、帝の書庫である内御書所《うちのごしょどころ》の人事で、私が行事《ぎょうじ》を務めることになった。私の相方には右中弁《うちゅうべん》菅原資忠《すけただ》様がおられて心強い。私たちの下には文章生が十二人いて、助けてくれる。それから、そなたも知っている慶滋保胤様も、大内記《だいないき》として詔勅《しょうちょく》や宣命《せんみょう》の執筆をされる。一時はもう実務に興味を失われていた慶滋様も、新帝になってから、以前の熱意を取り戻されたようだ」

そういう父君の顔が少しばかり紅潮《こうちょう》した。やっと泳ぐべき池の水を得た心地なのだろう。子供心にも嬉しかった。

「しかし、懸念《けねん》がひとつある」

父君が言葉を継いだ。「まだ若い帝には後楯《うしろだて》が必要なのに、外戚《がいせき》に恵まれておられない。祖父の藤原伊尹様は短命だったうえに、その子息たちも次々と若死《わかじに》され、残ったのは五男の義懐《よしちか》様のみだ。しかも如何《いかん》せん二十八歳で、官位も従四位《じゅしい》と低かった。それで帝は急ぎ蔵人頭《くろうどのとう》とし、そのあと従三位《じゅさんみ》とされ、今後、権中納言にされるはずだ。とはいえ位を上げたところで、実力と人望はついてこない。そこで、祖父伊尹様の娘婿《むすめむこ》である大納言藤原為光《ためみつ》様を、補佐役につける案が出ている。しかしどうなることか」

「前帝のときに権力を握られた兼家様は、こういうとき、どうなるのでしょうか」

気になる疑問を口にする。

「兼家様や頼忠様は、今上帝の外戚ではないので、口出しはできない。苦々《にがにが》しく思いながら、暗《あん》に策を巡《めぐ》らせておられるのではないかな」

「どういう策ですか」

また新たな疑問が湧く。

「香子、そなたもやはり知りたいか。大きな声では言えないが、今上帝の失政を待ち、一気に退位に持ち込む策だよ」

「新帝が即位したばかりだというのにですか」

「それが政というものだよ。私らのような下々《しもじも》の者からすれば、政を巡る複雑な動きは実に興味深い。これについては、いずれまたそなたに語って聞かせよう。惟規や惟通たちは、こんな話ははなから受けつけない」

父君が肩を落としながら言った。

「そうすると、父君としては、今の世が長く続いたほうがよいのでしょうか」

「それはそうだ。帝から引き立てられて今の位がある。また践祚にでもなれば、再び官途《かんと》の道からはずれてしまう。それはそのまま、そなたたちにも苦労を強《し》いる結果になる」

父君は小さく苦笑《にがわら》いをした。

第三章　北山詣《きたやまもう》で

翌年の春、父君は病弱な姉君のために北山詣《きたやまもう》でを思いつかれた。北山に籠《こも》っておられる聖《ひじり》に、病《やまい》晴《ば》れの加持《かじ》をお願いするのが目的だった。

北山には行ったことがないので、姉君に付添うのが嬉《うれ》しかった。祖母君は、北山の桜など最後かもしれないと言って、同行を決めた。弟たちは気乗り薄で邸《やしき》に残った。

古びた網代車《あじろぐるま》に祖母君、父君と母君、あとに続く小ぶりの八葉車《はちようのくるま》に姉君と一緒に乗り込む。堤《つつみ》第《だい》を出たのは、まだ朝まだきの頃だった。

「父君に北山詣でを頼んだのは、わたしなの」

暗い牛車《ぎっしゃ》の中で姉君が静かに言う。「鴨川《かもがわ》の流れは日頃眺《なが》めているし、この前は下鴨《しもがも》神社にお詣《まい》りした。でも鴨川は、その先の北山に源を発しているので、是非《ぜひ》とも行ってみたかった。香子《かおるこ》まで同行させて、ごめんなさい」

「いいえ、むしろ楽しみです。鴨川の水源には精気が宿っていると、何かで読んだことがあります。

きっと姉君もその効験《こうけん》を授かるはずです」

「ありがとう」

姉君が微笑する。「ふと、わたしの傍《そば》に香子がいなかったらどうなっていたのだろうと、思うことがあるの。あの堤第には伯父《おじ》君の一家も住んでいるし、そこには従姉妹《いとこ》たちもいる。とはいえ、心を開くまでの親しさはない。惟規《のぶのり》と惟通《これみち》の二人は、わたしなど眼中にない。祖母君は奥の方に引っ込んでおられるので、わざわざ出向くこともない。

母君は、実の子でもないのに、日々わたしの体を案じておられる。本当にありがたいとはいえ、あれこれと相談するのも、却《かえ》って重荷を背負わせるようで辛《つら》い。いきおい、口にするのは上べのことのみになってしまう。

そこへいくと、香子はまるでわたしの姉君のように感じられる。何を言っても、うんうんと頷《うなず》いて聞いてくれる。所在《しょざい》なげにしていると、こんな書物があると言って、わたしに勧めてくれる。本当に、香子がいなかったら、わたしの周りは暗闇のままだった」

姉君は涙ぐんだのか、袖口を目に当てた。

「それは同じです。物心ついたときから、姉君が傍にいて何でも教えてくれた。仮名《かな》を覚えたのも、姉君のお蔭でした」

「香子は覚えるのが早かった。それだけでなく、何にでも興味を持った。ある年の春、蕗《ふき》のとうを見つけて、何だと訊《き》く。その脇にある蕗の子だと答えても納得しない。形が全く違うので、そんなことはないと、首を振る。とうとう家僕《かぼく》を呼んで土を掘らせ、繋《つな》がっているのがわかってから、納得した」

姉君が笑う。「それでも香子は、首をかしげていた。不思議だったんだろうね。そうそう、それは茗荷《みようが》の花のときも同じだった。そのときは、自分で土を掘って、繋がっているのを確かめた。ある日、母君が茗荷の花を食すると頭が悪くなると言ったので、香子は以来、絶対に口にしなかった。もともと頭の悪いわたしは、気にもせず食べたのに」

「今では食べています。おいしいです」

「そのようだね。茗荷の花は一年中あるわけでもないし、ひと月食べ続けたとしても、頭が悪くなるはずはない。たぶんあれは、あのおいしいものを他人に食べさせないための深謀《しんぼう》かもしれない」

「深謀」

「そう。茗荷の花を巡《めぐ》っての深謀遠慮」

姉君と一緒に笑い合う。

牛車は鴨川を渡るとき、大いに揺れて、二人で抱き合って耐えた。従者がしきりに牛を叱《しか》る声がして、さらに恐ろしさが募《つの》る。やっと渡り終えたかと思うと、次には坂道が待っていた。牛車の前簾《まえすだれ》を姉君が上げて、外を見る。もう夜が白《しら》みはじめていた。

「父君は祈禱《きとう》のために北山詣でをされているけど、わたしは石倉《いわくら》の桜のほうが、御利益《ごりやく》があると思うの」

姉君が言って、にっこり笑う。「加持の声を聞きながら、山桜が風に舞い散るのを見れば、もう幸せな気分になる。きっとなる」

「加持と山桜」

つい言ったあとで、言葉に詰まる。姉君は、散りゆく山桜に、自分の短い命を重ねているのではないか。

「北山の聖の加持で、きっと病も去ります」

「病が去った我が身など、思いつかない。病は、いつも小袿《こうちき》のように、幼い頃から身にまとってい た。思い出すと、実の母君もよく臥《ふ》せっておられた」

聞いて、はっとする。姉君は、ちゃんと母君の面影《おもかげ》を脳裏に留《とど》めているのだ。羨《うらや》ましかった。

「母君はどんな方でしたか」

牛車の中は二人だけなので、遠慮なく訊けた。

「病弱だったからか、いつも本を読まれていた。香子とよく似ている。顔も、わたしより香子に似ている。わたしはよく父君似と言われるけど、病弱なところだけ母君から受け継いでいる。でもひょっとしたら、声は母君似かもしれない。病を抱えていると、物言いも優しくなる。大きな声など出せないから」

「一度でいいから、母君の声を聞いてみたかった」

「香子は聞いたはずだよ。聞いたのに記憶がないとは、霧を手で摑《つか》むようなものね。いくら握っても霧は摑めない」

姉君が悲しげな顔をする。「しかし母君の血は、香子の中にちゃんと流れている」

話し疲れたのか、姉君は黙って目を閉じる。

牛車の速度が遅いのは、坂道が続いているからだろう。車軸の軋《きし》みと牛の鼻息が耳にはいる。後《うしろ》簾《すだれ》をそっと開ける。もう外は充分に明るくなっていた。通り過ぎた池から霧が立ち昇っている。目を凝《こ》らすと、水鳥が数羽浮いているのが見えた。下鴨神社辺りを過ぎたあと、高野川《たかのがわ》に沿って北に向かっているようだった。

「香子は大雲寺《だいうんじ》の観音院《かんのんいん》については、聞いたことがありますか」

姉君から訊かれて、首を振る。大雲寺自体についても、さして知らない。

「これは父君から教えられたことだけど、二、三年前から、比叡山《ひえいざん》の僧侶達が山を下《くだ》って、大雲寺の観音院に移っている。その数も百人を超えているそうです」

「百人も」

比叡山の騒動については、具平《ともひら》親王の邸《やしき》で父君たちから聞いたことがあった。簡単に言えば、権力争いだった。仏僧でも、政《まつりごと》と同じで、権勢を巡っての争いがあるのだと知らされた。

「だから今は、大雲寺は、比叡山延暦寺《えんりやくじ》と肩を並べるくらいに、賑《にぎ》やかになっているそうなの。それを見るのも楽しみ」

比叡山は遠くて高くて、簡単に行けそうもない。それなら今日のように北山のほうが何倍も手軽だ。百人以上の僧侶が集《つど》う観音院とは、どういう寺院なのだろう。胸が膨《ふく》らんだ。

「この辺り、山桜ばかり」

前簾を上げた姉君が言った。「まだ一分《いちぶ》咲《ざ》きか二分咲きだけど」

横から覗《のぞ》くと、木々の先のあちこちに白い点が見える。目を凝らせば、それは真白《まつしろ》ではなく、ほんのりと紅《くれない》がかっていた。花が遅いのも山深いからだ。

坂道がつづら折りになって続き、従者が時折、牛に声をかけ、ときには竹の鞭《むち》を当てる。その音が樹々《きぎ》の間にこだました。前を行く父君たちの乗る牛車も、坂道に難渋《なんじゆう》していた。揺れる牛車の中で、祖母君が気分を悪くされていないか案じられた。

やがて牛車が停《と》まり、従者が前簾を上げてくれる。置かれた榻《しじ》を頼りに、まず姉君から降りた。父君たちは既《すで》に降り立っていた。思いの外《ほか》、祖母君も元気な様子だ。目を奪われたのは、七、八台の牛車が停まっていて、その中には唐車《からぐるま》や檳榔毛車《びろうげのくるま》までも交じっていた。どの牛車も新しく、控えている従者たちもひとかどの恰好《かっこう》をしている。憩《いこ》う牛たちも飾りつけが美しい。

「あの檳榔毛車は、もしかして」

祖母君が、一番端《はし》に停まっている檳榔毛車に気がつく。描かれた文様《もんよう》には、確かに見覚えがあった。堤第の邸に年に何度か見える曽祖父君文範《そうそふふみのり》殿の牛車に違いなかった。亡くなった母君の父方の祖父だった。

「やはり見えておられたか」

父君が感慨深げに言った。「貰《もら》った文《ふみ》に、観音院の何某《なにがし》の坊に籠るからと書かれていた」

父君にとって、亡妻の祖父君は何かにつけ頼りになる人で、堤第に見えたときなど、長い間話し込むのが常だった。

早く母を亡くした曽孫《ひまご》たちが不憫《ふびん》と見え、訪問のたびに呼び寄せては、目を細められた。もう七十歳は過ぎているのに、かくしゃくとして声もよく通った。父君の話では、十数年もの間、中納言従三位《じゅさんみ》にあるという。

石段の上にある大きな講堂から、読経《どきょう》の声が聞こえてくる。瓦葺《かわらぶ》きの立派な造りで、しかも新しい。一千人は無理にしても、数百人ははいれるほどの大きさだ。しばし佇《たたず》んで読経の声を聴く。

「憩う牛たちも、経が聞けて幸せだのう」

祖母君が言って、みんなを笑わせる。

「確かに、寝そべって聞けるというのが、いいですな」

父君が応じた。

姉君は、森厳《しんげん》と響く読経に感じ入った様子だった。頬《ほお》を紅潮《こうちょう》させて、辺りを見回す。

加持をしてくれる行者《ぎょうじゃ》は、いったいどの辺りにいるのか、皆目《かいもく》見当がつかない。

曽祖父君がどこにおられるのか、父君は従者をやって、檳榔毛車の脇に控えている従者に尋《たず》ねさせた。すると曽祖父君の従者が腰をかがめて、ついて来るように言った。

またもや道は上り坂になり、つづら折りになる。心配した祖母君の足取りはしっかりしていて、むしろ母君のほうが危なっかしい。途中、従者が立ち止まって、左側の滝を指さす。山桜の向こうに、落ちる滝が小さく見えた。山桜はそこだけ五分咲きだった。

曽祖父君の在所は、滝の奥にある比較的大きな坊だった。大小の坊は、右側の道の先にいくつも散在している。

父君が大きな咳払《せきばら》いをして、木戸を開け、中にはいる。藪椿《やぶつばき》がまだいくつか花をつけていた。玄関の引戸を開けて出てきたのは、いつも曽祖父君に付き添っている従者だった。足が少し悪いのに、立ち働く姿はいつも機敏だった。父君の咳払いをいち早く聞きつけたのも、頷けた。

「長旅でしたろう。どうぞこちらへ」

従者が坊の中に案内する。長い土間の横に三部屋か四部屋はある大きな僧坊《そうぼう》だ。香《こう》の匂いが漂《ただよ》っていた。

浅沓《あさぐつ》を脱ぐ間に、姉君がひと息つく。さすがに坂道がこたえたのだ。その脇で母君も肩で息をしていた。ひと足先に板敷《いたじき》に上がったのは父君だった。従者に案内されて奥の部屋に行く。父君を迎える曽祖父君の大きな声がした。父君の声は、その半分くらいしかない。

「よく来られたのう。それもみんな打ち揃って。これでこそ加持のし甲斐《がい》もあろうというもの」

祖母君と母君のあとについて、姉君とともに曽祖父君の部屋にはいった。ひとりずつ、深々と頭を下げる。

「山桜を賞《め》でながら参りました」

祖母君も曽祖父君の前では、いつもよりかしこまっているように見える。

「今年は咲くのが遅れて、ちょうどよかった。そなたがたを待っていたようなもの」

「滝の音が風流《ふうりゅう》でございました」

母君も腰を低くして言う。

「冬は、あの滝も凍っておりました」

曽祖父君が応じる。

「中納言殿には、そんな真冬にも、ここに参られるのでございますか」

父君が驚いて言う。

「ここはもう、別邸のようなもの。雪の深々《しんしん》と降る中で、読経の声を聴くのは誠に心が洗われる。この齢《よわい》まで達者でおれるのも、そのお蔭だと思っています」

「本当に息災《そくさい》で何よりです」

父君が応じる。

「今日は、そなた一家の息災を願っての加持になるのが、何よりも嬉しい。間もなく験者《げんじゃ》の僧も来る頃だろう。それまでは、くつろがれるのがよかろう」

曽祖父君が手を叩《たた》くと、家僕が二人、折敷《おしき》を捧《ささ》げ持つようにして姿を見せた。祖母君、父君、母君の順で、次々と折敷を運んで、目の前に置く。最後に曽祖父君の前にそれが置かれた。

「ほんの口汚《くちよご》しなれど、春の印として、どうぞ召し上がって下され」

折敷には、土筆《つくし》の和《あ》え物と汁物が載っている。汁物はじゅん菜だった。熱い汁物が臓腑《ぞうふ》に沁《し》み渡る。

「ちょっと見ぬ間に、そなたたち背丈《せたけ》が伸びたの。いくつになる」

訊かれて、姉君が十五歳だと答え、続いて十三歳だと口にする。

「そうか、そうか。この先が楽しみ。どんな婿《むこ》殿を迎え入れるか」

曽祖父君の口調は冗談ではなかった。父君たちが頷き、姉君だけが目を伏せた。

「為時《ためとき》殿も心づもりはしておられるだろう」

曽祖父君から言われて、父君は言葉を濁《にご》される。

「もちろん、わしの息子の為信《ためのぶ》も為雅《ためまさ》も、その折は動いてくれるだろう」

曽祖父君が目を輝かせる。本気のようだった。

亡き母君の父である為信殿は、二度ばかり堤第に見えたことがある。曽祖父君の三男で、父君と同じ蔵人《くろうど》から出発し、右馬頭《うまのかみ》、右近衛少将《うこんえのしょうしょう》と出世をし、今は常陸介《ひたちのすけ》だと聞いている。その兄君である為雅殿には会った覚えがない。もうひとりの弟君である康延《やすのぶ》殿は、つとに僧籍にはいられたと聞いていた。

従者が顔を出し、験者が見えたことを伝えたので、襖障子《ふすましょうじ》の向こうに移動する。

そこには下座《しもざ》に験者が坐《すわ》り、黒い器の中で火を熾《おこ》していた。年の頃は五十半ばで、長い髪を束《たば》ね、肩には袈裟《けさ》のようなものを掛けている。火に何かをくべるたびに黒い煙が立ち昇る。強い香の匂いがするものの、何の香かは見当もつかなかった。

畳敷の上に姉君が坐らされ、験者に相対《あいたい》し、曽祖父君や父君一同は脇の方に控えた。黒い器の中の火は消え、黒煙ばかりが上がる様子はどこか不気味だ。腹の底から絞《しぼ》り出す験者の呪文《じゅもん》が、少しずつ大きくなる。

姉君は目を伏せ、呪文に聞き入っている。呪文の意味は摑みようがない。所々に、山の名がはいっているのは、験者が修行を積んだ山を逐一《ちくいち》述べているのかもしれなかった。

突如《とつじょ》、験者が大きな息を吐くと、黒煙が姉君の方に靡《なび》いた。姉君が咳込《せきこ》む。さらに験者が息を吐いて煙を靡かせる。姉君がたまらず続けざまに咳をした。すかさず験者は、黒煙の中に粒のようなものを投げ入れる。黒煙が白煙に変わったところで、験者が器を持って立ち上がった。

白煙を手で払って姉君に振りかけながら、周囲をゆっくり歩く。姉君の咳はやみ、うっとりとした表情になる。香の匂いが先刻のものと変わっていた。

験者は元の位置に坐り、黒い器に蓋《ふた》をした。呪文が小さくなり、験者が閉眼《へいがん》して合掌《がっしょう》する。

「無事に病魔を、この中に封じ込めました」

験者がおごそかに言った。

「よかったのう」

曽祖父君が姉君に言葉を掛けた。「向後《きょうご》、そなたも種々の障《さわ》りに悩まなくてよい」

「ありがとうございます」

父君と母君、祖母君が口々に感謝する。

「そこでだが、また明日、験者に来てもらうので、あと一日、そなたたち二人、残ってくれまいか。帰りはわしの車で、堤第まで送る」

姉君と二人で、この坊に残るとは予期しないことだけに、姉君の顔を見つめる。

「是非とも、お願いします」

よほど心地良い加持調伏《ちょうぶく》だったのだろう、姉君が答えた。父君たちが顔を見合わせる。

「香子、そなたも異存はないな」

訊かれて、「はい」と答える。こんな山深い僧坊で夜を過ごして朝を迎えるなど、この先、二度とないような気がした。

「坊ゆえ、ここには婢女《はしため》はおらぬ。しかし家僕《かぼく》が何人か侍《はべ》っているので、何の不便もない」

曽祖父君が言った。

まず験者が退出して、父君たち三人を車止めの所まで送って行く。驚いたことに、曽祖父君までも見送りに出た。

「帰りは楽だ。日が傾く前に堤第まで帰り着ける」

曽祖父君が手を振りながら言う。網代車には祖母君と母君が乗り、八葉車には父君ひとりで乗る。

「ひとりだと寝て行かれます」

父君が笑った。

「わしなど、いつもひとりなので寝ての旅路ですぞ」

曽祖父君が応じ、停めてある檳榔毛車を指さす。確かにあの大きさなら、横になれそうだった。

二台の牛車が見えなくなって引き返す。

「そなたたちが残ってくれて、実に嬉しい。迷惑かもしれないが」

「とんでもありません。ありがたいことでございます」

姉君が言った。

「験者には今日の夕刻にも来てもらい、また明日の朝にも来るように言ってある。せっかくの機会だから、修法《ずほう》によって邪気《じゃき》を祓《はら》ってもらおう。あの験者には功徳《くどく》があるようで、わしがこの齢になっても人並に動けるのも、そのお蔭だ」

曽祖父君が言い、立ち止まる。樹木の向こう、真正面に滝が見えた。

「あの滝の手前に、だだっ広い所が見えるだろう。夏は、あそこまで下って行き、筵《むしろ》を敷いて寝転べる。僧たちと酒盛りをしたこともある」

「お坊様とでございますか」

姉君が聞き返す。

「そうだよ。僧も酒を飲み、生臭《なまぐさ》いものを口にする。子供もつくる」

最後のところで、姉君がほんのり頬を染めた。

「ともかくも、あそこは真夏の極楽《ごくらく》の地なんじゃ」

真夏でもなく、この山桜が咲く時期でも、充分に快い。滝の音を聞きながら、山桜を眺めていれば、一日はすぐに経つに違いない。

「ところで、せっかくだから、このままつづら折りを登っていかないか。わしだって久方《ひさかた》ぶり、ひょっとすれば、これが見納めかもしれない」

「はい、ご一緒させていただきます」

やはり加持の効験があったのだろう。姉君の声には張りがあった。

「途中、聖の庵《いおり》があるし、さきほどの験者が棲《す》むのも、つづら折りの辺りだ」

山道とはいえ獣道になっていないのは、やはり人が行き来するからだろう。しばらく登ると、修験者《しゆげんじや》らしい男が下って来て、一礼したかと思うと、道端《みちばた》でひざまずき道を譲ってくれた。顔を見ように も、笠をかぶった頭を深く下げて見えない。

「あれは回峰行《かいほうぎよう》をしている修行僧だよ」

行き過ぎてから、曽祖父君が言った。

「回峰行ですか」

全く知らなかったので訊く。

「一日かけて、周辺の山々を巡り通す。延暦寺で始まった。最近では、それを千日間繰り返すという僧も出て来た」

「千日間も山を巡るのでしょうか」

姉君までが驚いたようだ。

「そのときは、千日回峰行と言うようになっている。もう四、五人は、それを成した僧がいると聞き及んでいる。もちろん雨の日も、雪の日も、嵐の日もだよ。並の僧にはできない」

再び上から僧形《そうぎよう》の人が下って来て、道端によけて立ち、念仏だけは唱《とな》えながら頭を下げた。先刻の修行僧の白装束《しろしようぞく》とは違って、普通の墨染《すみぞめ》を着ていた。

「さっきの僧は、おそらく頂上で念仏を唱えていたのだろう」

曽祖父君が説明する。

「僧侶も、ああして修行しているうちはいい。しかし近頃は、僧が刀や槍《やり》を手にするようになっている。忌々しいことだよ」

曽祖父君の言葉を聞きながら、一歩一歩登る。坊の数が稀《まれ》になり、聞こえるのは鳥の声ばかりになった。

不意に立ち止まったのは曽祖父君だった。大きく息をする。姉君を見ると、まだ息づかいは荒くない。

「やはり年だな。あとわずかだからね。頂上は実に見晴らしが良い」

曽祖父君は自分にも言い聞かせるように言って、また歩を進める。

ゆっくりした足取りのあとを、姉君と一緒に辿《たど》る。にわかに辺りが明るくなったような気がした。そこが頂上だった。

なるほどと思い、姉君と並んで周囲を見渡す。見慣れない風景なので、どこがどちらの方向なのかはわからない。とはいえ、眺望《ちょうぼう》の良さは別格だった。

「初めてよね。こんな高い所」

姉君が嬉しそうに言う。

日の傾き具合から、方角の見当をつけていると、曽祖父君が東の方を指さした。

「あれが比叡山だ。延暦寺のいくつもの僧堂や塔頭《たっちゅう》が見えるはずだ。目の弱ったわしには、しかとは見えぬが。そして手前の方には、岩倉《いわくら》がある」

確かにそこは盆地《ぼんち》になっていて、人家が所々に集まっていた。都はどの方向かと見当をつけて、南の方に向きを変える。しかし山が眺めを遮《さえぎ》っていた。

「あの山が紫雲山《しうんざん》。その少し西寄りにも、紫雲山より少し高い山がある。その間に、遠く都が見える」

曽祖父君が長く腕を伸ばして示す先に、人家が広がっている都があった。

「あれが内裏《だいり》かしら」

姉君が言った。「その先には東寺《とうじ》の五重塔も見える。その右にあるのが西寺《さいじ》」

嬉しそうな声で姉君が言い、曽祖父君が頷く。

「今日は霧や霞《かすみ》もかからず、よかった」

内裏の手前に鴨川が流れ、その向こうに堤第があるはずなのに、山に隠れているのが残念だった。

「大雲寺に移って来ている延暦寺の僧は、時折ここに登り、心を新たにしている。延暦寺を超える寺を造ろうとな」

「すると、この大雲寺がどんどん大きくなっていくのですか」

「そうだよ。今はまだ肩を並べるには程遠いがね。恐れているのは、延暦寺の僧たちがこの大雲寺に火をつけることだ」

曽祖父君が眉《まゆ》をひそめる。

父君から聞いてはいたものの、僧が別の寺に火を放つなど、あっていいはずはない。

「全くもって、骨肉の争いほど、厄介《やっかい》なものはない。離れた者同士の争いよりも、親しかった者同士のほうが、憎み合うと始末が悪い」

曽祖父君が、東の方に向きを変えて続ける。

「もとはと言えば、天台座主《てんだいざす》を巡る争いで、これは仏法の教えとはさして関係がない。単に相手を好きか嫌いか、その人となりについていけるか、いけないかというところの違いだよ。この対立が弟子たちに影響して、二つの派に分かれる。声の大きいほうが比叡山に居残り、大人しいほうは山を下る。これはひとえに声が大きいか小さいかの問題で、正しいか正しくないかの問題ではない。わしが思うに、どうやら声の小さいほうに理《ことわり》があるような気がする。だから、わし自身は、山を下ってここで修行している僧たちに肩入れしている。そなたたちも、もう少し年端《としは》が行けばわかるはず。仏の世界そのものは誠に尊いものの、その前にある仏門の世界は難儀だ。さあ、日が傾かないうちに下ろう」

曽祖父君が歩き出す。姉君の後ろを黙ってついていく。頭の中には、仏門が難儀という曽祖父君の言葉がいつまでも残っていた。

坊に帰り着いてしばらく休んでいると、曽祖父君が二冊の書物を抱えて来た。

「実はそなたたち二人に進呈しようと、前々から考えていたものだ。既に堤第にはあるはずで、そなたたちも読んではいよう。しかしこれは、わしからの贈物なので、自分たちのものにしてよい」

さし出された二冊はともに真新しく、美しい表紙に綴《と》じられていた。ひとつは『蜻蛉日記《かげろう》』、もうひとつは『往生要集《おうじようようしゆう》』だった。何故《なぜ》か、『蜻蛉日記』が姉君の前に置かれた。

「二冊ともわしの娘婿である藤原佐理《すけまさ》殿に書いてもらった。佐理と言っても、当代切っての能筆《のうひつ》である佐理殿とは違う。しかし娘婿も能筆であるのは間違いない。こちらは、つとに世評の高い源信僧都《げんしんそうず》様の『往生要集』だ。まだ為時殿の書架《しよか》にはなかろう」

「『往生要集』は、父君がどこからか借りて来られて、講釈を受けました」

「ほう、そなたたち子女《しじよ》までが、これを習ったとな」

曽祖父君が驚く。「いや、為時殿がそこまでされているとは畏《おそ》れ入る」

その場にいなかった姉君は、黙ったままだ。

一度は目を通したことのあるその書を手に取り、めくる。確かに美麗《びれい》な筆遣いで書かれている。

「これは手元に留めておくとよい。借りて読むのと、所蔵して手に取るのとは、頭にはいる度合が違う」

「ありがとうございます」

姉君とともに言い、頭を下げる。

「娘と婿の藤原佐理殿は、夫婦して二十年ほど前に出家し、この大雲寺の基《もとい》を築いた。可哀相《かわいそう》なのは残された息子たちで、わしが養子に迎える他なかった。当時はまだ二人とも幼子《おさなご》だったが、今は仏門にはいっている」

道理で曽祖父君が仏門に詳しいはずだと納得する。

「ところで、そなたたちは、世に名高い『蜻蛉日記』の作者が、遠い親戚であるのは知っていような」

「はい、存じております」

答えたのは姉君だった。

「縁は不思議なもので、わしの息子の為雅《ためまさ》の妻の姉にあたる。為雅の弟の為信が、そなたの祖父だから、要するに大伯父《おおおじ》の妻室の姉によって、『蜻蛉日記』は書かれた。夫の藤原兼家《かねいえ》殿は、人も知る関白《かんぱく》殿だ」

藤原兼家様と、その兄兼通《かねみち》様との犬猿の仲については、父君から聞かされていた。

「妹のそなたに贈る『往生要集』については、為時殿から手ほどきを受けたのなら、少し、わしから言い添えるだけでよかろう。源信様の説く理屈ではなく、その見方が素晴らしいと思うのだよ」

　曽祖父君がじっとこちらを直視する。「わしたちは、様々な仏典には手が届かない。そんな暇もない。いつも雲を摑むような感じしかない仏典を広く読み、かみくだしてもらうと、実にありがたい。おぼろげだった道に光が射してくる。それを源信様はされた。わしはそこを買っている。そなたも、この書から理屈ではなく、仏の世界の見方を学び取るとよい」

　そこまで説明されると、どこかわかる気がして黙って頷く。曽祖父君もそれが嬉しいようで微笑《ほほえ》む。

「この書は、これから世の中を変えていく稀《け》有《う》な書物になっていく気がする。つまり、世の中の人の考え方が、これによって形を変えるのだよ」

　曽祖父君がじっと二人の曽孫を見つめる。まだ十五歳になるかならないか、それも女子《おなご》にこんな難しい話をしてくれるのが嬉しかった。

「暗くなったら験者がまたやって来てくれる。その前に、ちょっと『蜻蛉日記』を読んではくれまいか」

　思いがけない頼みごとに、少し姉君は戸惑《とまど》ったあと、「はい」と答えて居住《いずま》いを正した。


　　かくありし時すぎて、世中《よのなか》にいとものはかなく、とにもかくにもつかで世にふる人ありけり。

　冒頭の部分は、はっきり記憶に残っている。自分のことを、ただ日々を無為《むい》に過ごす女だと、のっけから言っていることに、胸を打たれたのだ。

その先を姉君が澱《よど》みなく読み進める。姉君も既に何遍《なんべん》か読んでいるはずで、しかも能筆による書だけに、読み進めやすいのだ。心地よさそうに曽祖父君も聞き入っている。

姉君は、歌のところに来ると二度読んだ。

おとにのみきけばかなしなほととぎす
ことかたらわんとおもうこころあり

これこそは、この日記の主《ぬし》の夫になる人が寄せた懸想《けそう》の歌だった。これに対して日記の主はつれない歌を返す。

かたらわん人なきさとにほととぎす
かいなかるべき声なふるしそ

つれなくされても諦《あきら》めるような男ではなく、執拗《しつよう》に歌を送り続け、つい日記の主は男が通って来るのを許してしまう。男が三晩通って来るのを、女は受け入れる。

さだめなくきえかえりつる露よりも
そらだのめする我はなになり

こうして日記の主は、夫になった人を頼らざるを得なくなるのだ。

姉君は、そんな主人公の不安な心とは無関係に、淡々《たんたん》と読み進めていく。曽祖父君もときには目を閉じ、じっと耳を傾ける。

師走《しわす》になりぬ。横川《よかわ》にものすることありて登りぬる人、「雪に降り籠《こ》められて、いとあわれに恋しきことおおくなん」とあるにつけて、

氷るらん横川の水にふる雪も
わがごと消えてものはおもわじ

など言いて、その年はかなく暮れぬ。

「はい、ありがとう。ここまでで充分。女子の声で聞く『蜻蛉日記』は、初めてだ。いいものじゃのう」

曽祖父君が頷く。

「この歌に出て来る横川は、先刻登った山から見えた比叡山延暦寺にある。そこには、作者の夫、兼家殿の父、師輔《もろすけ》様が寄進《きしん》された塔頭がある。それにしても、この作者の歌の上手なのには感心する」

曽祖父君はそう言い、今度はわたしの手元のぶ厚い『往生要集』のほうを指さした。

「これは、わたくしが読むのでしょうか」
「そうしてくれると、ありがたい。そなたはもう為時殿から習っているというから、気に入ったところだけを、読んではくれまいか」
父君と一緒にざっと読んだだけなので、細部までは覚えていない。しかし、気に留まった箇所はあった。始めから五分の一程のところを開いて探すと、確かにあった。なるほど、流れるような筆遣いだ。

第五に、快楽《けらく》無退《むたい》の楽というは、今この娑婆《しゃば》世界は耽《ふけ》り玩《もてあそ》ぶべきものなし。輪王《りんのう》の位も七宝久しからず。天上の楽も五衰《ごすい》早く来《きた》り、乃至《ないし》、有頂《うちょう》も輪廻《りんね》に期《かぎり》なし。いわんや余の世の人をや。事と願と違《たが》い、楽と苦と倶《とも》なり。富める者、いまだ必ずしも寿《いのちなが》からず、寿き者、いまだ必ずしも富まず。或《あるい》は昨《きのう》富みて、今貧しく、或《あるい》は朝《あした》に生まれて暮《ゆうべ》に死す。

「娘子《むすめご》でありながら、よくぞ漢文を読み下せる。なるほど、よい箇所だ」
曽祖父君が頷きながら言う。「この世は理屈通りにはいかない。願うことが叶《かな》うなど、万にひとつくらいだろう。誠に『蜻蛉日記』の世界がそうだった」

かの西方世界は、楽を受くること窮《きわま》りなく、人天《にんでん》交接《きょうしつ》して、両《とも》に相見ることを得。慈悲、心に薫《くん》じて、互いに一子の如《ごと》し。共に瑠璃《るり》の地の上を経行し、同じく栴檀《せんだん》の林の間に遊戯《ゆげ》して、宮殿より宮殿に至り、林池《りんち》より林池に至る。もし寂《しずか》ならんと欲する時は、風、浪、絃、管自《おのず》から耳下《した》を隔たり、もし見んと欲する時は、山、川、渓、谷、なお眼前に現る、香、味、触、法も、念《おもい》の随《まま》にまた然《しか》り。

或は飛梯《ひたい》を渡りて伎楽を作し、或は虚空《こくう》に騰《あが》りて神通を現す。或は他方の大士に従いて迎送し、或は天人・聖衆に伴《ともな》いて以《もっ》て遊覧す。


「なるほど、なるほど。そなたが好きなのはここか。確かに浄土《じょうど》の有様が忽然《こつぜん》と目に浮かぶ」

読みさしたときに、曽祖父君が言った。この文章以上に天上世界の美しさと豊かさ、安らかさを、瑞々《みずみず》しく表す一文は読んだことがない。

「それでも、一番好きなのは他にあります」

「ほう」

曽祖父君と姉君が見守るなか、書物の末尾を開いた。そこには見覚えのある言葉が記されていた。


我もし道を得ば、願わくは彼を引摂《いんじょう》せん。

彼もし道を得ば、願わくは我を引摂せよ。

乃至、菩提《ぼだい》まで互《たがい》に師弟とならん。


「そんなことが書かれていたか。全く覚えておらぬ」

曽祖父君が首を捻《ひね》る。「そなたはどうして、ここのところが好きなのだ」

「これほどまでに知識が深い方なのに、傲《おご》り高ぶりがないからです。どこまでもへりくだる心を持っておられます」

この書物の中には、数知れぬ経典《きょうてん》の抜書きがちりばめられていた。読む者は、いながらにして、あまたの典籍の大切な部分を知ることができた。それでいて、頭ごなしに教え諭《さと》す傲慢《ごうまん》さはない。心ある読む人がいれば、共に歩こうと呼びかけていた。

「言われてみれば、そうだ。だからこそ、読み終えた者は、自分の頭で、それなりに考えたくなる」

曽祖父君が頷き、今度は姉君のほうに問いかけた。「そなたも、この『往生要集』に目を通したか」

「いえ」

伏し目がちに姉君が答える。「わたくしは、冒頭から出てくる、恐ろしい地獄の数々に恐れをなして、その先は読んでおりません」

「そうじゃろ、そうじゃろ。作者の筆は、絵に劣らず生々しい。無理もない」

うんうんと言って、曽祖父君が何度も顎《あご》を引く。姉君が言うのも、もっともだった。恐さもさることながら、感心したのは作者の筆の鋭さだった。ここでは文字が絵を超えていると思わされた。そのとき、恐さはどこかに吹き飛んでいた。筆先で地獄の姿をここまで描《か》けるのだと、むしろ嬉しくなったのを思い起こす。

気がつくと、坊の外はたそがれはじめていた。曽祖父君が大きく手を叩くと、奥の方で返事がした。

「加持は夕餉《ゆうがれい》を食べてからだ」

そういえば、山の上り下りをしたせいで、いつになく空腹を覚えた。家僕二人が折敷を運んで来る。筍《たけのこ》に土筆《つくし》、野蒜《のびる》、鮎《あゆ》、しじみ汁、椀飯《おうばん》を見て、はしたなくも生唾《なまつば》が出た。

「さあ食べよう。みんな春の物だ」

曽祖父君が言い、自分から屈託《くったく》なく箸《はし》を動かしはじめる。

鮎は薄く塩焼きに、土筆は野蒜とともにお浸《ひた》しにされている。美味《びみ》だった。見ると、姉君も満足げに筍を口に入れている。土筆のかすかな苦《にが》さが口に快い。

「そなたたちと、こうやって夕餉をとる日が来ようとはなあ。早くして亡くなった孫娘も喜んでいるだろう。そなたたち二人を見ていると、あの孫を見ている気分になる。これもわしが命ながらえたお蔭だ」

曽祖父君が鮎の塩焼きを頭から噛み砕く。高齢ながら歯も丈夫なのだ。今までしたことはなかったものの、曽祖父君がやれるのであれば、自分にできないはずはない。試しに尾のほうからかぶりつき、噛んだ。手軽で面倒臭くない。次は頭にもかぶりついた。

三人ともすべてを食べつくして、姉君と顔を見合わせる。姉君は鮎の骨をきれいに残していた。

「験者が参っております」

折敷を片付けたあと、家僕が告げに来た。もう辺りは充分に暗くなっている。別の家僕が燭台《しょくだい》を運んできて、部屋の中が明るくなる。

案内されて来た験者は、昼間と同じだった。姉君が畳敷の上に坐らされる。験者は持参した古びた灯明《みあかし》に向かい、一、二、三度、火打石と鉄片を打ちつけた。火がつき、炎が上がり出すにつれて、験者の呪文が大きくなる。数珠《じゅず》を繰って鳴らし、右手に握り直して、姉君の前でぐるぐる回す。

何の呪文かは、意味が摑めない。滝の音、風の音がそれに混じって荘厳《そうごん》さを帯びる。当初は目を見張っていた姉君も、今では心地よさそうに目を閉じている。

験者の顔が紅潮し、火影《ほかげ》に映じていやが上にも赤く見える。験者が火に何かの粒を振りかけた瞬間、炎が三尺ほど立ち昇った。験者も立ち上がり、袖で火を払い消す。

「これで駆り移しが相成りましたゆえ、明日、駆り出しを行わせていただきます」

験者が恭《うやうや》しく言い、「ご苦労。明日また参上するように」と曽祖父君が応じた。

験者を送り出した家僕が、切灯台《きりとうだい》を運んで来て置く。畳敷は二人で運び入れ、衾《ふすま》と枕も二人分運んで来た。

「そなたたちも疲れただろう。あとはよしなにしておくれ。月が美しい。それを眺めるのもよかろう。北山の月だ」

曽祖父君が微笑む。

「ありがとうございます」

姉君が答えてくれた。二人を残して退出してくれたのは、曽祖父君の配慮だろう。嬉しかった。

縁側に出ると、滝の音がさらに強くなる。見上げると、濃い上弦《じょうげん》の月が輝いていた。

「こんなに長い一日は初めて」

うっとりとした表情で姉君が言う。「五日か十日分ぐらいはあったような」

「本当に。この大雲寺、この先も来るような気がする。できれば、姉君と二人で五日でも十日でも」

「尼《あま》のような毎日ね」

姉君が言い、顔を見合わせて笑う。「でも、まだ尼にはなりたくない」

「そうですとも」

答えつつも、いつかは尼になるような気もした。いやそうではなく、出家をするか否《いな》かで、迷うときがやって来る気がする。それは二十年後か、三十年後か。思えば気の遠くなるような年月だった。

立って灯明を吹き消すと、辺りは月明かりだけになってしまう。目が慣れるに従い、横たわっている姉君の姿も認められた。呼びかけるようにして、思いつくまま歌を二度口ずさんだ。

大雲寺験者の祈りの身にしみて
快癒を願う月明かりかな

「ありがとう」

暗がりの中で姉君が言う。「返しよ」

祈られし声のこもれる身なれば
北山の寺恋しかるらん

目を閉じると、山頂から見た比叡の山、そして山の凹《へこみ》に垣間《かいま》見た都の光景が思い出された。自分がこれから先、暮らしていくのは実にあの地だった。彼《か》の地に住んでいたのではわからない。遠くから俯瞰《ふかん》したからこそ、湧き上がる感慨だった。

姉君のかすかな寝息を聞きながら、快い眠りに身をゆだねた。

翌朝、朝粥《あさがゆ》を食したあと、同じ験者が来て最後の駆り出しをしてくれた。

「さあ、参ろうか。祖母君と母君、そして何よりも為時殿が心配していよう。よくぞ、わしごときに、二人の愛娘《まなむすめ》を預けてくれた」

曽祖父君が坊を発《た》つときに言った。

「楽しゅうございました。そして何より身体《からだ》が軽くなりました」

姉君が応じる。確かに日頃は食の細い姉君が、大椀に盛られた朝粥を残さずに食べていた。

従者二人の後ろについて、ゆるい坂を下っていく。両側にある大小の坊からは、もう読経の声が聞こえてくる。遠くで高らかに歌う鶯《うぐいす》の声も届く。

檳榔毛車には、牛が繋がれ、車副《くるまぞい》が二人待っていた。曽祖父君がまず乗り、そのあとに続き、後簾を下ろす。檳榔毛車に乗るのは初めてで、横の物見《ものみ》も立派な作りだった。

曽祖父君が前方に坐り、向かい合う。坊にいたときよりも互いが近く、曽祖父君の狩衣《かりぎぬ》の模様もはっきり見分けられた。何重にもなった格子《こうし》模様が美しい。よく見ると、立烏帽子《たてえぼし》にも雲形の透かし模様がはいっていた。そして牛車の中だけに、曽祖父君の丁字香《ちょうじこう》の匂いも強かった。

「わしも都に戻ったらすぐ、出仕《しゅっし》しなければならない」

問わず語りに曽祖父君が言う。「今は大切な時期でのう、頭が痛い」

そう言いながらも上機嫌な顔だった。何のしがらみもない曽孫を前にすると、隠すようなことはないのかもしれなかった。

「そなたたちの父、為時殿が慕《した》っている今上帝《きんじょうてい》を、妬《ねた》ましく思う人たちがいる。わし自身は今上帝が力を発揮されるのはこれからだと思うが、それでは困ると思われているのが、右大臣の兼家殿だ。昨日話した『蜻蛉日記』の作者の夫君だから、そなたたちも身近に感じられるだろう」

曽祖父君が、前に坐る二人を交互に見つめる。話に興味があるか否かを見届けてから、続けた。

「今上帝はまず、緩《ゆる》みっ放しだった倹約令を改めて明確にされた。五節《ごせち》の舞姫を献上する際の服装も、華美《かび》に過ぎないようにと、布告《ふこく》を出された。さらに、大納言《だいなごん》藤原為光《ためみつ》様の娘が入内《じゅだい》するときと、関白頼忠《よりただ》様の娘が入内する際も、輦車《てぐるま》を認められなかった。つまり輦車の宣旨《せんじ》が出なかったので、歩いて内裏にはいるしかなかった」

輦車は、何かの折に絵に描かれているのを見たのみで、実際には目にしたことはない。立派な屋根を持ち、四方が簾で囲まれた輿《こし》に車がついている。前後に二本ずつ柄《え》が出ていて、七、八人の陪臣《ばいしん》たちによって引かれて行く。徒歩《かち》とは、格式が天と地ほどにも違っているのが納得できた。

「もうひとつの大胆な施策《しさく》が破銭法《はせんほう》といって、銭貨《せんか》を勝手に鋳《い》てつぶすのを禁じられた。これによって銭の流通が保たれて、物の値段が安定する。これまでどの帝もできなかった法令で、見事という他ない。さらに力のある貴族たちや、大きな寺が、延喜《えんぎ》以降に広げた荘園《しょうえん》を取り上げ、国のものとされた。もともとこの新荘園の禁止法は、醍醐《だいご》天皇が出されたもので、この八十年の間、ないがしろにされていたのだ。わしの見るところ、これも見識ある施策だった」

曽祖父君がきっぱりと言い、続けた。「さらに極めつきが、この国を良くするために、広く意見具《ぐ》申《しん》を募る改革令を出された。五位以上の者たちそれぞれが、自分の意見を奏上《そうじょう》しなければならず、わしも当然、奏上文を出した」

「中納言殿は、どう書かれたのでございますか」

姉君が訊いたので、曽祖父君の顔が明るくなる。

「わしか、わしは漢詩を書いた。この十数年というもの、世は廃《すた》れるばかりであり、水害で河川は破れ、人家は流される。干天《かんてん》のため、田畑は枯れ、人は飢えて路頭に迷う。その傍《かたわ》らで、富める者は国土を私《わたくし》して、税を納めない。待たれるのは今上帝による聖代《せいだい》だと、詩で書き留めた。つまり、わし自身はどういう施策が良いかはわからない。しかし何かの手立てをしない限り、この国は立ち行かないことを訴えたのだ」

曽祖父君の目が少し潤《うる》むのが見え、胸を衝《つ》かれる。どういう言葉を漢詩で綴《つづ》られたのか、訊いてみたい気がした。

「しかしこうして広く意見を求めた令文《れいぶん》そのものが、見事なものだった。わしの言いたいことも、そこに過不足なく言い表わされていた。何度も読んだので、大方は覚えている。そなたたちも、耳を傾けるとよい」

曽祖父君が背を伸ばし、目を閉じる。


東西の二京を見渡せば、西京に人家少なく、幽境《ゆうきょう》に近し。人は去りて来る人なく、屋根は破れしままで、盗賊の棲家《すみか》と成れり。時には死骸路傍《ろぼう》に放たれ、捨てられた嬰児《えいじ》も干からびるままなり。

東西四条以北、乾《いぬい》・艮《うしとら》の二方は、貴賤《きせん》の区別なく群聚《ぐんしゅう》し、高き家は門を並べ堂を連ね、小さき家は壁を接し、屋根を草で葺《ふ》く。東隣に火災有れば、西隣延焼を免《まぬか》れず、南宅に盗賊有れば、北宅財貨人攫《さら》い免れず。


「この名文を起草《きそう》したのが、大内記《だいないき》の慶滋保胤《よししげのやすたね》殿だ。文章道《もんじょうどう》の学生《がくしょう》と比叡山の学僧を束《たば》ねて、勧《かん》学会《がくえ》を作った人だよ」

「慶滋様には、何度かお会いしたことがあります」

「おお、そうか」

「父君に連れられて、具平親王の邸に行ったときです」

「なるほど。具平親王が慶滋殿を師とされているとは、聞いている。そうだったか」

曽祖父君が頷く。「そなたが、具平親王の座に侍るとは、為時殿も味なことをされる。ところがじゃ、これは為時殿が知っているはずだが、今上帝のこうした施策が、今は頓挫《とんざ》しかけている」

曽祖父君が暗い面持《おももち》で言うのを聞きながら、あの慶滋保胤様がそういう偉い人だったのだと、遅まきながら気がつく。それにしても、曽祖父君が漢詩で表したという京の有様や、慶滋様が書かれた起草文の内容は本当だった。西京の方には、一、二度しか行ったことはない。しかし人通りも少なく、土塀が崩れたままになった邸があちこちにあった。それに対して、今住んでいる堤第の辺りは、新たな邸宅も建てられている反面、粗雑で小さな家もあちこちに見受けられる。

胸を傷《いた》めたのは、牛車から見た乞食《こつじき》たちの姿だった。ある者は、立てずにいざり、ある者は動けずに、道行く人に物乞《ものご》いの手だけをさし出していた。着ているのは衣というよりも、破けた布だった。

あのような下賤《げせん》の者を見ると、こちらの目まで汚《けが》れると、母君から言われたので、なるべく見ないようにはしていた。見ないようにすれば、道端の乞食も路傍の石と同じように、何の感慨も催《もよお》さないからだ。

そういえば、昨日堤第を出て大雲寺まで登ったとき、そうした乞食の姿を何人も見ていた。見ていたのに心に留まらなかっただけなのだ。

「ところがじゃ」

曽祖父が言葉を継いでいた。「今言ったような今上帝の施策は、当然のことながら、既に権勢を誇っている、かの右大臣兼家殿にとっては、我慢がならなかった。自分たちの勢いが削《そ》がれるからだ。あの『蜻蛉日記』の作者の夫としては、早く帝を退位に追いやりたいのが本音《ほんね》だ。というのも、兼家殿が別腹に産ませた娘の詮子《あきこ》様を先の円融帝《えんゆうてい》に嫁がせている。あわよくば、その間にできた長子《ちょうし》を次の帝にしたいというのが、兼家殿のたっての願いだ。そうなれば、帝の外戚《がいせき》として益々《ますます》権勢をわがものにできる」

「でも、まだ即位して間もない帝を、どうやって退位させられるのでしょうか」

姉君が訊く。

「それは、無理やりにはできない。あくまで帝の御意思でなければならない」

曽祖父君がかすかに首を振る。「兼家殿が考えておられるのは、出家だ」

「出家ですか」

驚いた姉君が問い質《ただ》す。「今上帝はおいくつになられるのでしょうか」

「十八だ。そなたたちより四つか五つ年上でしかない」

「その若さでの出家ですか」

確かめずにはいられなくなった。

「若いから、兼家殿の策にはめられる恐れがある。側近に知恵者の公卿《くぎょう》がいれば、術中にはまることはないかもしれないが、周りに集《つど》っているのは位《くらい》の低い者ばかりだから、太刀《たち》打《う》ちできるとは思えない」

起草文を書いた慶滋保胤様とて大内記の位だから、公卿ではない。帝の心中が思い遣られた。

「それでじゃ。わしが懸念しているのは、そなたたちの父、為時殿の行く末だ。帝とその側近たちの推挙《すいきょ》によって、ようやく蔵人と式部丞《しきぶのじょう》になった。それがまた、これからどうなるか、案じられる」

曽祖父君の顔がまた暗くなる。

確かに蔵人に召されてからというもの、父君の様子は変わった。それまでは部屋に閉じ込もる日が多く、背をこごめて書物を読み、筆を執《と》っていた。邸全体が暗く沈んだようだった。

位を得てからは、衣冠《いかん》を整え、いそいそと牛車に乗り込んで邸をあとにする日々になった。堤第全体が日を浴びたように活気づいたのだ。それが再び、あの暗い日に戻るかと思うと、気が塞《ふさ》がれた。

第四章　今上帝出家《きんじょうていしゅっけ》

北山《きたやま》での修法《ずほう》のお蔭か、その後の姉君は寝込む日が少なくなった。母君や祖母君の喜びも大きく、安堵《あんど》した様子が見てとれた。

父君の部屋に呼ばれて漢詩の手習いをする際にも、姉君と並んで坐《すわ》ることができた。近頃は姉君も一緒に学んでいる。もちろん惟規《のぶのり》と惟通《これみち》、それに今では定暹《さだのり》も一緒だ。妹の雅子《まさこ》は、父君の傍《そば》よりも、祖母君や母君の部屋で手習いをした。

惟通は四歳年下、定暹は八歳年下なので、まだ漢詩の意味を解せず、父君の朗詠《ろうえい》を口移しで唱《とな》えるだけだ。それにもすぐ倦《あ》きて、父君は退出を許される。残った三人で、日がな一日父君の講義を受けるときもあった。

ある日、父君から誘われて具平《ともひら》親王の邸《やしき》を訪れた。このときは伯父《おじ》の為頼《ためより》殿も同行された。網代《あじろ》車《ぐるま》に三人で乗り、左京《さきょう》を南に下るとき、物見《ものみ》を開けて外を眺《なが》める。曽祖父《そうそふ》君から右京《うきょう》の荒廃の話を聞いて以来、大小の家や道行く人を見る目が変わっていた。

道に沿うのは立派な家ばかりではなかった。破れた土塀の中に、仮宿のように造られた粗末な家もある。かと思えば、小屋掛けが密集している怪しげな場所もある。下穿《したば》きもつけない幼児たちが泥水に足を入れ、はしゃいでいた。そこへ母親らしい女が出て来て、尻を叩《たた》いて遊びをやめさせる。

「香子《かおるこ》、今日は具平親王の母君も見えるということだ。私ら兄弟にとっては従妹《いとこ》にあたる」

父君が言う。

「私らの母君の姉が代明《よしあきら》親王に嫁《とつ》ぎ、そこで生まれたのが、具平親王の母である荘子女王《そうしじょおう》だ。お前も知っている通り、荘子女王が嫁がれたのが村上《むらかみ》天皇だ。会うのは久方《ひさかた》ぶりだ」

伯父君がつけ加えた。

「香子のことは、具平親王を通じて耳に入れられたのだろう。是非《ぜひ》伴《とも》って来られたしと、使いの者が知らせに来た」

言われて気が重くなる。具平親王の前に出たときでさえ緊張したのに、その母君であり、かつ村上帝の妃《きさき》であった方に、どうやって言葉を返したらいいものか。

もうひとつ気がかりなのは、北山で曽祖父君が口にした今上帝《きんじょうてい》のことだった。代が替わった場合、帝《みかど》の許《もと》で職を得ている父君が失職しかねないというのが、曽祖父君の懸念《けねん》だった。

具平親王邸に着き、迎えた女房《にょうぼう》から部屋に案内される。以前とは違う廊下《ろうか》を通っていった。中庭に面した大きな部屋には、具平親王の他に慶滋保胤《よししげのやすたね》様がおられた。

「よく参ってくれた」

具平親王が手招きして、後方の几《き》帳《ちょう》の奥に声をかける。女房が几帳をわずかにずらすと、そこにおられたのが荘子女王だった。髪に少し白いものが交じってはいるものの、若々しいお顔だった。

「そなたが為時殿《ためときどの》の娘か。なるほど利発な目をしている」

言われて顔が赤くなり、目を伏せる。それでも、何か口にすべきだった。

「畏《おそ》れ多くもお目にかかることができ、この上なく幸せに存じます」

「嬉《うれ》しいのは、わたくしのほう。今日は昔話でもしようと思っている。そなたも天徳《てんとく》四年（九六〇）の内裏歌合《だいりうたあわ》せについては聞いたことがあろう」

「はい」

父君からかつて聞いた出来事を思い出して答える。「天徳四年三月三十日のことと聞いております」

「さすがだ」

脇から具平親王が言った。「今日が三月三十日、今からちょうど二十六年前だ」

考えてみれば、そのために荘子女王がここにお越しになったのだ。

「あの折は、父の為時殿も、そなたにとっては曽祖父にあたる文範《ふみのり》殿も参加された。のう為時殿」

「はい、私はただ殿上童《てんじょうわらわ》として侍《はべ》っておりました。あの折、文範殿に目をかけていただき、後にその孫娘を妻に迎えることができたのです」

父君がかしこまって答える。なるほど、その縁だったかと納得する。

このやりとりを、傍《かたわ》らから慶滋保胤様が笑顔で眺めていた。先日の曽祖父君の話から、この方が誰もが認める偉い人なのだと改めて知った。

「今日は、昔話の余興《よきょう》として、和漢競いをしようと思います」

几帳の向こうで荘子女王が楽しげに言う。和漢競いなど耳にしたことのない言葉だった。

「ひとつの組は、具平親王と慶滋殿、そして為時殿、もうひとつの組は、わたくしと為頼殿、それからそなたです」

「わたくしでございますか」

腰を浮かさんばかりに驚いて聞き返す。

「そなたの才については、親王から常日頃聞いています。余興なので気楽に加わればよいのです。まず、そなたが和歌を詠《よ》み、その趣旨に応じて為時殿が漢詩を詠みます。その内容を敷衍《ふえん》して為頼殿が和歌を作る。それを受けて慶滋殿が漢詩を作《な》し、わたくしが受けて歌を詠み、最後に親王が漢詩でしめくくる。どうでしょうか」

荘子女王が几帳の陰から微笑《ほほえ》みかける。父君たちがこぞって頷《うなず》くのを見て、頭の中が忙しくなった。

「こうした遊びはこれまでしたこともないでしょう」

「ございません」

父君と伯父君が打ち揃《そろ》って答える。

「それなら準備を」

一座が左右に分かれて坐り直す。女王だけは几帳の陰だ。後ろに控えていた女房が奥に引っ込み、巻紙と筆、硯《すずり》を持って来た。文箱《ふばこ》の中の硯には、既《すで》に墨がすられている。あとは巻紙に歌を書きつけるだけだ。

「初めの歌は、何を詠めばよろしいでしょうか」

たまりかねて女王に問いかける。

「そなたのよしなに」

女王からやさしく言われ、益々《ますます》戸惑《とまど》う。しかしここは迷うべきではなかった。筆を執《と》って、紙の右端に書きつけた。

今上の世を憂《うれ》えるうぐいすの
声聞きつつも姿は見えず

姿勢を正して、二度読む。拙劣《せつれつ》な歌ながら、かつて牛車《ぎつしや》の中で聞いた曽祖父君の話が、どうしても頭から去らなかったのだ。

「なるほど、やはりそなた、ただ者ではない。その鶯《うぐいす》は一羽ではありますまい」

荘子女王が言う。「歌の末尾にそなたの名を入れるように」

勧められて筆を執り直し、藤原香子と名を記した。

女房が文箱と巻紙を父君の前に移動させた。しばし思案していた父君は、さらさらと筆を動かし五《ご》言絶句《ごんぜつく》を書きつける。そのあと背を伸ばして、二度朗詠《ろうえい》する。

鶯が詠み込まれ、何羽かが声を競い合う様が詠まれていた。しかし鶯の声は、人の気配がすると沈黙するという内容だ。

伯父君は天井《てんじよう》を仰《あお》ぎながら聞き、文箱と巻紙が前に置かれるなり、筆を走らせる。それを二度読み上げる。

わが声は消えなんとする深山《ふかやま》の

それを聞いて慶滋保胤様は何度も頷かれた。文箱が巡《めぐ》って来たときには、既に詩想《しそう》がまとまったようだった。

筆の走るのを見て、さすがだと思う。五言ではなく七言律詩《しちごんりつし》になっていた。朗々とした慶滋様の声を聞いて、自分が深山《みやま》に分け入り、出家の心を持ちつつも、世上《せじょう》の人々を憂える詩情が切々と語られている。

もしかしたらこれは、慶滋様が自身の行く末を詠まれているのかもしれなかった。半分は、この世に対して諦《あきら》めに似たものを持っているようにもとれる詩の内容だ。

今度は荘子女王の番で、女房が巻紙をその前に移動させる。女王は慶滋様が今しがた書きつけた律詩にじっと目を注《そそ》がれた。そしてひと息で、巻紙の上に筆先を走らせる。女手《おんなで》の見本とも言える美しい筆跡だった。

ふきまようふかやまおろしにみをさらし
すめるこころもちぢにみだれん

荘子女王が歌を詠み上げる声は、話すときとは違って甲高《かんだか》く、胸に響く。女王も今の世上を憂えているのがわかる歌だった。

最後が具平親王だ。もう詩想は決まっているようで、文箱と巻紙が回ってくるのを待ち受けていた。筆を執って墨をたっぷりつけて、ひと息で五言絶句を書き上げる。

路難思共済
飄風過無時
草々頻年歳
衆力亦不細

路難共済思う
飄風《ひょうふう》過ぐるに時無し
草々頻《しき》りに年歳《ねんさい》
衆力《しゅうりょく》亦《ま》た細ならず

朗詠が終わった瞬間、拍手をしたのは慶滋様だった。女王も手を叩かれ、伯父君や父君も拍手した。漢詩には具平親王の優しい心と希望がこめられていて、涙が出そうになる。

人々の難儀を共に救いたい。大風はいつか止むだろう。自分は文章にかまけて年を重ねている。しかし人々の力は決して小さいものではない。

具平親王は、巻紙と文箱を自ら女王の前に移動させる。女王はそこに時と場所を書き添えられた。

「誠に意義のある和漢競いになった」

女王がこちらを見て顔をほころばせる。「これも、そなたの初めの歌のお蔭であろう。為時殿、良い子女《しじょ》を持たれました。先々が本当に楽しみです」

声をかけられた父君が恐縮する。

「この巻物は、そなたがこの先、ずっと持つがよい。この六人の中で、一番生き長らえるのはそなただろうから」

女王に手渡された巻物を、女房が捧《ささ》げ持って来た。

「一生の宝物にさせていただきます」

女王に頭を下げ、相対している具平親王、慶滋保胤様と父君、そして伯父君を見やった。

「実はそなたにふさわしい引出物を用意しています。気に入ってくれると嬉しい」

女王が言い、女房に命じて布包みを持参させる。包みを解くと、古書ではなく新しい書籍で、流《りゅう》麗《れい》な筆致で『交野少将《かたののしょうしょう》物語』と表書きされていた。『交野少将物語』の噂《うわさ》は聞いていても、実際に読んだことはない。堤第《つつみだい》の書庫にもなかった。

「わたくしが読んで面白いと思い、能筆《のうひつ》の藤原行成《ゆきなり》に頼んで書写させました。手習いの手本にもなりましょう」

「ありがとうございます。これもまた末永く手元に置かせていただきます」

「香子殿、私が思うに、その書物は、物語よりも筆に価値がある。藤原行成はまだ十代半ばながら、当代切っての能書家だ」

具平親王が言い添えた。

「物語の中味は、主人公である少将の多情さを巡るものになっている。今読むよりは、三、四年寝かせて繙《ひもと》いたほうがよいかもしれぬ」

笑いつつ言ったのは慶滋保胤様だった。

「それは老婆心《ろうばしん》というもの。今読んでも将来の備えにはなる。わたくしとて、もっと幼い頃に読んでおけば、多少なりとも別な道を歩めたかもしれません」

荘子女王がたしなめる。

それから先の談義は、荘子女王が嫁いだ村上帝の後宮《こうきゅう》の話になった。村上帝が醍醐《だいご》天皇の第十四皇子であることからして、後宮で天皇に侍《はべ》る妃の多さが想像できる。その父帝に似て、村上帝も相当に多情な人であったらしい。皇子は九人、皇女は二十一人、合計三十人の子があった。具平親王もそのおひとりなのだ。十数人はいた妃たちの特徴を、荘子女王はときには冗談も交えて話された。その屈託《くったく》のなさが女王のお人柄だった。

日が傾きかけた頃、具平親王邸を退出した。牛車の中で、伯父君がしきりに「今日は忘れ得ぬ日になった」と繰り返した。父君も同感のようで、二人のやりとりを耳にしつつ、確かにこの日は生涯忘れないだろうという気がした。

曽祖父君が懸念していた今上帝の退位について、つぶさに聞かされたのは三か月後だった。それは父君の口からではなく、祖母君の口からだ。

祖母君の特技は箏《そう》の琴《こと》で、姉君とともに幼い頃から手ほどきを受けていた。これは姉君のほうが上達が早かった。ゆっくり演奏する静掻《しずがき》、早く音を響かせる早掻《はやがき》は同じようにできても、左手を使って絃を揺する取由《とりゆ》は姉君にかなわない。

日頃は何事にもゆったりしている祖母君も、箏の琴を前にすると別人のようになった。祖母君が特にこだわったのが、静掻と早掻を絶妙に組み合わせた輪手《りんのて》だった。

手本として祖母君が奏《かな》でる曲を聴いていると、つい目を閉じたくなる。松林を吹き抜ける風、寄せる波が目に浮かぶ。そこに突如として空がかき曇り、激しい雨が降り出す。波も高くなり、岩にしぶきが砕ける。海に出ていた小舟が木の葉のように揺れる。

ようやく驟雨《しゅうう》が過ぎて、またもとの静かな海辺に戻る。目を開けて、祖母君の皺《しわ》の多い指の動きを見つめる。老いた手から生まれる音は、老いとは全く無縁の若々しい音だ。

終わって、姉君と二人で手を叩く。弾《ひ》きやめた祖母君が満面の笑みになった。

稽古《けいこ》が終わったとき、祖母君から悲しい話を聞かされた。数日前に父君が任を解かれていたのだ。

「とうとう帝が退位された」

祖母君が暗い顔で言ったとき、またあの寂し気な日々に戻るのだと思った。父君が日がな一日家にいて、稀《まれ》にしか外出しない。自室に籠《こも》って、朝から晩まで書物を前にする。いつでも父君の姿を見られるものの、双手《もろて》をあげて嬉しいとは言えなかった。

「つまるところ、右大臣である藤原兼家《かねいえ》様にとって、今の帝はうまみが感じられなかった。すべては、そこに端《たん》を発している」

祖母君が淡々《たんたん》と話す。兼家様と言えば、『蜻蛉日記《かげろう》』に書かれている人だ。

「長老たちの意に反して、様々な新しい改革をしたからでしょうか」

改革を担《にな》ったのがあの慶滋保胤様だったはずなので、尋《たず》ねると祖母君が頷く。

「それもあろうが、早く自分の孫を帝位に就《つ》かせたかったのだよ。正妻の時姫《ときひめ》との間にできた詮子《あきこ》様を先の円融《えんゆう》帝に嫁がせ、六年もの間、外戚《がいせき》として権勢をほしいままにされた。それが縁《えん》もゆかりもない今の帝に代わってから、ぷっつりと糸が切れ、操《あやつ》ろうにもすべがない。そこで早々に退位させ、孫である東宮懐仁《とうぐうやすひと》様に跡を継がせたかった。その機会を虎視眈々《こしたんたん》と狙っておられたはずだ」

祖母君の話が次第に熱を帯びて来る。「きっかけは、今上帝が愛されていた妃の忯子《よしこ》様の死だった。帝には妃が幾人もいたけれど、最初に身籠《みご》られたのが忯子様だった。妃が身籠ると内裏《だいり》を出て里に帰らねばならない。内裏を血で穢《けが》してはならないからだ。ところが帝は懐妊《かいにん》した忯子様を手放したくなかった。悪阻《つわり》のひどい忯子様を手元に置き、一刻《いっとき》も離れず愛し続けられた。それが五か月にも及ぶうち、忯子様はみるみる衰弱された。悪阻はその間ずっと続き、痩《や》せ細られる。帝はその間、様々な修験者《しゅげんじゃ》や高僧を呼び、修法《ずほう》を続けられた。しかし甲斐《かい》なく、帝はとうとう近習《きんじゅ》たちの奏上《そうじょう》を聞き入れ、忯子様に里下りを許された。程なく忯子様は里邸《りてい》で死去された。十七歳の若さだった」

「それは薄幸《はっこう》なお妃でした」

姉君がしみじみと言う。

「帝の悲しみは一入《ひとしお》だった。帝をさらに苦しめたのは、身籠ったまま死んだ女は成仏《じょうぶつ》できないという浄土《じょうど》教の教えだった。こよなく愛した妃が成仏できないとあって、帝は様々な供養《くよう》を思いつかれた。無理もない。胸の内では、自分が出家すれば供養になるという思いも生じていた」

祖母君が嘆息する。「帝が頼りにしたのが、山科《やましな》にある元慶寺《がんぎょうじ》の阿闍梨《あじゃり》だった。側《そば》に呼びつけ、その説教に耳を傾けられた。また一方で、陰陽寮《おんみょうりょう》の天文博士《てんもんはかせ》安倍晴明《あべのせいめい》様を呼び、卜占《ぼくせん》をさせた。こうした段取りをすべて担ったのが、帝の近侍《きんじ》職蔵人《くろうど》である藤原道兼《みちかね》様だった。道兼様は、兼家様が時姫との間にもうけられた第二子だ。第一子が道隆様、第三子が道長《みちなが》様だよ」

祖母君からここまで聞けば、退位の背後に潜《ひそ》むものが見えてくる。すべては兼家様の采配《さいはい》なのかもしれなかった。

「近くに侍る道兼様は、日々耳許《みみもと》で供養のための出家を勧められた。事前に兼家様の意向を受けた東山の阿闍梨は、出家なされば妃の魂は成仏できると説いた。さらにこれも兼家様の意を汲《く》んだ安倍晴明様は、吉兆《きっちょう》は東にあると卜《ぼく》した。これで今上帝の意志は七分《しちぶ》がた固まった。もうひと押しだと感じた道兼様は機を見て、帝の意向が出家に傾いたとき、帝の御印《みしるし》、宝剣と神《しん》璽《じ》を東宮の許に移された。そして自分がどこまでもお供をすると甘言《かんげん》し、ある夜半、帝を内裏から連れ出した。乗ったのは、高貴の方が乗る唐車《からぐるま》ではなく、糸毛車《いとげのくるま》だったようだよ。それだと、その中にいるのは女人《にょにん》と思わすことができるからね」

今上帝が後ろ髪を引かれつつ、小ぶりな牛車に乗る光景が思い浮かぶ。あたかも夜逃げも同然ではないか。

「内裏を出ようとしたとき、帝は忘れ物に気がつかれた。妃の忯子様から貰《もら》った手紙を置き忘れておられた。死別のあと、思い出の文《ふみ》のほとんどは焼かれていたが、一通だけは肌身離さず身につけられていた。牛車を止めようとすると、道兼様が制された。そんな暇などありません。急がないと、帝の不在に気がつき、内裏中が大騒ぎになります。今こそ千載一遇《せんざいいちぐう》のときです、と急《せ》き立てた。こうして牛車は内裏を抜け出し、鴨川《かもがわ》を渡った。

実はそのあとを、兼家様の下命《かめい》を受けた武者二人が、隠密裡《おんみつり》につけた。そして一刻《いっとき》半ののち、ようやく元慶寺に着く。かねてより申し合わせていた通り、待ち構えていた阿闍梨は帝と道兼様を迎え入れた。

出家の準備は整えられており、帝は冠《かんむり》を脱ぎ、剃髪《ていはつ》された。次は当然、どこまでも帝について行くと言った道兼様の番だった。ここで道兼様は、今ひとときの猶予《ゆうよ》をと申し出た。出家する前の姿を一度父上に見せてから、髪を剃《そ》りたい、必ずや戻って参ります、と言った。ここで帝は、だまされたことに気がつかれた。いきりたって成敗《せいばい》しようにも、もう遅い。随身《ずいじん》など誰もいない。隣の間《ま》に控えていたのは、あとを追って来た武者二人で、もしものときは帝を蹴《け》やって、力ずくで道兼様を連れ去る算段だった。

帝は泣かれた。願い続けた晴れの出家が涙にくれるものとは、心底情けなかった。これもすべて、有力な外戚のない我が身の不運だった。こうして今上帝の世は、わずか二年で幕を閉じた。まだ十九歳の若さでの退位だった」

祖母君は言いやみ、大きく溜息をつく。「この話は、そなたたちの曽祖父文範殿が、元慶寺の僧から聞かれたものだ。為時殿が内裏の噂で耳にしたことと、大方重なっているので、まんざら嘘《うそ》でもあるまい。為時殿の話では、帝のよき理解者だった慶滋保胤様も、出家をされるようだ。もはや事は尽きたりと思われたのだろうよ」

祖母君が嘆息する。

「それで、父君は再び免官《めんかん》されてしまったのですね」

姉君が暗い顔で尋ねる。

「今上帝と具平親王、慶滋保胤様の引きで、蔵人になったのだからね」

「父君がずっとこの堤第におられるのは嬉しいのですが、どこか日が陰ったような寂しさがあります」

まさしく姉君の言う通りだった。

「毎朝、父君が牛車で出かけられる音を聞くのが、このところの習いでした」

と言うと、祖母君が頷いた。

「香子の言う通り、牛が啼《な》き、牛飼《うしかい》の声を聞くと、わたしもここまで生きてきた甲斐があったと思ったものだ」

祖母君が目を伏せて言った。

三人とも言葉を継げないまま、外の植栽《しょくさい》を眺める。垣根に咲き初《そ》めた朝顔が鮮やかな紫色を見せていた。

「とは言え、雨風はいつかは止《や》むものだよ。しばしの辛抱《しんぼう》だと思えばよい」

祖母君がぽつりと言った。

雨風はいつかは止む。これはあの荘子女王の和漢競いの席で、具平親王が書きつけた五言絶句の中にあった言葉「飄風過無時」と軌《き》を同じにしていた。

第五章　新帝即位

祖母君が言われたように、それ以後、父君は堤第《つつみだい》に留《とど》まる日が多くなった。しかし父君自身は自分の口から、子供たちに職を失ったことは話されなかった。

代わりに、新しく皇位に昇った新帝については、折々語られたので、世の移り変わりを知ることができた。

即位した懐仁《やすひと》親王はわずか七歳だった。もっとも、幼くして即位した帝《みかど》は前例がないわけではないらしい。村上《むらかみ》天皇の前の朱雀《すざく》天皇は八歳、おおよそ百三十年前に即位した清和《せいわ》天皇は九歳、そのあとの陽成《ようぜい》天皇も九歳であったという。しかしともあれ、七歳での即位は前代未聞だ。

天皇の即位式の際に起きた怪異な出来事については、母君から聞かされた。母君は父君あるいは他から耳にしたに違いなく、夫が職を失った怨《うら》みをこめてか、声を潜《ひそ》めて子供たちにこう言った。

「式の朝、高御座《たかみくら》の几帳《きちょう》を開けると、そこに人の首が置かれていたそうだ。髪は乱れ、目を見開いた男の生首《なまくび》だった」

「恐い」

姉君と定暹《さだのり》が口を揃《そろ》えて言った。

「やはり、この即位に怨みを持つ者がいたんだろうね。強引に事を運んだ右大臣《うだいじん》藤原兼家《かねいえ》様親子に、遺恨《いこん》を持つ者がいたんだよ」

「それで式はどうなりましたか」

思わず訊《き》いていた。

「知らせは、すぐに兼家様の許《もと》に行った。まだ眠っているところを起こされた兼家様は、さして驚いた風でもなく、そうした塵芥《ちりあくた》は即刻片付ければすむものだと答えられた。人の生首をごみと見なされたのだ。考えようによっては、恐ろしいお方だ」

母君は言ってから、ぶるっと肩を震わせられた。

しかしそれは兼家様の恐ろしい人柄というよりも、政《まつりごと》とは所詮《しょせん》、生首のひとつや二つ、気にしてはおられないのに違いない。

「兼家様は、今五十八歳、時を待ってはいられないのだろうね。帝が幼いだけに、ようやく手に入れた我が世の春だよ。自身の命が続く限り、春も続くと思っておられるはずだ」

兼家様の春は、すなわち堤第の冬に結びついていた。暗い心のまま、姉君たちと一緒に母君の部屋を退出した。

初夏が過ぎる頃、具平《ともひら》親王の許から帰った父君に呼ばれた。

「具平親王から漢詩をいただいた。今の世を嘆いておられる」

父君が差し出した書簡箋《しょかんせん》には五言律詩《ごごんりつし》が書かれていた。

今日走駄馬
壮心久零落
諸侯角栄華
天下人常争
人病虎縦黄
無労問民草
窮鳥鳴巷間
賓客去幽山

今日駄馬《だば》走り
壮心《そうしん》久しく零落《れいらく》す
諸侯《しょこう》栄華を角《かく》す
天下人常に争う
人は病《へい》し虎縦《ほしいままに》横す
民草《たみくさ》に問うに労なし
窮鳥巷間《きゅうちょうこうかん》に鳴き
賓客幽山《ひんかくゆうざん》に去る

一読して、親王の、世を嘆く心情が伝わる。権勢にある人々は、どうして争いばかりをするのか。その間に民は病み、その悲鳴があちこちに聞こえる。心ある友たちは出家《しゅっけ》してしまった——。そんな意味だろう。

「それで、その返しとして、こんな文を草《そう》した。香子《かおるこ》にちょっと読んでもらいたい」

父君が巻紙を手渡す。長い漢文で、次のように起筆されていた。

去年春、中書大王桃花閣命詩酒、左尚書藤員外中丞惟成、右菅中丞資忠、内史卿大夫保胤、共侍席。

（去年の春、中書大王桃花閣《ちゅうしょだいおうとうかかく》に詩酒《ししゅ》を命ず。左尚書藤員外中丞惟成《さしょうしょとういんがいちゅうじょうこれしげ》、右菅《うかん》中丞資忠《すけただ》、内史《ないし》卿大《たい》

夫保胤《ふやすたね》、共に席に侍《はべ》る）

「この中書大王が具平親王で、内史卿大夫保胤というのが慶滋《よししげの》保胤様ですね」

「そうだ。あとの二人は、権左中弁《ごんのさちゅうべん》藤原惟成様と右中弁菅原《うちゅうべんすがわらの》資忠様だ。慶滋保胤様と藤原惟成様は出家され、菅原資忠様は病《やまい》を得て急逝《きゅうせい》された」

「そうでしたか」

藤原惟成様は太り肉《じし》の大らかな人であり、菅原道真公《みちざねこう》の血を引く菅原資忠様は、色白の肌に切れ長の目が美しい方だった。

「残っているのは、不才無益なこの私だけになった」

父君が自嘲《じちょう》気味《ぎみ》に言う。

「そんなことはございません」

思わず首を横に振る。「志《こころざし》半ばにして幽山に去られた三人の方々の意思を継ぐのが、父君の務めのような気がします」

「そう言ってくれるか。そうかもしれない」

父君が頷き、その先を読むように促《うなが》した。七言律詩の形をとった漢詩だった。冒頭の二句は、梁園今日宴遊筵（梁園《りょうえん》、今日、宴遊《えんゆう》の筵《むしろ》）、豈慮三儒滅年（豈《あ》に慮《おも》わんや、三儒《さんじゅ》の一年に滅せんことを）になっていた。三儒とは藤原惟成様と菅原資忠様、そして慶滋保胤様をさしている。その三人の学才が、わずか一年で政の場から去った事実を慨嘆《がいたん》していた。

そして最後の八句目は、不才無益性霊全（不才、益無くして、性霊全《せいれいまっとう》す）になっている。何の役にもたたない自分のみが生命を保っている、という意味だろう。何ともうら寂しい詩だった。

「具平親王をお慰めするのには、よい作かと思います」

意に反して口をついて出たのは、そういう言い草だった。

「ま、これからも変わらず、具平親王の許に侍るのが自分の務めだとは思っている」

気を取り直すように、父君が言った。


次の年の春だった。うつうつとした日々を送っていた父君に、降って湧いたような朗報が届いた。右大臣藤原兼家様の三男道兼《みちかね》様から、漢詩作成の依頼が届いたのだ。道兼様と言えば、先帝花山《かざん》院を出家に導いた張本人である。とはいえ、いずれは関白の地位に昇るお方に違いなく、父君と堤第にとっては、一条の明かりがさしたようなものだった。

道兼様の山荘は洛東《らくとう》の粟田《あわた》にあり、その絵《え》障《しよう》子《じ》に漢詩を添えるようにというのが、父君への依頼だった。これから世を統《す》べられるはずの道兼様から目をかけられるほど、父君の詩才が世に認められているのが嬉《うれ》しかった。

いざその粟田の山荘に赴《おもむ》く前日、父君から呼ばれて同行するように命じられ、尻込みした。

「なあに、父のお供をして参ったと言えば、道兼様も喜ばれるだろう。むさ苦しい家司《けいし》がお伴をしたのでは絵にならない」

父君は笑い飛ばした。

その日の朝、母君と祖母君が色鮮やかな小袿《こうちき》と単袴《ひとえばかま》を着付けてくれた。

「くれぐれも粗相《そそう》のないように。せっかくの父君の晴れの席だよ」

祖母君が言った。

「大丈夫ですよ。必ずや、為時殿の面目《めんぼく》を果たします。そのうえ道兼様のお目に留まれば、願ってもないこと」

暢気《のんき》な母君が言い添えた。

父君の網代車《あじろぐるま》に乗るのも、かって具平親王の邸《やしき》に向かったときとおなじだった。久方ぶりに鴨川《かもがわ》を渡り、鴨東《おうとう》に向かう。粟田は祇園《ぎおん》の社《やしろ》の近くのはずだった。六月に行われる祇園祭には二度行ったことがある。一度目は山鉾《やまぼこ》を見、二度目は宵山《よいやま》を牛車《ぎっしゃ》の中から見物した。鴨東の賑《にぎ》わいを感じた。

「今回、道兼様から呼ばれたのも、あの方が花山帝のとき蔵人頭《くろうどのとう》であったからだ。私は六位《ろくい》の蔵人に過ぎなかったが、何度か声をかけられたことがある」

父君が問わず語りに言うのを聞きながら、これが吉兆《きっちょう》になるような気がした。道兼様についていけば、また父君に任官の機会が訪れるに違いない。

「兼家様が時姫《ときひめ》様との間にもうけられた子息は三人おられる。長子が道隆《みちたか》様で、次が道兼様、そして三人目が道長《みちなが》様だ。娘には冷泉《れいぜい》帝に嫁がれた超子《とおこ》様がおられる」

「あの『蜻蛉《かげろう》日記』を書かれた方との間にも、子供がおられるのではないのですか」

「それは道綱《みちつな》様であり、もうひとりの妻との間にも道義《みちよし》様がおられる。しかしそれは所詮《しょせん》、傍系《ぼうけい》の男子に過ぎない。兼家様のあと右大臣を継がれるのは、道隆、道兼、そして道長様の順になっていくはずだ。もちろん病を得たりすれば、その順番が狂うこともある」

「そうすると、いずれ道兼様の世が訪れるのですね」

「そう願いたいのう」

父君の言葉には願いがこめられていた。

牛車は鴨川の西を南に下ってから橋を渡った。物見《ものみ》から外を眺《なが》めやる。樹木が多くなり、そこここに粗末な家が散在している。行き交う人たちの身なりも貧しく、牛車が珍しいのか、立ち止まって見ている。背に薪《たきぎ》を担《にな》っている女は、両手で子供の手を引いていた。

道が悪いのか牛車が揺れ、脇に置いた文箱《ふばこ》が音を立てる。念のため、文箱の包みを膝の上に抱えた。文箱には大小四本の筆と硯《すずり》、二種の墨がはいっている。絵障子《えしょうじ》の前で墨をするのも自分の役目だった。

悪路に牛が難渋《なんじゅう》していた。何度も牛飼の声がし、鞭《むち》の音がする。北山《きたやま》の大雲寺《だいうんじ》を訪れたときのことが思い出された。あの日は姉君の加持《かじ》が目的だったので、気楽な遠出だった。しかし今回は違う。父君の名誉と、この先の運命がかかっているような気がする。粗相などは許されなかった。

牛車が停《と》まる。いよいよだと思うと気が引き締まる。父君も緊張した表情で、前簾《まえすだれ》が開くのを待ち受ける。

父君に続いて牛車を降りる。三人の家司が待ち構えていて、父君に深々とお辞儀をした。

山荘とは言え、間口の広い立派な邸で、一部に檜皮葺《ひわだぶ》きが使われていた。

案内されて中にはいる。広い土間《どま》が奥まで延びている。板敷《いたじき》に上がり、廊下《ろうか》の先まで案内された。途中に趣向の違う坪庭が二つあった。ひとつは石と砂利《じゃり》のみの庭で、小さな灯籠《とうろう》が置かれていた。もうひとつは篠竹《しのだけ》を片隅に配した苔庭《こけにわ》だった。

通された部屋は、二方に縁側が配され、広い庭に面していた。庭石の先、植栽の向こうに、遠く山並が見える。見事な借景《しゃっけい》だ。案内の家司から、円座《わろうだ》を勧められて坐る。目の前に絵障子が立てられていた。四枚の襖障子《ふすましょうじ》に、それぞれ四季の情景が描かれている。

一番右が冬景色で、雪をいただく山峡の川を一艘《そう》の舟が下っている。舟の屋根にも雪が積もっている。その左は一面の梅花で、奥に湖水があり、人が憩《いこ》う姿が描かれていた。次もひと目でわかる夏の風景であり、海辺に社《やしろ》が小さく描かれ、松林が密に繁《しげ》っている。波の音まで聞こえてきそうだった。そして一番左が秋景色だった。山柿の実る村落のすぐ傍《そば》に、紅葉《こうよう》した里山が迫っていた。

見たところ、それぞれ絵筆遣いが違うので、四人の絵師が腕を競い合ったのに違いない。四通りの絵には、まだひとつとして漢詩が添えられていない。父君がすべての絵に揮毫《きごう》を任されているとは思えない。やはり四人の漢詩人がどれかの絵を受け持たされるのだろう。

包みを解いて文箱を取り出す間も、父君は四枚の障子に見入っていた。どの障子を任されるのか判然としないので、四季すべての情景に対して想を練る必要があるのだ。

程なく廊下から咳払《せきばら》いがしたので、姿勢を正す。従者二人を従えて、目の前に坐られたのが、右大臣道兼様だった。

「為時殿、遠路をよう参られた。その後はつつがないか」

問われて、父君が平伏《へいふく》したまま、このたびの招きに対しての御礼を申し述べた。そのあとで、

「僭越《せんえつ》ながら、娘の香子も伴にて参りました」と言い添える。

「そなたが為時の娘子《むすめご》か。蔵人を務めていた頃、話は聞いていた。そなたが男子《おのこ》であればよかったと、常日頃、為時殿が周りにぼやいていたのは有名な話だ。そうか同行してくれたか。孝行だのう。いざというとき為時殿に助け船を出すのもよかろう」

道兼様は三十歳前だろう。色白の整った顔だった。この方がまだ若い先帝をそそのかして出家させ

たのだとは、にわかには信じられない。とはいえこの柔和《にゅうわ》な人だからこそ、先帝が信じてしまわれたのかもしれなかった。

「さて為時殿、この絵障子のうち、そなたにはこの三枚目に画讃《がさん》してもらいたい」

道兼様が海辺の神社を指さす。

「かしこまりました」

父君は答え、改めて絵障子を眺める。その脇で、文箱の硯に水を垂らし、墨をすり出す。なるべくゆっくりと墨を動かすつもりだった。そのほうが父君に詩想の余裕ができる。

「いや、筆と墨は、既《すで》に用意している。同じ筆にて、四人の者に詩を添えてもらうつもりだ」

道兼様から目配せされて、家司が大きな文箱を抱えて来た。蒔絵《まきえ》が施《ほどこ》された美しい箱で、持参した黒漆《くろうるし》のみの文箱とは品が違った。

「そうだ。そなたにも画讃を貰《もら》いたいのだ」

道兼様が言い、もうひとりの家司に何か耳打ちした。家司が奥から持って来たのは、大きな扇《おうぎ》だった。

「これに、そなたの父同様、画讃をくれるとありがたい」

扇を手にした道兼様が、わざわざ立って扇を手渡してくださるとき、辺りに香《こう》がたちこめた。

「とても、そのようなことは」

伏目《ふしめ》になって、尻込みするしかない。

「構わない。そなたが書きつける間に、為時殿が詩想を確かなものにできる」

道兼様が言うのも道理だった。

扇を見ると、春景色が描かれていた。春雨《はるさめ》の中で梅の花が満開だった。扇の根元に空白がある。

「かしこまりました」

答えるしかない。父君を助けると思えばよいのだ。ゆっくりと墨をすったあと、細筆を執《と》った。一気に扇の上面に書きつける。

好雨知時節
冥々細雨来
春光日自濃
花開満万枝

好雨《こうう》時節を知り
冥々《めいめい》細雨《さいう》来《きた》る
春光《しゅんこう》日《ひび》に自ら濃《こまやか》なり
花開いて万枝に満つ

そこまで書き、左下に「藤為時女《とういじむすめ》」と付記する。父君が漢詩を作るとき、「藤為時」と自署するのを知っていたからだ。墨が乾くのを待って、道兼様の方にいざろうとすると、家司が扇を取って道兼様に手渡してくれた。

「なるほど、変則ではあるけれども、よく出来ておる。しかも女手とは思えない筆遣いだ」

「いいえ、とてもそのようなものではございません」

火照《ほて》った顔を横に振る。ともあれ父君に恥をかかさずにすんだことに、胸を撫《な》で下ろす。

「元来、扇に記すのは難しい。扇の骨に沿って書かねばならないからだ。それも坐り良く書けている」

「いえ、まだ無学の者でございます」

脇から父君がおずおずと言い添えた。

「為時殿、子女が男であったらと、嘆くには及ばない。この娘子は、このまま学ばせて、ゆくゆくはどこぞの女官として出仕《しゅっし》させるがよかろう。必ずや、仕《つか》える姫君に重用《ちょうよう》されよう」

「ありがたいお言葉でございます」

父君がまた低頭する。

「もともとこの扇子は、娘のひとりに贈るつもりにしていた。画讃によって一段と格が上がった。礼を言うぞ」

言われて父君とともに頭を下げる。

「さても為時殿、もう想はまとまったろう。お願い申す」

道兼様の目配せで、家司二人が絵障子を父君の前に倒した。画讃するのは下の余白だろう。大きめの筆を手に執り、たっぷり墨を含ませて、丁重《ていちょう》に文字を書きつけていく。七文字を書き終えて次の行に移り、途中で墨を継ぎ二行まではひと息だった。三行の冒頭で再び筆にたっぷり墨を吸わせ、四行目に移ってもそのまま書き継ぐ。次第に墨が掠《かす》れていく様が何とも美しい。書き終えるまで、父君の手が止まるのは、筆先が硯に触れるときだけだった。

書き終えたとき、ようやく筆の大きさを変え、小筆で左隅に藤為時と書き添えた。見事な七言絶句で、筆継ぎの跡と掠れた文字の配置が絶妙だった。

晴沙岸上暮江干
鬱々林蘿陰社壇

晴沙《せいさ》の岸上《がんじょう》暮れたる江干《こうかん》
鬱々《うつうつ》たる林蘿《りんら》社壇《しゃだん》を陰《おお》う

応是神心嫌苦熱
浪声松響夏中寒

応《まさ》に是《こ》れ神心苦熱《くねつ》を嫌うなるべし
浪の声松の響き夏中《かちゅう》なるも寒し

「為時殿、さすがだ」

道兼様がわざわざ立ち上がり、父君の背中越しに、漢詩を鑑賞される。「これは、あとの三枚の書き手にとっても、手本になる。実にありがたい」

道兼様の言葉に、父君はかしこまるばかりだ。

襖障子が元の所に立てられ、改めて眺めやる。画讃があるのとないのでは、見る者に与える興趣《きょうしゅ》が全く違う。画讃を欠く絵が、どこか間が抜けているようにも見えた。

「香子とやら、そなた、立派な父君を持っている。誇りだのう」

道兼様から言われて、思わず目頭《めがしら》が熱くなる。頭を下げながら、父君の晴れの場までついて来てよかったと思った。

道兼様が退去されたあと、家司たちが大小の手箱を運んで来た。下賜《かし》の品だった。文箱はそのまま家司が牛車まで運んでくれた。

「これで大役を果たした」

揺れる牛車の中で、父君は見るからに安堵《あんど》していた。

「香子が横にいてくれたので助かった。あの場でひとりであれば、緊張の余り詩想も乱れていたろう。しかも香子が、時間を稼いでくれたのにも助けられた」

「あの方が、今の世を統《す》べる方のおひとりなのですね」

「それはそうだ。道兼様とその父の兼家様が、今の幼帝をつくられたのも同然。今の世は父の兼家様が摂政《せっしょう》、兄の道隆様が内大臣、そして道兼様が権中納言、兼家様の娘である詮子《あきこ》様と円融《えんゆう》院の御子《みこ》が新帝なので、翳《かげ》りひとつない兼家様一家の世といってもよい」

父君の口調には、一抹《いちまつ》の寂しさが感じられた。山荘での画讃を機に、父君に再び出仕の道が開けるのを願うばかりだった。

父君から言われて文箱を開けると、大きなほうには上質の料紙《りょうし》がはいっていた。上半分は染紙《そめがみ》だ。単純な薄藍《うすあい》や茶、薄緑のものもあれば、切箔《きりはく》や砂子《すなご》を散らした紙もある。

「これは過分《かぶん》な」

父君が驚く。

もうひとつの小さな文箱には金子《きんす》がはいっていた。

「これも過分な褒賞《ほうしょう》」

絶句する父君を見て、改めて見直す思いがした。

第六章　出仕《しゅっし》

翌年の冬、遅い裳着《もぎ》の儀式を終えたあと、父君から呼ばれた。母君と祖母君も同席していた。外は雪で、庭は早くも雪景色だ。

「もっと近《ちこ》う寄りなさい」

父君から手招きされ、火桶《ひおけ》の近くに寄る。母君と祖母君がどこか浮かない表情だった。

「実は具平《ともひら》親王から、香子《かおるこ》を出仕させて欲しいとの申し出があった。正室の延子《のぶこ》様に仕《つか》える女房《にょうぼう》としてだ」

思いがけない提示に、返す言葉が見つからない。まだ十六歳だった。

「香子にとっても、これは決して悪い話ではない」

父君の言い分はわかっていた。父君の身分の娘は、早晩婿《むこ》を貰《もら》って子に恵まれ、婿の屋敷に引き取られるか、どこかの貴人の館《やかた》に出仕させられるかが、世の習わしなのだ。病弱の姉君は、そうした道は免《まぬか》れている。妹とてまだ幼い。三人の弟はまだまだ修業の身で、任官の幸運を摑《つか》むとしても、先の話だった。

「嫌だったら、いつでも里下がりしてもいいのだよ」

祖母君が言い、母君も涙ぐみながら頷《うなず》く。

この堤第《つつみだい》のなりわいが豊かでないのもわかっている。道兼様《みちかね》の山荘から戻る牛車《ぎっしゃ》の中で、いただいた金子《きんす》を目にしたときの父君の、嬉《うれ》しげな顔も覚えていた。

「はい。行かせていただきます」

「行ってくれるか。具平親王も喜ばれよう」

ようやく父君の顔が晴れる。これでよかった。父君が喜ぶのであれば、是《ぜ》とすべきだった。

三日後、みんなに見送られて父君の網代車《あじろぐるま》に乗った。祖母君と母君は、袖を目に当て、姉君は蒼《そう》白《はく》な顔に必死で笑《え》みを浮かべていた。弟三人と妹の姿を見て、これでひとり食扶持《くいぶち》が減るのだと思った。

改めて邸《やしき》を眺《なが》め渡すと、どこにも新しいものはなかった。庭こそ手入れはされている。しかし、廊《ろう》下《か》の欄干《らんかん》の欠けた所は修理されていない。塀の壁も剝《は》げ落ちたままだ。

出仕によって、具平親王から下賜金《かしきん》が月々もたらされる。堤第がこれから先も存続し、姉や弟、そして妹たちが心おきなく育つためには、これが一番の解決法だった。

堤第を出た牛車は土御門大路《つちみかどおおじ》にはいり、西に進む。やがて左に折れて、東洞院《ひがしとういん》大路を真直《まっす》ぐ南に下った。

「千種殿《ちぐさどの》には、香子も何度か行ったはずだ。あそこがこれから具平親王の本宅になる。そこに住まわれている北の方延子様は、親王よりも年上で、今は三十歳になられる。二人が結婚されたのは十年ばかり前で、親王が十五歳のときだった。その間に男女ひとりずつ御子をもうけられた」

父君が問わず語りに説明してくれた。「千種殿にはもうひとり、親王の側妻《そばめ》が住まわれている。まだ若く二十一歳だ。まだ御子《みこ》はない」

「北の方はどんなお方でしょうか」

前以《まえもっ》て聞いておけば、心構えも違ってくる。

「親王より年上だけあって、気の強いお方だとは聞いている。もちろん御簾《みす》越しでさえもお姿を見たことなどない。北の方もやはり天皇家の血筋を引いておられる。それが気位《きぐらい》の高さに繋《つな》がっていよう。しかし教養のあるお方らしい。それで親王は、香子に白羽《しらは》の矢を立てられたのだろう」

聞いて、少し不安になり先が思い遣られた。しかしもう引き返すすべはない。黙って牛車の音を聞く。救いは、あの具平親王の優しさだろう。そして何度か通った千種殿も、美しい邸だった。そこに住まわせてもらうのは、僥倖《ぎょうこう》と思うべきだろう。

「親王は最近、桃花閣《とうかかく》にもまたひとり、側妻を迎え入れられた。まだ若く、十六歳だ。親王にとっては遠縁にあたられるようだ」

三方が外に開かれているあの桃花閣の一室にも、何度か招かれた。親王にとっては、北の方がおられる千種殿よりも、桃花閣のほうが多分に、くつろげるのかもしれなかった。いずれにしても具平親王に側妻が多いのは、いつか祖母君が言った通りだ。

牛車は五条大路まで至って、右に折れる。もう千種殿は近い。

「具平親王には手紙で伝えてある。願い出れば、いつでも里に帰って休むことができる」

父君は言ってくれたが、里下がりが気安くできるはずはなかった。

牛車は、五条大路が西洞院《にしのとういん》大路に交わる手前の室町小路《むろまちこうじ》で、南に曲がる。そこが千種殿で、ほぼ一年ぶりの懐しい邸だった。庭にある椿《つばき》の大木が、小さく赤い花を二、三十はつけている。

牛車の音を聞きつけて家僕《かぼく》が二人出て来る。事情はわかっているようで、すぐさま邸の中に案内された。牛車を降りて、階《きざはし》から簀子《すのこ》に上がり、南廂《みなみびさし》の端《はし》で待つ。程なく具平親王が姿を見せた。

父君と共に頭を床につける。

「よくぞ来てくれた」

顔を上げると、親王の笑顔があった。「香子、そなたが出仕すると聞いて、私のみならず延子と侍女《じじょ》の女房たちも喜んでいる」

「畏《おそ》れ入ります。不肖《ふしょう》の娘ゆえ、何かと粗相《そそう》が多いかと存じます。どうか、よろしくお願い申し上げます」

再び一緒に頭を下げる。

「たとえ粗相があったところで、気にするには及ばない。何事も、少しずつ覚えてゆけばよいこと。そなたの聡明さであれば、すぐに慣れよう」

親王が手を叩《たた》くと、老女が出て来て、立つように促《うなが》した。あとに続こうとしたとき、父君から呼び止められた。

「香子、しばらくの別れだ」

別れという言葉が胸に突き刺さる。思えば、今日が、初めて父君の許《もと》を離れる日になるのだ。

老女のあとについて行きながら、その裳唐衣《もからぎぬ》を眺めた。これが冬にふさわしい椿襲《つばきがさね》かもしれなかった。表が蘇芳《すおう》色で、裏が赤、その間に濃い萌黄《もえぎ》色が挟まれている。自分が着ている小袿《こうちき》と裳は、あり合わせの衣で、いかにも見劣りがした。

「今いた所が南殿《なでん》で、これから東対《ひがしのたい》に渡る」

後ろを振り向きもせず老女が言う。

東対の間《ま》こそは、何度か父君と来た場所で、慶滋保胤《よししげのやすたね》様たちと歌合《うたあわ》せが催《もよお》された。濡《ぬ》れ縁《えん》の簀子を通って廊下に出る。途中に戸があり、老女が開けて待っていてくれた。

「これから東北対《ひがしきたのたい》に渡る」

老女の言葉を聞きつつ、左右の庭に目をやる。左側は広い中庭になり、その先が土塀になっている。どうやらその土塀にある表門から屋敷にはいり、さらに中門《ちゅうもん》の前で牛車を降りたのに違いなかった。

廊下の途中にある戸に沿って、東対と東北対の間に築垣《ついがき》が設置されていた。東対の館と東北対の館を画《かく》しているのだろうか、築垣の色が南側と北側で違っている。南側は黒、北側は黄色だった。

「北の方にお目通りをする前に、そなたの衣を替えなければならない。ここで待ちなさい」

渡廊《わたろう》から東北対の館にはいったとき、老女が言った。待たされたのは南廂の片隅だ。中の間とは襖障子《ふすましょうじ》で仕切られ、簀子との間には蔀《しとみ》が下がっている。薄暗い中でしばらく待った。

程なく外で女の声がして襖障子が開く。年増《としま》の女房が、重そうな衣を抱えていた。

「掌侍丞《ないしのじょう》の君からの言いつけで持って来ました。これに差替えなさい」

あの老女の名前が掌侍丞の君なのだと、頭に刻みつけながら、着ていたものを脱ぐ、その間、年増の女房はじっと目をそらさない。単衣《ひとえ》ひとつになって新しい袿を着る。表が白で、裏が紅、中が薄紅だ。もちろん新しくはない。何かの香《こう》が薫《た》き染《し》められている。かいだことのない香りだった。

黄色の裳をつけると、重く感じられて動きにくい。その分おごそかな気分になる。

「さ、行きましょう。北の方が待っておられる」

年増の女房から急がされて、再び簀子に出て、打橋《うちはし》を渡る。渡殿《わたどの》の先にも戸があり、外側の庭には、戸に沿って築垣が設けられていた。

「ここが中殿《ちゅうでん》です。北の方は夜ここで休まれるので、夜御殿《よるのおとど》とも言う」

渡廊から中殿にはいり、廂をぐるりと回る。途中で二人の女房とすれ違ったので頭を下げた。胸が高鳴る。廂の内側にもうひとつ廂があったので、先刻通ったのは孫廂《まごびさし》だと気づく。どこまで広い邸なのか。父君に連れられて歌合せの席に侍《はべ》った際、目にしたのは、邸のほんの一部分に過ぎなかった。

「新参《しんざん》の侍女を連れて参りました」

年増の女房が言うと、中から返事があり、襖障子が開く。先刻案内してくれた老女、いや掌侍丞の君がいた。

「ほう、よく似合います」

上から下まで目を走らせて頷く。身が硬《かた》くなるのを覚え、丹田《たんでん》に力を入れ、静かに息を吐《は》く。焦《しょう》慮《りょ》に駆《か》られたとき、そうするとよいと教えてくれたのは父君だった。

襖障子の奥にはいると、下長押《したなげし》があり、奥とは御簾で仕切られていた。

「先の蔵人為時《くろうどためとき》殿の娘を連れて参りました」

掌侍丞の君が言い、横の几帳《きちょう》から出て来た若い女房二人が御簾を上に巻き上げる。その間に、掌侍丞の君と年増の女房に挟まれて坐り、頭を下げてお待ちした。

「よう出仕してくれた」

澄んだ声をかけられて顔を上げる。鮮やかな小袿姿が目にはいる。綾織《あやお》りに描かれている図柄は白椿だった。

「初めてお目にかかります。藤原為時の娘、香子でございます」

幸い、滑《なめ》らかな口上《こうじょう》になった。

「蔵人の君、そなたのことはかねてより耳にしています。初めての出仕ゆえ、戸惑《とまど》いも多いでしょう。そこは掌侍丞の君と少将《しょうしょう》の君が面倒を見てくれるはずです」

言われて、自分が蔵人の君で、年増の女房が少将の君だと知った。ここでは、女房の名を親か親族の位《くらい》で呼ぶのだ。

「懸命に務めさせていただきます」

頭を下げながら言い終えたとき、胸の動悸《どうき》を改めて感じた。これまで、身を入れて懸命に取り組んだ物事などなかったからだ。

「懸命は構わないが、急ぐ必要はありません。気楽な懸命くらいがよいでしょう」

言われて、また頭を下げる。気楽な懸命とは、その兼合いがさらに難儀そうだった。

「それにしても、わたくしが昔使った装束《しょうぞく》、そなたに似合ってよかった」

「本当に、ようございました」

少将の君が言い添える。

香の薫き染められた五衣《いつつぎぬ》その他の衣装《いしょう》は、北の方のものだったのだ。恐縮の極みだった。

「それではもう下がってよい。局《つぼね》はもう決まっていますね」

「はい」

掌侍丞の君が答える。

その局まで案内してくれたのは、御簾を上げてくれた若い女房二人だった。ひとりは色黒で、愛想《あいそ》のよい目がよく動く。もうひとりは背が高く、物静かな人だ。

「この中殿は、具平親王が普段おられる南殿よりは広く、納殿《おさめどの》や御厨子所《みずしどころ》その他は、すべて中殿にあります」

背の高い女房が言い、戸を開けて納殿や御厨子所、その奥の厨《くりや》を見せてくれた。納殿には、様々な衣装や御衣掛《みそかけ》、唐櫃《からびつ》などの調度《ちょうど》が収納されていた。御厨子所には折敷《おしき》や鉢、皿や箸《はし》、匙《かい》、瓶子《へいじ》や提子《ひさげ》などが、棚に整然と並べられている。その多さは堤第の比ではなかった。厨では五、六人の下僕《げぼく》や下女《げじょ》が忙しく立ち働いていた。

「この中殿の北には、北二対《きたにたい》の邸があり、東西二つの渡殿で繋がれている。そこには側妻が住んでおられるので、まず行くことはない。別に、三人の女房が仕えている。その他にも、南殿の西に西対《にしのたい》がある。そこにも、そなたは行くことはなかろう。そなたの持場はこの中殿と東北対で、親王の用事があれば東対や南殿に行くこともあろう。それでは、あとの案内は、六位《ろくい》の君にしてもらいなさい」

背の高い女房から言われ、今度は色黒の女房のあとに続く。

「あの方が、中将の君だよ。口調はきついかもしれないけれど、根は優しい」

そういう色黒の女房が六位の君だと、自分に言いきかせる。先刻の女房が中将の君、年増の女房が少将の君、老女が掌侍丞の君だと頭の中で整理する。

六位の君が渡殿を東北対の方に戻るので、それについていく。

「ここがあなたの局、わたしのが隣、そのまた向こうが中将の君の局です」

簀子に面した妻戸《つまど》をはいって、六位の君が示した。三つの局は孫廂に並び、互いの間は衝立《ついたて》障子で仕切られている。また上下に分かれた表張りの二枚格子《こうし》で簀子とは隔てられていて、今は上の格子が上げられていた。北に面しているので、北風でも吹けば格子の隙間《すきま》から冷気がはいるのは必至だ。

「あなたは恵まれている。北に面していますが、北の方のお衣装を下賜《かし》されるというのは、余程のことです。夜になって上に着る衣も別に用意されていますよ。夜は冷えますよ」

見ると、局の中には何もない。堤第では少なくとも自分の曹司《ぞうし》には机や文箱《ふばこ》、敷物があった。寝るときの枕は、どこからか持ってくるのだろうか。

「蔵人の君、ひと通りこの東北対の邸がどうなっているのか、見せておきます」

六位の君が言い、まずは建物の外側にぐるりと設けられた簀子を一周する。南に面する簀子には階段が付けられていて、ここで牛車の乗り降りができる。庭にも下りられた。

「この格子を上げ下げするのが、今夜からの蔵人の君の務めです。夜になって上の格子を下げ、朝は上げる。全部で十八枚あります。もちろん風の強いときは、上げる必要はありません」

さり気なく六位の君が言う。今朝までは六位の君が格子の係だったのだろう。堤第では格子の上げ下げなどは下女の役割だった。

両開きの妻戸は東西二か所しかなく、格子をすべて閉めたあとは、内側の掛金《かけがね》を下ろさねばならない。そうすると邸には外からはいれなかった。

孫廂があるのは、局三つが並ぶ北と西側のみで、あとは中央の母屋《もや》を東西南北の廂が囲んでいた。廂には、ちゃんと所々に細長い畳《たたみ》が置かれている。南廂の一角には、畳の上に方形の褥《しとね》も置かれ、脇に箱が添えられていた。

「ここには時々掌侍丞の君がやってこられて、休まれる。わたしたちがここでくつろいではいけません」

六位の君が言った。「廂の内側にある母屋《もや》は、見た通り二つに仕切られています。左の部屋は塗籠《ぬりごめ》になっていて、外からは見えません。中は宝物が入れられた唐櫃がいくつもあり、畳も敷かれ、脇息《きょうそく》もあるので、具平親王にとっては、誰にも邪魔されない場所になっています。唯一、はいれるのは北の戸からです。ここには、北の方もはいれません」

右側の部屋の南側には仕切りがなく、南の廂からは丸見えだった。北と東側は襖障子で仕切られ、山水《さんすい》が描かれている。道兼《みちかね》様の粟田《あわた》山荘で父君が揮毫《きごう》したような、漢詩はない。屏風《びょうぶ》や二階厨子、几帳、衣架《いか》などは、その山荘とは段違いの美しさだった。

畳の上に置かれている琴《きん》の琴《こと》が目に留まる。琴柱《ことじ》のない七絃だからわかる。

「北の方は琴を弾《ひ》かれるのですか」

「琴は北の方も親王も弾かれる。お二人ともお上手《じょうず》で、よくお二人で弾かれたあと、どっちが上手だったかと訊《き》かれます。どちらかに軍配を上げると角が立つので、いつも互角と答えるようにしています」

「本当は、どちらがお上手なのでしょうか」

「本当は、北の方がお上手です」

六位の君が小声で答える。「とはいえ、親王が得意とされるのは十三絃の箏《そう》の琴です。それに対して北の方は七絃の琴の他にも六絃の和琴《わごん》、さらに琵琶《びわ》も弾かれる。北対には、それらの名器がいくつも取り揃えられています。蔵人の君も箏や和琴を弾くのではないですか」

「はい、多少たしなむ程度です」

控え目に答える。箏の琴は、祖母君から手ほどきを受け、褒《ほ》められるくらいの腕にはなっていた。それに対して母君が上手だったのは和琴で、これも稽古《けいこ》をつけられた。

祖母君が弾く箏の琴に、母君が和琴を重ねて奏《かな》でると、家中の者が集まってくるのが常だった。母君はときとして琵琶も搔き、そんなときは祖母君が古い琴を持ち出して、かけあいになった。

祖母君から箏の琴を習う際、口酸《くちす》っぱく言われたのが、和すことだった。花の咲く頃、紅葉《もみじ》の頃、雪の日、または長雨のとき、弾く調べはそれに調和しなければならない。あるいは、他の奏者が奏でる楽器に和さなければ、琴の音は生きないという。

そして祖母君の嘆きは、奏法が複雑な琴を弾く者が少なくなったことだった。これもまた、姉君とともに祖母から手ほどきをしてもらった。めきめき上達したのは姉君の方で、姉君こそが琴を受け継いでくれるものと、祖母君の教えにも熱がはいった。

一方で不思議と心惹《ひ》かれたのは、母君の弾く和琴だった。十三絃の箏と異なり、わずか六絃なので、より自由に搔《か》き鳴らすことができる。祖母君が強調する和は、和琴のほうがより似合っているのではないかと思うほどだ。

母君が激しく搔き鳴らしたあと、左手で四、五本の絃を押さえ、残りの一、二本だけの絃の余韻《よいん》を残すとき、音はその場の雪や雨、または舞い落ちる紅葉と一体になっていた。

また、母君が父君の許に嫁《か》すときに持って来た琵琶は、先祖伝来の物らしく、古色蒼然《こしょくそうぜん》としていた。しかし母君がそれを水平に持ち、柘植《つげ》の撥《ばち》を上から下に搔き鳴らすとき、琴にはない耳新しい音が響いた。

誠に母君は、和歌などの文字にはさして興味を示さない代わり、和琴と琵琶は名人級の腕前だった。

「具平親王の琴《きん》は、父君の村上帝《むらかみ》からの直伝《じきでん》だそうです」

六位の君の声で我に返る。

「一度聴かせていただきたいです」

「村上帝は、具平親王以外の親王には秘伝を授けられなかった。だから具平親王が弾かれる琴の音色《ねいろ》は、帝《みかど》に代々伝わる音だと思っていい」

聞きながら、ひょっとして六位の君は、何か楽器が得意なのではないかという気がした。

廂から母屋のほうにはみだりにはいってはならないようで、六位の君は廂に坐ったままで言葉を継ぐ。

「ここには具平親王も北の方も、不意にやって来られる。だから女房は誰かここにいなければなりません。北の方は決して東対には渡られない。南殿にも稀《まれ》にしか行かれない。南殿と東対は親王の居場所だと考えて、遠慮されています」

「中殿の北にある、もうひとつの対については、先程中将の君からお聞きしました」

「あそこには二の奥方が住まわれている」

言葉を遮《さえぎ》るようにして、六位の君が答えた。側室を二の奥方と呼ぶようだった。

「二の奥方には三人の女房がついていて、わたしたちと交わることはありません。二の奥方はときには中殿を素通りして南殿、そして西対にも行かれる」

となると、正妻の北の方より、側妻のほうが具平親王と会いやすくなっている。

「二の奥方はどんなお方ですか」

思わず訊いていた。

「それはそれは髪の美しい方です。和歌をよくされるらしい」

六位の君の目が輝くのは、二の奥方に興味を持っている証《あかし》だった。「親王は別邸の桃花閣にも、最近側妻を迎えられています。わたしはまだそこには行ったことがありません」

父君が言った通りだった。その桃花閣に何度か行ったことは、六位の君には言わなかった。

母屋の中の二階厨子の上に、二、三冊の書物が載っていた。その前の畳の上に脇息も置かれているので、親王か北の方が読まれるのに違いない。何の本なのか興味をそそられる。

襖障子の前に立てられている屏風には、漢詩が書かれている。どんな内容なのか、近寄って読みたい気がした。

「わたしたち三人は、主に母屋に詰めているので、この東北対は蔵人の君の受け持ちになります」

「はい。心して務めます」

「といっても、塗籠の中にははいらないように」

六位の君が念を押した。

この日、夕刻から雪が散らつき始め、六位の君と二人で妻戸を全部下ろしたあと、二か所に灯明《みあかし》を点《とも》した。

夕餉《ゆうがれい》は、中殿の台盤所《だいばんどころ》に女房四人が集まってとった。掌侍丞の君は先に食べ、北の方に侍っていた。

「大方の様子はわかりましたか」

年増の少将の君から訊かれ、「はい」と答える。

「これまで里では、侍女が何人かいたのでしょうね」

今度は背の高い中将の君から問われ、また「はい」と返事をした。

「ここでは、そなたは、いや蔵人の君は女房という侍女になります」

少将の君の言葉に「はい」と応じる。返事が次第に小さくなっていた。

「でも、楽しいこともあります」

脇から六位の君が言ったときには、つい涙ぐんだ。

夕餉の菜はさすがに堤第より一品多かった。鮎《あゆ》の甘露煮《かんろに》の一品は珍しい、蕗《ふき》のとうの揚げたものを口にしたとき、不意に涙が落ちそうになる。堤第の庭の隅には蕗畑のような場所があり、冬から春にかけて蕗はよく食卓にのぼった。特に好きだったのは、若い葉を醤《ひしお》で煮詰めたものを、固粥《かたがゆ》、あるいは汁粥の上にのせたものだ。

堤第での食事は、それこそ大人数で笑い声が飛び交った。祖母君に母君、姉君に弟三人と妹ひとりのうち、誰かがしゃべり、誰かが笑う。菜の品数の少なさを、賑《にぎ》やかさが補っていた。

しかしここでは、言葉は慎《つつ》しむものらしい。これはおいしいと言うこともできずに、黙々と食べるのが習わしのようだ。

「これはおいしいです」

鮎の甘露煮を口にするとき、思わず言ってしまう。少将の君が「それはよかった」と応じたのみだった。

夕餉を終えた頃、掌侍丞の君が姿を見せ。順番に盥《たらい》に張られた湯で口をすすぐ。堤第で使っていた取っ手がついた角盥《つのだらい》は木製で漆塗《うるしぬ》りだったが、ここは銀製だ。そのあとは、備えつけの楊枝《ようじ》で歯を磨く。堤第での柳の楊枝と違い、黒文字《くろもじ》が使われていた。

掌侍丞の君と少将の君だけが中殿に残り、あとの三人は東北対に戻った。外は既《すで》に暗く、うっすらと雪が積もっている。雪片《せっぺん》が火影《ほかげ》に照らされて、いかにも寂しげだった。

寝る前に順番に厠《かわや》の樋殿《ひどの》に行く際、紙燭《しそく》を持たされた。簀子を通って行くときも、紙燭のわずかな火影で、降る雪が光った。ようやく初出仕の日が終わる。初日を祝ってくれたのは雪だった。

孫廂の自分の局に戻ると、脇に褥《しとね》が敷かれ、木枕が置かれている。隣の局の六位の君が持って来てくれたのだ。礼を言おうとすると、仕切りの衝立の上から衾《ふすま》が投げ入れられた。

「今夜は寒くなりますよ」

六位の君の小声に、またしても「はい」と答えていた。

やはり絹綿のはいった衾は暖かい。一日の疲れで、まどろみはすぐに来た。

目が醒《さ》めたのは夜半だった。寝静まっているはずの邸に、琴《こと》の音《ね》が静かに響いていた。それは琴《きん》でも和琴《わごん》でもなく、箏《そう》の琴の爪音《つまおと》だった。方角からして、中殿ではなく南殿から届く。

祖母君の弾く箏の音と、どこか似ている。聞き覚えのある調べだ。降り積む雪を眺めながら、無《ぶ》聊《りょう》を紛らすために、具平親王が弾いているのに違いない。出仕始めの日を迎えてくれたのは、雪だけでなく、親王の箏かと思い直す。嬉しかった。

ふりつもる雪の夜半にうちとけて
箏の音届く局のしとね

そんな歌が、半睡《はんすい》の頭に浮かんだ。


翌朝、六位の君の声で起こされた。

「蔵人の君、蔀戸を開けましょう」

そうだったと思う。衾を畳んで、局の半蔀《はじとみ》を外側に開けると、白い光が飛び込んでくる。一面の雪景色に、あっと声を上げる。植栽のすべては雪をかぶり、外塀の上も二寸ほどの雪が重なっていた。

かじかむ手に息を吹きかけながら、半蔀をひとつおきに上げた。廂の中が明るくなり、もう灯明はいらない。

雪はまだ降っている。幸い、風はない。大吹雪《ふぶき》のときなどは、すべての蔀を閉めきって、暗い中、灯明の明かりだけで過ごすのだろう。半蔀を上げ終える頃には、体が火照《ほて》っていた。

六位の君は、中殿に続く渡廊の雪を箒《ほうき》で払っている。同じ要領で、簀子の雪も払うべきか迷っていると、中将の君から声をかけられた。

「厨所《くりやどころ》に行って、お湯を貰って来なさい。夕べの盥に入れて来るのです」

「はい」

朝と夕、盥に水か湯を入れて来るのが自分の務めだとわかる。渡廊のなるべく雪のない所を通って、中殿の廂にはいり、厨に盥を持って行くと、勝手知ったように下女が湯を入れてくれた。

湯をこぼさないように運んで、中将の君の前に置く。朝の洗顔と口すすぎのための湯だった。

「わたしがすんだら、六位の君、そして蔵人の君の順です。朝餉《あさがれい》のあとは、北の方の御髪《おぐし》を梳《す》きます。今日からは、それも蔵人の君の役目になります」

「はい」

ひとつずつ受け持つ仕事が増えていく。しかし、何も言いつけられないよりは、役目が明確になったほうがよかった。

朝餉は、女房五人が一緒になって口にした。刻んだ椎茸《しいたけ》のはいった汁粥に、じゅん菜の吸物、醬で煮詰めた川魚の石伏《いしぶし》が添えられていた。

「今日から北の方の御髪梳きは、蔵人の君にしてもらいます」

中将の君が掌侍丞の君に伝える。

「北の方の御髪すましを手伝うのも、いずれは蔵人の君に任せるつもりですか」

「いえ、これは六位の君に頼むつもりです」

言われた六位の君は、かねてからわかっていたらしく、頷いた。

「そなたがいるうちに、この二人を一人前にしておいて下さい」

少将の君が中将の君に言うのを聞いて、近々、中将の君がここを去るのだと納得した。

朝餉のあと、中殿の母屋に中将の君と行った。そこは広く東北対の母屋の二倍はある。隅の方に色鮮やかな御帳台《みちょうだい》が置かれていた。北の方は畳の上の脇息に休まれていた。

「来てくれましたか」

北の方が微笑《ほほえ》む。

「今日からしばらく、蔵人の君と一緒に梳かせていただきます」

中将の君が言い、さっそく備えつけの柳箱《やなぎばこ》を引き寄せる。螺鈿《らでん》の華やかな櫛笥《くしげ》だった。解櫛《ときぐし》は象牙《ぞうげ》、梳櫛《すきぐし》は柘植《つげ》で、鋏《はさみ》や毛抜き、耳掻きなどが添えられている。

北の方の御髪は、背丈に一尺は余る長さだった。中将の君が解櫛を手にして、ゆっくりと髪を梳く。途中で入れ替わる。ほのかな香りが感じられた。何の香りだろうか。沈香《じんこう》と他に何かが混じっている。

今度は中将の君が梳櫛を手にして、手本を示す。そのあとに交代した。

「蔵人の君、余り強く引っ張らないでおくれ。首が後ろにそり返る」

「申し訳ございません」

咄嗟《とっさ》に言ったのは中将の君で、すぐに代わる。なるほど中将の君が梳くとき、北の方の頭は動かない。

そのあと、また梳くように言われて真心《まごころ》をこめて梳く。右手を動かす間、息を詰め、そっと梳きおろす。

「それでよい」

火桶に手をかざす北の方の声がして、涙が出そうになる。

元結《もとゆい》も、中将の君が手本を示してくれた。これまで姉君の元結をしたことがあったので、要領は摑めていた。中将の君が仕上げをする間、壁際に置かれている琴《きん》や和琴に目をやる。それに気がついたのか、北の方から訊かれた。

「そなたも琴《こと》を弾くようですね」

「はい。いいえ、手習いだけでございます」

「夕べの箏の音は聴きましたか」

「はい、夜半に聴こえてきました」

「親王が南殿で弾かれていた」

北の方の声はどこか沈んでいる。やはり具平親王は、夜にこの御帳台には来られなかったのだ。北の方は、灯明を点《つ》けて待っておられたのかもしれない。

箏を奏で終えたあと、親王は足音を忍ばせて中殿を通り過ぎ、北二対の二の奥方の所に行かれたのだろうか。

「琴のうち、そなたはどれが好きですか」

問われて、小さな声で和琴だと答える。

「ほう、それはまた何故《なにゆえ》でしょうか」

「はい、和琴のほうが自由気ままの音が出るように思います」

「自由気ままとは、確かに言い得ています。いつか和琴を弾いてもらいましょう」

「いえ、そこまでの腕はございません」

身を縮《ちぢ》めるようにして答えた。

中将の君がすべてを終え、櫛笥を元の位置にしまうとき、二階厨子の上に置かれている書物を一瞥《いちべつ》する。閉じられた一冊は、表紙に「おちくぼ」と記されていた。継母《ままはは》に邪険に扱われた姫の物語だった。姉君と一緒に読んだ折、自分たちはこうでなくてよかったと胸を撫《な》でおろしたものだ。

もう一冊は、開かれたままになっていて、同じく仮名本《かなぼん》だった。遠目なので内容までは読めない。

「明日からは、蔵人の君が毎朝の髪梳きをして下さい。幸い、北の方はそなたを気に入られたようです」

渡廊に戻りながら、中将の君が言う。心細さは変わらず、明日以降を案じつつ外の雪を見やった。髪梳きのあとは、南廂での縫製《ほうせい》が待っていた。既に六位の君が、萌黄《もえぎ》色の布を裁ち縫いしている。何で染めたのか、色鮮やかな布だ。

「蔵人の君は、そこの織布《おりぬの》を砧《きぬた》で打って下さい」

六位の君が緋色《ひいろ》の布を指さす。色が燃えるように美しい。中将の君と六位の君が縫糸《ぬいいと》を進める脇で、布を打つ。雨の日など、祖母君が日がな砧を打っていたのを思い出す。時々手伝わされても単調さが退屈で、どうせなら母君の傍での裁縫のほうが性《しょう》に合っていた。

砧を打ち下ろすたびに、布の緋色が光沢《こうたく》を増す。この色の元が何なのか興味が湧く。堤第では、祖母君が下女たちを指揮して絹布《けんぷ》を染めていた。冬の時期に祖母君が採取していたのは冬青《そよご》だ。あの緑の葉で布を煮たあと、灰を加えると似ても似つかない珊瑚《さんご》色になるのが不思議だった。

「この時期、二の奥方の所では、赤子《あかご》の衣を揃えるのに大童《おおわらわ》でしょうね」

中将の君が言った。

「男の子ではないといいです」

六位の君が応じる。「男の子だと、北の方がお気の毒です」

「これぱかりは、人知の及ぶところではないですし」

中将の君が首を振る。

二の奥方は、間もなく出産なのだ。男の子が生まれると、具平親王の第一子息になる。北の方にとって、忍び難いのは想像できる。

「この萌黄色は、どこから来ていますか」

中将の君が六位の君に尋《たず》ねる。

「沈丁花《じんちょうげ》です。花が咲き終わる頃の枝と葉を使います」

「色を留めるには何を使うのですか」

「それは内緒です」

六位の君はきっぱりと言う。「そこに何を使うかで、全く違った色になります。柘植の枝葉を煮出した染汁《そめしる》でも、ある物を入れれば砂色になり、別な物を加えると薄緑になります」

「それは奥深い」

「奥深いです。物心ついた頃から母君の手伝いをさせられました。母君は祖母君に、幼い頃からそれを仕込まれたようです」

どうやら六位の君の家では、染の技が先祖代々に受け継がれ、門外不出にされていたようだ。六位の君の口が固いのも、そのためであり、この千種殿に出仕させられたのも、その技ゆえかもしれなかった。

雪はその日の夕暮れまでに止んだものの、寒気は翌朝も同じだった。

半蔀を上げ、湯を貰いに行き、朝餉をすませたあと、ひとりで北の方の髪梳きに伺《うかが》った。

御帳台に目をやって、前夜、親王が北の方を訪れたのだろうかと、気になる。二階厨子の上には、昨日と同じように二冊の書物があった。『落窪《おちくぼ》物語』のほうは同じ位置にあり、閉じられている。もう一冊のほうは、読まれた箇所が進んでいる。北の方が孤閨《こけい》のすさびに読まれたのかもしれなかった。

開けられた紙面の文字に目を凝《こ》らす。文章の中に、四つの和歌が記されているのがわかる。さらに目を細めて、並べられた四つの歌がおぼろげながら理解できた。

松風のとく吹きほさば紫の
　深き色をばまたも染めてん
むらさきにそむる衣の色ふかみ
　ほすべき風のぬるきをぞ思う
秋ふかみ野べの草葉は老いぬれば
　若紫をいまはたのまん
さかりだに花の草葉の露をこそ
　きょう紫の色はそめけれ

「奥方様は『宇津保物語《うつほ》』を読んでおられるのですね」

思わず言ってしまう。

「そなた、どうしてわかりましたか」

「今、読まれているところは『宇津保物語』以外にございませんので」

「そなたも読んだのですね」

「はい」

「そうですか。これがわかるとは、一度や二度でなく、何度も読んだのに違いありません。親王がそなたのことを褒《ほ》めていたのも道理です。すっかりそらんじているのでしょう」

「いえ、とんでもございません」

慌《あわ》てて否定する。

「何度も読んだのは、面白かったからですね」

「はい、とても面白うございます」

素直に答えたあと、これでは言い尽くしていないと思う。「ただ俊蔭《としかげ》の話と、孫の仲忠《なかただ》の物語が、すんなりと繋がっていないきらいがございます」

「俊蔭の話は、なにしろ波斯国《はしこく》での出来事ですからね」

「それに、話の筋がひとつの琴《きん》に頼り過ぎています」

「なるほど、なるほど」

北の方が半ばあきれたように頷く。「とは言っても、これは秘琴《ひきん》の物語でしょう」

「琴《こと》には、琴《きん》の琴《こと》もあれば、箏の琴もあれば、和琴もあります。『宇津保物語』は、その辺りが一本調子に思えてなりません」

「それはそうでしょうが」

「申し訳ございません」

やはり言い過ぎたと身が縮む。中将の君や六位の君の前では、ずけずけと物言いができないのに、北の方の前では口が軽くなってしまうのが不思議だった。

「蔵人の君は和琴が好きだと言いましたね。髪結いがすんだら、そこの和琴を弾いてみてくれませんか」

北の方が壁際にある和琴を指さす。「はい」と返事をしたものの、いったいどんな曲を爪弾《つまび》けばよいのか、思案しながら御髪梳きを終えた。

「さあ、聴かせて下さい」

元結を終えたとき、北の方がわざわざいざって和琴を取ってくださった。

母君の古びた和琴と違って、黒漆の中に貝が埋め込まれている。左指で六本の絃を、そっとはじく。いい音色だった。右手に琴軋《ことさき》を持って、息を整える。母君から習った曲は、四つか五つしかない。そのうち、わずかながら自信のある「山鳩《やまばと》」を弾き出す。

絃の響きがよく、自分が弾いているような気がしない。手本を示しながら弾く母君の姿が思い出され、その手をなぞるようにして演奏する。春まだきの山の中、鳩が鳴く様子を描く曲だから、右手の琴軋を掻き鳴らすときも、軽やかさが大切だった。そこに左手の爪弾きの音を重ねながら、ようやく弾き終える。

「これはまた上手でした」

北の方が目を細めた。「何という曲でしょう」

「『山鳩』と聞いております。御耳を汚《けが》してしまいました」

「『山鳩』ですか。知らない曲です。そう言われると、山鳩が鳴く光景が目に浮かびました」

北の方が微笑む。「今度はわたくしのも、聴いてくれますか」

「はい」

答えて和琴の位置を変える。自分が触れた琴軋を北の方が手に取るのを見て、畏れ多くなる。

北の方の腕前は、母君を凌《しの》ぐほどのものだった。どこか哀調《あいちょう》を帯びた調べで、喩《たと》えるなら春の山鳩ではなく、冬に鳴く鶴だ。

「本当に久方《ひさかた》ぶりに弾きました。蔵人の君のお蔭です」

奏で終えた北の方が言う。「まだ忘れてはいなかった」

「本当にお上手でございます。何という曲でございますか」

「題などありません。わたくしが勝手に作った曲です」

「奥方様が作られたのでございますか」

驚く外《ほか》なかった。

「題をつけるとしたら、何がいいでしょうね」

「聴いていて、雪の中に静かに立つ凍《い》て鶴だと思いました」

「凍て鶴」

北の方が頷く。「言い得て妙です。これからそう呼ぶことにしましょう」

「畏れ多いことでございます」

「どこか気が晴れました。蔵人の君、引き留めて申し訳ありません。下がってよいです」

「はい」

いざりながら退出して、東の廂に出たとき、掌侍丞の君から呼びとめられた。

「蔵人の君、礼を言います。北の方の和琴の音を久しぶりに聴けました」

掌侍丞の君が耳元で言った。「あの和琴、もう何か月も放って置かれたままでした。親王の箏の音を前にして、和琴を弾く気分にはなれなかったのでしょう。これからも北の方のお心を慰めておくれ」

「はい、いいえ、そこまでの力はございません」

「蔵人の君ならできます」

掌侍丞の君が肩をぽんと叩き、笑った。

その日も、中将の君、六位の君と一緒に縫物に励んだ。

「二の奥方のご出産はもうすぐだそうです」

下女から聞いたのか、中将の君がぽつりと言った。

「いよいよですね」

六位の君が応じる。

「六位の君は何か染物を頼まれたのでは」

「いいえ」

「そのうち、産衣《うぶぎぬ》の染めを命じられるかもしれません。断るわけにはいくまい」

「それは……」

六位の君が言葉を濁《にご》すのを聞きながら、北の方の胸の内を思い遣る。二の奥方が喜びの日を待ち受けるのとは反対に、北の方のほうは、沈む心をかこつ日々に耐えなければならない。

東対から続く渡廊に足音がして、縫う手を止める。具平親王の咳払いがした。

中将の君がいざって、妻戸の前で待ち受けた。

「そなたたち、みんなで精を出していましたか」

親王は上機嫌で縫物を見やり、母屋にはいる。どうやら、しばらくそこで過ごされる様子だった。

中将の君が側に侍って、厨子の中の書物を選んでいた。

「蔵人の君、ちょっとここへ」

親王の声がして、母屋の中にはいる。

「この厨子の中の書物で、そなたが読みたいものがあれば、手に取って読んでよい」

「いえ、それは」

「構わない。書物というもの、読まれるためにある。放置されていると、書が泣きます」

書が泣くなど、初めて聞く。

「蔵人の君、せっかくの機会ですよ」

中将の君からも言われて、おずおずと厨子の中の本を点検する。すべて漢籍だった。『蒙求《もうぎゅう》』『白《はく》氏文集《しもんじゅう》』『和漢朗詠集《わかんろうえいしゅう》』『菅家文草《かんけぶんそう》』などがある。堤第で一度は目を通したものばかりとはいえ、装丁が美しく、文字も能筆《のうひつ》の手に成るものだった。その中で『新楽府《しんがふ》』が目に留まる。もう一度、いや二度でも三度でも読んでみたい書物だった。

「ほう、それが気に入りましたか」

親王が目を細める。「どうぞ手元に置くように」

書物を渡されても逡巡《しゅんじゅん》する。手元とはいえ、自分の局に置いていていいものだろうか。

「ここに置いておくので、いつでも手にしてよい。局で読んでもよかろう。書も喜ぶ」

凡《およ》そ九千二百五十二言《げん》、断ちて五十篇と為す。篇に定句無く、句に定字無し。意に繋ぎ、文に繋げず、首句に其《そ》の目《もく》を標《ひょう》し、卒章《そっしょう》に其の志を顕《あら》わすは、詩三百の義なり。其の辞の質にして径なるは、之を見る者の諭《さと》り易《やす》きを欲すればなり。其の言の直《ちょく》にして切《せつ》なるは、之を聞く者の深く誡《いまし》むるを欲すればなり。其の事の覈《かく》にして実《じつ》なるは、之を采《と》る者をして信を伝えしめんとすればなり。其の体の順にして肆《し》なるは、以《もっ》て楽章歌曲に播《し》く可《べ》きなり。総じて之を言えば、君の為、臣の為、民の為、物の為、事の為に作りて、文の為に作らざるなり。


具平親王が朗々と口にする。『新楽府』の序の部分を完全に暗唱されていた。

翌日から、母屋を含めての掃除を受け持たされた。これまで担当していた中将の君が、要領を教えてくれる。はたきをかけたあと、箒《ほうき》ではく。

「わたしにとって、ここにある書物は置物に過ぎませんでした。唐櫃《からびつ》や衣架《いか》と同じです。蔵人の君が羨《うらや》ましい。これで心おきなく、ここを去ることができます」

「中将の君は里に戻られるのですか」

「こんな身でも、縁を持ちたいという殿方《とのがた》があり、豊後《ぶんご》に下《くだ》ります」

「豊後国でございますか」

西の果て、九州にあるのが豊後の国だ。

「行けば五年、無事に都に戻って来られればよいが」

中将の君は、結婚の喜びよりも、鄙《ひな》の地に赴《おもむ》くのが恐いのだろう。浮かぬ顔で鈍色《にびいろ》の空を見やった。

中将の君が千種殿を去ったのは、年が改まってからだった。ちょうどその頃、二の奥方に御子が生まれたことを知らされた。男児ではなく女児だと聞いて、胸を撫でおろす。これで北の方が幾分かは安堵《あんど》されたに違いなかった。

とはいえ、毎朝髪を梳くときの北の方には何のお変わりもなかった。元結を仕上げながら、どうしても目は御帳台の方へいく。前夜、親王が立ち寄られたかどうか、気になった。

「蔵人の君は『新楽府』を読んでいるのですね」

突然、北の方から言われて戸惑う。あの親王とのやりとりを北の方が知っているとすれば、親王が直々《じきじき》に漏《も》らされたのに違いない。

「はい。時折読ませていただいております」

「どんなことが書いてありますか」

「内容は白楽天《はくらくてん》が詠《えい》じた五十首の詩でございます」

「五十首もあるのですね。丁度《ちょうど》よい。毎朝、どういうことが書かれているのか、教えてくれませんか」

「毎朝でございますか」

「いえ、一日おきでも、気が向いたときでもいいのです」

「それでは、明日より毎朝一首、お伝え致します」

光栄極まる仰《おお》せ言《ごと》だった。一日一首なら何とかなる。

「それは嬉しい」

北の方の返事に、全身全霊で打ち込む気になった。


中将の君が去り、孫廂の局は六位の君と二人だけになってしまった。夜の帳の中で、六位の君が衝立障子の向こうから声をかけてきた。

「どうやら近々、具平親王が宴《うたげ》を催されるらしい。蔵人の君は聞いていますか」

「いいえ、知りません」

「御子の出産を祝う宴遊会《えんゆうかい》で、盛大なものになるらしい」

聞いて、また胸が塞《ふさ》がる。北の方の悲しみが思い遣られた。

翌朝、北の方の髪を梳くとき、手を動かしながら、『新楽府』の一節をお耳に入れた。「五絃弾《ごげんのだん》」という詩だった。

「五絃の琴の名手で、趙壁《ちようへき》という人がいたそうです。第一と第二の絃は物寂しくて、まるで秋風が松林を吹き通る音が出ました。第三と第四の絃は寒々とした音がして、あたかも籠《かご》の中に捕らえられた鶴が、夜中に子を思って鳴くようでした。第五絃の音は低く抑えられて、山から流れる水が次第に凍りつくような、くぐもった音を奏でたのです」

「ほう、蔵人の君も知っての通り、六絃の和琴では、第五と第六の絃が、そのような鬱々《うつうつ》とした音を出します」

「この五絃を駆使《くし》して掻き鳴らすと、鉄で珊瑚を砕くような殺気が感じられます。聞く人は、戦《いくさ》で血が流れる光景を思い出すのです。あるいは氷の塊《かたまり》を玉《ぎょく》の皿に注《そそ》ぐような、寒気の音がするため、聞いている人は、骨の髄《ずい》まで寒さを感じて震えます。ですから人々は、この五絃の名手である趙璧が老いて死んでしまえば、もうこれらの妙《たえ》なる音が聞けなくなると心配するのです」

「よほどの名手であれば、そうでしょう。伝授する弟子《でし》もいなかったのですね」

「ところが、これを作者の白楽天は嘆くのです」

「そうですか。どのような理由からでしょうね」

北の方が不思議がる。

「世の人々は、二十五絃の古い琴は、この五絃の琴にも及ばないと言っている。しかしそれは人々が新しい物を重んじているからに過ぎない。二十五絃を弾く人が絶えてしまうほうが残念だと、白楽天は言うのです」

「なるほど。二十五絃ともなれば、弾くのも難しい。親王がよく弾かれる箏の琴とて十三絃です。この国では六絃の和琴こそが古来の琴です。琴《きん》の琴や箏の琴が唐国《からくに》からはいってきたあとも、廃《すた》れてはいません」

「はい。綿々と続いております」

「それが大切です。琴も箏も和琴も、それぞれが並び立ち、何の優劣もありません。弾く者の好みで弾けばいいのです」

「その通りでございます」

「さっきの詩文でわたくしが感じ入ったのは、音の形容です。第一と第二の絃が松林に吹く秋風、第三と第四が子を思って鳴く鶴の声、そして第五絃が流水が凍りつく音。誠に言い得て妙です。六絃の和琴にもそういうところがあります」

「ございます、確かに」

北の方の感想は的《まと》を射ていた。「この『五絃弾』の音の話は、『和漢朗詠集』にも、そのまま収められています」

「え、蔵人の君は『和漢朗詠集』にも通じているのですか」

「父君から、手習いの講読を受けたことがありました。その頃、母から和琴を習っていたので、興味がございました」

「蔵人の君のご両親が子女の訓育にも力をこめられていたのがわかります。これも蔵人の君に生来《せいらい》の資質が備わっていたからです。その資質をこれからも充分に生かすのが、孝行の道です」

「はい」

神妙に答えたものの、どういう道が孝行になるのか見当もつかない。

「ところで、旬日《じゅんじつ》の後、親王が宴遊の会をもたれるようです」

「さようでございますか」

「女房たちにも、各自得意な楽器を弾くように命じられています。この中殿と東北対に侍る女房と、別の二対に詰める女房たちに、技量を競わせるおつもりのようです。これは、このたびの子女の誕生の披露《ひろう》と祝宴を兼ねているのでしょう」

北の方が淡々と言う。

女房たちの技を競わせるなど、いかにも具平親王らしかった。

「それで蔵人の君には和琴を弾いてもらいます。松風の音や鶴の声、そして凍りつく流水の音を、思う存分奏でて下さい」

「わたくしがでございますか」

「女房の中で和琴を弾けるのは、蔵人の君だけです。わたくしが弾くわけにはいきません。いわば身代わりです」

身代わりとは大層な言い方ではあるものの、「はい」と答えるしかなかった。

「和琴の他には、掌侍丞の君が琵琶を掻き、少将の君が箏を弾きます。あちらの女房たちが何を弾くかは知りません。しかしこちらは琵琶と箏と和琴で、それぞれが松風と凍て鶴、凍りつく流水の風情《ふぜい》を表せばいいのです。そのつもりで宴遊の日までに、稽古に励むのです。和琴についてはわたくしが教え、掌侍丞の君と少将の君にはこれから伝えます」

北の方の側を退出してから、姫君誕生を祝う宴に、梢々《しょうしょう》と吹く松風や、寒空に鳴く凍て鶴、凍りつく流水などの情景を描いていいのかという疑問が湧いた。北の方には別の心づもりがあるのかもしれなかった。

翌日から、和琴を北の方の前で弾くのが日課になった。夕刻前に東北対に戻り、六位の君と縫物に精を出す。六位の君も、宴遊の日に向けて、染め物や縫物で休む暇もない。夕餉をとって各自局に戻っても、燭台《しょくだい》の下で縫物に余念がない。

「もう寝たらどうですか」

気になって障子越しに言いかける。

「蔵人の君たちが琵琶や琴の稽古をしているように、わたしは宴に備えて布を縫っています。北の方には、誰よりも美しい表着《うわぎ》を着てもらいたいのです」

六位の君の運針《うんしん》は深更《しんこう》まで続いていた。

十日ばかりして、北の方の前に三人の女房が集まった。掌侍丞の君が琵琶を抱き、少将の君が箏の琴を前に置いた。

「それでは蔵人の君から弾いてみなさい」

北の方から言われて、和琴を前に置く。習った通りに、静かに弾き出す。寂しげに吹く松風、そして一羽の鶴が舞い降りて、枝に止まる。風は吹雪《ふぶき》に変わり、鶴はたまらず山の方に飛び去る。日が暮れていよいよ凍てつく寒さになって、孤鶴《こかく》は悲しげに鳴く。流れ落ちる滝の音もいつしか弱くなる。滝さえも凍りついたのだ。鶴の悲痛な声は一段と高くなる。そんな曲想だった。

ついで少将の君が箏を弾き始める。十三絃のうち一から五絃が太緒《ふとお》、六から十絃が中緒《なかお》、十一から十三絃が細緒《ほそお》だ。祖母君は爪をはめていたが、少将の君はそのままの指で弾く。やはり曲想は松風と鶴の悲しさ、凍える流水で、年季のはいった演奏だった。

次が掌侍丞の君の琵琶で、皺《しわ》の多い手で琵琶を抱える。弾き出すと、撥を動かす右手の動きと、絃を押さえる左手の動きは若々しい。撥音は時には弱々しく、時には重く淋《さび》しくなった。弱い松風が次第に強くなり、雪まじりの風になり、鶴はひと声上げて、山に退《しりぞ》く。寒気は厳しく、吹雪の音と滝の音が混じり合う。やがて滝が凍りつく。鶴がひと声、ふた声、悲しく鳴いて、琵琶の音が不意に止まる。

「今度は三人で合奏です」

満足げに北の方が言う。「蔵人の君の和琴に、少将の君と掌侍丞の君が合わせるといい。蔵人の君はいつものように思うまま弾きなさい」

それもそのはず、こちらに箏や琵琶に合わせられる力はない。少将の君と掌侍丞の君が合わせてくれるのなら、何とかやりおおせられる。

「奥方様、いただいたこの譜《ふ》の題は何でございましょうか」

掌侍丞の君が訊いていた。

「『凍て鶴』です」

「『凍て鶴』でございますか」

掌侍丞の君と少将の君が顔を見合わせる。小さく頷いた北の方の目が赤く潤《うる》むのがわかった。

御子が生まれた春の宴遊に、『凍て鶴』を奏でるのは場違いのはずだ。それを敢《あ》えて女房たちに演じさせるのだから、何か理由があるのだ。

南庭《なんてい》の池のほとりの梅が咲き終わり桜が咲き初《そ》める頃、いよいよ宴が催された。六位の君は北の方のみならず、女房たちの唐衣《からぎぬ》までも用意していた。薄紅梅《うすこうばい》の唐衣と紅の裳《も》は、色も鮮やかで、掌侍丞の君が着ると、二十歳は若く見えた。

北の方のために六位の君が染めた小袿《こうちき》は、やや黄がかった朽葉《くちば》色で、華やいだなかにも落ち着きがあった。何よりもその下に着る重袿《かさねうちき》との色合わせが見事で、表着は薄い桜色だった。

その日は朝から、庭の池には飾りつけをされた舟が浮かべられ、その手前の岸辺には緋毛氈《ひもうせん》が敷かれた。

「これは大がかりな宴遊になりそう」

東対で待機していたとき、六位の君が言った。そこはかつて、父君に連れられて来た場所だった。あれから三年くらいしか経たないのにもう四、五年も経った気がする。

掌侍丞の君と少将の君を従えて北の方が姿を見せたので、あとについて渡廊を通り、南殿にはいった。南廂の向こう側に、几帳が並び、二の奥方とその女房三人、そして乳母《めのと》の姿がかすかに見える。乳母は御子を抱いていた。

几帳越しに見る二の奥方はまだ若く、美しい顔立ちだ。控えている三人の女房は、いずれも二十代半ばから三十歳にかけての年齢に思えた。

咳払いがして、家司《けいし》が東対から客を案内して来る。御簾越しに、簀子に坐った四人を見て驚く。父君と伯父《おじ》君の他に、出家姿の慶滋保胤《よししげのやすたね》様がいた。もうひとりの殿方にも以前会った覚えがある。

御簾越しとはいえ、父君はこちらに気がついたようだ。懐しさに胸が高鳴る。伯父君も軽く微笑まれた。慶滋様は薄鈍《うすにび》色の衣の上に黄櫨《はぜ》色の袈裟《けさ》を掛けている。女房たちの方ではなく、南庭のたたずまいを眺めていた。

池にはいつの間にか舟が浮かべられ、三人の楽人《がくにん》が乗っている。それぞれ横笛《おうてき》と笙《しょう》、篳篥《ひちりき》を手にしていた。池の手前の緋毛氈の上に置かれているのは、琴《きん》の琴だ。

一同が待ち受けるなか、奥から姿を見せたのは具平親王だった。従者が露払《つゆはら》いをして南の階《きざはし》まで行き、別の従者が草履《ぞうり》を置く。親王は階を下って緋毛氈の上に坐った。親王が琴を弾き出すと、舟の上の三人もそれぞれの楽器を奏ではじめる。

明るく弾むような琴の音に、横笛が小鳥のような音を重ねる。笙の音は春風であり、篳篥は春の陽《ひ》射《ざ》しを思わせる。

庭には春の光が落ち、薫風《くんぷう》に乗って桜の花びらが舞う。具平親王の琴の音は格別だった。邸全体に、高貴な琴の音が響き渡る。

父君たち四人の殿方も心地よげに聴き入っている。

三管と一絃の演奏が終わると、親王が立ち上がる。そのとき箏の音が起こったのは、二の奥方の脇に控える女房からだった。軽やかな音色《ねいろ》に乗って、親王が舞い始めると、舟の上の三管も明るい曲を奏で出す。親王の優雅な舞いは、いかにも我が子の誕生を寿《ことほ》ぐ喜びに満ちている。

春の風が御簾の端から吹き入り、几帳が巻き上がる。すかさず北の方は顔を扇で隠す。こちらからは一瞬南庭の様子が露《あらわ》になり、舟の中の楽人たち、緋毛氈の上の艶《あで》やかな親王の姿が見えた。簀子にいる四人の殿人《とのびと》の装束《しょうぞく》も目にはいる。慶滋様以外は、春らしい直衣《のうし》姿だった。

一陣の風がやんで、具平親王が舞い終え、箏の音が消える。

「蔵人の君、『凍て鶴』を」

北の方の声がしたので、「はい」と答えて息を整え、これまでの晴れやかな雰囲気《ふんいき》を少しずつ鎮《しず》めるように音を加減する。松風の寂しい音、降り始めた雪に舞い立つ鶴、立ち帰った森で悲しげに鳴く鶴を頭に描いて、指を動かす。最後に雪が濃くなり、落ちる滝が少しずつ凍り出す。

懸命に弾き終えたのを継いだのが少将の君だった。格調高く和琴よりも厳しい音で弾き出す。几帳の向こうの二の奥方や乳母、女房たちも、真剣に聴き入っている。御子は、箏の音が心地よいのか眠っているようだった。

箏のあとは掌侍丞の君の琵琶だ。力強い音色は、和琴や箏よりも情感が激しい。簀子の上の父君たちも、身じろぎもせずに聴き入っている。

最後は合奏だった。再度和琴に向かって、音を掻き鳴らす。指が自ら動く。和する箏と琵琶から背中を押されるように、思う存分に弾く。鶴が森に帰る段になって、別の音色が耳にはいった。南庭から響いて来る琴の音だった。親王までが和していた。

感激が胸にこみ上げ、自分の指先が生き物のよう動く。滝しぶきが小さくなり、音も弱くなり、ついには流れが止まる。何かを訴えるように、鶴の声が鈍色の空に響き渡り、かき消える。

肩で息をしていた。北の方が小声で「胸に沁《し》みました」と言うのが聞こえた。

簀子に坐っていた四人の殿方が、ひとりずつ階を下りて行き、緋毛氈の上に坐る。どうやら、そこで酒宴が始まるらしく、家司たちが折敷《おしき》や瓶子《へいじ》、銚子《ちょうし》を運んでくる。紙と硯《すずり》、筆も置かれた。

紙の色が五枚とも異なっていた。紫、紅、青、黄、緑と染め分けられている。舟の上の楽人が三管を奏でるなかで、それぞれが筆を執《と》る。おそらく具平親王と僧衣の慶滋様、父君が漢詩だろう。そして伯父君ともうひとりの殿方が和歌に違いない。それぞれが染紙《そめがみ》に筆を走らせる。

気がつくと、二の奥方の前にも桜色の紙、筆と硯が置かれていた。どうやら二の奥方は和歌をよくされるようだ。さらさらと書きつけて、側の女房に手渡された。

これで漢詩が三首、和歌も三首となって、歌合《うたあわ》せには都合がよい。いかにも親王好みの趣向だった。

「蔵人の君、何か弾くように。この桜に合わせて」

小声で北の方が言われる。

この時節に合う曲であれば、鶯《うぐいす》が思い浮かぶ。先程の『凍て鶴』とは対極にある曲想なので弾きやすい。弾き出すと、舟の上の三管もそれに合わせ、南殿と南庭で、音が響き合う。

「さあ、そなたたち二人も」

北の方から勧められ、少将の君が箏を、掌侍丞の君が琵琶を奏で出す。程なく、几帳の向こうの女

った。

和歌と漢詩が集められ、緋毛氈の上では酒が振舞われる。春風に桜の花びらが散り、夢見心地にな房も箏で和す。音が快《こころよ》いのか、乳母の腕の中で目を覚ました御子が嬉しそうな声を上げた。


その年の夏、北の方の懐妊《かいにん》を六位の君から聞いた。そのために女児が着る汗衫《かざみ》や男児のための衵《あこめ》を、今のうちから算段しておくように命じられたという。みんなの願いはもちろん男の御子だった。

出仕後初めての秋を迎える頃、築垣に沿って植えられた萩《はぎ》が一斉《いっせい》に咲いた。中殿との境の東側にあるのは白萩、西側のは赤萩で、北の方の髪梳きの行き帰りに、違った色の萩を楽しめた。

元結をしながら北の方の腹の辺りを見ると、確かに大きくなり、動くのも大儀《たいぎ》そうだった。この頃は『新楽府』を語り終え、『古今和歌集《こきん》』の詠じ合いを所望《しょもう》された。例えば、萩の歌を北の方が口にし、その次に並べられた歌をこちらが詠じるのだ。

「恋い恋いてあう夜は今宵天の川《こよいあまのがわ》　霧立ち渡り明けずもあらなん。次の歌は」

「天の川浅瀬白波辿りつつ　渡り果てねば明けぞしにける、です」

「その次は確か、契《ちぎ》りけん心ぞ辛《つら》き織女《たなばた》の　年《とし》にひとたび会うは会うかは、ですね」

「そうです。次は、年毎《としごと》に会うとはすれど織女の　寝《ぬ》る夜の数ぞ少なかりける、でした」

「織女に貸しつる糸の打ちはえて　年の緒《お》長く恋いや渡らん」

「今宵来《こ》ん人には会わじ七夕の　久しき程に待ちもこそすれ」

意地になっての掛け合いになる。北の方は『古今和歌集』のすべての和歌を頭に入れられていた。

秋が過ぎ、初雪を迎えて、ようやく出仕一年となった。そして師走《しわす》にはいろうとしたある日、掌侍丞の君から呼ばれた。

「只今《ただいま》、そなたの里から使いが来ました。火急《かきゅう》の用があるので、堤第へ帰るようにとのことです。姉君の容態《ようだい》が思わしくないらしい。すぐに、東対に渡っておくれ」

たちまち胸が早鐘を打つ。取るものも取りあえず、東対に行くと、具平親王の前に弟二人が坐っていた。

「この通り惟規《のぶのり》殿と惟通《これみち》殿が迎えに来ている。中門に牛車が待っている。しばらく里居しなさい」

親王が真剣な顔で言う。姉の様子を心配しておられるのだ。外に下りて東中門を出ると、見慣れた牛車が待っていた。弟二人と乗り込む。

「姉君はそんなに悪いのかい」

「はい、十日程前から寝込まれて、急に弱られました」

神妙に惟規が言い、その横で惟通が目を赤くしている。

「父君が大雲寺《だいうんじ》から、修験《しゅげん》の者を何度か呼ばれましたが、効なしです」

惟通が消え入るような声で言う。

出仕後、姉君は寂しい思いをしたのに違いなかった。物心ついたときから、いつも一緒だったのだ。出仕に慣れるのに必死のあまり、姉君に気を遣っていなかった。それが悔《く》やまれる。

中川《なかがわ》を渡り、堤第の懐しい邸に着く。母君が出迎えてくれた。言葉を交わす間もなく、姉君の部屋まで急ぐ。

臥《ふ》せっている姉君の枕許には祖母君と父君、そして妹の雅子《まさこ》、一番下の弟の定暹《さだのり》がいた。

「姉君、戻りました」

声をかけると姉君の瞼《まぶた》が開く。目から、いつもの光が消えていた。

「香子かい。会えてよかった。千種殿は楽しいでしょうね」

「はい」

「とはいえ、何かと苦労があったでしょう。帰ってくれてありがとう。わたしはもう駄目《だめ》のようです。香子、わたしの分まで生きておくれ」

姉君が右腕を伸ばして、こちらの手に触れる。それを両手で包み込んだ。「大雲寺で曽祖父君《そうそふ》からいただいた『蜻蛉日記《かげろう》』、これからは香子の手元に置いておくれ。そしていつの日か、あれを超えるものを書いておくれ。香子ならきっとできる。香子がいない間、あの『往生要集《おうじょうようしゅう》』をこっそり読んだ。あの世に赴くのは恐くない。本当にこの世で香子と出会えてよかった。わたしは体が弱かったけれど、幸せでした」

そう言うと、姉君はゆっくりと父君、祖母君、母君、そして弟たちや妹の顔を見渡し、頷いてから目を閉じた。やがて大きな息を二つしてから、動かなくなった。

みんなが泣き出す。握った手が少しずつ冷たくなっていく。落ちる涙が姉君の顔にかかり、あたかも姉君も泣いているように見えた。

その後のひと月余りは、泣き暮らした。湯漬《ゆづけ》も喉《のど》を通らない。母君は心配の余り、汁粥を持って来て、「どうか食べておくれ。香子までがいなくなると、わたしは生きていられない」と懇願《こんがん》した。

痩《や》せていく身を案じて、父君も祖母君も、もはや千種殿に戻れとは敢《あ》えて言わなかった。悔やまれるのは、姉君が亡くなる前の一年を、相見ずに過ごしたことだった。看病さえもできなかった我が身を、責めたてた。病《やまい》が重くなる前に、呼び戻してくれなかった父君を恨《うら》みさえした。

祖母君によると、曽祖父君が香子に贈った『往生要集』を、姉君は繰り返し読んでいたという。自分の死を覚《さと》って、彼岸《ひがん》に赴く心構えを整えていたのだ。確かにその『往生要集』を開くと、かすかに姉君の移り香《が》がした。移り香は、様々な箇所に残っていた。

かの国の衆生《しゅじょう》は常に弥陀仏《みだぶつ》を見たてまつり、つねに深妙《しんみょう》の法《のり》を聞く。謂《いわ》く、厳浄《ごんじょう》の地の上には菩提樹《ぼだいじゅ》ありて、枝葉四《よも》に布《し》き、衆宝《しゅほう》をもって合成《ごうじょう》せり。樹の上には宝の羅網《らもう》を覆い、条《えだ》の間には珠《たま》の瓔珞《ようらく》を垂れたり。

姉君はここを読みながら、天上の光景を思い描いていたに違いない。さらにひときわ姉君の移り香が濃く残る条《くだり》があった。

下品下生《げぼんげしょう》とは、或《あるい》は衆生ありて、不善業《ふぜんごう》を作り、五逆・十悪、もろもろの不善を具せん。かくの如《ごと》き愚人、悪業《あくごう》を以《もっ》ての故《ゆえ》に、応《まさ》に悪道に堕《だ》すべし。命終《みょうじゅう》の時に臨《のぞ》みて、善知識に遇《あ》い、仏を念ずることあたわずといえども、ただ至心に声をして絶えざらしめ、十念《じゅうねん》を具足して南無無《なむむ》量《りょう》寿仏《じゅぶつ》と称《とな》えん。仏の名を称うるが故《ゆえ》に、念念《ねんねん》の中に於《おい》て八十億劫《おくごう》の生死の罪を除く。

まさか姉君は、自分が最も劣る悪人と思っていたのではなかろう。とはいえ、謙虚《けんきょ》な姉君にしてみれば、そう思い定めていたのかもしれない。下《げ》の下の人間でも、あの極楽浄土に赴けるのだろうかと悩み、この箇所を読んで、胸を撫でおろしたとも考えられる。きっとそうに違いなかった。

千種殿に戻らないまま月日が過ぎ、秋を迎える頃、父君から具平親王の北の方が男の御子を産まれたと知らされた。北の方の喜びを思い描いて、心から安堵する。掌侍丞の君や少将の君、六位の君の歓喜も偲《しの》ばれた。

そして、千種殿を辞してちょうど一年が過ぎた十二月、北の方から贈物が届いた。何と北の方が身近に置いていた『落窪物語』だった。そこにも懐しい北の方の移り香が残っていた。

驚いたことに、もうひとつ萌黄《もえぎ》の表着が添えられていた。六位の君に縫わせたのに違いない。黄色を出すには、刈安《かりやす》が一番容易だと、六位の君が言っていたのを思い起こす。これに藍《あい》を加えれば緑色にもなるのだ。

あの飾り気のない働き者で、手先の器用な六位の君が染め、かつ縫ってくれた表着だと思うと、胸が詰まった。最後の別れさえ、言わずに終わっていた。

贈物には、北の方の歌がさり気なく添えられていた。桜色の料紙《りょうし》に美しい筆遣いだ。

　わかれても思いは去らじ琴の音
　　髪梳きにとく君の声かな

何度も読み返しているうちに、目頭《めがしら》が熱くなる。「とく」には解くと説くを掛けてあるのに違いない。北の方の髪を解きながら、『新楽府』を説いたのは、今から思えば、畏《おそ》れ多さに身が縮む。

待たせていた使者には、すぐに返歌を持たせた。

会い見ずは悲しきこともなかるらん
　音にぞ君を思いやるかな

それから数日も経ないうちに、具平親王から『新楽府』一巻が届けられた。いつでも読んでよいと言われた例の書物だった。添えられた漢詩を何度も読み返す。

君去千種殿
復思出鶴声
切々満南殿
久不聞和琴

君去りし千種殿
復《ま》た思い出《い》ずる鶴の声
切々として南殿に満つ
久しく和琴《わごん》を聞かず

とすれば、あのとき三人の女房が響かせた音を、親王は鶴の声だと感じ取られたのだろうか。ただちに筆をとって次の返しをしたためて使者に持たせる。

思出千種殿
琴払雲招魂
君舞照乾坤

思い出ずる千種殿
琴は雲を払いて魂を招き
君が舞は乾坤《けんこん》を照らす

惜日遂不還　惜日遂《せきじつつい》に還《かえ》らず

使者を送り出したあと、鈍色の空を眺めてはたと思い当たる。

南殿で奏でたあの『凍て鶴』の調べを聴いていた親王は、北の方の悲嘆だと察したのではないか。

それで、北の方から遠のいていた日々を省《かえり》みて、中殿に通われるようになったのだ。めでたい男子誕生は、その結実だったのに違いない。

第七章　新手枕《にいたまくら》

姉君を失ったあと、蟬《せみ》の抜け殻のような日々が続いた。妹の雅子《まさこ》も寂しいらしく、母君や祖母君の許《もと》から離れない。弟たち三人は、相変わらず散位《さんい》のままの父君の前で、漢籍の講釈を受けていた。その脇に坐《すわ》って、父君の話に耳を傾けていると、姉君と共に過ごした日々に思いが行く。「香子《かおるこ》」と父君から名を呼ばれて、我に返る。父君が講じる漢籍は、たいてい既読であり、頭にはいっていた。

とはいえ新たな発見が少なからずあり、はっとさせられる。多分に、千種殿《ちぐさどの》に出仕《しゅっし》した一年の影響だった。北の方に毎朝、『新楽府《しんがふ》』の内容を伝えた経験が、視野を広くしたのだ。

今、父君が講じている『白氏文集《はくしもんじゅう》』の中の一節は、『新楽府』の中にもあった。「売炭翁《ばいたんおう》」、つまり炭を行商する老人の嘆きを描いた漢詩だった。

炭を売って生計《たつき》をたてている翁《おきな》は、顔は灰にまみれ、手の指は炭で真っ黒になっている。着ている衣といえば、薄い単衣《ひとえ》でしかない。それでも、炭が売れるように、寒い日が続いて欲しいと願っている。朝早く、車に炭を積み、牛に引かせて城外の市場に向かう。道は凍りつき、牛はもうへとへとだ。日が高く昇ったので、腹が減った翁は、門外の泥の中で休む。そこに宮中の使いが馬に乗ってやって来る。天子《てんし》の命令だと言って、翁を城の中に追い込み、炭を買う。車にうず高く積んだ千余斤《よきん》の炭の代金は、わずか半匹の赤い絹と一丈《じょう》の綾絹《あやぎぬ》のみだった――。

「半匹といえば、人ひとり分の絹です。炭の代金としては足りないのではありませんか」

北の方からそう質問されたのを覚えている。

「そうです。苦労して焼いた炭を車に山と積み、雪道をはるばるやって来た労苦の値が、わずかな絹とは思えません。天子に仕《つか》える官人の横暴を嘆いております。この頃、宮廷は人々が市《いち》に出す品々を、安値で買い叩《たた》いていたのです」

「むごいことです」

北の方は呟《つぶや》いて、長いこと黙られた。

今、父君は同じような注釈を弟たち三人に説《と》いている。しかし弟たちは聞き入るばかりで、何の問いかけもしない。仕方なく父君は、その詩の韻《いん》についての解説に移った。

詩の初めの七言目に色《しょく》・黒《こく》・食《しょく》をちりばめ、末尾にも勅《ちょく》・北《ほく》・得《とく》・直《ちょく》の文字を置いている。そして詩の真ん中辺りには、単《たん》と寒《かん》を並べ、そのあとに雪《せつ》・轍《てつ》・歇《けつ》が連なる。こうした韻があるため、聞く人は快《こころよ》くこの詩を頭に刻みつけられるのだ。

北の方には、この韻までの説明はできなかった。事実、漢詩での韻ほど頭を悩ませるものはなかった。五言と七言では、韻の踏み方も異なる。

父君は『白氏文集』の中の実例として、「長恨歌《ちょうごんか》」を取り上げる。楊貴妃《ようきひ》を寵愛《ちょうあい》した玄宗《げんそう》皇帝は、家臣の安禄山《あんろくざん》の反乱で都を逃《のが》れて転々とする。そんな中、近臣たちは乱の元凶《げんきょう》こそは楊貴妃だと言って、その命を奪う。やがて新帝が都を奪い返し、玄宗を迎えるも、もはやあの華美《かび》な日は戻っては来ない。

夕殿蛍飛思悄然
孤灯挑尽未成眠
遅遅鐘鼓初長夜
耿耿星河欲曙天

夕殿《せきでん》に蛍《ほたる》飛びて思い悄然《しょうぜん》たり
孤灯《ことう》は挑《かか》げ尽くすも未《いま》だ眠りを成さず
遅々《ちち》たる鐘鼓《しょうこ》初めて長き夜
耿耿《こうこう》たる星河《せいが》曙《あ》けんと欲する天

このうち押韻《おういん》は、七言目の然《ぜん》・眠《みん》・天《てん》だ。第三句のみ、脚韻《きゃくいん》を免《まぬか》れている。五言絶句《ぜっく》でも同様であり、第一・二・四句の五言目は韻を踏む。

「漢詩を詠《よ》む際、これらの韻を考える必要はない。しかし作詩にあたっては、押韻を頭の中に入れておかねばならない」

父君が強調する。弟三人は、神妙《しんみょう》な顔で頷《うなず》くのみだ。

「それでは、三人とも明日までに、この庭の景色を詠む詩を作ってもらいたい。五言でも七言でもよい。律詩《りっし》は難しいので、絶句でよかろう」

父君が命じて、三人を退去させる。立とうとすると、呼び止められた。

「香子には、ちょっと話がある。驚くかもしれないが」

前置きする父君の前に坐る。「実は、あるところから香子を嫁に貰《もら》いたいと申し出があった」

嫁という言葉に仰天《ぎょうてん》はしたものの、いつかは降りかかるもの、避けようがないものだと、心のどこかで覚悟はしていた。姉君が逝《い》って以降は特にだ。しかしそれが今とは、やはり驚きだった。

「申し出があったのは、香子も知っている平維将《たいらのただまさ》殿の弟にあたる方だ」

維将殿は、父君の妹である叔母《おば》君の夫で、その邸《やしき》には小さい頃から何度か行ったことがある。叔母君には二人の娘があり、その長女と特に気が合っていた。

「あの平維将殿の家系は、うちとは違って、桓武《かんむ》天皇の皇子《みこ》である葛原《かつらはら》親王から脈々と続く武門だ。維将殿の父君の貞盛《さだもり》殿は、鎮守府《ちんじゅふ》将軍でもあった。貞盛殿は、今から五十年余り前の天慶《てんぎょう》の乱の際、常陸掾《ひたちのじょう》として平将門《まさかど》の追討で武勲《ぶくん》をたてられた。以来、その子息は常陸国の守りを任されている」

武家となれば、これまで父君に従って見知った殿方とは、趣《おもむ》きを異《こと》にする。年齢も十歳はおろか、二十歳くらいは違うのかもしれない。

「香子も年が明けると二十歳《はたち》になる。決して早くはない。むしろ遅いほうだ」

そこまで父君が言うのであれば、もう心の内は決まっているのに違いない。

「その維敏《ただとし》殿も、まず上野介《かみつけのすけ》、常陸介を歴任され、今は陸奥守《みちのくのかみ》をされている。年齢は三十九歳と聞いている」

三十九歳の陸奥守ともなれば、当然、正室も側室もおられよう。求められているのは何番目かの妻なのだ。叔母君から見れば、維敏殿は義弟にあたり、いわば弟と姪《めい》の婚姻になる。これによって両家の結びつきは強くなり、しかも武家であれば、位階は政情の変化に左右されない。誰が皇位に就《つ》くかによって、位官を得たり失ったりする文官とは違うのだ。

父君の散位は続いている。この先の見通しが明るくないのは、母君や祖母君の様子からもわかる。

武門との繋《つな》がりが濃くなれば、父君の散位が解消される見込みがある。

「わかりました。どうか先方にその旨《むね》を伝えて下さい」

「そうか、受け入れてくれるか」

父君の顔が明るくなったのを見て、よかったと思う。この堤第《つつみだい》を救う手立ては、父君の子供のうち、最年長の者が果たすべきなのだ。

「さっそく、妹を通じて、維将殿に伝えよう。こちらとしても、準備を整える。香子、本当によく決心してくれた」

父君は頭までも下げた。

夕方になって姿を見せたのは母君だった。

「よくぞ、決めてくれました。維敏殿は、武家とはいえ学殖《がくしょく》豊かな人だと聞いています」

母君と入れ違いに、祖母君も顔を出す。

「香子が武家を迎えるとは、考えもしなかった。でも維将殿に嫁いだ娘は幸せそうだよ」

どこか慰《なぐさ》めるような言い方だった。

秋の気配が濃くなる頃、新たな部屋に移った。いつ婿《むこ》殿を迎えてもいいようにだ。とはいえ、几《き》帳《ちょう》や襖障子《ふすましょうじ》など新調はできず、せいぜい埃《ほこり》を払い、灯火《ともしび》の芯《しん》を取り替えるくらいだった。

秋の終わりがけ、従姉妹《いとこ》の常子《つねこ》君から手紙が届いた。叔父にあたる維敏殿との縁結びが耳にはいったらしく、おめでたい旨《むね》の文字が綴《つづ》られていた。そこに維敏殿の人となりも記されていた。常子君によると、維敏殿は武人には稀《まれ》な温和な人柄で、何事にも控え目だという。他の兄弟とは違って、詩文をものし、武芸で優《すぐ》れているのは弓で、騎乗《きじょう》して放つ矢さえ的《まと》をはずさない腕前らしい。

多少の誇張《こちょう》はあるにしても、詩文の素養《そよう》と弓の名手《めいしゅ》という点には、惹《ひ》かれるものを感じた。手紙の末尾には、この婿取りを祝う歌が添えられていた。

ふりそそぐ色あざやかな落葉とて
君の門出をことほぐものと

返しは、使者に持たせた。

まだ知らぬ君が見し人と訪《と》うならば
庭敷く落葉はいかに思わん

樹々の葉がようやく散り尽くした頃、維敏殿から父君に書状が届いた。来年、陸奥守から肥前《ひぜん》守に転任する内示があったため、暮れから正月にかけて、肥前に赴《おもむ》かねばならない。ついては、それがすんでからの婿入りになるという内容が記されていた。

「仕方なかろう。それまでひと月余り、ゆっくり待つのもいい」

父君が自分で頷く。「その国の受領《ずりょう》に任じられても、自らはその地に赴かない者が多い。その点、武人の家門は赴任地《ふにんち》を自分の目で見る慣習があるようだ。維敏殿もその掟《おきて》を守っているのだ」

書状の文字に乱れはなく、能筆《のうひつ》と言えた。肥前と言えば西国《さいごく》のはずれにあたり、行くのには、いったい何日くらいかかるのだろう。

「通常は十五日、長くて二十日だろうね」

それが父君の返答だった。往復でひと月、長ければひと月半だった。

秋が去ると同時に、早々と寒気が襲って来た。部屋で火床《ひどこ》に当たっていると、この寒さの中で、西国に向かうまだ見ぬ人の姿を思い遣った。

暮れ近くになると、雪の日やみぞれの日が増えた。西国にも雪は降るだろう。雪の日でも、馬を走らせて先を急ぐ維敏殿の姿が目に浮かんだ。相見たこともない相手なのに、我ながら妙だった。

年が明け、わずかに寒《かん》がぬるむ頃、父君に維敏殿の書状が届いた。無事に肥前から戻り、近々参上したいという文面だった。

一月下旬の夕刻、初めて維敏殿を部屋に迎え入れた。灯火のもとで見る維敏殿は、偉丈夫《いじょうぶ》とは反対に、瘦身《そうしん》で色白、寡黙《かもく》な方だった。

初日の、母君が衾《ふすま》をかけてくれた同衾《どうきん》では、耳許《みみもと》で「そなたの才覚のことは、十年も前から聞いていた」と告白された。兄嫁と会うたびに、姪の聡明《そうめい》さを聞かされたと言う。恥ずかしさで身が縮んだ。

その夜、維敏殿は肌を寄せながら、問わず語りに、これまでの任地の様子も口にした。若い頃に赴任した東国《とうごく》の上野国と常陸国は、知らないだけに耳をそばだてた。上野国は風が強く、人も吹き飛ばされる。常陸国は、湖沼《こしょう》が多くて往来も舟だという話に、知らず知らず漢詩を思い浮かべた。

湖上春来似画図
乱峰囲繞水平鋪
松排山面千重翠

湖上春来たりて画図に似たり
乱峰《らんぽう》囲繞《いじょう》して水平らかに鋪《し》く
松は山面に排す千重《せんちょう》の翠《みどり》

月点波心一顆珠
碧毯線頭抽早稲
青羅裙帯展新蒲
未能抛得杭州去
一半勾留是此湖

月は波心《はしん》に点ず一顆《いっか》の珠《しゅ》
碧毯《へきたん》の線頭早稲《わせ》を抽《ひ》き
青羅《せいら》の裙帯《くんたい》新蒲《しんぽ》を展《の》ぶ
未だ杭州《こうしゅう》を抛《なげう》ち得て去る能《あた》わず
一半《いっぱん》の勾留《こうりゅう》は是れ此《こ》の湖《こ》

春の湖はまるで絵のようで、周囲の山々は松の緑を呈《てい》し、湖上に映る月は真珠のようだ。稲の穂はあたかも織物のようで、薄絹の帯かと見間違えるのは蒲《がま》の若葉である――。

維敏殿はその夜、肌に触れつつ手枕で添い寝をされたのみで、朝方帰られた。次の夜は、充分に暗くなって姿を見せ、共寝をされた。前の夜よりも強く抱きしめながら、静かに先の任地であった奥《おう》州《しゅう》の話をされた。そこは厳寒の地であり、最果《さいは》ての地だという。住むのは蝦夷《えぞ》の民《たみ》で、帝《みかど》の威光はそこまでは届かない。だからこそ、陸奥の守りは大切なのだと説かれた。なるほど、『万葉集《まんようしゅう》』の第十四巻だったか、そこに撰集《せんしゅう》された陸奥の歌の三首を思い浮かべた。

会津嶺《あいづね》の国をさ遠みあわなわば
偲びにせもと紐《ひも》結ばさね

筑紫《つくし》なるにおう児《こ》ゆえに陸奥の
かとりおとめの結《ゆ》いし紐解く

安太多良《あだたら》の嶺《ね》に臥《ふ》す鹿猪《しし》のありつつも
吾《あれ》は到らむ寝処《ねど》な去《さ》りそね

この夜も維敏殿は深く契《ちぎ》るのは控え、明け方近くまで肌を愛撫《あいぶ》しただけだった。そして三日目に、維敏殿と深々と契る夜を迎えた。共寝の心地良さを初めて知り、朝方に『古今《こきん》和歌集』にあった二首の意味を味わえた。

しののめの別れを惜《お》しみ我ぞまず
鳥よりさきになきはじめつる

しののめのほがらほがらと明けゆけば
己《おの》が衣々《きぬぎぬ》なるぞかなしき

おのおの衣を身につけるとき、維敏殿は、これから赴任する肥前の国に同行してはくれまいかと言われた。前の夜、肥前の国について具《つぶさ》に語ったのは、そのためだったのだ。

西国の果ての肥前は、日の光も明るく、北に荒い海、南に穏やかな海を持っている。しかも外《と》つ国との交易が盛んで、新しい文物《ぶんぶつ》と珍しい品がはいってくる。興味深い所なので、そなたも目を輝かすだろうと言った。

さらにと、維敏殿が口にしたのは、国の守りのうえでの肥前国の大切さだった。交易が盛んだということは、とりもなおさず、外つ国の襲撃の地であるということに他ならない。だからこそ、武人にとって肥前国は陸奥国に劣らず、重要な所なのだと。

聞いていて改めて、維敏殿は武家なのだと思った。姉を亡くし、さらに次の娘までも肥前に手放すとなれば、父君は悲しむだろう。肥前下りは断るしかなかった。

維敏殿はそれを是《ぜ》とされ、三日夜《みかよ》の餅《もちい》を食べ、おのおのの衣を交換して帰られた。

その朝、維敏殿から届いた後朝《きぬぎぬ》の文《ふみ》には、恋情《れんじょう》が縷々《るる》綴られ、和歌が添えられていた。

東雲《しののめ》の明けゆく空にたなびくは
　きぬぎぬゆえの赤き雲かな

赤き雲とは自分の胸の内のことだろう。武家らしい朴訥《ぼくとつ》な歌だった。

無事に婿取りを終えて、父君の喜びようは大きかった。母君と祖母君からも祝言《しゅうげん》を受けて、これでよかったのだと思った。

その年、維敏殿は正妻を伴《ともな》って肥前に下られた。使者に託された書状には、短期間とはいえ一年後に必ず戻る。そのときは三晩と言わず、五晩六晩の夜毎《よごと》に通うと記されていた。

翌年一月、父君が今上帝《きんじょうてい》の詩宴に招かれるという慶事《けいじ》がもたらされた。父君が官を退いて、七年も経過していただけに、堤第には、ひと足先に春が来たような朗報だった。

夕刻、内裏《だいり》から牛車《ぎつしや》で戻って来た父君は、したたかに酔っていた。牛車の中には、絹や扇、料紙《りようし》に文箱《ふばこ》などの下賜品《かしのしな》が積まれていた。

「思うにこの栄誉は、平維敏殿や兄の維将殿の推挙、さらにその父君の貞盛殿の推挙があったからだと思う」

父君が上機嫌で言った。「維敏殿はおそらく内大臣の道兼《みちかね》様に、自分が香子を妻とした旨を伝えられたのだろう。道兼様は粟田《あわた》山荘で、私らが名所絵障子と扇に漢詩を書きつけたのを思い出されたのに間違いない」

父君の口からは、華やかな詩宴の様子とともに、宮廷の有様《ありさま》についても聞くことができた。帝は三年前に元服《げんぷく》を終え、その直後に妃《きさき》を貰われた。その正室の名は定子《さだこ》、あの藤原兼家《かねいえ》様の長男道隆《みちたか》様の娘だという。帝の母君は道隆様の妹なので、二人は従姉弟《いとこ》同士であり、妃のほうが三歳年上らしい。

十四歳の帝と十七歳の妃の仲は、あたかもおしどりのような仲睦《なかむつ》まじさで、父君の話によると、それは妃の資質ゆえらしかった。父君の道隆様は美男の誉《ほま》れ高く、一方、母君は高階《たかしな》家の出で貴子《たかこ》という名前だ。この高階家は、学識を重んじる公家《くげ》の一族で、妃の祖父にあたる高階成忠《なりただ》様も国守《こくしゆ》を歴任していた。

「成忠様は特に貴子様を可愛《かわい》がり、幼い頃から漢文の素養を身につけさせた。その後、内裏の女官《によかん》として出仕させられた貴子様は、円融《えんゆう》帝の許で頭角を現して、ついには掌 侍《ないしのじよう》にまで出世する。もちろん器量もよく、道隆様はひと目惚《ぼ》れして正妻に迎え入れた。二人の間には男三人、女四人が生まれ、貴子様は男女の別なく、七人の子に漢文の素養を叩き込まれた。定子様も例外ではなく、帝の許に嫁いで来たとき、多くの漢籍を運び込まれ、古参の女房たちを仰天《ぎようてん》させたらしい」

父君が得意気に語って聞かせる。

「ま、身分は異なるが、定子様は香子ほどの素養を身につけておられると思えばよい」

父君の買いかぶりも、ここに至っては親馬鹿そのものだった。とはいえ、この定子様にも親近感を覚えた。

今上帝は笛をたしなまれるらしい。笛の名は赤笛で、古く陽成《ようぜい》院伝来の品であり、父君の円融院が贈ったのだ。

「時折、帝は笛の師匠である藤原高遠《たかとお》様と合奏される。その笛の音は悲しく、二年前に亡くなった円融院を偲《しの》ぶ曲だと、もっぱらの噂《うわさ》だ。円融院は弱冠《じゃっかん》三十三歳で亡くなられた。心の内では、今上帝の行く末を案じておられたに違いない。しかし私の見るところ、この帝は立派に成長して行かれるはずだ。十四歳なのに、遠くから見ていて、その立振舞《たちふるま》いには大らかさが感じられた。妃に年上の定子様がついておられるので、前の花山《かざん》帝とは違う世の中になるような気がする」

父君の顔に明るさが戻っている。「世の中というものは、天子の徳に左右される。天子に徳がないと、世情は乱れ、天変地異が起こる。妙なものだ」

父君の話を聞いていて気になったのは、父君が詩宴に侍《はべ》って作った肝腎《かんじん》の漢詩だった。それを口にすると、父君は頭を掻《か》いた。

「いや、上出来ではなかった。久方《ひさかた》ぶりの改まった宴《うたげ》だったせいだ。三年前の具平《ともひら》親王の許での詩歌競いとは、華やかさも規模も違う。香子だから、我が恥をさらしてみよう。命ぜられたのは、訪れる春を念頭に置いて、目の前の景色を詠むことだった。七言絶句と五言律詩をものしたが――」

そう前置きした父君は、紙と筆を取り寄せて、書き進めた。

雪消山早春満天
相対貴人展詩宴
薫風撫池祝酒筵
梅花転気染詠箋

雪は山に消え早春天に満つ
相対す貴人詩宴を展《ひら》く
薫風《くんぷう》池を撫《な》で酒筵《さかむしろ》を祝う
梅花《ばいか》気を転じて詠箋を染む

父君が言う程の悪い出来ではない。次の五言律詩も上出来と言えた。

寒去都下路
千里展春暉
岩上清流落
樹間小鳥飛
東風運管絃
陽光映唐衣
無言浴幽趣
池辺見翠眉

寒去りし都下の路
千里春暉《しゅんき》を展く
岩上清流落ち
樹間小鳥飛ぶ
東風管絃を運び
陽光唐衣《からぎぬ》を映す
無言にて幽趣《ゆうしゅ》を浴び
池辺翠眉《すいび》を見る

この年、維敏殿の帰京はなく、ただ、初夏と秋の二度、文が届けられた。夏の日照《ひで》りは肥前でも尋常《じんじょう》ではないらしく、維敏殿は旱魃《かんばつ》を懸念《けねん》されていた。秋の終わりに届いた手紙には、逆に冷害の嘆きが綴られていた。

いずれの手紙にも、肥前に来る気になれば、いつでも迎えに行くと記されていて、維敏殿の温かい心の内が偲ばれた。とはいえ、肥前で正妻とひとつ屋根の下で暮らす勇気などなかった。それぞれの文には和歌で返事をした。

あい見んと思う心は西風に
　通えし袖の香をぞ便りに

おぼつかな夜の契りも絶えぬべし
　あるかなきかのわが身なるかな

そして次の年の二月、思いもかけず、維敏殿の訪問を受けた。任が解けたのではなく、返歌が届いて、いても立ってもおられず、都に上《のぼ》ったのだという。長旅が祟《たた》ったのか、それとも肥前国での任務が過重なのか、維敏は面瘦《おもや》せしていた。それでも連日堤第に通って来て、そのたび口にされるのは、西国への誘《いざな》いだった。

しかし、どうしてもその気にはなれない。任はあと二年か三年のはずだから、それまでは待ちますと答えるしかなかった。そなたが下れば、正妻は京に返すつもりだとも維敏殿は述べられた。

それでも西国下りは断った。半月ののち、落胆《らくたん》した維敏殿は京をあとにされた。別れの朝、不思議にも胸騒ぎがした。このまま終《つい》の別れになる予感がし、胸に浮かんだのは、『古今和歌集』の一首だった。

思えども身をし分けねば目に見えぬ
心を君にたぐえてぞやる

維敏殿が肥前に下った二月の末、思いがけず病《やまい》を得た。身の気怠《けだる》さに動くのも大儀《たいぎ》になった。疱瘡《もがさ》だとわかったのは、岩倉《いわくら》から父君が招いた薬師《くすし》の見立てのお蔭だった。これに効く薬はなく、回復は気力次第だと薬師は言い、父君には、病人を離れに移すように命じた。

疱瘡とはよく言ったもので、体中が吹出物で覆《おお》われ、高熱が出た。ここでこんなに苦しむのなら、あのとき維敏殿と共に西国に下っておけばよかったと悔《く》やまれた。

朝夕の食事を運んで来る家僕《かぼく》によると、都ではこの疫病《えきびょう》が広がり始めているという。熱にうかされるなかで、姉君の姿を見た。姉君は微笑《ほほえ》むのみで、何も言わず、首を横に振るだけだった。あたかも、こちらに来るなと言っているようだった。

三月にはいって、やっと熱が下がった。久方ぶりに離れを出、祖母君や父君、母君の姿を見た。弟たちや妹の驚く顔で、我が身が変わり果てているのに気づかされた。手鏡に映った顔は細くなり、あばたがそこここに残っていた。あばたと引き替えに、生き長らえられたも同然だった。密《ひそ》かに涙するしかなかった。

聞くと、京中の道に病人が溢《あふ》れているという。穢《けが》れ者だと家を追い出された病人たちだった。帝はこれを嘆き、山里深くに小屋を建てさせ、病人たちを養う措置《そち》を講じられたらしい。のみならず、罪人には大赦《たいしゃ》を実施し、各地の大社《たいしゃ》に使いを送り、厄払《やくばら》いの神事《しんじ》を行わせているという。

しかし効《こう》はなく、今なお道は死臭《ししゅう》が漂《ただよ》い、死体には野犬が群がっていると、弟の惟規《のぶのり》が報告してくれた。

四月にはいってすぐ、維敏殿が任地で死去されたとの報がもたらされた。亡くなったのは三月十三日であり、病因は疱瘡だった。何という災禍だろう。呆然として、夏から秋冬への季節の巡りさえ感じられない。あのときの契りが、涙とともに遠ざかっていった。堤第そのものが、やっと息をしているようだった。

この疫病は翌年には、さらに勢いを増した。国中をこの疱瘡が席巻《せっけん》していた。そんな折、五年前に死去した前の関白兼家様の跡を継いで関白になっていた道隆様が、四月に亡くなる。享年《きょうねん》四十三だった。その半月後、代わって関白になられたのは弟の道兼様だ。ところがこの道兼様も疱瘡のため、翌月に亡くなる。今上帝に挨拶言上《あいさつごんじょう》をしてから、わずか七日後だった。享年は三十五である。

この頃になると、疱瘡は上達部《かんだちめ》を次々と死に追いやった。道兼様と同じ五月八日には、左大臣の源《みなもとの》重信《しげのぶ》様も七十四歳の生涯を閉じられた。これに先立って三月に亡くなったのが大納言《だいなごん》の藤原朝《あさ》光《てる》様、四月に死去したのが同じく大納言の藤原済時《なりとき》様であり、それぞれ享年は四十五と五十五だった。さらに権《ごん》大納言である藤原道頼《みちより》様も、六月に二十五歳で逝去《せいきょ》した。

その結果、今上帝の下で生き残った公卿《くぎょう》といえば、道隆様の嫡男《ちゃくなん》で内大臣の伊周《これちか》様二十二歳と、道隆様や道兼様の末弟である道長《みちなが》様三十歳のみになった。

内大臣の伊周様は、父の関白道隆様の引き立てで、短期間に昇進していた。十七歳で蔵人《くろうど》を統《す》べる頭中将《とうのちゅうじょう》、その翌年には権中納言《ごんちゅうなごん》、さらに次の年には権大納言になり、わずか十九歳で、二十七歳の叔父道長様と同列に位《くらい》された。三十余人いる公卿の中で最年少だった。その後、臨時に設けられた内大臣の地位に昇りつめられた。

「これから先は、若い今上帝を支えるのは、この若い伊周様か、それとも道長様か、一、二年で勝負はつくだろうね」

長々と内裏の様子を語ってきかせたあと、父君が思案深げに言う。

「私としては、道長様に関白になってもらいたい」

父君が言うのは、そのほうが前途が開けるからだろう。このままの散位では、堤第もさびれていく。婿殿の客死《かくし》は、父君たちにとっても大きな痛手だったのだ。

その年の十月、亡き維敏殿のあと、空位になっていた肥前守を維将殿が継がれ、西国に下った。それに従って娘の常子君も肥前に発った。常子君とは、姉が死んだあと、姉代わりに親しんでいただけに、維敏殿の死と同じく悲しかった。

いずかたの雲路《くもじ》と聞かば尋《たず》ねまし
列離《はな》れけん雁《かり》が行《ゆ》く方《え》を

第八章　宇《う》治《じ》行《こう》

この年、まだ疱瘡《もがさ》が猖獗《しょうけつ》を極めているとき、堤第《つつみだい》に方違《かたたが》えをする遠縁の殿方《とのがた》がいた。祖母君はその方の祖父君の姉にあたっていて、父君や伯父《おじ》君とは古くからの知り合いだった。

とはいえ、この時期のこの方違えには父君の思惑が感じられた。維敏《ただとし》殿を亡くしたあと、不運にも顔に疱瘡の痕《あと》が残ってしまった娘に、次の連れ合いを見つけたいのかもしれなかった。

その殿方について、父君はさり気なく言った。

「藤原宣孝《のぶたか》殿は四十二歳、既《すで》に五人の息子がいる。ちょうど筑前守《ちくぜんのかみ》の任期を終えて戻られたところだ。あちらでも疱瘡はひどいらしい」

息子が五人もいるとすれば、娘も二人や三人はいるはずで、その母親もひとりのはずはない。ともかく艶福家《えんぷくか》なのだろう。

「若い頃は蔵人《くろうど》や左衛門尉《さえもんのじょう》もされていた。闊達《かったつ》な人で如才《じょさい》ない。筑前守の前にも、大宰少弐《だざいのしょうに》として西国《さいごく》に下《くだ》られている。私のように十年も官途《かんと》に恵まれない者と違って、常に日の当たる所を歩んでおられる」

父君は真剣な表情でその殿方を持ち上げた。婿《むこ》として不足はないという意味だろう。その殿方を婿に迎えるのは、この堤第を支える手立てになる。遠回しの父君の促《うなが》しだった。

その宣孝殿が着かれた夜、父君や伯父君と共に宴《うたげ》が持たれ、その賑《にぎ》やかな声は他の部屋にも届いた。宣孝殿はよく笑い、かつ声も大きい。聞き耳をたてなくても、話し声が届く。どうやらこの疱瘡は、まず海向こうの新羅国《しらぎのくに》ではやり、そこと交易のある対馬《つしま》の漁師が罹病《りびょう》したものらしい。対馬から壱岐《いき》、筑前、そして鎮西《ちんぜい》に広まり、ついに七道《しちどう》に満ちたのだという。

宣孝殿は、遠国《おんごく》に長くいたというのに、内裏《だいり》の様子についても父君より詳しかった。

「今上帝《きんじょうてい》の母君で女院の詮子《あきこ》様は、伊周《これちか》様よりも道長《みちなが》様に肩入れされているようです。関白《かんぱく》の流れも、道隆《みちたか》様、道兼《みちかね》様と下って来ていて、次は道長様でしょう」

自信たっぷりの口調に、父君も伯父君も上機嫌で相槌《あいづち》を打っている。やはり官途に就《つ》くためには、道長様が伊周様を追い越して関白になったほうがいいのだ。

宣孝殿は二晩、堤第に泊まり、その二晩目、部屋の御簾《みす》近くまで来られた。身を硬くしていると、いつもの高らかな声とは違って、低い声が御簾越しに聞こえた。

「あなたのことは、かねてより耳にして、心から尊敬しています。堤第に立ち寄ることができたのは、何よりの光栄です」

二十歳近くも年上の殿方から敬《うやま》われるのは面映《おもは》ゆい。これが宣孝殿の口説《くど》き術なのだろう。

「このたびは、あくまでも方違えに参ったので、声のみかけさせていただきました。どうかお見知りおき下さい」

耳を澄ましていると、立ち去る衣《きぬ》ずれの音がした。その夜はなかなか寝つけなかった。あの声かけは本気なのだろうか、それとも単なる一時の戯《たわむ》れなのだろうか。後者なら腹が立ち、前者なら余計心が騒ぐ。

そして、明け方、ようやくまどろみ出したとき、再び簀子《すのこ》で宣孝殿の声がした。

「これで、ひとまず失礼します。しかし必ずやまた参上致します。父君とはねんごろに話を致しましたゆえ」

そう言いかけられても、答えようがない。黙っていると、静かに、退出する音がした。

朝餉《あさがれい》のとき、もちろん宣孝殿の姿はなく、父君も何も言わない。朝のうち、宣孝殿に沈黙を通した非を詫《わ》びるつもりで、朝顔の花に歌を添えて家僕《かぼく》に持たせた。

おぼつかなそれかあらぬか明けぐれの
　空《そら》おぼれする朝顔の花

戻って来た家僕は返し歌を携《たずさ》えていた。

いずれぞと色わくほどに朝顔の
　あるかなきかになるぞわびしき

どうやら宣孝殿は、口にしたほどの執着《しゅうちゃく》はないようで、やはり戯れだったと腹が立った。

それから旬日《じゅんじつ》ののち、父君が宇治行《うじこう》を思い立たれた。いわば御礼参りだという。疱瘡の病《やまい》で臥《ふ》している間に、宇治に棲《す》む法師に加持祈禱《かじきとう》をしてもらったのは、かすかに覚えている。熱病で息も絶え絶えのとき、幾晩か不気味な声を耳にした。あれが宇治の験者《げんじゃ》だったのだ。

朝まだきの暗いうちに一台の牛車に乗り、五、六人の家僕《ぎつしゃ》が従った。祖母君と母君、妹の雅子《まさこ》と末弟の定暹《さだのり》は家に残った。

「そなたたちも、曽祖父《そうそふ》の堤中納言兼輔《つつみちゅうなごんかねすけ》殿は知っていよう。その堤中納言殿を通じて、我が家は宇治とは深いかかわりを持っている」

牛車の中で父君が言った。あの大雲寺《だいうんじ》で会った曽祖父の文範《ふみのり》殿とは別の曽祖父君だった。そもそも堤第の広い邸は、その曽祖父君から譲り受けていた。

「私にとって祖父にあたる兼輔殿の伯父こそ、内大臣を務めた藤原高藤《たかふじ》殿だ。その娘である胤子《たねこ》様と宇多《うだ》天皇の間にできた皇子《みこ》が醍醐《だいご》天皇だ。胤子様の母は、宇治大領《だいりょう》の宮道弥益《みやじのいやます》殿の娘で列子《たまこ》様といった。私の母、つまり家に残して来たそなたたちにとっての祖母君は、高藤殿の孫娘にあたる。兼輔殿の末娘の桑子《くわこ》様は、醍醐天皇の更衣《こうい》でもあった。つまるところ、我々の祖先は宇治に源を発している」

そうした経緯《いきさつ》は祖母君から、それとなく聞いてはいた。父君から詳しく聞くのは初めてだった。

「その宇治大領だった宮道弥益殿の屋敷跡は寺院になっていて、勧修寺《かじゅうじ》という。そこには高藤殿の墓のみならず列子様、胤子様、そして高藤殿の子で右大臣まで昇った定方《さだかた》殿の墓もある。私も幼い頃、両親に連れられて宇治参りをしたことがある。その折は、もちろん何もわからない。単に京からえらく遠い、鄙《ひな》びた所だと思った。だから今日は、先祖にゆかりのある地にそなたたちと一緒に立ち、香子《かおるこ》から疱瘡を追い出してくれた修験者《しゅげんじゃ》にも、礼を言うつもりだ」

父君がしみじみと言い、惟規《のぶのり》も惟通《これみち》も神妙《しんみよう》に頷《うなず》いている。惟通の膝《ひざ》の上には、修験者に与える衣が載《の》っていた。

父君が弟二人を帯同《たいどう》して来たもうひとつの理由も、何となく推測できた。父君としては、今は散位《さんい》で無官ではあるものの、輝かしい先祖を持っている事実を知ってもらいたいのだ。

牛車は、東山《ひがしやま》と鴨川《かもがわ》の間を南に下り、昼前には法性寺《ほっしょうじ》に至った。ここで牛と牛童《うしわらべ》を休ませ、寺参りをすませた。寺の広大さは言いようがなく、境内《けいだい》とはいえ谷あり山ありだった。楓《かえで》の若葉を通して降りかかる日の光が、何とも快《こころよ》い。

寺を過ぎると、とたんに人家が疎《まば》らになる。伏見《ふしみ》から深草《ふかくさ》を経て、大亀谷《おおかめだに》から六地蔵《ろくじぞう》を抜け、ようやく木幡《こわた》に着く。父君が物見《ものみ》を開けて外を眺《なが》め、口を開く。

「宇治という呼び名は、おそらく菟道稚郎子《うじのわきいらつこ》という皇子《みこ》に由来している。この皇子は兄の大雀命《おおさざきのみこと》と、お互いに皇位を譲り合われた。二人とも応神《おうじん》天皇の皇子だ。譲り合いは何と三年も続き、ついに自分が身を退《ひ》くことを決めた弟の稚郎子は、自ら命を絶った。知らせを聞いて駆けつけた兄の大雀命は、大いに嘆き、弟の遺骸《いがい》を手厚く葬《ほうむ》った。この場所がこんもりと丸い菟道山《うじやま》になった。だから宇治には、暗い影がつきまとっている。憂《う》し山だ」

父君の言う通りだった。宇治山を詠《よ》んだ喜撰《きせん》法師の名歌は心に沁《し》みる。

わが庵《いお》は都のたつみしかぞ住む
世を宇治山と人は言うなり

『古今和歌集《こきんわかしゅう》』を編んだ紀貫之《きのつらゆき》は、仮名序《かなじょ》でこの歌を、「言葉かすかにして、初め終りたしかならず。いわば秋の月を見るに、暁《あかつき》の雲にあえるがごとし」と評している。なるほどそうで、この歌には何の飾りも技も感じられない。感慨《かんがい》がそのまま口をついて出ていて、詠み人の境遇《きょうぐう》と人となりまでが一首にこめられている。歌はこうあるべきに違いない。しかしそれが難しい。

父君が牛車を停《と》めさせ、後簾《うしろすだれ》を開けさせる。深い山の中の一本道で、往来も少ない。山の樹木の若葉が、様々な緑色を呈している。生まれたての萌黄《もえぎ》色もあれば、深い緑もある。そんな山中を行く道で、つい歌が頭に浮かぶ。

生きんとて都の辰巳《たつみ》はるか来て
木幡の里に行き惑《まど》うかな

余りにも短かった契《ちぎ》りの夫を失い、疱瘡の痕の残る身で、この先どうやって生きて行けばよいのか、今まさに惑う宇治行になっていた。

牛車はゆっくり進み、ついに宇治川のほとりに出る。耳を澄ますと、川の音が聞こえる。たっぷりとした流れは、よく見ると早瀬《はやせ》だった。対岸に向かう渡し舟は、真横に進むのにも難渋《なんじゅう》している。

対岸は、川沿いや奥まった所に、都の貴人たちの別業《べつぎょう》が散在している。それに対して、こちら側には修験者の庵《いおり》のようなものが多かった。

まだこの時期、網代《あじろ》は仕掛けられていない。あれは晩秋から師走《しわす》にかけての漁のはずだ。獲《と》れる魚を氷魚《ひお》というのも、そのためだろう。

もののふの八十《やそ》宇治河の網代木《ぎ》に
いさよう波の行方《ゆくえ》を知らずも

早瀬を見つめていると、『万葉集《まんようしゅう》』にある柿本朝臣人麻呂《かきのもとあそんひとまろ》の和歌の情景が見えるようだ。
すると期せずして、父君が『万葉集』の一首を朗詠《ろうえい》する。

宇治河は淀瀬《よどせ》無からし網代人《びと》
舟呼《よ》ばう声をちこち聞《きこ》ゆ

すると、惟規がすかさず別の一首を口にした。

宇治人の譬《たとえ》の網代吾《われ》ならは
今は依《よ》らまし木屑《こづみ》来ずとも

惟規は、脇に立つ惟通に、お前の番だとばかり顔を向けた。惟通も対岸を眺めて朗詠する。

宇治河を船渡せをと喚《よ》ばえども
聞えざるらし楫《かじ》の音もせず

二人の息子を見つめて、父君も満足そうに、さらに『万葉集』の一首を口にする。

千早人《ちはやびと》宇治川波を清みかも
旅行く人の立ちかてにする

「香子、『古今和歌集』にも宇治は詠《うた》われているはずだが、どうだろう」

「あります」

そう答えて、宇治川を眺めやりつつ詠歌する。

さむしろに衣かたしきこよいもや
我をまつらん宇治の橋姫《はしひめ》

おそらく、宇治にいる愛人を橋の守り神に擬《ぎ》して、訪れを待つ姿を思い浮かべて詠んだのだろう。喜撰法師の歌とは一味違う若々しさが漂《ただよ》っている。

牛車に再び乗り、少し山道を登った所に、修験者の庵があった。庵とはいえ、貧相ではない。四十がらみの法師は、もとは貴人の落《おと》し胤《だね》なのだろう。何らかの後ろ楯《だて》があるように見えた。

「そうでしたか。快癒《かいゆ》されましたか」

法師は笑顔でこちらを凝視《ぎょうし》する。あばたの残る顔に驚いた様子はない。

「この通り立派に癒《い》えました」

父君が頭を下げる。

「今もって猖獗《しょうけつ》を極めている病魔を退《しりぞ》けられたとは、これこそ神仏の恩です。どうかこの神仏の恩を生涯忘れぬよう、この先の世を歩まれるとよいでしょう」

髭面《ひげづら》をほころばせて法師が言う。

「はい」

頭を下げるとき、思いがけず涙がこみ上げてきた。袖を目に当てて俯《うつむ》く。そうか、生き延びたのは神仏の慈悲《じひ》だったのだ。そうであれば顔に残るあばたとて、神仏の願いなのかもしれない。痕が一生消えないように、神仏の恩も一生消えることはあるまい。そう考えると、不意の涙が嬉《うれ》し涙に変わった。

「遠い都からわざわざこんな山里まで赴《おもむ》いてもらい、申し訳ございません」

法師の口上《こうじょう》を聞きながら、この遠路をはるばる堤第まで赴いてくれたのは法師のほうなのだと思う。牛車は使わず徒歩《かち》だったはずで、益々頭が下がった。

庵を辞すにあたって、父君は持参の品を法師に贈った。仕立てた墨染《すみぞめ》の僧衣と、白の浄衣《じょうえ》だった。命と引き換えの品にしては、貧弱そのものではあっても、父君としては精一杯の出費に違いなかった。

庵を出て宇治川の岸に立ったとき、父君が対岸を指差した。

「三人共、向こう岸をとくと見るがよい。あそこは、河原《かわら》左大臣の源 融《みなもとのとおる》公の別業があったところだ。宇治院と言い、陽成《ようぜい》天皇、宇多天皇、朱雀《すざく》天皇なども遊猟《ゆうりょう》に来られている」

源融公の別業も、今ではその面影《おもかげ》すらない。都での邸《やしき》であった河原院も、誰ひとり訪れない廃院になっている。堤第のずっと南にあって、何度か訪れたことがある。栄枯盛衰《えいこせいすい》の実物でもあった。

考えてみると源融公は嵯峨《さが》天皇の第十二皇子であり、風流人だったはずだ。邸宅は南北四町《ちょう》、東西二町にも及ぶ広大なもので、その庭は陸奥《みちのく》の塩釜《しおがま》の風景を模していたらしい。左大臣は実際に難波《なにわ》からわざわざ海水を運ばせて、塩焼く煙を楽しんだという。そこを訪れた在原業平《ありわらのなりひら》は、その様子を歌に詠んでいる。

塩竈《しおがま》にいつかきにけん朝なぎに
　釣《つり》する舟はここによらなん

そして左大臣がこの世を去ると、たちまち邸は廃《すた》れ出す。『古今和歌集』にも紀貫之の歌があるほどだ。

君まさでけぶり絶《た》えにし塩竈の
　うらさびしくも見えわたるかな

「さあ戻ろう。日が暮れるまでには京に着く」

父君が言い、牛車に戻る。
帰路になると、改めて山道の険《けわ》しさを思い知らされた。供人《ともびと》たちは、牛車の轂《こしき》に手をかけて押していた。再び木幡を過ぎるとき、柿本人麻呂の歌が思い出された。

山科《やましな》の木幡の山を馬はあれど
歩《かち》ゆわが来《こ》し汝《な》を思いかね

父君も弟二人も黙り込んでいた。
法師が言った神仏の恩という言葉が、脳裡《のうり》に浮かぶ。なるほど、神仏が救ってくれた命だった。これから先の残りの人生は、その恩に報《むく》いればいい。何の小細工《こざいく》をする必要があろう。厭《いと》わしい諸事が降りかかってきても甘受《かんじゅ》すべきなのだ。

この世をばうしと思えど何ごとも
華と見ゆらん神仏の恩

第九章　越前下向《えちぜんげこう》

明くる年の一月の除目《じもく》で、父君が越前守《えちぜんのかみ》に任じられた。実に父君が官を退《しりぞ》いてからは十年、宮中の詩宴《しえん》に招かれて三年が経っていた。

これには具平《ともひら》親王の推挙と、もうひとつあの宣孝《のぶたか》殿の根回しもあったらしい。確かなことはわからない。

さらにもうひとつ、父君が越前守に選ばれた理由として、若狭《わかさ》国での宋《そう》人の騒動が考えられた。昨年以来、宋の商人たちが大挙して若狭国に移住し、若狭守に無礼を働いていた。国守《こくしゅ》の源　兼澄《みなもとのかねずみ》様は困り果て、宋人の応対を越前国に任せるよう、宮中に依頼して受理されていた。宋人との対応には漢文でのやりとりが必要になる。そのため父君の才能が買われたとも噂《うわさ》された。

二月、三月と越前下りへの準備に追われた。母君は父君に着いて行き、惟規《のぶのり》と惟通《これみち》もそれに従い、祖母君と妹の雅子《まさこ》、定暹《さだのり》は堤第《つつみだい》に残ることになった。父君から香子《かおるこ》はどうすると訊《き》かれて、同行を決めた。二十四歳になる今まで、都の外に住んだことがない。京以外を知らないままこの先を暮らすのと、知ってから暮らすのでは、大きな違いが生じる気がしたからだ。それに向こうで国守の妻として大役を担う母君も、手伝う者を必要とするはずだった。

惟規は文章生《もんじょうしょう》になったばかりだったが、自ら越前下りを申し出た。父君を補佐しなければならないと思ったのだ。

出立《しゅったつ》の準備に明け暮れていた三月下旬、母方の曽祖父《そうそふ》の文範《ふみのり》殿が亡くなった。かつて北山詣《きたやまもう》でをした際、姉君の加持祈禱《かじきとう》を世話してくれた方だ。享年《きょうねん》八十八の高齢だった。もちろん曽祖父君からいただいた『蜻蛉日記《かげろうにっき》』と『往生要集《おうじょうようしゅう》』は、越前まで持っていくつもりだった。

そしてようやく京を出立する間際になって、今上帝《きんじょうてい》の周辺で政変が起こった。上達部《かんだちめ》や殿上人《てんじょうびと》の間ではその話でもちきりだという。父君が仄聞《そくぶん》したところによると、今上帝を巡《めぐ》る藤原伊周《これちか》様と、叔父の藤原道長《みちなが》様の確執《かくしつ》が原因らしい。

もともと帝《みかど》は正室の定子《さだこ》様の兄である伊周様とは肝胆相照《かんたんあいて》らす仲だった。帝は幼少の折から、蔵人《くろうど》として側に務めていた六歳上の伊周様を、兄のように慕っておられた。長じて帝が漢文を好むようになってからは、漢文に長《た》けた伊周様を師と仰ぎ、毎日近くに侍《はべ》らせ、夜遅くまで勉学に励まれた。いきおい帝の住まう清涼殿《せいりょうでん》は、定子様、伊周様との団欒《だんらん》の場と化していたらしい。

前年に関白《かんぱく》の道隆《みちたか》様、ついで道兼《みちかね》様が亡くなったあと、次の関白を誰にするか迷われていた帝に、道長様を強く進言されたのは母の詮子《あきこ》様だった。帝としては、義兄でもあり漢文の師でもある伊周様を、内大臣から関白に抜擢《ばってき》したかったに違いない。とはいえ伊周様はまだ若輩《じゃくはい》であり、他の公卿《くぎょう》からの支持も取りつけにくい。

これに対して母君の詮子様は、もともと実弟の道長様贔屓《びいき》であり、甥《おい》の伊周様とは疎遠《そえん》だった。道隆、道兼様に続いて、ここは末弟の道長様を関白にするべきだと、涙ながらに訴えられたのだ。そこで帝は、太政大臣《だいじようだいじん》と左大臣《さだいじん》が空席のまま、道長様を右大臣《うだいじん》に任命された。これによって道長様は、伊周様を越えて公卿の頂上に立たれた。

今回の父君の任官は、こうした道長様の昇進とも関連があるように思える。まず考えられるのが、具平親王の母君で、村上《むらかみ》天皇の妃《きさき》でもあった荘子女王《そうしじよおう》だった。荘子女王の叔父《おじ》の中納言《ちゆうなごん》藤原朝忠《あさただ》様は、道長様の正妻倫子《みちこ》様の母方の祖父にあたる。荘子女王は、具平親王の許《もと》に出入りしていた父君を思い出し、道長様に任官をそれとなく勧められたのかもしれない。

もうひとつ、中納言朝忠様は、祖母君の兄にあたる。祖母君は何も言わないが、わが子の不運さについて、朝忠様に文《ふみ》か何かで書き送ったとも考えられる。さらに堤第に方違《かたたが》えをしたあの宣孝殿も、その祖父が朝忠様の弟なので、やはり朝忠様が、孫娘の倫子様を通して、道長様に何らかの進言をされたのに違いなかった。

越前守に任じられてから、父君はにわかに忙しくなり、堤第も活気に満ちた。何より雇い入れる家《か》僕《ぼく》の数が二倍三倍に増えた。

越前に赴《おもむ》く者と堤第に残る者の選別をする間に、父君がその後の内裏《だいり》を巡る揉《も》め事を聞かせてくれた。そもそもの椿事《ちんじ》の発端《ほつたん》は、先帝の花山院《かざん》にあった。兼家《かねいえ》様と道兼様父子の策によって落飾《らくしよく》させられた花山院は、出家後も恋多き人だった。愛した妃の忯子《よしこ》様に、身籠ったまま死なれてから、その妹に目をつけられた。忯子様の父君は亡き太政大臣藤原為光《ためみつ》様であり、四人の娘に恵まれていた。忯子様が長女であり、花山院がしきりに恋文を送ったのは四女だった。ところがその姉である三女は、さらに美貌《びぼう》の姫君で、ここには内大臣の伊周様が足繁《あししげ》く通っていた。

伊周様は、花山院が故太政大臣の館《やかた》にしばしば赴かれていると聞き、三女を横取りするつもりだと邪推《じゃすい》された。弟の隆家《たかいえ》様に相談して、横恋慕《よこれんぼ》の妨害を決めたのだ。

隆家様はさっそく弓矢に長じた家来を、故太政大臣邸近くにさし向け見張らせた。花山院が邸から出て馬に乗ろうとしたとき、隆家様の家来たちは供の童子《どうじ》たちに弓を放つ。童子二人が殺され、その首を証拠として、家来たちは隆家様の許《もと》に持ち帰った。花山院は幸い、衣の袖を矢で射抜かれたのみだった。しかし、花山院は仰天《ぎょうてん》されたに違いない。

この騒動を道長様から知らされた今上帝は、さっそく検非違使庁《けびいしちょう》を統《す》べる藤原実資《さねすけ》様に、取調べを命じた。検非違使たちは、犯人八人を捕らえ、弓矢も押収《おうしゅう》し、さらに逃《のが》れた者たちの追討《ついとう》に出た。この過程で、伊周様が兵器を邸に貯えていた事実が明らかになる。いかに都が物騒《ぶっそう》とはいえ、兵器の私有は厳禁だった。

帝は内大臣伊周様と中納言隆家様の罪《とが》を認め、右大臣道長様にその罪科《ざいか》を計らせた。兄と弟の罪を知った中宮定子《ちゅうぐう》様は、これを我が罪として里邸《りてい》の二条北宮《きたのみや》に退出される。供をする公卿も役人も、わずかな数だった。中宮を寵愛《ちょうあい》する帝もとめようがなかった。

その直後、帝の母である詮子様の持病が悪化、死去はもう避けられない病状になった。これは何かの呪詛《じゅそ》ゆえに違いないという噂が立った。寝殿の床下を掘ってみると、果たして呪《のろ》いの道具が見つかる。当然ながら、これは伊周様の差し金だと目《もく》された。

期を同じくして、小栗栖法琳寺《おぐるすほうりんじ》から、伊周様が、大元帥法《たいげんのほう》を行っているとの告発がなされた。秘法である大元帥法の催行《さいこう》は、内裏とこの寺にしか許されておらず、これも違法行為だった。

四月、ついに帝は、並み居る公卿たちを前にして、伊周様と隆家様の降格と配流《はいる》を決定される。罪状は、花山院への狼藉《ろうぜき》、詮子女院の呪詛、大元帥法の密行だった。

さっそく、定子中宮と兄弟のいる二条北宮に勅使《ちよくし》が送られ、詔《みことのり》が読み上げられた。伊周様は大《だ》宰権帥《ざいのごんのそつ》、隆家様は出雲権守《いずものごんのかみ》への流罪《るざい》だった。この大宰権帥としての配流は、菅原道真《すがわらのみちざね》公以来の大事件になった。

ところが、罪科を言い渡された伊周様と隆家様は、忽然《こつぜん》と姿をくらました。帝は仕方なく中宮のいる二条北宮の徹底した捜査を命じられた。定子中宮を牛車の中に退避させたうえで、壁がはがされ、天井や床下もひっくり返された。中宮付きの女官たちは、逃げ惑《まど》い、泣き崩れたという。隠れていた隆家様は捕縄《ほじよう》され、都人《みやこびと》の目に晒《さら》されながら出雲まで送られた。定子中宮は悲嘆の余り、髪を切って、出家を決意される。

しかしこのとき既《すで》に定子様は、帝の子を身籠《みご》っておられた。これを知った帝は嘆かれる。自分の第一子が、尼の子として生まれるのも、己《おのれ》の罪《とが》と思われたのだ。

程なく、隠れていた伊周様が出頭《しゆつとう》して来る。宇治《うじ》の木幡《こわた》にある父の道隆様の墓に詣《もう》でていたのだという。大宰府に下《くだ》るにあたって、母君の貴子《たかこ》様を伴《ともな》いたいと申し出たが、帝は拒否される。それでも伊周様は母君を残しておくことはできず、連れ立って都を出立された。二人が追手によって引き離されたのは、長岡京《ながおかきよう》の辺りだったらしい。貴子様は老いた身ながら、毅然《きぜん》として、廃屋《はいおく》同然になった二条北宮に戻られた。

不運は重なり、やがてこの二条北宮が火事に見舞われ、灰塵《かいじん》に帰《き》す。定子様と貴子様は、従者の手でかろうじて逃げることができ、貴子様の実家である高階《たかしな》家に身を寄せられた。もはや、中宮定子様の後ろ楯はなきに等しかった。

「口さがない連中は、こうした道隆様の子女たちの没落は、すべて道長様が仕組まれたと言いふらしているようだ」

父君が眉《まゆ》をひそめて言う。「確かに、花山院の袖を、伊周様や隆家様の家来が矢で射抜いたのは本当かもしれない。しかし、呪詛や大元帥法は、確たる証拠もない。そして二条北宮の火災にしても、人を使えば簡単に放火できる。とはいえ、これまた証拠があるわけでもない」

聞いていて感じるのは、何としても伊周様と隆家様を葬《ほうむ》り去ろうとする、道長様の執念《しゅうねん》だった。道真公を大宰権帥として追放した左大臣時平《ときひら》様が、右大臣道長様と重なってしまう。

「ま、しかし、これからの世は道長様のものになるのは、もう間違いがない。私たちにとっても、それは都合がよい。これが時流というものだろう」

父君はそう締めくくった。


越前下向を直前にして、父君と母君、弟の惟規と共に賀茂《かも》神社に参詣《さんけい》した。まだ暗いうちに牛車で堤第を出た。ようやく夜が白みはじめた頃に下鴨《しもがも》神社に着く。天を突く樹木の下は薄暗く、ここが糺《ただす》の森だ。只洲《ただす》だったのが、偽りを正すという意味も加わったのだ。

「あの配流になった伊周様も、逃げ隠れせずに、この森に来て、自分の濡《ぬ》れ衣《ぎぬ》が晴れるよう祈られたほうがよかった」

父君が言った。「内大臣から大宰権帥への降格といっても、道真公の右大臣からの格下げほどでもない。道真公の場合は、単なる権帥ではなく、それよりも格下の大宰員外帥《いんがいのそつ》だった。だから伊周様は、時が過ぎれば、赦《ゆる》されて内大臣、右大臣への復帰も考えられた。定子中宮様の実弟として、いずれ今上帝の赦免《しやめん》は期待できたはず。早まった振舞いをされたのが惜《お》しまれる」

父君が言うのも理にかなっている。人の世に、浮沈《ふちん》はつきものだ。これは人智ではどうにもならず、天命を待つより他はない。

下鴨神社に詣でたあとは、さらに上賀茂《かみがも》神社まで赴いて、御手洗川《みたらしがわ》のほとりで牛車を降りた。

母君が『古今和歌集』の一首をさり気なく口にする。

恋せじと御手洗川にせし禊《みそぎ》
　神は受けずぞなりにけらしも

聞いていて、思いもかけず、方違えに来た宣孝殿が頭に浮かぶ。越前に下れば、四年間は会えないはずだ。四年後には、もうこちらの存在など忘れられていよう。あの肥前《ひぜん》で亡くなった維敏《ただとし》殿同様に、陽炎《かげろう》じみた殿方だった。

神社に手を合わせ、しばらくの暇《いとま》を告げたとき、ほととぎすの声が高らかに響き渡った。

牛車に戻る足取りのなかで、次の歌が思い浮かんだ。

ほととぎす声待つほどは片岡《かたおか》の
　杜《もり》の雫《しずく》にたちやぬれまし

「これで、心置きなく京をあとにできる」

牛車の中で父君が言った。

「越前までは、どのくらい要するものでしょうか」

惟規が訊く。

「四、五日とされているが、途中敦賀《つるが》で何日か過ごさねばなるまい。そこに宋人が来ているらしい。敦賀には、そうした外来人《がいらいびと》を迎える館があると聞いている」

答える父君の顔は、既に越前守になっていた。


六月中旬、ようやく暑さが盛りを過ぎたのを見届けて、越前への出立になった。越前の冬には耐えられそうもない祖母君、妹の雅子、末の弟の定暹は当初の予定どおり堤第に残った。もちろん、それを補佐する家司《けいし》や家僕も十五人程はいた。

父君と母君、惟規や惟通とともに三台の牛車に分乗し、大事な書物も牛車に積んだ。家司や家僕たち三十人余りは、それぞれ荷を背負っての徒歩《かち》になった。馬一頭と牛二頭にも大きな荷を背負わせる。

手元の書籍には、『蜻蛉日記』と『往生要集』に加えて、具平《ともひら》親王から授《さず》けられた『新楽府《しんがふ》』と、北の方からいただいた『宇津保物語《うつほ》』もあった。

『蜻蛉日記』を手に取ったとき、姉君の言葉がその弱々しい声色《こわいろ》とともに思い起こされた。

「いつの日か、あれを超えるものを書いておくれ。香子ならきっとできる」

そして一方の『宇津保物語』を見ると、北の方に生意気なことを言ったことを思い出す。面白いけれども、話がひとつの琴に頼りすぎていると、思い上がった言い方をしていた。今考えると冷汗が出る。

荷の中には、かなりの量の料紙もある。父君に頼んで、家の中にある料紙を集めてもらった。もちろん反故《ほご》も含まれている。和歌を書きつけるには、うってつけだった。

姉君は『蜻蛉日記』を超えるものと言ったが、日記では物足りない。やはり書くとすれば物語だろう。具平親王の北の方に申しあげたように、『宇津保物語』を超える物語を書くべきだ。『竹取《たけとり》物語』や『落窪《おちくぼ》物語』でも物足りない。それはどんな物語になるだろう。見当すらつかない。

とはいえ、この越前への旅と暮らしが転機になるような気がした。

いよいよ旅立ちの朝、祖母君たちとの別れは辛《つら》かった。万が一の不幸でもあれば、これが最後の別れにならないとも限らない。

「香子、おまえ、何か琴《こと》は持っていくのだろうね」

祖母君から訊かれた。

「和琴《わごん》だけは持っていきます。箏《そう》の方は残していきます。祖母君が弾《ひ》かれるでしょうから」

「そうかい。和琴を弾くときは、この堤第を思い出しておくれ」

祖母君から言われたとき、本当にこれが今上《こんじょう》の別れになるかもしれないという恐怖にかられた。陸奥《みちのく》国などの遠国《おんごく》の任期は六年としても、越前国は四年だ。祖母君に持病はないものの、六十を超える老齢では、何が起こっても不思議ではなかった。

そんな胸騒ぎを振り切って牛車に乗り込もうとしたとき、家僕がひと抱えもある包みを持って来た。伯父《おじ》の為頼《ためより》殿からの贈物だという。包みを開くと見事な小袿《こうちき》だった。母君のものもあり、それぞれ袖口や襟《えり》、衽《おくみ》、裾廻《すそまわ》しに、裏地を返しておめらかしてある。さらに裂地《きれじ》を挟んだ中陪《なかべ》があり、重ねの飾りが添えられていた。表は萌黄《もえぎ》、中陪は縹《はなだ》、おめりは黄で、楓重《かえでかさ》ねになっていて、表地の模様は、紅葉《もみじ》の枝だ。

伯父君の心配りが嬉しく、袂《たもと》を整えていると、歌が書かれた紙が手元に落ちた。和歌だった。

夏衣《なつごろも》うすきたもとを頼むかな
　祈る心のかくれなければ

「返歌《へんか》は香子がすべきです」

母君が言い、筆と紙を差し出す。考える暇もなく歌を書きつけた。

振り返りうすきたもとでぬぐうかな
　今日の別れぞ悲しかりける

歌人としても名高い伯父君への返歌としては、情けない出来映《できば》えだった。伯父君は折々の感慨を歌に詠《よ》み、五、六十首たまったところで冊子にし、父君に手渡していた。和歌の手本としては最適で、そのほとんどは記憶していた。

牛車と牛馬、人の列はいよいよ堤第を出て、ほの暗いなかで鴨川《かもがわ》を渡った。そこから先は粟田口《あわたぐち》から逢坂関《おうさかのせき》を目指す。

夜がすっかり明ける頃、ようやく逢坂関に着く。歌では知っていたものの、うらびれた景色を目にするのは初めてだった。かつてここで詠まれた、いくつもの歌が思い浮かぶ。

逢坂の関に流るる岩清水《いわしみず》
　いわで心におもいこそすれ

逢坂のゆうつけどりもわがごとく
　人や恋しきねのみなくらん

この関こそは、人との別れの場でもあったのだ。

逢坂の関しまさしきものならば
　あかずわかるる君をとどめよ

逢坂の関が本当に人を留《とど》めるのであれば、別れる人をここで止めてくれという嘆きだ。

逢坂の嵐の風は寒けれど
　ゆくえ知らねばわびつつぞ寝る

今は晩夏だから寒くはない。冬の嵐の中でこの関を越える寂しさは、格別に違いない。

逢坂の木綿《ゆう》つけ鳥にあらばこそ
君がゆききをなくなくも見め

これは源昇《みなもとののぼる》中納言が近江介《おうみのすけ》で赴任《ふにん》する際、閑院《かんいん》が詠んだ歌だ。ここ近江は、都からは一日の行程でしかない。にもかかわらず、その別れは辛かったのだ。

逢坂の関を越えて打出浜《うちでのはま》に着いたのは昼前で、半分の荷を舟に積み替えた。荷を軽くした牛車二台と牛馬は、そのまま湖の西岸を進み、塩津《しおつ》で落ち合う手はずになっていた。大小十艘《そう》の舟に乗って、湖を北に漕《こ》ぎ出したのは昼過ぎだった。

東を見ても西を見ても、浜の様子のすべてが物珍しい。白鳥が群れ、舟が近づくと、けたたましく羽音をたてて、数十羽が舞い上がる。その後ろには、木立《こだち》のように繁った葦《あし》の原が広がっている。湖の中程では、小舟に乗って魚を釣ったり、網を投げる漁夫の姿も見える。

舟べりから岸を眺《なが》めていた母君が、ふと歌を口にする。

葦鶴《あしたづ》の立てる川辺を吹く風に
寄せて返らぬ浪かとぞ見る

宇多《うだ》院の歌だった。幾羽もの白鶴が立ち並んで動かないので、一瞬白波が止まったように見えたのだ。脇にいた父君が頷《うなず》き、また別の歌を口にする。これも『古今和歌集』にある一首だった。

葦辺《あしべ》より雲居をさして行く雁《かり》の
　いや遠ざかる我が身悲しも

群《むれ》を成して飛び立つ水鳥は、あっという間に、雲の下に姿を消す。我が身はどこか置いてけぼりにされたような気がするのだ。

文章生らしく、惟規も歌を口にする。

わたの原八十島《やそしま》かけて漕ぎ出《い》でぬと
　人には告げよあまの釣舟《つりぶね》

小野篁《おののたかむら》の歌だった。遣唐副使に任じられたのを、病《やまい》を理由に断ったため、隠岐《おき》に流されて、そこで詠んだのだ。

「まさか惟規は、島流しの感慨に耽《ふけ》っているのではあるまいな」

「いえ、とんでもありません」

惟規が慌《あわ》てて否定する。しかし、惟規には既に通っている女がいるのは知っている。その女とは、涙の別れをしてきたはずだった。

「都だけに留《とど》まっていては世情に疎《うと》くなる。越前での暮らしは、これから先、そなたの滋養《じよう》になる」

父君が諭《さと》すのにも一理あった。例えば小野篁様も、後に赦されて召還《しようかん》されたあと、参議《さんぎ》になって

『令義解《りょうのぎげ》』を撰進《せんしん》する。隠岐への配流が、その後の精進《しょうじん》をもたらしたとも言える。

「香子、どうだろうか、何か歌を詠んでくれないだろうか」

父君に請《こ》われて、一首思い浮かんだ。

磯《いそ》隠れ同じ心に田鶴《たづ》ぞ鳴く
汝《な》に思い出づる人や誰ぞも

「姉君にも思い出づる人がいるのですね」

訊いたのは惟通だった。ほんのり顔が赤くなったのに気がついたのか、代わりに惟規が答えた。

「当然だろう。あの磯の葦の向こうで、鳴き合っている殿方がいるのだ。知らないのはお前のみ」

「それだと、これが私の歌です」

惟通が言い、歌を詠む。

葦原に田鶴鳴く声を聞きつれば
妹《いも》が思いになずらえんとす

「それは惟通のひとり合点《がてん》でしょうよ」

母君からたしなめられて、惟通が首をすくめる。

日が少し傾く頃、ようやく三尾崎《みおのさき》という湊《みなと》に舟が着く。海辺では、漁民が網《あみ》を引いていた。初めて見る光景で、その威勢のよい掛け声も耳新しい。

三尾のうみに網引く民の手まもなく
　立ち居につけて都恋しも

都恋しと詠んだものの、もう後ろ髪を引かれる思いは消えていた。言うなれば、巡察使《じゅんさつし》として諸国を巡っていたときの小野篁様の心境だ。

気憀慓　　　気は憀慓《りょうひょう》
具品秋　　　具品《ぐひん》の秋
客在西　　　客は西に在《あ》り
歳欲遒　　　歳遒《としい》なんと欲す
登山臨水耶楚望　山に登り水に臨《のぞ》み耶楚《やそ》を望む
移目寒雲遠近愁　目を移せば寒雲《かんうん》遠近に愁《うれ》う

旅路にあって故郷《ふるさと》を思いながらも、詩人はその土地の感興《かんきょう》を味わおうとしていた。確かにそうで、望郷の念があればある程、その地での興趣《きょうしゅ》はなきに等しくなってしまう。
越前での四年を空《むな》しい日々にしてはならない。一生の糧《かて》にすべきだった。
とはいえ、四年の歳月は途方もなく長く感じられる。不安は隠しおおせようもない。折しも、にわかに雲が出て、波が高くなって、舟が揺れ出す。

かきくもり夕立つ波の荒ければ
　浮きたる舟ぞしづ心なき

三尾崎の勝野津《かちのつ》に舟を着け、三尾駅の駅家《うまや》に宿を取った。駅家とはいえ、その簡素さは庵《いおり》に毛が生えた程度だ。夏だからこそ耐えられるものの、冬ならば身が凍《こご》えるに違いない。

「あれは鶴の声だろうか」

鳥の鳴き声を聞きつけて、母君が訊いたので答える。

「そうでしょう。川瀬に群がっている鶴でしょう」

「鴨川の鶴とは、また違う鳴き方です」

それは母君の錯覚《さつかく》で、鳴き声そのものが変わるはずはない。旅路の寂寥《せきりょう》ゆえ、聞く心が変わっているのに違いなかった。

越前に至れば、母君の仕事の煩雑《はんざつ》さは、堤第の比ではあるまい。国守館《こくしゅやかた》にもともといる家僕たちを使わねばならず、また地元役人たちを招いての饗応《きょうおう》もある。しかも、いろいろ教えてくれる祖母君はいないのだ。ここは母君の片腕となって、補佐しなければならないと改めて思う。

翌朝も朝まだきに船出をし、湖を漕ぎ渡った。強い北風のためか、舟は真直《まっす》ぐ北上せず、対岸の磯の浜という所に辿《たど》り着いた。そこから岸沿いに筑摩《ちくま》の湊にも寄り、風がおさまった昼前に、再び漕ぎ出した。

「あれが竹生島《ちくぶじま》だよ」

父君が左の方を指差す。はるか湖の中央に島が見えた。近くの岸では、山が眼前に迫っている。急斜面に這《は》いつくばる松が、白い岩に映《は》える。絶壁の所々に見える緑は、岩つつじだろうか。右を見ても、左に頭を巡らせても、飽きのこない景色だった。

「ここいらでまた、一首所望《しょもう》してもいいだろうか」

父君が笑いながら言う。「あれが童《わらわべ》の浦という入海《いりうみ》で、島は老津島《おいつしま》だよ」

さっそく地名を入れて一首をものにする。

おいつしま島守《しまも》る神やいさむらん
　波も騒がぬわらわべの浦

父君も母君も褒《ほ》めてくれたが、これまたいい出来ではなかった。

塩津浜《しおつはま》の湊に舟を繋《つな》いだのは、まだ日が高いうちだった。

駅家にはいる前に、近くにある塩津神社に詣でた。都から遠い地にしては立派な神殿があり、みんなで旅の安全を祈願した。

「明日はいよいよ塩津越えだ。念には念をいれて祈るべし」

父君から言われて、惟規と惟通が神妙にも長々と頭《こうべ》を垂れた。

駅家で旅装をとく頃、陸路を辿った家僕たちの一行が到着した。

「やはり越前は遠いね」

床《とこ》の中で母君が溜息《ためいき》をつく。

「それでも、肥前や筑前《ちくぜん》に比べれば近いです」

「肥前で亡くなった維敏殿は、本当に惜《お》しいお方だった。長旅が命を削ったのだろうね」

長旅が命を削っているのは、大宰少弐《だざいのしょうに》として筑前に下っている宣孝殿も同じだろう。せめて、西《さい》国《ごく》で疫癘《えきれい》が勢いを吹き返していないのを祈るのみだ。

翌朝も出立は早かった。今日は山越えだという。父君は、馬に跨《またが》った。馬子《まご》が手綱《たづな》を取り、その後に母君とともに二つの輿《こし》に乗る。弟二人は徒歩《かち》だ。四人の輿丁《よてい》はいずれも駅家で雇った屈強な男たちだったものの、坂が度《たび》重なるにつれて息が荒くなった。何度もここを行き来したが、やっぱり辛い、というようなことを言い合っている。前を行く母君も、気の毒そうに輿丁たちの様子を見ていた。ここが塩津山《しおつやま》だった。

知りぬらんゆききにならす塩津山
世にふる路は辛《から》きものとぞ

そんな歌が口をついて出た。詠んだあとに、頭に浮かんだのが『万葉集』の一首だった。

塩津山うち越え行けばあが乗れる
馬ぞつまずく家恋《こ》うらしも

ようやく山を越えて敦賀の津守郷《つもりごう》に着いたのは、日が傾く頃で、駅家にはいったとたん雨になった。輿に揺られて、体の節々《ふしぶし》が痛く、横になるのも大儀《たいぎ》だった。

幸い、翌朝には雨が上がった。父君はさっそく宋人が宿泊しているという松原客館《まつばらきゃっかん》に、弟たち二人を伴って赴いた。その間、母君と一緒に気比神宮《けひじんぐう》に参詣《さんけい》する。そこから初めて海を眺めることができた。母君は二度目の海だと言う。

「でもこの敦賀の海は、若い頃に見た須磨《すま》の海とは全く違う。須磨の海は穏やかで、向こうには島も見える。ところがここには島影さえない。吹く潮風も荒い。越前の国府《こくふ》はまだまだ北にあるのだね」

母君は自分を奮《ふる》い立たせるように、入江の先を見やった。ここ敦賀が越前国の入口だとすると、越前国の広さは途方もない。

夕刻になって、父君たちは駅家に戻って来た。弟二人は、生まれて初めて外《と》つ国人《くにびと》を見て、興奮覚《さ》めやらぬ様子だった。聞くと松原客館に逗留《とうりゅう》している宋人は、六、七十人を数えるという。

「宋人の中には通詞《つうじ》もいたが、大方は筆談ですんだ」

父君がほっとした表情で言う。

「父君の書いた文を読んで、宋人もたちどころに文で返していました」

惟規がその様子を説明し、惟通もしきりに頷く。二人とも父君の漢才に改めて感心していた。

「宗国の商人が初めて大宰府に来日したのは十年ほど前らしい。その一部が若狭に移ったのが去年だ。着いたとたん、検分にあたった若狭守の源兼澄殿に、狼藉《ろうぜき》を働いた原因は、互いに意思疎通《そつう》を欠いていたことにあるらしい。無理もない、兼澄殿は武家の出であり、漢文には慣れておられない。誤解が生じたのだろう。それで、宋人たちは、若狭からここに移された」

父君が言い、惟規が補足する。

「驚いたのは、宋人たちが父君の赴任を知らされていたことです。藤原為時という漢文に長《た》けた国守が赴くから、しばらく待つようにという書面が、内裏《だいり》から届けられていました」

「父君を越前国守に推挙したのは、今上帝のようです。宋人の頭《かしら》は、帝からの達示《たつし》だと言っていました」

惟通までが興奮していた。

父君の詩才は帝にも伝わっていたのだ。改めて父君を誇らしく思う。

「宋人と相対している間、頭に浮かんでいたのは、菅原道真《すがわらのみちざね》公の詩文だった」

父君は言い、惟規が持参していた筆と墨、料紙を手に取った。「道真公の詩はこうだよ」

すらすらと書き進める詩句に、三人共、目をやる。

秋風海上宿蘆花
況復蕭々客望賒
語笑心期声閙浪
詩篇口号指書沙
行遅浅草潮痕没
坐久深更月影斜
若放往来憐勝境
越州買得一儒家

秋風の海上蘆花《ろか》に宿る
況《いわ》んや復《ま》た蕭々《しょうしょう》として客望《かくぼう》の賒《はる》かなるをや
語笑《ごしょう》心に期し声の浪を閙《さわ》がさん
詩篇口に号し指もちて沙《いさご》に書く
行《い》くこと遅くして浅草潮《しお》の痕《あと》に没《い》り
坐《い》ること久しくして深更《しんこう》に月の影斜《ななめ》なり
若《も》し往来に勝境《しょうきょう》を憐《め》でしめなば
越州《えつしゅう》買うこと得ん一儒家

「今から百二十年ばかり前の秋、菅公《かんこう》はこの敦賀の気比神宮に祈願《きがん》に赴かれた。ちょうど海上に月を認められた。波の音を聞くうちに一篇の詩が浮かび、砂に指で書きつけた。この景勝の地に何度でも来ることができるなら、越前の国を買ってしまいたい。そんな詩だ。この旅情の深みは、さすが道真公だ」

父君は感極まったように、今一度読み下《くだ》した。

「気比神宮には、さきほど香子と一緒に詣でたばかりです」

見守っていた母君が言い添える。「この道真公の詩を知っていたなら、今一歩海岸まで行けばよかったと悔《く》やまれます」

「それなら、明日、打ち揃って気比神宮に行ってみよう」

父君が促すと、惟規と惟通も賛成する。

「そこでお前たち二人には、何か詩を作ってもらう。特に文章生の惟規にはいい機会だ」

「道真公の詩を知ったからには、もう何の詩も浮かびません」

惟規が及び腰になる。

「私も駄目《だめ》です」

惟通までが意気沮喪《そそう》する。

「まあよい。何もできなければ、せめて気比神宮に、詩才が増すように祈りなさい」

父君も諦《あきら》め顔だ。

「父君は、宋の客人《まろうど》たちに何か漢詩を贈られたのでしょうか」

父君なら必ずそうしたはずだと思い、確かめる。

「儀礼だから、書き贈った」

「どんな漢詩でしょうか」

「いや、道真公と並べられると、児戯《じぎ》にも等しい。先方に渡したし、もうどんな詩句だったか、覚えてもいない」

父君が首を振る。

「それは、私が書き留めています」

惟規が言い、文箱《ふばこ》から紙を取り出す。父君も仕方ないという表情だった。

六十客徒意態同
独推羌氏作才確
来儀遠動煙村外
賓礼還慙水館中
画鼓雷奔天不雨
彩旗雲聳地生風
芳談日暮多残緒
羨以詩篇子細通

六十の客徒意態同じかれども
独り羌氏《きょうし》を推《お》して才確《しか》と作《な》せり
来儀《らいぎ》遠く動《とどろ》く煙村《えんそん》の外
賓礼還《ひんれいかえつ》て慙《は》ず水館の中《うち》
画鼓《がこ》雷《いかづち》のごとく奔《とどろ》きて天《そら》は雨ふらず
彩旗《さいき》雲のごとく聳《そび》えて地には風を生《しょう》せり
芳談《ほうだん》日暮れて残緒《ざんしょ》多し
羨《こいねが》わくは詩篇を以《もっ》て子細《しさい》に通《つう》ぜんことを

「父君は、もう一篇を宋人に贈られました」

今度は惟通が、文箱の中から紙片を取り出して広げる「重ねて寄す」と題されていた。

言語雖殊藻思同
才名其奈昔揚雄
更催郷涙秋夢後
暫慰羇情晩酔中
去国三年孤館月
帰程万里片帆風
嬰児生長母兄老
両地何時意緒通

言語は殊《こと》にすと雖《いえど》も藻思《そうし》は同じ
才名《さいめい》は昔の揚雄《ようゆう》に其奈《いかに》かせむ
更《さら》に郷涙《きょうるい》を催《もよお》す秋夢《しゅうむ》の後《あと》
暫《しばら》く羇情《きじょう》を慰《なぐさ》む晩酔《ばんすい》の中《うち》
国を去ること三年孤館《こかん》の月
帰程万里片帆《きていばんりへんぱん》の風
嬰児《えいじ》生長し母兄老いにけむ
両地《ちょうち》何《いずれ》の時にか意緒《いしょ》を通ぜむ

「この二篇目は、宋人の世昌様の返礼の詩に応じたものだ。脚韻《きゃくいん》に同・雄・中・風・通があったので、それに応じた」

父君が言い添える。

「世昌様は、いたく感じ入っていた様子でした」

惟規が誇らしげに言う。

「なかなかいい詩でございます」

率直《そっちょく》な感想を口にした。特に二篇目は、惜別《せきべつ》の情と客を思い遣る真情に溢《あふ》れている。

「香子が褒めてくれるのはありがたいが、道真公の足元にも及ばない。何と言ってもわが国の漢詩人の第一は道真公、第二が嵯峨《さが》天皇だ。嵯峨天皇の長詩は、誰にも真似《まね》できない」

父君はあくまで謙虚だった。

「その宋人からの返礼の詩は、書き留めなかったのかい」

母君から訊かれて、弟二人は首を縦に振る。

「一行の頭領《とうりょう》の羌世昌という人は、福建《ふっけん》州という所の海商らしい。商人にしては、詩もよくしていて、さすがだと思った。私の詩二篇と、自分の詩、そしてこれまでの長逗留《ながとうりゅう》を謝す書簡を加えて、先方が封をした。そのまま、これは内裏に送るように手配をした。私があれこれと事情を述べるより、よかろうと思ってな」

父君が言う。「あの人たちは気の毒という他はない。もともと宋人たちの船は、高麗《こうらい》との交易で船出し、颪に流されて日本に漂着した。かなり大きな船で、いずれ機を見て福建州に帰る心づもりのようだ。そのときまで安心してこの敦賀に滞在するように言っておいた。

そなたたちも知っての通り、道真公は遣唐大使に任じられた際、宇多天皇に、遣唐の中止を奏上された。もはや唐から学ぶものはないという意見だった。それが百年前だ。道真公の言った通り、唐は直後に滅亡、やがて宋の時代になって今に至っている。

京での道真公の邸は紅梅殿《こうばいどの》といって、あの千種殿《ちぐさどの》の北に位置していた。今は、河原院《かわらいん》同様に廃《すた》れてはいるが。

遣唐使が廃止された三年後、宇多天皇は譲位されて、醍醐《だいご》天皇が即位された。翌々年、道真公は五十五歳で右大臣に任じられる。左大臣は藤原時平《ときひら》様だ。宇多法皇と醍醐天皇は、誰に天下を任せるべきか親子で密議された。時平様は家柄は良い。しかし人徳と学識では、道真公より遥かに落ちる。道真公以外適材はないという決定が成された。これを耳にした時平様は、道真公が謀叛《むほん》を企《くわだ》てているとして、醍醐天皇に誣告《ぶこく》された。怒った醍醐天皇は、道真公の左遷《させん》を決められた。宇多法皇のとりなしも功を奏さず、道真公は大宰員外帥となって西国《さいごく》に下られた。この辺りの事情は、そなたたちも充分知っていよう。配流の二年後、道真公は大宰府の謫所《たくしょ》で薨去《こうきょ》された。誠に惜《お》しい方だった」

父君が沈痛な顔で黙り込む。

「讒言《ざんげん》というのは悲しいですね」

母君がぽつりと言う。「それで世の中がひっくり返るのですから」

聞きながら、筑前守《ちくぜんのかみ》として下っているあの宣孝殿は、道真公を偲《しの》んで、その謫所を訪れているのではないかという気がした。

惟通が口を開いた。

「あのう、宋人の話ですけど、都の朱雀大路《すざくおおじ》を下った所に、東西の鴻臚館《こうろかん》があります。そこに宋の人々は来ていないのですか」

「あそこには、以前は唐からの来朝人もいた。そのあとは、渤海《ぼっかい》からの朝貢《ちょうこう》使節の逗留先になった。今はそれも途絶えて時折、高麗人《こまびと》が訪れるのみになっている。宋人が来たという話は聞かない」

父君が首を振る。

「ところで、香子、宋人の中には、筑前で国守の宣孝殿に会った者がいた。やはり筆談でお互い意思を通じ合ったそうだ。宣孝殿なら朝飯前だろう」

思いがけず宣孝殿の名が出て驚く。いささか宣孝殿を見直す思いがした。

「奇遇《きぐう》だね。宋人を通して、互いの消息がわかるなど」

母君も感心しきりだ。

その夜、不意に思い浮かんだのは、『和漢朗詠集《わかんろうえいしゅう》』にあった後江相公《のちのごうしょうこう》こと大江朝綱《おおえのあさつな》様の漢文だった。渤海使《ぼっかいし》を接待したときの朗詠だ。あの長い漢文は惜別の情に溢れていた。

延喜八年、天下太平にして、海外化《めぐみ》を慕う。北客彼《か》の星躔《せいてん》を筭《かぞ》えて、此《こ》の日域《にちいき》に朝《まいり》く。扶木《ふぼく》を望みて鳥のごとく集《つど》い、滄溟《そうめい》を渉《わた》りて子のごとく来《きた》る。我が后《きみ》其《そ》の志を憐《あわれ》び其の労を褒《ほ》め、或《ある》いは恩《おん》を降《くだ》し或は爵《しゃく》を増《ま》したまう。是《ここ》に餞宴《せんえん》の礼已《れいすで》に畢《おわ》りて、俶装《しゅくそう》の期《とき》忽《たちま》ちに催す。夫《そ》れ別るることは易《やす》く会うことは難《かた》し。来たることは遅く去《さ》ることは速《すみ》やかなり。李都尉《りとい》爰《ここ》に心折《くだ》け、宗大夫《そうたいふ》これを以《も》ちて骨《ほね》驚く。彼の山に梯《はしか》け海を航《わた》りて、風穴の煙嵐《えんらん》を凌《しの》ぎ、棹《さお》を廻《めぐ》らし鞭《むち》を揚《あ》げて、鬼《き》林の蒙霧《もうむ》を披《ひら》かむと想《おも》うに、依々然《いいぜん》として遐《とお》きを忘るる誠を感ぜずということなし。若《も》し詩媒《しばい》に課《おお》せて愁緒《しゅうしょ》を寛《のど》め、歓伯《かんぱく》を携《たずさ》えて悲端《ひたん》を緩《ゆる》ふるに非《あら》ずは、何を以ちてか寸断《すんだん》の腸《はらわた》を続き、半銷《はんしょう》の魂を休むる者なりや。時に日鶉尾《じゅんび》に会い、船龍頭を艤《よそ》う。麦秋揺落《ばくしゅうようらく》の情《こころ》を動かし、桂月分隔《けいげつふんかく》の恨《うらみ》を倍《ま》す。噫呼《ああ》、前途程遠し、思《おもい》を雁山《がんざん》の暮《ゆうべ》の雲に馳《は》す。後会期《こうかいとき》遥かなり、纓《こうふりのお》を鴻臚の暁の涙に霑《ぬ》らす。

この漢詩の中にある「詩媒」という語句には、朝綱様の魂が込められている。詩という媒介物《ばいかいぶつ》を通して、愁いの心を和《やわ》らげ、悲しみの心を減じようというのだ。文人ならではの魂の交流といえよう。

父君と宋人たちの対話も、まさしくそうだったのに違いない。

翌日は曇り空の下で、気比神宮に参詣し、道真公が詠んだ浜を歩いた。

そしてその翌朝、やっと足元がわかるくらいの、かわたれ時に駅家《どき》を出た。先頭を歩く家僕たちの掲げる松明《たいまつ》が、ほのかに道筋を照らす。山中を通る道よりも、海辺の道を選んだものの、そこもまた山越えになった。五幡《いつはた》という山を越えるとき、新たに雇い入れた輿丁たちの息が荒くなる。それでも馬上の父君に遅れまいとして、歩みは緩めない。いきおい輿は上下に揺れ、姿勢を保つのにも苦労する。

ようやく下り坂になって、木々の間から海が遠望できた。見渡す限りの大海原《おおうなばら》で、広大さに息をのむ。思い起こされるのは、父君が松原客館で会った宋人たちだった。この先、大海原を横切って、西方の祖国にどうやって辿り着くというのだろう。父君の漢詩に、「帰程万里片帆の風」とあったのは、全くその通りだろう。帆に風を受けて、目指す故国はまさしく万里の先なのだ。

それに比べると、越前の遠さなどは物の数にはいるまい。風の向きに頼らずして、陸路を進めば間違わずにして辿り着けるのだ。

やがて海が見えなくなり、山中を進む。日陰が心地良く、下りになると輿丁たちも足取りが軽くなる。慣れてきたのか、互いに掛け合う声も、どこか歌のようでもある。

惟規と惟通の二人も家僕たちに遅れを取らずに、歩を進めている。とはいえ、家僕たちが全員、重い荷を担《かつ》いでいるのに対して、二人は手ぶらに近い。

夕暮れ時、越前武生《たけふ》にある国府に着いた。国守館《こくしゅやかた》には、既にそこを守っている家僕や下女が十数人待ち受けていた。邸《やしき》の中は、新しい国守を迎えるためか、隅々まで磨き上げられている。

母君は都から連れて来た下女たちと、厨《くりや》を検分し、父君は弟たち二人と一緒に、積み上げられている様々の書付《かきつけ》を調べた。

邸をひと巡りすると、堤第とさして変わらない広さで、庭木も手入れされている。欄干《らんかん》の欠けた箇所は、新たな木で修理がすんでいた。

「なかなかの邸だ」

ひと通り見分したあとで、父君が言う。「香子は邸の蔵書を見たか」

「いいえ」

「さすが越前の国だ。代々の国守が揃えた書物が整理されている。今、惟規と惟通が点検しているところだ」

荷になるからと思い、書の類《たぐい》は父君といえども多くは持参していない。蔵書が多いのは確かで、書庫の棚にはびっしりと書物が積み上げられていた。

「これだけの書であれば、お前たちもこの地にいる間に、すべて残らず読める」

父君から言われて、惟通が首をすくめた。

すぐに目についたのは六国史《りっこくし》だった。『日本書紀』『続《しょく》日本紀』『日本後紀《こうき》』『続日本後紀』『日本文《もん》徳《とく》天皇実録』『日本三代実録』が、すべて揃えられていた。もう一度、これらを通読できるのはありがたかった。

別の棚には、神楽歌《かぐらうた》や催馬楽《さいばら》を書き記した書物もあった。催馬楽の書を手に取り、めくるうちに、具平親王の千種殿で催された姿が突然思い出された。

〽此《こ》の殿は　むべも
むべも富みけり

三枝《さきくさ》の　あわれ
三枝の　はれ
三枝の三葉《みつは》四葉《よつは》の中に
殿造《つくり》せりや
殿造せりや

陶然《とうぜん》とするなかで、この催馬楽の声色《こわいろ》さえも耳に甦《よみがえ》る。おそらく父君も、この館で近在の要人を招いて宴《うたげ》を開くはずだ。そうでなくては、北国の生活もうっとうしくなる。

その夜、国守館所属の家僕たち、都から連れて来た家人《けにん》たちに、酒食が振舞われた。みんなが打ち解ける様子を、母君と眺めながら、ここでの暮らしが実り多いことを願わずにはいられなかった。

第十章　越前国府《えちぜんこくふ》

国守館《こくしゆやかた》に着いた翌日、早々に父君を訪れたのは、近在にある神社の神主《かんぬし》だった。名は伊部《いべ》殿と言い、几帳《きちよう》越しに見る容貌《ようぼう》と物腰から、ひとかどの人物と思われた。父君と長い間話し込んだあと、帰り際《ぎわ》になって、母君の部屋の前に立ち寄った。御簾《みす》越しの挨拶《あいさつ》がてら、ここまで来られて、何の慰《なぐさ》みもなく無聊《ぶりよう》ではないか、何か入り用のものはないかと訊《き》いた。母君は、それならと、箏《そう》の琴《こと》でもあれば、貸していただけないかと答えた。

驚いたことに、立派な造りの箏が翌日届けられた。神社に寄贈《きぞう》された品であり、今は誰も弾《ひ》き手がいない、箏も主《あるじ》を得て喜んでいるでしょうと、添書《そえがき》されていた。

父君に問いただすと、国府から三里の距離にある剣《つるぎ》神社は、格式のある神社だという。二百年前に鋳込《いこ》まれたその鐘は、打てば二里四方に音色《ねいろ》が響く名鐘《めいしよう》らしい。一度、打ち揃って行かねばなるまいと、父君は言った。

実際に、その剣神社の訪問に至ったのは、国府に着いてひと月ばかり経った頃だった。都と違って、夏の暑さはしのぎやすかった。
「あの催馬楽《さいばら》にあった越前《えちぜん》国府に、我が身を置くなど、思いもよりませんでした」
牛車《ぎつしや》の中で母君が言い、その文句を口にした。

〽道の口武生《たけふ》の国府に
我は在《あ》りと
親に申し賜《た》べ
心合《こころあい》の風や
さきむだちや

三里の道の牛車は、上り下りがないだけに楽だった。この地で雇った牛飼童《うしかいわらべ》が牛追いしながら謡《うた》っている。どういう意味なのかは、訛《なまり》があるのでわからない。繰り返し耳にするうちに、何とか聞き取れた。

〽八少女《やおとめ》は我《わ》が八少女ぞ
立つや八少女〳〵
神のやす高天原《たかまのはら》に
立つ八少女
立つ八少女

八少女と言われても、もうその齢《よわい》ではない。母君も苦笑《にがわら》いしている。牛飼童の歌が止んだとき、今度は、惟規《のぶのり》と惟通《これみち》が謡い出した。

〽竹河《たけかわ》の橋の詰《つめ》なるや
橋の詰なるや
花園に　はれ
花園に我をば放てや
我をば放てや
少女伴《めざしたぐ》えて

「竹河」という催馬楽で、弟たち二人にしてみれば、少女たちが集《つど》う花園で遊ぶのは極楽そのものだろう。この越前にそんな花園でもあれば、二人にとって、来た甲斐《かい》もある。

剣神社は、神垣《かみがき》からして立派な造りで、境内《けいだい》には杉の大木が幾本も生えていた。傍《そば》を流れる御手洗《みたらし》川で、手を洗って口をすすぐ。父君だけは、小さな人形《ひとがた》を川に流して禊《みそぎ》をすませた。

境内には、神主の伊部殿の他に、五、六人の神職《しんしょく》が出迎えていた。神殿に上がって、祭壇の前に居並んだ。天井《てんじょう》も高い本殿で、四隅《よすみ》には大小の絵馬《えま》が掲げられている。父君が家僕《かぼく》を手招きして、持参した絵馬を神職に手渡した。いつの間にか父君が用意していたもので、鳳凰《ほうおう》の絵に漢詩の画讃《がさん》がある。詩も揮毫《きごう》も父君の手になるものだ。

神主が祓《はら》いを始め、打ち揃って頭《こうべ》を垂れる。神主の口からは、ところどころ意味がわかる言葉が漏《も》れる。新たに赴任《ふにん》した国守一行の穢《けが》れを祓い、この先の恙《つつが》なきを願っていた。

天地《あめつち》に
き揺《ゆら》がすは　さ揺がす
神わかも　神こそは
きぬきこう　きゆらならば
石《いそ》の上奮《ふ》る社《やしろ》の太刀《たち》もがと
願う其《そ》の子に　其の奉《たてまつ》る

祝詞《のりと》に加えて、腹からしぼり出す神主の声も耳に心地よい。身も心も清められた気分になる。

父君が神社に贈ったのは、生絹《すずし》と練絹《ねりぎぬ》の疋物《ひきもの》だった。

伊部殿の案内で、本殿脇に吊り下げられた名鐘を見た。銘《めい》にある文字は、神護景雲《じんごけいうん》四年九月十一日と読めた。確か称徳《しょうとく》天皇の御代《みよ》で、聖武《しょうむ》天皇の天平《てんぴょう》以降、天平感宝《かんぽう》、天平勝宝《しょうほう》、天平宝字《ほうじ》、天平神護に続く元号だった。

父君がさっそく講釈してくれる。

「神護景雲という元号は珍しい。この経緯《いきさつ》は『続《しょく》日本紀』に詳しい。改元は、藤原仲麻呂《なかまろ》つまり恵《え》美押勝《みのおしかつ》様が、僧道鏡《どうきょう》を除くために挙兵して敗れ、ついに道鏡が法王に任じられた翌年にあたる。この年の六月、七色の雲が立ち昇るのを称徳帝が見られた。その直後、伊勢国守《いせのこくしゅ》から、豊受宮《とようけのみや》の上に五色の瑞雲《ずいうん》が起こったと報告がなされた。七月になると陰陽寮《おんみょうりょう》が、中旬に変わった雲、さらに下旬には朱色から黄に変わった五色の雲を目撃したと帝《みかど》に奏上《そうじょう》してきた。

そこで不思議に思われた帝は、式部《しきぶ》省に何の兆《きざ》しかと問われた。多くの書物にあたって調べた結果、これらは景雲、つまり吉兆《きっちょう》の雲だとわかった。それで帝は、代々の先帝、そして仏も諸天も天《あめ》地《つち》の神々も、祝福していると考えられた。というのも、その年の正月、帝は、諸寺の法師を招いて最《さい》勝王経《しょうおうきょう》を講読させておられた。それで帝は八月に、天平神護から神護景雲と改元された」

「誠にその通りです」

神主が頷《うなず》く。「帝は同時に、伊勢神宮の神職をはじめとする諸国の神官の叙位《じょい》、田租《でんそ》の半減、大赦《たいしゃ》も下命《かめい》されました」

そう知らされると、目の前の古鐘の尊さがより伝わってくる。

神主の勧めで、惟規と惟通がひとつずつ鐘をつかせてもらう。母君と並んで、その尊い音色を聞いたとき、越前の暮らしが実りあるものになると思えてきた。

この参詣《さんけい》以降、伊部守忠《もりただ》殿は足繁《あししげ》く父君の許《もと》に通うようになった。父君としても、神主の口から国の事情を詳しく聞く得難《えがた》い機会にもなったようだ。そのうち伊部神主が琵琶《びわ》に長《た》けていることを父君が耳にし、是非《ぜひ》とも聞かせて欲しいと頼んだ。国守の耳を汚《けが》すだけだと辞退していた神主も、母君まで慫慂《しょうよう》するまでになり、ある日、神主は禰宜《ねぎ》に琵琶を持たせてやって来た。几帳《きちょう》の中に入れて、母君と一緒に見せてもらう。実に古い琵琶で、塗りも所々すり減っている。聞くと、百年程前に作られたものだという。

「実は、曽祖父《そうそふ》が手に入れたもので、祖父、父と代々受け継いでおります」

伊部殿は朴訥《ぼくとつ》に語った。古めかしい物を見せて申し訳ないと恐縮している。

しかし伊部殿がいざ撥《ばち》を手にして弾き出すと、その音たるや、辺りを払うように大きくなった。一方でか細い音も出す。雨音に喩《たと》えるなら、霧雨《きりさめ》から篠突《しのつ》く雨までも奏《かな》でられる名器だった。

「実に妙《たえ》なる音」

父君が感心しきりなので、伊部殿は気をよくしたのか、謡い出した。

〽席田《むしろだ》の や　席田の
いぬき河にや住む鶴の
いぬき河にや住む鶴の
住む鶴のや　住む鶴の
千歳《ちとせ》をかねてぞ遊び合える
千歳をかねてぞ遊び合える

母君と頷き合う。「席田」という名の催馬楽で、会い集《つど》うのを言祝《ことほ》ぐ歌だった。伊部殿の声がいいのは、日頃から祝詞で鍛えているからに違いない。

聞き終えて、もう一曲と父君が請《こ》うても、伊部殿は恥じ入った様子で尻込みするばかりだ。

「それでは近いうちに、邸《やしき》で宴《うたげ》を開きますので、そのときは是非」

父君が促《うなが》す。「実を言えば、妻はかねて申したように箏をよくし、娘も和琴《わごん》を都から持参しております。長男の惟規も竜笛《りゅうてき》を携《たずさ》えて来ております」

「それはそれは。その節《せつ》は是非」

伊部神主も、その日を楽しみにしていると言って帰った。

惟規は、幼い頃より横笛《おうてき》の師匠に来てもらって手ほどきを受けていた。しかし上達は遅々《ちち》たるもので、無闇《むやみ》に家の中でおさらいをするなと、父君に叱《しか》られたこともある。以来、鴨川《かもがわ》の岸で稽古《けいこ》をしていたようで、もう何年も耳にしたことはない。しかし、その笛を越前まで持って来ているとすれば、その自信のほどが察せられた。

母君とは、国守館からわずかしか離れていない越前国分寺《こくぶんじ》にも、牛車でたびたび足を運んだ。そこは国分寺にしては伽藍《がらん》も小さく、すべてが小ぶりだった。寺僧《じそう》によると、もともと国分寺は別の所にあり、五、六十年ほど前に不審火にあって焼け落ちたという。今の十倍はある大伽藍だったらしい。再建はままならず、既存の寺を国分寺にしたのだ。

とはいえ寺が小規模なのは、参詣には好都合だった。僧侶たちも気さくで、偉ぶったところがない。都の様子をしきりに聞きたがるので、思いつくまま母君と答える。薄暗い御堂《みどう》の中で、都の話をしているうち、急に懐《なつか》しさを覚える。上賀茂《かみがも》神社や鴨川、朱雀大路《すざくおおじ》、二条や三条の大路の賑《にぎ》わいを口にしていて、胸が詰まる。出仕《しゅっし》した千種殿《ちぐさどの》での出来事が、あたかも驟雨《しゅうう》のように襲って来た。

またもや思い出されるのは、姉君の言葉だった。『蜻蛉日記《かげろうにっき》』を超えるものを書いてくれと、姉君には言い遺《のこ》されたままだ。

越前に来て、いくつかの「日本紀《にほんぎ》」（「六国史《りっこくし》」）には改めて目を通した。確かに、我が国の委細が記されてはいる。しかしそこに血が通っているとは思えない。あくまでも歴史の骨組を辿《たど》った記述でしかない。一方で、二度三度と通読している『宇津保《うつほ》物語』や『落窪《おちくぼ》物語』は、どこか絵空事《えそらごと》と思えてしまう。それよりは、あの『蜻蛉日記』に書き記された女の哀しみとあわれさのほうが、心を打つ。そこには確かに、ひとりの女の心情が切々と綴《つづ》られていた。

とはいえ、あれは所詮《しょせん》、ひとりの女の心のひだが吐露《とろ》されているのみだ。夫である藤原兼家《かねいえ》様には、十指に余る妻がいたという。とすれば、おそらく少なくとも十人十色《じゅうにんといろ》の『蜻蛉日記』があってしかるべきだろう。

そうした女たちの物語は、男の手になる「日本紀」には微塵《みじん》も出て来ない。十人ひとりひとりの『蜻蛉日記』があれば、「日本紀」を軽々と超えられる。

姉君が死の床《とこ》にあって、香子《かおるこ》は必ず『蜻蛉物語』を超えるものが書けると言ったのは、そのことだったのかもしれない。

「都の様子、よくぞ話して下さいました。お二人とも、この越前にしばらく留《とど》まられるとのこと。どうか、都にはないものを存分に味わって、また都へお帰り下さい」

長老の僧が言ったとき、深く納得させられた。おそらくこの先、受領《ずりょう》の正妻にならない限り、二度と都の外に出ることはあるまい。とすれば、ここ越前における日々は、あの具平《ともひら》親王の千種殿での月日と同じように尊いものだった。

越前の秋は早かった。紅葉《もみじ》が色づく頃のある日、都から届けられた品々の中に、手紙があった。何と従姉妹《いとこ》の常子《つねこ》君からの消息だった。父の維将《ただまさ》殿に従って下った肥前《ひぜん》から、都に届けられ、さらに越前に回送されて来ていた。

肥前と聞いて、夭折《ようせつ》した夫の維敏《ただとし》殿がすぐさま思い出される。もちろん常子君の手紙には、叔父である維敏殿については何も触れていない。松浦《まつら》の白砂青松《はくしゃせいしょう》や、背後に鎮座する鏡山《かがみやま》の美しさが記されていた。いずれも維敏殿の口や、その手紙から聞かされたものだ。

松浦なる鏡にかけて思う君
　都の空はいかになるらん

末尾に綴《つづ》られていた歌に、すぐさま返歌をしたため、越前の有様《ありさま》も書き記した。

あい見むと思う心は松浦なる
　鏡の神やそらに見るらん

国守館の庭の楓《かえで》がすっかり色づいた頃、父君が越前国の主《おも》だった人々を招いて、饗応《きょうおう》の宴を催《もよお》した。もちろん剣神社の伊部神主以下の神官たち、国分寺の僧侶たちも駆けつけ、四、五十人の大宴《たいえん》になった。早朝から支度《したく》した酒菜《さかな》を、家人たちが次々と客殿に運ぶ。弟たち二人も、父君の指示で忙しく立ち働いた。とはいえ、招待客との話になると、越前訛《なまり》のため、三分の一くらいしかわからないと惟通は嘆いた。

宴もたけなわになったとき、惟規は客殿に連れて行かれた。几帳の向こうには、座がしつらえてあり、伊部神主が琵琶を抱えていた。催馬楽を演じてくれないかと、前以《まえもっ》て父君から言われ、母君が快《かい》諾《だく》していた。母君が神主から贈られた箏の琴を弾き、それに和琴を加えて、何度か稽古は重ねていた。

多くの客の顔は几帳に遮《さえぎ》られて見えないものの、伊部殿の顔は几帳越しに見える。脇に、竜笛を手にした惟規が腰をおろしていた。

「皆々様、酒食とともに、伊部守忠殿のお力添えを得て、管絃《かんげん》の調べに興《きょう》じていただきます」

父君の声が高らかに響く。

伊部殿と申し合わせていたのか、最初に奏でたのは惟規の竜笛だった。妙なる音色を耳にして、母君と顔を見合わせる。いつの間にか、ここまで腕を上げていたのだ。そこに伊部殿の琵琶が加わって、音のかけ合いが始まった。

〽飛鳥井《あすかい》に宿《やどり》はすべしや　おけ
蔭《かげ》もよし水《みもい》も冷《さむ》し
御馬草《みまくさ》もよし

伊部殿の声の太さはいつも通りで、座が鎮《しず》まったところに、惟規の笛が高らかに響く。

〽庭に生《お》うる唐薺《からなずな》は良《よ》き菜《な》なり
はれ
宮人《みやびと》の下ぐる袋を己《おのれ》懸《か》けたり

笛の音に乗せて謡い出したのは伊部殿で、すぐさま琵琶を掻《か》き鳴らす。すかさず今度は惟規が返しを謡い出す。

〽庭に生うる
　庭に生うる

これを受けて、琵琶と惟規の竜笛が重なり合い、伊部殿が冒頭の「庭に生うる」に戻って、高らかに今一度謡い上げた。

見事な合奏に、几帳の陰で再び母君と顔を見合わせる。おそらく惟規と伊部殿の合奏は、これが初めてではなく、どこかで何度も稽古をしたのに違いない。

そのあと、思いがけず、国分寺の僧侶が三人で謡い出した。「老鼠《おいねずみ》」という催馬楽で、これもまた、日頃から読経《どきょう》で鍛えたと思われる艶《つや》のある声だ。ひと節《ふし》謡ったところで、伊部殿の琵琶と惟規の竜笛が鳴り出す。

〽西寺《にしでら》の老鼠　若鼠
御裳《おんも》啄《つ》むづ　袈裟《けさ》啄むづく
法師に申さむ　師に申せ
法師に申さむ　師に申せ

最後の節になったところで、母君が勢いよく箏を弾き出す。遅れてはならじと、和琴に指をやって、母君の箏に合わせる。

これが誘い水となり、伊部殿の琵琶と惟規の笛も鳴り出す。最初に戻って、またもや、僧侶たちが「老鼠」を謡い出した。

「もう一曲、もう一曲」

演奏し終えると、招待客から声が掛かった。

新たに謡い出したのは父君だった。「我家《わいえ》」という際どい意味を持つ歌だ。母君とともに琴を鳴らす。すかさず惟規が横笛を加えた。

〽我家は幌帳《とばりちょう》も垂れたるを
大君《おおきみ》来ませ聟《むこ》にせむ
御肴《みさかな》に何よけむ
鮑《あわび》さだおか石陰子《かせ》よけむ
鮑さだおか石陰子よけむ

伊部殿は琵琶を掻かず、琴二つと笛だけが、父君の歌を支えていた。機せずして、親子で演じる催馬楽になっていた。

父君が謡い終えると、新たな声が上がった。招待客のうちのひとりが、興に乗って「東屋《あずまや》」を謡い出したのだ。これもまた、深長な意味のある歌だった。ここでは、伊部殿の琵琶も鳴り出したので、笛と琴二つで合奏する。

〽東屋の真屋《まや》の余《あまり》の
其《そ》の雨灑《あまそそぎ》
我立ち濡れぬ殿戸《とのど》開《ひら》かせ
鎹《かすがい》も戸ざしも有らばこそ
其の殿戸我《われ》閉《さ》さめ
押《おし》開て来ませ我や人妻

最後は、宴を締めくくるように、父君と伊部殿が、声を合わせて「貫河《ぬきがわ》」を謡い出す。母君の手元を確かめて、和琴を思う存分弾く。弾きながら、具平親王の邸で北の方に弾いて聞かせた日々を思い出していた。

〽貫河の瀬々《せぜ》の柔《やわ》ら手枕《たまくら》
柔《やわら》かに寝《ぬ》る夜《よ》はなくて
親離《さ》くる妻
親離くる妻は増してるはし
しかさらば
矢《や》矧《はぎ》の市《いち》に靴《くつ》買いにかん

靴買わば線鞋《せんがい》の細底《ほそじき》を買え
さし履《は》きて上裳《うわも》取り著《き》て
宮路《みやじ》通わん

「国守様、万歳、万歳」

訛のある声が一斉に響き渡る。

「それでは、これからささやかな酒食を楽しんで下さい」

父君が招待客に告げ、家人や家僕たちが一斉に酒や土器《かわらけ》、打敷《うちしき》を配り出す。

やがて父君が几帳の中に姿を見せた。

「上出来だった。来客全員が心ゆくまで楽しんでくれた」

「わたしたちも、久方ぶりに楽しみました」

母君が言い、顔を出した伊部神主に改めて箏の御礼を口にした。

「北の方がこんなにお上手《じょうず》だとは。そして姫君の和琴の音は、久方ぶりに耳にいたしました」

伊部殿が北の方とか姫君とか、大仰《おおぎょう》な言い方をしたのでおかしくなる。

神主たちを送り出したあと、惟規の竜笛の腕を褒《ほ》めてやる。

「いえいえ、母君や姉君に比べると、まだまだ児戯《じぎ》に等しいです」

惟規はあくまで謙虚《けんきょ》だ。

「私も何か習いたいです」

横あいから惟通が言った。

「そなた、幼いとき和琴も箏も教えてやったが、一、二年で放り出したではないか」

母君から言われて、惟通は二の句が継げない。

「一体、何を習いたいのだ」

父君が訊く。

「琵琶です。あれなら覚えられそうです」

「ははあ、伊部殿の撥音を聴いて感じ入ったのだろう」

惟規がからかう。「あの器量に達するには、十年、いや二十年でもきくまい。それに、今の年齢から始めると、人に聴かせるまでに何十年かかるか」

「それでも、いいです」

幾分むきになって惟通が言う。

「よかろう。稽古はいくつになっても遅過ぎることはない。思い立ったときが好機だ」

父君の言葉で、決まったようなものだった。

「さっそく、伊部殿に相談してみよう。馬があるから、時折習いに行くとよい。琵琶だけでなく、越前の様々な事情も教えてもらいなさい。将来必ず役に立つ」

母君が訊く。

「琵琶はどうしましょうか」

「そのうち工面《くめん》してやる」

父君の二つ返事で、この場はおさまった。

「惟通は、つとに和琴と箏から逃げているので、琵琶から逃げると物笑いです」

皮肉っぽく念を押してやった。

半月程して、思いがけず地元の郷司《ごうし》から見事な琵琶が献じられた。甲は紫檀《したん》でできていて、鶴と亀の模様が彫り込まれている。伊部神主からまた聞きした郷司数人が、集い合って購《あがな》ったのだという。

「これも、郷司たちが、目こぼしを願っての贈物だろう。とはいえ突き返すわけにもいかない」

喜ぶどころか、父君は浮かない顔だった。「郷司たちは、荘《しょう》と称してあちこちに私田を持つようになっている。自らが開墾《かいこん》した田畑なので、我が私物だという理屈だ。それを咎《とが》める国守もいれば、大目に見る国守もいる。その兼合いが難しい」

そんな父君の懸念《けねん》などどこ吹く風で、惟通は手放しで喜んでいる。明日にでも剣神社に出かける勢いだ。

「誠に受領は、私腹《しふく》を肥やそうと思えば、四年から六年の秩限《ちつげん》の間に、どれだけでも蓄財ができる」

父君が真顔《まがお》で言う。「この蓄財は、任地によっても差が出る。例えば播磨《はりま》国は十二の郡を有しているから、米の上がりも大きい。塩も産出する。しかしそれよりも大国なのは、常陸《ひたち》国と陸奥《みちのく》国だろうね。常陸は遠い。陸奥はさらに遠いと感じるだろうけど。受領にとっては、遠くてもそれに応じた旨《うま》みがある、特に陸奥は広大で、金も産出する。都の上達部《かんだちめ》たちが大喜びする良馬も多い。加えて絹や布もある。

この常陸と陸奥をひとり占めされたのは、あの故平《たいらの》維敏殿の一族だ。維敏殿は肥前国の国守の前は、常陸介《すけ》と陸奥守《かみ》だったし、兄の維叙《これのぶ》殿も常陸介のあと陸奥守だ。弟の維衡《これひら》殿も常陸介と陸奥守を経て、今は出羽《でわ》守だよ。これも父君の平貞盛《さだもり》殿が、陸奥守で鎮守府《ちんじゅふ》将軍だった威光だ。そして今は維将殿の長子の維時《これとき》殿が肥前守であるように、西の肥前もその手中に収められている」

父君の口から思いがけず、維敏殿の名を聞いて胸が詰まる。肥前の国守として下《くだ》られたのが、結局は禍《わざわい》したのだ。疫癘《えきれい》ばかりは、人の力では動かしようがない。今、疱瘡《もがさ》に見舞われていない越前にいるのは、幸いなのかもしれなかった。

「それでは、ここ越前の旨みは何でしょうか」

惟通が訊《し》いたので、父君が目をむく。

「この痴れ者が。そなた、私が蓄財のためにここに来ていると思っているのか。そなたの祖父君は歌人、曽祖父君も歌人で有識《ゆうそく》の中納言《ちゅうなごん》、さらに祖母方の曽祖父である藤原定方《さだかた》様も、右大臣《うだいじん》でありながら名のある歌人だった。つまり、我が一族は学問ひと筋の家柄であり、蓄財とは無縁なのだ」

惟通が首をすくめたのを見て、父君が続ける。「とはいえ、越前にも名産はある。もう知っているだろう」

「蟹《かに》と蝦《えび》ではないでしょうか」

惟通が答える。

「それもあるが、越前は何と言っても紙だ。越前産の料紙《りょうし》がなければ、都のすべての執務《しつむ》が滞《とどこお》る。例えば奉書紙《ほうしょし》は、越前紙以外では考えられない」

諄々《じゅんじゅん》と父君が諭《さと》す。「だからこそ、私が越前国守になったのは、結縁《けちえん》のような気がする。我が一族の生業《なりわい》は、紙なくしては立ち行かない。惟通が蓄財にこだわるのなら、せっせと料紙を集めよう。租庸調《そようちょう》の税のうち、調の一部をくすねればすむこと」

「くすねるなど、とんでもありません」

惟通がかぶりを振る。

「惟通、いいじゃないか」

横槍を入れたのは母君だった。「たっぷり料紙を貯め込んで、学問に励むといい」

「はい、それは京に戻ってから。今はこの琵琶に打ち込みます」

神妙に惟通が答える。

「というわけで、香子」

父君が顔を向けた。「ここに料紙はいくらでもある。以後は順次堤第《つつみだい》にも越前紙を送るつもりだ。思う存分、使ってよい」

「はい」

父の申し出はありがたかった。父君が結縁と言ったように、確かにこれは縁に違いなかった。

分不相応《ぶんふそうおう》の琵琶を手にした惟通は、三日に上げず剣神社に通い、帰ってからは熱心に稽古をするようになった。惟規と一緒に合奏する姿も見られた。このまま行けば、四年の越前在住で、かなりの腕前になると見込まれた。

それにしても、と溜息《ためいき》が出る。早くもこの先の四年が長く感じられる。念のため、持参した具注暦《ぐちゅうれき》で日々を確かめても、先は途方もなく長い。

霜月《しもつき》にはいると、早くも雪に見舞われるようになった。降る雪につけても、思い出されるのは都だった。国守館から巽《たつみ》の方向にあるのが日野山《ひのさん》だと知り、思わず歌が浮かんだ。

ここにかく日野《ひの》の杉むら埋《うず》む雪

小塩《おしお》の松に今日やまがえる

この歌を母君に見せると、たちどころに返歌が書き記された。

小塩山松のうわ葉に今日やさは
峯《みね》の薄雪《うすゆき》花と見ゆらん

母君は、任期満了の秩満《ちつまん》が来るまで、この越前にじっくり腰を据《す》える心づもりのようで、それが羨《うらや》ましかった。

降り積もる雪で、やがて日野山は白い屏風《びょうぶ》のような山塊《さんかい》になってしまった。眺《なが》めやるうちに歌が口をついて出る。

古里に帰る山路のそれならば
心や行くと雪もみてまし

未練がましい歌なので、母君にはとうとう見せずに終わった。

年が明けての正月にも、父君は有力な郷司や神職、僧侶を招いての祝宴を催した。例によって催馬楽が所望《しょもう》され、伊部殿、惟通の二人が琵琶の合奏をして、やんやの喝采《かっさい》を博した。

招待客に供されたのは、器に山盛りになった蟹と蝦だった。殿方たちが酒食のもてなしを受けている間、かねてからの父君の指示通り、几帳の陰で、母君と二人で女楽《じょがく》を奏した。女楽とはいえ、箏と和琴の合奏だった。母君とは、息づかいひとつ、あるいは目配せのみで、手を合わせられる。弾きながら、ここに祖母君の琴が加わったらと思うことしきりだった。

正月の招宴を終えた数日後、肥前国にいる従姉妹から和歌が届いた。

行きめぐり逢うを松浦の鏡には
誰をかけつつ祈るとか知る

従姉妹の懐しい筆跡だった。無事を祈りつつ、返歌をしたためる。

鏡こそ行きめぐり逢うこともあれ
松浦の風に祈りて乞わん

この文《ふみ》がいつ肥前に届くかは、知るよしもなかった。

正月中旬、大雪に見舞われた。珍しい春雪《しゅんせつ》に、都から連れて来た家司《けいし》たちは喜んだ。山のように積み上がった雪を前にして、惟規と惟通がはしゃいでいる。

「姉君もどうですか」

と惟規から声をかけられ、さっそく例の歌を詠《よ》んで応じる。

古里に帰る山路のそれならば
　心や行くと雪も見てまし

ここに来て半年が経った今、越前の見るべきものは見たという思いがする。都への帰心《きしん》が湧くのを抑えきれなかった。

春雪も溶けて、梅が咲き初《そ》めたとき、思いがけず、筑前《ちくぜん》からの便りが届いた。宣孝《のぶたか》殿からだった。「筑前で相見た宋客は、今越前にいると聞いている。行ってみたいものだ。いや、それは方便《ほうべん》で、本当はあなたに会いに行きたい」と、相変わらず歯が浮くような文面だった。末尾に歌が書きつけてある。

春ならば雪も解くべし東《ひんがし》を
　はるかに望みて思いは薄めり

すかさず返歌が浮かんで、格別の文はつけずに返事に代えた。

春なれど白嶺《しらね》のみ雪いや積り
　とくべきほどのいつとなきかな

冷たくいなしたものの、諸事に忙殺《ぼうさつ》されているはずの宣孝殿が、遠い越前まで文を寄越すとは、その心やよしと思うべきかもしれなかった。

梅に続いて桜が咲き始めたとき、今度は肥前からの短い文がもたらされた。何と、従姉妹が疱瘡で命を亡くしたのだという。息絶えたのは二月半ばで、越前から出した文とは行き違いになっていた。

何という命のはかなさなのか。咲き誇る桜が恨《うら》めしかった。

花々が消え、日の影が日毎《ひごと》に濃くなっていっても、心は晴れない。従姉妹がはるばる寄越した文が、今は形見《かたみ》になっていた。しかしそれがあるばかりに、いつも思い出され、誠に『古今和歌集』の読み人知らずの歌の通りだった。

形見こそ今はあたなれこれなくは
忘るる時もあらましものを

第十一章　起筆

日毎《ひごと》に秋の訪れを感じる頃、父君は惟規《のぶのり》を伴《ともな》って馬で越前《えちぜん》国内の見分《けんぶん》に出かけたり、邸《やしき》で人に会ったりと、多忙を極めていた。母君は家人《けにん》や家僕《かぼく》、下女《げじょ》たちの采配《さいはい》で忙しい。惟通《これみち》は相変わらず剣《つるぎ》神社詣《もう》でをし、腕を上げた琵琶《びわ》を、暇があれば邸内で掻《か》き鳴らす。時にはそこに、外から帰った惟規が竜笛《りゅうてき》で音を重ねたりした。

目の前の文机《ふづくえ》には、父君が用意してくれた越前の料紙《りょうし》がぶ厚く重ねられていた。墨をすりつつ、これから先、書きつける言葉を考える。筆に墨を含ませて、紙の上に置いた瞬間、書くべき文章が浮かんだ。あとは、それを書き下《おろ》すのみだった。

いずれの御時《おおんとき》にか、女御《にょうご》、更衣《こうい》あまたさぶらいたまいけるなかに、いとやんごとなき際《きわ》にはあらぬが、すぐれてときめきたまうありけり。

冒頭の文章はこれで過不足ない。これまでの物語の書き出しの部分には、不満があった。例えば『竹取物語《たけとりものがたり》』ではこうなっている。

今は昔、竹取の翁《おきな》という者ありけり。

この書き方では、いかにも遠い昔の話だとのっけから言っていて、読み手は興味が湧かない。『宇津保物語』では、そこに多少の工夫がなされている。

むかし、式部大輔左大弁《しきぶのたいふふさべん》かけて、清原《きよはら》の大君《おおぎみ》、御子腹《みこばら》に、おのこ子一人持《も》たり。

この書き出しだと、説明がくどく、物語を予感させる広がりに欠ける。そこへいくと、『落窪《おちくぼ》物語』は多少ましだ。

今は昔、中納言《ちゅうなごん》なる人の、女《むすめ》あまた持たまえる、おわしき。

確かに物語の膨《ふく》らみを感じさせるとはいえ、今は昔という書き出しはいかにも古い。さらに、出てくる人物が中納言では、読み手の関心をかき立てない。

そこにいくと参考になるのは、大歌人伊勢《いせ》の家集の冒頭の詞書《ことばがき》だった。

いずれの御時にかありけむ、大宮す所ときこえける御つぼねに云々《うんぬん》。

これだと、時代をぼかしながら、いかにも今の出来事のように思わせる文章になっている。しかも、物語の舞台が内裏《だいり》である事をほのめかす効果もあった。

中納言や大納言《だいなごん》が主人公になるような物語にはしたくない。あくまで、その帝《みかど》の時代と帝を巡《めぐ》る話こそ、目指す物語だった。そのための詳しい知識はない。しかし具平《ともひら》親王の邸での経験を核にすれば、いくらでも頭の中で考えられそうな気がする。書き進めながら考えを膨らませばいいのだ。

しかし帝を物語の主人公にするのには、躊躇《ためらい》がある。畏《おそ》れ多いだけに、その心中には容易にはいり込めない。誰を主人公にするかを思案するうちに、またひとつ文が思い浮かぶ。試しに書きつけてみた。

光る源氏《げんじ》、名のみことごとしゅう、言い消《け》たれ給《たま》う咎《とが》多かなるに、いとど、かかるすきごとどもを末《すえ》の世にも聞き伝えて、軽《かろ》びたる名をや流さんと、忍びたまいける隠《かく》ろえ事をさえ、語り伝えけけん、人のもの言いさがなさよ。

ともあれ主人公は光る源氏、光源氏なのだ。親王《みこ》でありながら臣下になって源氏姓を賜《たまわ》った男にすれば、物語が動き出しそうな気がする。

書いては、線を引いて消し去り、またその横に書き足しているうちにひと月が経っていた。越前の冬は早い。邸全体がうすら寒くなるなかで、懸命に筆を走らせた。

どの帝の御代《みよ》だったろうか、多くの女御や更衣がいる中で、さほど高い身分ではない方ながらも、帝の寵愛《ちょうあい》が厚い更衣がおられた。当初から帝に入内《じゅだい》して我こそはと思い上がって女御たちは、とんでもないと軽蔑《けいべつ》したり憎んだりし、他方、同程度の身分の更衣や、それより下の身分の更衣たちも心穏やかでない。

朝夕の宮仕《みやづか》えの間に、他の妃《きさき》たちの嫉妬《しっと》を一身に浴びることが積もりに積もり、その更衣は病《やまい》がちになり、心細くなって里に帰る日が多くなったのを、帝はいよいよ、いとおしくなり、他からの批判などに耳を貸さずに一途《いちず》であり、世間の評判になりかねないくらいの寵愛だった。

上達部《かんだちめ》や殿上人《てんじょうびと》などは、どうしようもないままに、目を背《そむ》けつつ、「見ておられない程の寵愛ぶりだ。唐土《もろこし》にもこうした例があって世が乱れて大変な事になった」と言い合い、次第に世間でも悩みの種になる。最後には楊貴妃《ようきひ》の例まで口にのぼるようになり、いたたまれない事が多いものの、当の更衣は、帝の寵愛を頼みにして宮中に仕《つか》えていた。

この更衣の父君の大納言はもう亡く、母の北の方が古い家柄の出で、教養があったので、両親がいて世の覚えも華々しい他の妃たちにひけをとらないように、支度《したく》をしていたものの、しっかりした後《うしろ》見《み》もない身なので、儀式など行事があるときの心細さは一入《ひとしお》だった。

帝との縁《えにし》は前世から深かったのか、そこに世にも稀《まれ》な清らかな玉のような皇子《みこ》が生まれた。帝がまだかまだかと首を長くして、我が子との対面を待ち遠しく思い、急いで里邸《りてい》から参内《さんだい》させて皇子を見ると、確かに稀有《けう》な若宮《わかみや》の容貌《ようぼう》だった。

しかし帝の第一皇子は、右大臣《うだいじん》の娘である女御が既《すで》に産んでいて、後見もしっかりしており、疑いもなくこの第一皇子が東宮《とうぐう》になる人だと、世間では大切にしていた。とはいっても、第二皇子の気品ある美しさにはとても及ばないので、帝は、第一皇子に対しては通り一遍《いっぺん》の可愛《かわい》がりようであり、第二皇子をことさら大切に育てること限りなかった。

母である更衣は、当初から普通の女官《にょかん》として帝の側近くに仕えるような身分ではないものの、評判もよくて上品さも備えていて、帝はことさら側に置きたがり、しかるべき宴遊《えんゆう》の折々や、重々《おもおも》しい行事があるたび、まずこの更衣を招き入れる。あるときなど、夜を更衣と過ごしたあと、朝になってもそのまま側に置くので、軽々しい妃に見えたものの、皇子誕生後は愛情の注《そそ》ぎ方も格段に厚くなった。ひょっとすると東宮に立つのはこの第二皇子ではないかと、第一皇子の母である女御は疑い始めた。

この女御は真先《まっさき》に入内しており、更衣が仕える以前は帝の寵愛も並のものではなく、他の子女も生まれていたので、帝はこの女御の諫《いさ》めが煩《わずら》わしく、かつ気の毒だとは思っていた。

一方の更衣は帝の庇護《ひご》のみが頼みではあるものの、更衣を軽蔑して粗探《あらさが》しをする者は多く、更衣自身も病弱で、いつ命が絶えるかとの心配もあり、気苦労は多かった。

更衣のいる局《つぼね》は桐壺《きりつぼ》であり、帝がおられる清涼殿《せいりょうでん》からは最も遠く、呼びつけられるたびに、打橋《うちはし》や渡殿《わたどの》を通らなければならない。それが他の妃たちに気を揉《も》ませるのも道理で、帝への参上《さんじょう》が余りに頻繁《ひんぱん》になったときには、通り道のあちこちに汚物が置かれたため、送り迎えの女房たちの裾《すそ》は否応《いやおう》なく汚れ、我慢ならない事態にもなった。

またあるときは、更衣がどうしても通らなければならない馬道《めどう》の前と後ろでしめし合わせて、戸を閉め、身動きできないようにして困らせる。こうした嫌がらせが重なるため、苦しがっているのを帝は一層不憫《ふびん》に思い、後涼殿《こうりょうでん》に前から仕えていた別の更衣の部屋を他の所に移し、そのあとを、この更衣の控え室として与えたので、追われた更衣の恨《うら》みはさらに高まった。

第二皇子の三歳の御袴着《おんはかまぎ》の儀式の盛大さは、第一皇子のときと比べようがなく、内蔵寮《くらりょう》や納殿《おさめどの》にあるだけの品々が飾られた。これもまた人々の怪しみと恨みの元になったものの、皇子の成長とともに、その容貌や心映《こころば》えの比類《ひるい》なさが明らかになり、そしる声も次第に弱まり、物の道理がわかっている人々は、こんな人もこの世に生まれてくるものだと、瞠目《どうもく》する思いで成行きを見守った。

その年の夏、御息所《みやすどころ》であるこの桐壺更衣は、ふとした病《やまい》を得て、里に帰りたい旨《むね》を帝に願うも許しは出ず、帝としてもこの数年いつも病弱だったので見慣れていて、「このまま様子を見ましょう」と言っているうちに、日々弱っていくばかりになった。五、六日のうちにひどく衰弱したので、更衣の母君が参上して、涙ながらに里下りを懇願《こんがん》したので、退出の許しが出され、とはいっても、こうした病気退出でも行列に嫌がらせがあり、恥を受ける心配もあって、皇子は宮中に留《とど》め、更衣のみそっと宮中を出た。

万が一の宮中での死は禁忌《きんき》なので、帝も更衣を引き留《と》めることができず、見送りもできない自分の身分が情けない。もともと艶《つや》やかで美しい人が、ひどく面《おも》痩せて、心の内で悲嘆に暮れつつ、言葉にも出せず、生死をさ迷う有様《ありさま》を見て、更衣と過ごした日々や将来のことも考えられず、万事を泣きながら約束はしたものの、更衣は返答もできない。目もうつろで帝より頼りなく、自分も人もわからない様子で横になっているので、帝はどうしていいか途方に暮れていた。

通常、更衣が乗れない輦車《てぐるま》を許す宣旨《せんじ》を出したあとも、帝はまた更衣の部屋にはいって、どうしても更衣を手放す気にはなれず、「死出《しで》の道でも一緒に行こうと約束したのに、こんな風に私を残しては行かせない」と言うので、更衣も悲痛な表情で帝を見上げ、歌を詠《よ》んだ。

限りとて別るる道の悲しきに
　いかまほしきは命なりけり

これが限りだと思って、お別れする死出の道は悲しゅうございます。もう少し生きていたい命でございますと、悲嘆の内にも生への渇望《かつぼう》が感じられる独詠《どくえい》で、「いか」には行かと生かが掛けられ、「限り」にも、宮中では死者を出してはいけないという掟（おきて）と、限りある生が掛けられていた。

「こんなに悲しい思いをすると、前からわかっておりましたなら」と、更衣は息も絶え絶えに、帝に何か言いたそうではあったが、苦しそうで気力も残っていない。帝は、更衣をこのままここに置いて最期《さいご》まで見届けたいと思うものの、側近が「今日始める段取りになっている祈禱《きとう》を、しかるべき僧侶たちが待ち受けております。それが今晩からなのです」との、更衣の母の言を伝えて急《せ》き立てるので、断腸《だんちょう》の思いで更衣を退出させた。

そのあとも、帝は胸塞《むねふさ》がって、一睡《いっすい》もできないままに夜を明かし、見舞の使者が行き来する時間でもないのに、気がかりな胸の内を文《ふみ》に託して送ったところ、「夜半過ぎにとうとう息を引き取られました」と里邸では泣き騒いでいた。使者も落胆《らくたん》して宮中に帰参し、報告すると、聞いた帝は気も動転し、何の分別もつかない様子で、部屋に籠《こも》ってしまった。

残された皇子をこのまま手許《てもと》に置いて、ずっと眺《なが》めていたいものの、実母の喪《も》に服さずに宮中に留まるのは前例がないので、退出させたところ、皇子は、側の者たちが泣き惑《まど》い、帝もはらはらと涙を流しているのを、不思議そうに見ている。通常でもこうした親子の別れは悲しいのに、そんな事情もわからぬままに、あどけない様子は、尚更《なおさら》周囲の哀れみを誘った。

遺体はこのまま放置できないので、作法通りに夜に火葬としたものの、更衣の母は泣き焦《こ》がれながら、普通は葬列に参列できない身なのに、野辺送《のべおく》りの女房たちの牛車《ぎっしゃ》に取りついて乗り、愛宕《おたぎ》という所で、とても厳粛《げんしゅく》に葬式をしている最中に辿《たど》り着く。

張り裂けそうな胸を抑えつつ、「空《むな》しい亡骸《なきがら》をこうやって見ても、まだ生きているように思えてなりません。もはや甲斐《かい》もないので、せめて灰になるのを見届けたく思います。そうすればもはやこの世に亡《な》い人と、諦《あきら》めがつきます」と、気丈《きじょう》に言っていたものの、牛車から落ちそうになるくらい、泣き悶《もだ》えるので、思っていた通りだと、女房たちも扱いかねていた。

そこへ帝からの勅使《ちょくし》が来て、三位の位を追贈《ついぞう》する旨《むね》の宣命《せんみょう》を読み上げたので、悲しみはいやが上にも募《つの》る。これも帝にしては、女御とすら呼ばせずに更衣のままで終わらせたのが、心残りで無念だったからで、せめて一段上の位《くらい》だけでもと思っての措置《そち》であったが、これさえも心憎く思う人々は多かった。

物の道理をわきまえている人は、更衣の姿や、顔立ちの美しさ、穏《おだ》やかで癖のない気立《きだて》を思い起こして、本当に憎めない方だったと、今になって懐《なつか》しく思った。見苦しい程の寵愛ゆえに、冷たくあしらって妬《ねた》んでいたのを省《かえり》みて、優しい人柄と、深かった情愛を、帝付きの女房たちは恋しがる。**あるときはありのすさびに憎かりき　なくてぞ人は恋しかりける**、と古歌《ふるうた》にあるのは、こういう場合ではあった。

はかなく日々は過ぎ、七日毎《なぬかごと》の法要にも、帝は懇《ねんご》ろに弔問《ちょうもん》を送り、時が経てば経つ程に、悲しさはどうしようもなく募る。妃たちの夜の伽《とぎ》なども受けつけず、ただただ涙に暮れて、夜を明かし日を暮らしているため、それを見る側の人々まで、涙の露《つゆ》にしめる秋になり、「亡くなったあとまで、人の心を晴れさせないご寵愛です」と、弘徽殿《こきでん》女御などは相変わらず非難した。一方の帝は、この女御腹の第一皇子を見るにつけ、第二皇子の若宮《わかみや》が一入《ひとしお》恋しく、気心の知れた女房や乳母《めのと》などを、たびたび故更衣の里邸に送って、その様子を尋《たず》ねさせた。

野分《のわけ》めいた風が吹き、急に肌寒くなった夕暮れに、帝は常にも増して思い出すことがあり、靫負《ゆけいの》命婦《みょうぶ》という女房を里邸に遣《つか》わした。

夕月の美しい時刻に出立《しゅったつ》させたあと、帝はしみじみと思い出に耽《ふけ》り、こんな月夜には管絃《かんげん》の遊びを催《もよお》したのを思い出す。亡き更衣が弾《ひ》いた琴《こと》の音《ね》、心に沁《し》みる声、面影《おもかげ》が幻となって、我が身に寄り添うように思われたものの、『古今《こきん》和歌集』の、**うば玉の闇のうつつはさだかなる　夢にいくらもまさらざりけり**、のようにはいかず、暗闇での逢瀬《おうせ》は、明瞭《めいりょう》な夢に比べると劣っていた。

命婦が亡き更衣の里邸に到着して、牛車を門の中に入れると、しみじみと哀れさを感じざるを得ず、女手ひとつで娘を庇護《ひご》するために、北の方は邸を何とか手入れして、見苦しくないように過ごしていた。とはいうものの、子を失った悲しみで先が見えず、物思いに臥《ふ》し沈んでいるうちに、草も高々と生《お》い繁《しげ》り、野分で一層荒廃《こうはい》した感じになっていて、繁茂《はんも》する雑草にも遮《さえぎ》られず、月の光のみが射し込んでいた。

牛車を寝殿《しんでん》の南側につけて、命婦が降りると、北の方はすぐには言葉が口をついて出なかった。

「今までこうして、生き長らえているのが情けのうございます。このように勅使《ちょくし》が、草深い家の草の露《つゆ》をかき分けて、訪問されるのも、更《さら》に恥ずかしい限りです」

と言って、いかにもこらえきれないといった様子で泣き出す。

「典侍《ないしのすけ》が帝に、『お訪ねするのも一入気の毒で、胸も張り裂けそうです』と奏上《そうじょう》されていました。わたくしのような物の情理を解《かい》さぬ者であっても、本当に耐え難いものがございます」

命婦は、少し心を鎮《しず》めてから、帝の言葉を伝えた。

「『当時は夢のような気がして、呆然《ぼうぜん》としていました。だんだん心が穏やかになってくるに従い、耐え難い程の悲しみに包まれております。この悲しみを慰めるすべはなく、相談できる人もおりません。どうか内密に参内《さんだい》しては下さいませんか。若宮がどうしているか心配で、涙がちの里邸で暮らしているのも、心苦しく思います。どうか一刻も早く参内して下さい』というような内容のことを、はきはきと最後までおっしゃることはできず、何度も涙にむせ返っておられました。

しかしそんな涙を見せては、側付きの人々に気弱に思われそうで、気兼ねもされています。そんな様子がおいたわしく、お言葉を最後まで承《うけたまわ》ることもできないまま、退出して参ったのです」

そして、帝の文を母君に手渡す。

「涙で目も見えませんが、先程の畏《おそ》れ多いお言葉を光として拝見させていただきます」

と母君は言って手紙を開いた。

時が経てば少しは気が紛《まぎ》れるかと思い、そう念じて月日を過ごしてきました。ところが悲しみは一層耐え難くなり、辛《つら》さはどうしようもありません。幼い若宮がどうしているだろうと、いつも心配で、あなたと一緒にここで養育できないのが、悩みの種です。今はやはり、この私を亡き人の形見《かたみ》と思って、参内してくれませんか。

と、心を込めて書かれており、歌も添えられていた。

宮城野《みやぎの》の露吹きむすぶ風の音《おと》に
小萩《こはぎ》がもとを思いこそやれ

宮中を吹きすさぶ風の音を聞いていると、涙が出てきて、いたいけな若宮の身の上が思い遣られる、という悲痛な訴えであり、『古今和歌集』の、**宮城野のもとあらの小萩露を重み　風を待つごと君をこそ待て**、を響かせていた。

しかし母君は、とても末尾までは読み終えられない。

「このように長生きするのは、辛《つろ》うございます。『古今和歌六帖《ろくじょう》』に、**いかでなおありと知らせじ高《たか》砂《さご》の　松の思わんこともはずかし**、とあるように、生き長らえているのが気が引けます。まして宮中に出入りする事など、尚更憚《なおさらはばか》られます。畏れ多いお言葉を頂戴《ちょうだい》しながら、わたくし自身は決心できそうもありません。

若宮自身は、どこまでおわかりになっているのか。帝は参内するのを今か今かと待っておられるようで、それもごもっともと、悲しく拝見はしております。このような胸の内を、どうか帝に奏上していただければと存じます。死穢《しえ》に触れた不浄《ふじょう》の身であり、また娘に先立たれた逆縁で不吉な身でございます。こんな所で若宮が暮らされているのも、縁起が悪く、畏れ多い事でございます」

と言上しているうちに、若宮は寝入ってしまった。

「若宮を拝見して、その様子を詳しく奏上したいのですが、帝も待ちかねておられましょう。夜も更《ふ》けたようでございますし」

と命婦が言って、帰参を急いだ。

「子を思って闇に乱れる親心というものは、胸に収め難いものです。そのほんの一端でも、思う存分申し上げとうございます。是非《ぜひ》今度は、公用でなくゆっくりとお越し下さいませ。この数年来、お立ち寄り下さったのは嬉《うれ》しく、世間に対する面目《めんぼく》でもありました。今回は、こうした弔問《ちょうもん》の使者としてお目にかかり、返す返すも、情けない我が命でございます。

亡き娘は、生まれた時から望みを託した子でございました。故大納言の夫は、臨終《りんじゅう》の際《きわ》までこう言っておりました。『この娘の宮仕えの宿願《しゅくがん》を必ず遂《と》げさせなさい。私が死んだからといって、諦めてはいけない』と繰り返し戒《いまし》めておりました。

とはいえ、しっかりした後見のない出仕は、しないほうがましだとわかっておりました。ただ亡き夫の遺言に背《そむ》くまいと、それだけの思いで、宮仕えに出したのです。ところが身に余る帝のお情けが、万事につけてもったいなく、人並でない恥を隠しながら、宮仕えしていたようです。

そのうち人様の嫉《そね》みが深く積もって、気苦労が多くなり、こんな横死《おうし》のような死に方になってしまったのです。帝の畏れ多いお情けが、逆に恨めしく感じられるのも、道理を失した親心の闇でございます」

と母君はその後を継げず、涙にむせ返り、そのうち夜も更けてしまった。

「それは帝も同じ事でございます。『我が心ながら、人目も憚らず寵愛したのも、所詮《しょせん》更衣が長くは生きられないからだった。今となっては、ひどいと感じられるくらいの更衣との縁だった。人々の心は、ほんのわずかでも傷つけたことはないはずだと思うのだが、ただこの更衣ひとりのために、受けずともよい他の多くの妃たちの恨みを買ってしまった。

その挙句《あげく》に今はこのように先立たれ、胸の内を静めようがない。こうして私は人聞きの悪い愚か者に成り果ててしまった。これはどんな前世からの因縁《いんねん》だったか知りたい』。こんな風に帝は何度も仰《おお》せられては、いつも涙されております」

と命婦は語って話は尽きず、泣きながら「夜もいたく更けました。今宵のうちにご返事を奏上致しましょう」と言って、急いで内裏に戻る。

月は丁度《ちょうど》山の端《は》にはいろうとしており、空は清く澄み渡り、風は一層涼しくなり、草叢《くさむら》の種々の虫の音も興趣《きょうしゅ》があり、あたかも共に泣けと言っているようで、なかなか立ち去り難い草深い邸なので、命婦はたまらず歌を詠む。

鈴虫の声の限りを尽くしても
　長き夜あかずふる涙かな

鈴虫が声の限りを尽くして鳴いているように、わたくしもこの秋の長き夜を通して、泣き尽くしたいのですが、それでも涙は尽きません、という感慨《かんがい》で、「ふる」に、鈴を振るが掛けられていた。

命婦はとても牛車に乗り込めないでいるので、母君も返歌を取次の女房に言わせた。

いとどしく虫の音《ね》しげき浅茅生《あさぢう》に
露おきそうる雲の上人《うえびと》

一層虫の音がかまびすしい浅茅生に、さらに涙の露を置き添える雲の上人のあなた様でございます、という悲しい心情だった。

風情《ふぜい》豊かな贈物などない時分なので、ただ亡き更衣の形見として、このような折もあろうかと残しておいた装束《しょうぞく》一揃《そろ》いに、髪上げの時の道具を、母君は命婦に土産《みやげ》として添えさせた。

亡き更衣に仕えていた若女房たちは、主人を失った悲しみは言うに及ばず、内裏での華やかな生活に慣れていたので、この里邸での暮らしは実に物足りない。帝の様子を思い出しては、早く参内するように母君に勧めるものの、こんな逆縁の身の自分が参内しては、外聞《がいぶん》が悪い反面、若宮を手放せば、その悲しみも一入であるはずなので、どうしても参内を決心できなかった。

命婦が急いで内裏に戻ると、いたわしくも帝はまだ起きておられ、清涼殿と後涼殿《こうりょうでん》との間にある坪庭の植栽《しょくさい》が、とても風情深く盛《さか》りであるのを眺めながら、ひっそりと奥床《おくゆか》しい女房ばかりを四、五人侍《はべ》らせて話をされていた。

この頃、明けても暮れても見入っておられるのは、「長恨歌《ちょうごんか》」の絵や、亭子院宇多天皇《ていじのいんうだ》が絵を描かれて、伊勢《いせ》や紀貫之《きのつらゆき》に詠ませた和歌、あるいは漢詩にしても、専《もっぱ》ら「長恨歌」、それのみを口にされている。命婦に対面すると、心細やかに更衣の里邸の様子を尋ね、命婦も実に感慨深い母君とのやりとりを奏上した。

母君からの返事は、「かたじけなくも、畏れ多いお手紙をいただき、身の置き所もございません。

帝のお言葉を承りまして、心の中は真っ暗に思い乱れております」と書かれ、和歌が添えられていた。

あらき風ふせぎしかげの枯れしより
小萩《こはぎ》がうえぞしず心なき

荒い風を防いでいた木が枯れて以来、木陰《こかげ》にいた小萩の今後が気になります、という懸念《けねん》で、「枯れた木」は更衣の死、「小萩」は若宮を指していた。

その筆致が取り乱して見えるのも、母君の心がまだ静まっていない証拠で、帝にもそれはわかり、帝も自分の取り乱した姿を見せてはいけないと、心を抑《おさ》えても抑え切れず、亡き更衣と初めて会った時から、その後の年月をかき集めるように思い出す。片時も側に置かずにはいられなかったのに、こうして更衣なしでも月日は過ぎて行くものだと、呆然《ぼうぜん》としていた。

「故大納言の遺言に背かず、宮仕えの意志を貫いてくれた返礼として、それなりの事は今後してやりたかった。しかし今となってはその甲斐もない」

と帝は思わず口にし、更衣の里邸をしみじみと思い遣り、「こうあっても、いずれ若宮が成長すれば、しかるべき機会もあるだろう。長生きをして、その時まで辛抱《しんぼう》しよう」と、胸の内を語った。

命婦が母君からの贈物を見せると、亡き楊貴妃の魂の在処《ありか》を尋ね出したという、あの証拠の品の釵《かんざし》であったのであればと、帝が思うのも甲斐ない事で、たまらず独詠された。

たずねゆくまぼろしもがなつてにても
魂の在《あ》り処《か》をそこと知るべく

更衣の魂を探しに行ってくれる幻術士《げんじゅつし》が欲しい、人づてでも魂の在処がそことわかるように、という切ない感慨だった。

絵に描かれた楊貴妃の顔は、どんなに優《すぐ》れた絵師であっても、その筆致には限度があり、生々しさに欠け、太液池《たいえきち》の芙蓉《ふよう》、未央宮《びおうきゅう》の柳と称された楊貴妃に、そっくりだった更衣の顔を、唐風《からふう》の装束姿にすると麗《うるわ》しかったろうが、そうでなくても優しくて可愛らしかったのを、思い出すにつれて、その美しさは花の色にも鳥の鳴き声にも喩《たと》えることはできない。朝夕の言い草に、「長恨歌」にある比《ひ》翼《よく》の鳥や連理《れんり》の枝であろうと契《ちぎ》ったのに、思うようにはならなかった命が、尽きることなく恨めしかった。

風の音や虫の音を耳にしても、帝はただただ悲しく思うだけである。弘徽殿女御はもう久しく、清涼殿の帝の寝所《しんじょ》近くの控え室に上がることなく、月の美しい夜には、夜更けまで管絃の遊びをしているようであり、帝にとってはそれが騒々しく、不快でしかない。

その様子を拝見する殿上人や女房などは、はらはらしながら様子を伺うばかりで、それを意にも留めない弘徽殿女御は、気が強く角《かど》がある方なので、更衣の死など、どこ吹く風といった振舞ではあった。

月が沈んだ頃、帝は独詠する。

雲のうえも涙にくるる秋の月
　いかですむらん浅茅生の宿

宮中でさえ涙に曇って見えにくい月が、草深い里邸でどうして澄んで見えるだろうか、という嘆きで、「澄《す》む」に住むが掛けられ、更衣の母君を案じていた。

右近衛府《うこんのえふ》の役人の宿直奏《とのいもう》しの声が聞こえるのは、深夜過ぎになったからであり、帝は人目を気にして寝所にはいっても、まどろむことさえ難しい。朝方起きる時には、かつて更衣とは夜明けも知らずに共寝をしていたと、昔を思い出して、朝の政《まつりごと》を怠《おこた》るようになった。

食事も口にせず、朝餉《あさがれい》のみ形だけ箸《はし》をつける。大床子《だいしょうじ》に載せた昼の正式な御膳《おもの》などは、まったく受けつけないようで、給仕を務める四、五位の殿上人はみな、その気の毒な様子を見て、嘆くことしきりだった。

こうして側近くに仕える者はすべて、男も女も、これは道理を逸《いっ》した事だと、言い合っては嘆くものの、そうした前世からの契りがあったのか、帝は多くの人々の非難や恨みも気にかけない。亡き更衣の事になると、道理を失念したようになり、今の世の中の事などは眼中にないようになってしまったため、実に困った事態だと、外《と》つ国の朝廷の例まで引き合いにして、ひそひそ話をしては慨嘆《がいたん》した。

◇　◇

ここまで書き上げたとき、ちょうど灯芯《とうしん》が尽き、筆を置く。稚拙とはいえ、思いのたけを書き綴《つづ》った気がして、大きく溜息《ためいき》をつく。底冷えする夜なのに、火を入れることを忘れていた。外に目をやると、どうやら雪らしく、衾《ふすま》を上重《うわがさ》ねをして横になった。

翌朝、雪はまだ降り続き、庭も屋根も一寸《すん》ほどの雪を戴《いただ》いていた。朝餉のあと、父君の部屋に行き、借りていた手控え帖を差し出した。

「役に立ちました」

「それはよかった」

父君が頷く。「あの一帖は『白氏文集《はくしもんじゆう》』の中から、私が厳選したものだ。火事場では、あの一帖を抱いて逃げ出せばよい。他の財宝はあと回しにしてもいいくらいだ。香子《かおるこ》は手控えは作っていないのか」

大方は頭の中に入れています、と言おうとして口をつぐむ。

「そなたも今のうちにこしらえておくとよい。料紙ならいくらでもあろう」

なるほどそうかもしれない。しかし今は、書写するよりも、書き継ぐことのほうが急《せ》かれる気がした。

「香子が何か物語を綴っているようだと、今朝、惟通から聞いた。本当か」

「はい」

「読ませてはくれまいか」

「真名《まな》ではなく、女手《おんなで》なので」

「構わない。私の手控えを借りた返しだ」

そう言われると拒《こば》めない。部屋に戻って、書き終えた部分を持って来る。

「ほう大部《たいぶ》ではないか」

父君が目を丸くする。「さっそく読ませてもらおう」

父君が大きな声で、冒頭の「いずれの御時にか」を読み出す。その場にはいたたまれず、部屋に戻り、簀子《すのこ》から降る雪を眺めた。どことなく胸苦しくなる。『白氏文集』を知り尽くした頭で読まれるのだ。身が縮む思いをこらえ、音もなく降る雪を眺め続けた。父君が読む声は、ここまでは届かない。どこかで笛の音がしていた。惟規が雪に興を覚えて吹き出したのに違いない。耳を澄ますと、これまでの都での生活が脈絡《みゃくらく》なく思い出された。

堤第《つつみだい》で、惟規と一緒に日々手習いをさせられた日々――。あの頃、父君が散位《さんい》だったのは、不幸というより幸いだったのかもしれない。あり余るほどの時間があったのだ。

祖母からは琴《きん》と箏《そう》を習い、母君からは和琴《わごん》と多少の琵琶を教えてもらった。つつましやかな暮らしの中での、あれは無上の贅沢《ぜいたく》だったのかもしれない。

そして具平《ともひら》親王邸へ父君に連れられて何度も伺候《しこう》し、ついには出仕する光栄に浴した。万事が初めての仕事ばかりで、戸惑う毎日が続いた。とはいえ、北の方の側近くに仕えられたのは、今から思うと珠玉《しゅぎょく》の時間だった。もはや二度と、あのような新鮮な時を味わえるとは思えない。

琵琶の巧みな掌侍丞《ないしのじょう》の君、琴を弾く少将の君、背が高く少し気取ったところのある中将の君は、嫁いだ先で幸せな日々を送っているだろうか。そして局が隣同士だった色黒の六位《ろくい》の君、愛想がよく縫物や染色に長《た》け、自分とは正反対の気さくな女房だった。今でも忙しく立ち働いているに違いない。

考えるたびに胸が詰まる思いがするのは、ほんの短い逢瀬《おうせ》を過ごした平維敏《たいらのただとし》殿だった。振り返っても、あの方のように端正《たんせい》で、どこまでも控え目な殿方は稀《まれ》としか思えない。疫癘《えきれい》は、そんなお方にとりつき、命を奪ったのだ。生き長らえていれば、立身出世されたはずだ。そして自分も、その妻として筑紫《つくし》辺りに下《くだ》ったろう。

誠に人の世は、野分《のわけ》や雲、雨と同じで、人の手ではどうにも動かせない。その摂理《せつり》の下《もと》で、翻弄《ほんろう》され続けるのだ。

これは書き上げた帝と更衣の運命と、軌《き》を一《いつ》にしている。物語の中と、外の現《うつつ》は全く地続きだった。

「香子、読んだぞ」

脇から父君が声をかけていた。どうでしたかと訊く勇気はなく、黙って紙の束《たば》を受け取る。

「全く『長恨歌』を下地にしながら、我が国のものにしている。実に面白かった」

笑顔で言われて胸を撫《な》でおろす。「母君には見せたか」

「いいえ」

「読んでもらうとよい」

「はい」

言われなくてもそうするつもりだった。夕餉《ゆうがれい》を終えたあと、母君の部屋を訪ねた。

「出来上がったのだね。今夜、読ませていただくよ」

母君が目を細める。「先に読まれた為時《ためとき》殿が、あれは白楽天《はくらくてん》を超えている、とおっしゃっていた。『長恨歌』を下敷にしたのだね」

白楽天を超えていると言われ、胸が高鳴る。父君の賛辞《さんじ》は、お世辞《せじ》ではあるまい。お世辞なら、面と向かって口にしたはずだ。

「わたしも楽しみだよ」

母君が真顔《まがお》で言った。

その感想が聞けたのは翌日だった。

「なるほど、これは長い長い物語の始まりだね」

何度も頷きながら言う。

「この若宮が先々、物語の柱になっていくのだろう。帝は第二皇子のこの若宮こそを、将来は東宮にしたいのだろうけど、後楯《うしろだて》がないのでそれはできない。帝の苦しみは、よくわかる。この帝以上に苦しいのは、更衣の母君だ。夫の遺言を守って、愛する娘を出仕させた自分をいくら責めたとて、もう遅い。かといって、寵愛した帝を責めるわけにもいかない。

いつの日にか、手塩にかけたこの若宮を、帝にさし上げなければならない。若宮を手放したあとの更衣の母君は、もう蟬《せみ》の脱殻《ぬけがら》同然で、あとは死を待つだけです。若君は、これから先、こうしたいつもの悲哀《ひあい》を背負って生きていかねばならない。しかも、母の面影《おもかげ》は知らないままで」

「その通りです」

母君が物語の行く末までも理解しているのが嬉しい。

「香子も生みの母君を知らない点では、この若宮と同じだよ」

図星だった。どうあがいても、その姿は浮かんでこない。

「わたしは、香子の母君とは対面したことはない。しかし、香子とこの若宮の違いは、香子には母君の面影を語ってくれる人が何人もいる。為時殿だってそうだし、祖母君、伯父の為頼《ためより》殿、さらに先年亡くなった中納言の文範《ふみのり》殿など、母君がどんな人だったか話してくれたろう。あの病死した朝子《あさこ》も、母君の顔は覚えていたはずだよ。話してくれたときもあったろう」

母君の言う通りだ。美しく優しい母君だったと、姉君から聞いたことがある。

「ところが、この物語の幼い若宮に、亡き更衣について語れる人は少ない。祖母君ともいずれ離れ離れになり、更衣付きの女房たちも散り散りになるだろう。唯一話せるのは帝くらいだろうね。とはいえ帝も弘徽殿女御などの手前、おおっぴらには語れない。そうすると、この若宮は亡き母の面影もなく、満たされなかった愛情を求めて、ひたすら歩いて行くしかない。皇子とはいえ、辛い道程だろうね」

まだ幼い皇子に同情するように、母君が言う。「この出だしのみを読んでも実によく出来ている。為時殿が言われていたように、これは『長恨歌』以上になります」

母君が言うのであれば、もうこれはお世辞でも身贔屓《みびいき》でもなかった。

「ありがとうございます」

涙が出そうになる。

「礼を言うのは、わたしのほう。これから先、物語の続きを読ませてもらえるのが嬉しい。越前の暮らしが、何倍にも豊かになる」

にっこりと母君が笑う。「香子の亡き母君がこれを読めば、どんなにか喜ばれたろう」

母君の言葉に、あっと声を上げそうになる。そうだ、亡き生みの母君にも、読んでもらうつもりで書けばいいのだ。

「どうか書き継いでおくれ。亡き母君のためにも、このわたしのためにも。為時殿も心底楽しみにされている」

母君の激励《げきれい》は、その後も筆が滞《とどこお》るたびに思い出された。考えてみると、母君が生母《せいぼ》のことを口にしたのは、これが初めてだった。口には出さないけれど、母君の頭にはいつも生母の存在があったのだ。生母に重ねるようにして、継子《ままこ》三人を実子のようにして育ててくれたのだ。

しんしんと冷え込む越前の冬は、物語を書き継ぐにも好都合だった。光源氏の出生は書き終えたものの、そのあとの物語は、蝸牛《かぎゅう》の歩みになった。


月日が経って、若宮はついに参内し、この世のものとは思えない程、美しく成長しており、それを見た帝は、何か不吉な事でも起こりはしまいかと心配になった。

翌年の春、東宮を決める際にも、第一皇子をさし置いて、この第二皇子を選びたいと強く思ったものの、後見すべき人もなく、世間も承知しそうもないので、帝は却《かえ》って危険だと思案する。顔色にも出さずに仕舞《しまい》になったため、「あれ程、可愛がっておられたのに、やはりここは規則を優先されたのだ」と、世間は噂《うわさ》をし、弘徽殿女御も胸を撫で下ろした。

一方で、故更衣の里邸の祖母君は、心を慰めるすべもなく、悲しみに沈み、せめて娘がいる天上に行きたいと願っていたせいか、とうとう亡くなる。帝はこれをこの上なく悲しみ、皇子《みこ》ももう六歳になっているため、今度は恋しさの余りに泣きながら、常日頃《つねひごろ》祖母君が若宮を慈《いつく》しみつつ、後に残す悲しみを何度も口にしていた思い出をかみしめた。

若宮は内裏のみで過ごしていたが、七歳になったので、皇子が初めて漢籍を読む読書始《ふみはじめ》をさせたところ、若宮の聡明《そうめい》さと賢《かしこ》さは、この世のものとは思えない程であった。帝は空恐ろしさを感じつつ、「今となっては、もう誰も若宮を憎まないでしょう。母君がいないのに免《めん》じて、どうか可愛がってやって下さい」と言いながら、弘徽殿に赴《おもむ》く際の供として連れて行き、そのまま御簾《みす》の中にも入れてやった。

恐ろしい武士や仇敵《あたかたき》でさえも、若宮を見るとにっこりしないではいられない美しさであり、弘徽殿女御としても冷淡にはできない。

この頃、弘徽殿女御腹の皇女《こうじょ》が二人生まれてはいたものの、若宮の美しさには比肩《ひけん》できず、他の妃たちも若宮を遠ざけず、美しくてこちらが気後《きおく》れするくらいの気品《きひん》があるので、大層面白くはあるものの、やはりどこか遠慮される遊び相手だと、誰もが思っていた。

特に師について学ぶ漢学はもちろん、琴や笛の音も、宮中の人々を驚かせるなど、若宮の美点や類稀《たぐいまれ》な資質を並べ立てると、限りがないくらいであった。

その頃、高麗人《こまうど》が来朝《らいちょう》しており、その中に優秀な人相見《にんそうみ》がいると聞き及んだ帝は、宮中に外国人を召すのは宇多帝の訓戒《くんかい》があるため、七条朱雀《すざく》にある接待所の鴻臚館《こうろかん》に、こっそりと若宮を赴かせた。後見役として世話している右大弁《うだいべん》の子のようにして見せたところ、人相見は驚いて、何度も首をかしげ、不思議がって、口を開いた。

「この子は国の親となって、帝という無上の地位に昇るはずの相があります。しかしそういう方として占うと、国が乱れ、民《たみ》が苦しむやもしれません。ここは朝廷の礎《いしずえ》となって、天下の政《まつりごと》を補佐するのがよろしいでしょう」

聞いた右大弁も優れて学才のある人で、相人《そうにん》と言い交わした内容は実に興味深く、漢詩を互いにやりとりしたあと、今日明日にも、帰国する間際《まぎわ》になって、こんな世にも稀な幼な子に会えたのは喜びであり、別れたら悲しいだろうという趣旨の漢詩を右大弁に送ったところ、若宮自身が胸を打つ漢詩で答えた。相人はいよいよ喜び、若宮に素晴らしい贈物を献上し、朝廷からも多くの返礼を贈ったので、これが自然と世に知れるが、帝は秘めて語らないままなので、東宮の祖父である右大臣は、一体どういう事なのかと、疑いを持った。

帝は、これに先立って我が国の観相《かんそう》も命じており、その結果はやはり思っていた通りだったので、これまでこの若宮を親王にもしていなかったのだが、高麗人の相人は誠に賢明だったと改めて思い、若宮を位階のない親王で、外戚《がいせき》の後見もなく、浮き草のような生涯は送らせまい、自分の治世《ちせい》もいつまで続くかわからない、と考えて、ここは臣下《しんか》として天皇の輔佐役にするのが、頼もしい将来になると決める。

いよいよ諸々の学問を習わせたところ、ひと際《きわ》賢く、臣下とするには惜《お》しい。かといって親王にしたら世間から、皇位について野心があるのではないかと疑われるに違いないので、星の運行で占う宿《すく》曜道《ようどう》の達人にも判断させると、帝の意向に沿ったものだったので、皇子を臣下に下《くだ》して源の姓を贈り、源氏にする事に決めた。

◇　　◇

ここまで書き進んだとき、後ろに父君が立っているのに気がつく。

「ほう、書いているな。出来たての物語だ」

父君は有無を言わせずに、書き終えたばかりの料紙を取り上げ、ゆっくりと読み上げる。父の声で聞く文章は、また違ったものに感じられた。

「ここに出て来る右大弁は、道真《みちざね》公に似ている。道真公の漢詩漢文は、外《と》つ国の使者も感服した程だという。この右大弁も相当な文才だったろう。それにしても、この若君が書いた漢詩がどういうものだったか、知りたくなる」

「そこは、父君のご想像に任せます」

笑いながら応じる。

「帝、いや香子がこの若宮を一世《いっせ》源氏にしたのは卓見《たっけん》だ。これで親王ではなくなり、臣籍《しんせき》になる。香子はこの一世源氏の由来《ゆらい》を知っているかな」

「いいえ、詳しくは知りません」

正直に答える。

「皇族籍から除く際、一世源氏として親王が臣籍に下るときには、源《みなもと》朝臣《あそん》という姓を貰《もら》うようになっている。最初の例が、二百年ばかり前の嵯峨《さが》天皇のときだ。天皇の皇子女《おうじじょ》は五十人を超えていた。そのうち卑性の母に生まれた三十二人が、源朝臣を賜姓《しせい》された。だから香子の筆になる源氏の君も、さして位の高くない更衣腹なので、その例に合致する。香子は正史の、『日本三代実録』はもちろん読んだろう。もちろん『続《しょく》三代実録』も」

「はい。『続三代実録』に扱われているのが、宇多、醍醐《だいご》、朱雀の御代《みよ》です」

「私が見るところ、香子の頭にあるのはその時代ではないだろうか」

「いいえ、そこまでは細かく考えておりません」

図星だとは思ったものの、まだ形を成していないので、そう答えるしかない。

「宇多天皇から醍醐天皇と続き、さらに朱雀帝になったまでは順調だった。しかし十六年も在位が続いたこの朱雀帝には、皇子が生まれなかった。それで実弟が、村上《むらかみ》天皇として即位された。とはいえ、朱雀帝の即位によって、伯父である藤原忠平《ただひら》様が摂政《せっしょう》、後には関白《かんぱく》になる。あの菅原道実公を大宰府《だざいふ》に追いやった時平《ときひら》様の弟だ。これによって、藤原基経《もとつね》様以来途絶えていた摂関職が、三十九年ぶりに復活している。その後の藤原氏の繁栄は、そなたも知っての通りだ」

父君がここで頰《ほお》を緩める。「いや、面白い。どうか続けてくれ。料紙なら山ほどある」

またしても最後は料紙の話になった。

文机《ふづくえ》の脇に火桶《ひおけ》を置き、時折手を温めながら筆を執《と》った。

歳月が経つにつれて、帝は亡き更衣の御息所が忘れられず、少しは慰みになるかと思い、妃としてふさわしい人々を参内させたものの、亡き人に比肩《ひけん》できる程度の者さえも、滅多にいないものだと、万事が疎《うと》ましく思えてきていた。

その頃、大変器量がよいとの評判が高い方で、その母后《ははきさき》が世にも稀な程大切に世話している、先帝の四《し》の宮を、先帝の御代から帝に仕えている典侍《ないしのすけ》は、母后が住んでいた御殿にも親しく参上していたので、幼少時から見て知っていた。今でも多少は見る機会を持っていたため、帝に、「亡くなられた更衣に似ておられる方は、三代の帝にずっと仕えて来ても、ひとりも見かけませんでした。しかしこの后の宮の姫君こそは、誠によく似た姿に成長なさいました。世にも稀なご器量の持主でございます」と奏上した。帝は本当だろうかと興味をそそられ、丁重《ていちょう》に入内《じゅだい》を申し入れた。

ところが母后は、「これは恐ろしい事です。東宮の母である弘徽殿女御がとても意地悪な方で、故桐壺更衣があからさまに嫌がらせを受けた前例があります。縁起でもない申し出です」と、警戒して明確に決心もできないうちに、死去してしまった。

残された姫君が心細い様子なので、帝は「ただ私の皇女《こうじょ》と同じように思って、宮仕えさせます」と、実に熱心に催促《さいそく》する。

仕える女房たちや、故母后側の後見の方々、兄である兵部卿宮《ひょうぶきょうのみや》なども、こうやって心細い状態でいるよりは、内裏住まいをすれば、心も慰められるだろうと考えて、入内させ、清涼殿の北、弘徽殿の西にある飛香舎《ひぎょうしゃ》で、壺庭に藤が植えられているので藤壺《ふじつぼ》と別称される所を住まいとしたため、藤壺宮と呼ばれるようになった。

なるほど、顔立ちや姿が不思議なまでに、亡き更衣にそっくりで、こちらは身分が一段と高く、そう思って見るからか欠点などなく、どの人も悪口など口にはできず、何ひとつ不自由なく過ごすことができた。故更衣を周囲は認めなかったが、帝の寵愛は逆に深かったたわけで、帝は更衣を失った悲しみを紛らすすべはないものの、心は自《おの》ずとこの藤壺に移り、側にいると何となく慰められるので、しみじみと人の情けというものを感じておられた。

帝が他の妃の誰よりも足繁く通うため、藤壺宮は、恥じらって隠れてばかりではいられない。他方、どの妃たちも自分が他人より劣っているとは思っておらず、それぞれに非常に美しいが、それなりにみんな年配者であるのに反して、藤壺宮だけはとても若くて可愛らしく、源氏の君が帝の側を離れないので一生懸命に隠れようとするものの、自ずと目にはいってしまう。

源氏の君は、母の更衣の顔が記憶にないとはいえ、典侍が「とてもよく似ておられます」と言うので、幼な心にも大変懐しく思い、いつも側に参上したがり、「親しくなりたい」と思うようになった。

帝は、二人共限りなく可愛いので、藤壺宮に、「冷たくしないで下さい。不思議とあなたは、若君の母に似ている気がします。失礼だと思わず、慈《いつく》しんでやって下さい。顔立ちや目元など、更衣と本当に似ており、あなたが生母に見えるのも無理もありません」と頼んでいた。

源氏の君は、はかない春の花や秋の紅葉《もみじ》を見る機会に、幼な心にも藤壺宮を慕《した》い、こよなく好意を見せるため、この藤壺宮とも仲がよくない弘徽殿女御は、昔からの憎さも頭をもたげてくる。源氏の若を不愉快だと思ってはいるものの、帝が世にも類のない美人だと思い、世間でも評判である藤壺宮の器量に比べても、源氏の君の美しさは喩《たと》えようがなく、可愛さが格別なので、世の人々はこれを光る君と呼ぶ。藤壺宮もこれと肩を並べ、帝の寵愛が厚いので、輝く日の宮と呼んでいた。

この若君の童姿《わらわすがた》を、帝は変えたくはないと思っていたが、十二歳の年に元服《げんぷく》の儀を、率先《そっせん》して催した。決められた規則以上に式次第を加え、前年に南殿《なでん》で儀式が行われた東宮のおごそかな元服の盛儀に劣らず、方々で持たれる饗宴《きょうえん》などには、内蔵《くら》寮《りょう》の金銀の器や、穀倉院にある所蔵品を使っての公式の行事として挙行され、帝からも不備があってはならないとの特別な仰《おお》せ言があったため、盛大さの限りを尽くして奉仕された。

帝が居所《おりどころ》としている御殿の東の廂《ひさし》の間《ま》に、東向きに帝の倚子《いし》を立て、元服して冠者《かんざ》となる源氏の君の坐所《ざしょ》と、加冠役《かかんやく》の大臣《おとど》の坐《ざ》はその前に設けられた。

午後になって源氏の君が参上すると、頭髪を総角《あげまき》に結っている表情や、顔の色つやなど、それを変えるのが惜しくなるような有様である。理髪の蔵人役《くろうどやく》をする大蔵卿《おおくらきょう》が、大変美しい髪を切るのに心を痛め、切りかねているのを帝は見て、「これをあの亡き御息所が見たならば」と、更衣を思い出し、耐え難くなるのを、気丈《きじょう》にも我慢していた。

加冠の儀を終えて、源氏の君は御休所《おんやすみどころ》に退出し、衣装《いしょう》を改め、帝への返礼のために、階《きざはし》を下って庭に下りて、拝舞《はいぶ》の礼をするその様子に、人々はみんな涙を禁じ得ない。帝は特に涙をこらえきれず、思いが紛れる折々があった昔の事を、改めて現在のことのように感じて悲しくなる。当の若君がこうして若い年齢で元服すると、前よりも見劣りしないかと、疑わしく思っていたものの、驚く程愛苦しい美しさが加わった。

加冠役をした左大臣は、皇女腹にたったひとりの娘がいて、大層大切に養育しており、東宮からも妻に、との意向が示されていたものの、それを迷っているのは、この源氏の君にこそ添わせてやりたいからであった。帝の方からもそうした意向を漏《も》らされており、「それならば、源氏の若君には後見人もいないので、元服の夜の添臥《そいふし》にその娘を」と要請したので、左大臣もそのつもりになっていた。

源氏の君が控え所に退出し、儀式に参加した人々に酒がふるまわれた。親王たちの御座《ござ》の末席に若君が着座すると、左大臣が何かと気を引くような言葉をかけるのにもかかわらず、まだ年若いため、それに応じた返答もできずにいた。

帝から掌侍《ないしのじょう》が宣旨《せんじ》を承《うけたまわ》ってやって来て、御前に行くように伝えたので、左大臣が参上すると、加冠役に対する祝儀の禄《ろく》の物が、帝付きの命婦《みょうぶ》が取次いで下賜《かし》される。いつも通りに、白い大《おお》袿《うちき》に御衣《おんぞ》一揃いであり、御酒《みき》を賜るついでに、帝が歌を詠んだ。

いときなき初元結《はつもとゆい》に長き世を
契《ちぎ》る心は結びこめつや

まだ幼い初元結の人に、末長く添い遂げようと契る心は、結び込めましたか、という問いかけで、「世」とは夫婦の間柄を指しており、左大臣に返歌を促《うなが》した。

結びつる心も深き元結に
濃き紫の色しあせずは

心をこめて結んだ元結の濃い紫色があせないのでありますならば、という覚悟で、高貴の色の紫に、帝の思いが尽きない限りは、という意味ももたせて、左大臣は、清涼殿から紫宸殿《ししんでん》に通じる長橋《ながはし》から庭に下りて、返礼の拝舞をした。

そのあと、左馬寮《さめりょう》所管の馬や、蔵人所所管の鷹《たか》も、手にとまらせていただき、親王や上達部も御《み》階《はし》近くに並び、その身分に応じた禄が下賜されるのを受けた。

この日の御前《おまえ》の馳走《ちそう》を入れた折櫃物《おりひつもの》や果物を入れた籠物《こもの》は、右大弁が担当して負担しており、屯食《とんじき》や禄を入れる唐櫃《からびつ》は数多く、辺りが狭く感じられる程で、東宮の元服の時よりも量が多く、却《かえ》って盛大になっていた。

その夜、帝が左大臣邸に源氏の君を退出させると、左大臣家の作法は通常以上に重々しく、丁重《ていちょう》な迎え方であった。源氏の君がまだ若く、不吉なくらいに可愛らしいと左大臣は思い、一方の女君《おんなぎみ》は少し年長であり、相手がまだ若いため、どこか似つかわしくなく、また気が引けるのを感じざるを得なかった。

この左大臣は、帝からの信頼がこの上なく厚く、加えて姫君の母が帝と同じ后腹《きさいばら》であるので、どこから見ても華やかであったのに、ここでまた源氏の君までが婿《むこ》として加わったので、東宮の祖父君で、やがては政を采配《さいはい》するはずの右大臣の勢力は、全く気圧《けお》された形になった。

左大臣には子供が多く、それぞれが異腹の子である。宮から生まれた蔵人少将《くろうどのしょうしょう》は、とても若いのに似合わずしっかりした人物で、右大臣との仲はしっくりとしていないものの、このまま放ってはおけず、大事に養育している四の君の婿に蔵人少将を迎えて、左大臣の所と見劣りがしないように大切にし、どちらとも誠にこうあって欲しいという程の間柄になった。

源氏の君は、帝がいつも側に置いておくので、ゆっくりと左大臣邸に里住《さとず》みもできないまま、心の中では一途《いちず》に藤壺宮を世に比類《ひるい》ない方と思って慕っていた。あのような人と一緒になりたいものだと念じつつ、他の人は似ておらず、特に左大臣の姫君は、きちんと育てられてきた方とは思われるものの、しっくりと心を重ねられないように思われ、幼な心にも思い詰めて悩み、胸苦しい程にもなっていた。

帝は、元服してからの源氏の君を以前のように御簾の中には決して入れないようになったので、管絃の遊びの折々に、琴や笛の音《ね》に自分の心の内を交え、かすかに聞こえてくる藤壺宮の声のみを慰めとして、内裏住《ず》みばかりを源氏の君は好んだ。

宮中に五、六日いると、左大臣邸に二、三日という具合に、源氏の君が間を置いてから出かけるようにしているのを、今のところ左大臣邸では、弱年でもあるので落度とは考えずに、心を込めて大切に扱った。婿君側と姫君側に仕える女房も、双方共に並大抵ではない人々を選《え》りすぐって近侍《きんじ》させ、大事に機嫌を取りつつもてなしていた。

内裏では、母の故更衣のいた桐壺の淑景舎《しげいしゃ》を光源氏の部屋として、仕えていた人々を退出させないで、そのまま仕えさせた。

一方の里邸《りてい》の方は、修理職《すりしき》や工匠《こうしょう》を司る内匠寮《ないしょうりょう》に、帝の宣旨が下りて、この上なく手を加えて改築させ、以前からの木立《こだち》や深山《しんざん》の風情もなかなかの所であったのを、池をより広くして、賑《にぎ》やかに造営がされており、その様子を眺めた源氏の君は、「こういう所に、本当に、自分と心が通じ合う人を迎えて、住みたいものだ」と、嘆きは尽きない。

この源氏の君を光る君と名付けたのは、のちに来朝した高麗人であり、褒《ほ》め称《たた》える意味が込められているという。

◇　◇

師走《しわす》にはいって、寒さがいよいよ骨身に沁《し》みるようになる。出来上がったばかりの続きを読み終えた母君が、朝餉の席で言った。

「あの光る君、まさかあの藤壺宮に言い寄るのではないだろうね」

「さあ、今はわかりません」

一応、首をかしげる。「でも多分そのようになる気がします」

物語を続けるためには、それしか手段がない。

「やはりそうだ。帝の新しい妃だから、成り行きがどうなるか。とはいえ、あの光る君ならやりかねない」

母君が自分で納得する。

「一体、何の話ですか」

惟規《のぶのり》が訊く。

「聞き捨てておけない話ですよ」

「姉君が書いている物語ですよ」

惟通《これみち》が横合いから答える。「私も読みたいけれど、姉君は見せてくれない」

「まあまあ、そなたたちも、いずれ出来上がれば、読ませてもらえる。楽しみにしておけばいいだけのこと」

父君が二人をたしなめた。「わしにも、切りのよいところで、読ませてくれるな」

「それはもう」

返事は小さくなる。母君には気安く見せられるものの、父君となればそうはいかない。下手《へた》な物語など、決して綴れなかった。

それにしても、勘《かん》の鋭い母君にしても、加冠をした左大臣が詠んだ和歌に、「濃き紫の色しあせずは」とあったのには目を付けていない。源氏の君の元結の色は濃い紫だった。

亡き更衣が住んでいた淑景舎の壺庭には、桐が植えられていたので桐壺と称され、母君は桐壺の更衣と呼ばれた。桐の花が薄紫であるのは言うまでもない。

そして、新たに帝に寵愛された女御が住んだのが飛香舎だ。壺庭に藤が植えられていたので、藤壺宮と呼ばれるようになる。藤もまた紛《まご》うことなき紫だ。

この先、紫こそは物語を貫く色になっていくような予感がしていた。

第十二章　雨夜《あまよ》の品定《しなさだ》め

やっと書き上げた「桐壺《きりつぼ》」の帖《じょう》の手引きになったのは、父君も指摘した通り白楽天《はくらくてん》の「長恨歌《ちょうごんか》」だった。父君の手控えがなくても、その漢詩は幼い頃から幾度も読み、暗唱していた。

思い起こすのは、かつて具平《ともひら》親王の千種殿《ちぐさどの》で見た襖絵《ふすまえ》だ。六曲《ろっきょく》の襖障子《しょうじ》に描かれていたのが長恨歌絵で、誰の手になるのか、最後の二場面が描かれていた。右の絵では、天上《てんじょう》に住む楊貴妃《ようきひ》つまり太真《たいしん》が、使者に返事の品を託していた。その御殿のような館《やかた》に渡廊《わたろう》で連なる橋こそは、現世と天上を繋《つな》ぐ夢の浮橋《うきはし》だ。そして左右の隅に二連ずつ、「長恨歌」の最後が揮毫《きごう》されていた。

在天願作比翼鳥
在地願為連理枝
天長地久有時尽
此恨綿綿無尽期

天に在《あ》りては願わくは比翼《ひよく》の鳥と作《な》り
地に在りては願わくは連理《れんり》の枝と為《な》らん
天長《てんなが》く地久《ちひさ》しきも時有りて尽きん
此《こ》の恨《うら》み　綿綿《めんめん》として尽くる期《とき》無からん

あの絵にこそ、男女の至高《しこう》の結びつきが描き尽くされていた。とはいえ、その結びつきは、天上ならぬこの世では、断ち切られるのが常だ。玄宗《げんそう》と楊貴妃の固い誓いは、戦《いくさ》によって断たれ、貴妃は、玄宗の眼前で殺される。余りの愛の深さから玄宗の 政《まつりごと》がおろそかになり、家臣たちの恨みを買ったのだ。この悲劇を玄宗は制止できない。

六軍不発無奈何　　六軍《りくぐん》発せず奈何《いかん》ともする無く
宛転蛾眉馬前死　　宛転《えんてん》たる蛾眉《がび》馬前に死す

わずか二行で、白楽天は貴妃の死を書き切って、玄宗の悲しみも、たった二行で表している。

君王掩面救不得　　君王面《おもて》を掩《おお》いて救い得ず
迴看血涙相和流　　迴《かえ》り看《み》れば血涙《けつるい》相和《あいわ》して流る

「長恨歌」の七言律詩《しちごんりつし》百二十句は、何度も読み書きして、記憶に留《とど》めてはいるものの、今一度手許《てもと》で確かめたかった。そのため、父君の手控えを借りたのだ。
「この手控え、越前《えちぜん》に来てからというもの、雑事にかまけて開くこともない。相変わらず、香子《かおるこ》はここでも学びを怠《おこた》らないな。惟規《のぶのり》や惟通《これみち》とは大違いだ」
手控えを手渡しながら、父君が言ったのを覚えている。

そもそも「長恨歌」の中での楊貴妃の不幸は、玄宗から余りにも寵愛《ちょうあい》されたことに端《たん》を発していた。

後宮佳麗三千人
三千寵愛在一身

後宮《こうきゅう》の佳麗《かれい》三千人
三千の寵愛一身《いっしん》に在《あ》り

こうして貴妃は次第に恨みを買う身になっていく。おそらく最も恨んだのは、残された後宮に住む幾多《いくた》もの女たちであったに違いない。しかし白楽天の筆は、そこを描いてはいない。白楽天が男であれば、省筆《しょうひつ》しているのも頷《うなず》ける。

寵愛を受ける貴妃には、何の罪もない。貴妃は貴妃のままであるのに、玄宗の寵愛が増すにつれ、悲劇は深まっていく。この悲劇を貴妃は制しようがない。

貴妃の悲しみのひとつは、玄宗との間に子を得なかったことだろう。愛児があれば、玄宗の悲しみは、いくらか減じていたはずなのだ。白楽天は、究極の悲恋《ひれん》を歌い上げるために、二人の間に皇子《みこ》を設定しなかったのに違いない。それはそれでいい。しかし二人の深い結びつきを起点とする物語では、自《おの》ずから趣旨が異なる。

「長恨歌」の後半は、玄宗の悲しみに、巧《たく》みな筆が費《つい》やされている。

翡翠衾寒誰与共
悠悠生死別経年

翡翠《ひすい》の衾《しとね》寒くして誰とか共にせん
悠悠《ゆうゆう》たる生死別れて年を経たり

魂魄不曽来入夢　　魂魄《こんぱく》曽て来たりて夢に入《い》らず

追慕《ついぼ》の情に耐えかねた玄宗は、たまらず道士《どうし》を呼び、仙境《せんきょう》に貴妃を捜《さが》しにやる。ついに道士は雲の中にある楼閣《ろうかく》を見つけ、帝《みかど》の使いだと告げて、貴妃との面会を請《こ》う。名を太真と変えた貴妃は、眠りから醒《さ》めて美しい姿を現した。玄宗の使いに感謝して謝意を述べ、昔の懐しい螺鈿《らでん》の小箱と金の簪《かんざし》を持って来た。二股《ふたまた》の簪は裂いて一本を手元に留め、小箱も蓋《ふた》と身を分け、一方を手渡した。

「二人の心がこの金と螺鈿のように固いものであれば、必ずや相見《あいみ》る日があるはずです」

貴妃はこう言い、さらに続けた。「わたくしたち二人しか知らない言葉があります。それは七月七日の夜半、二人で言い合った言葉です。これを伝えて下されば、確かにわたくしからのものと、おわかりになるはずです」

その秘め言葉こそが、「比翼の鳥」と「連理の枝」だったのだ。

なるほど胸を打つ練達《れんたつ》の詩ではあるものの、これから書き続ける物語にそのまま写すことはできない。白楽天は、天上でのやりとりを書いて、悲恋をくっきりと浮かび上がらせれば、それですむ。しかし、この先、長く続ける物語には、天上の出来事など一寸たりとも持ち込めない。書かなければならない物語は、あくまでもこの現世《うつしよ》なのだ。

多くの漢書《かんしょ》が扱っているのは、男の行跡《こうせき》であり、男から見た現世、言い換えると歴史だ。そこに女が出てきたとしても、楊貴妃のように、点景《てんけい》でしかない。玄宗に寵愛されて戸惑《とまど》う楊貴妃の胸の内に関しては、白楽天といえども深くはいり込めていない。

「桐壺」の帖は、確かに「長恨歌」を下敷にしていた。しかしこの源氏《げんじ》の物語は、全く新しい道を歩まねばならない。『落窪《おちくぼ》物語』にしても『宇津保《うつほ》物語』にしても、男が主人公で女は点景でしかない。『竹取《たけとり》物語』では、女が描かれてはいても、その姫の心中は極めて浅くしか描かれていない。『蜻蛉《かげろう》日記』に綴《つづ》られているのは、確かに揺れ動く女の胸の内ではある。しかし所詮《しょせん》それは、道綱《みちつな》様の母で、兼家《かねいえ》様の妻のひとりであった作者の感慨《かんがい》に過ぎない。

これから先、書かなければならないのは、女すべてのはかない去就《きょしゅう》と、けなげな心の内だ。これこそが、白楽天がついに成し得なかった事柄なのだ。そして我が国の作者の誰ひとり、成就《じょうじゅ》できなかった境地《きょうち》だ。

喩《たと》えていうなら、様々な人の声が収められている『万葉集』『古今和歌集《こきんわかしゅう》』、さらに『古今和歌六帖』こそが目標だ。とはいえ、それらは歌であり、断片でしかない。物語はそうはいかない。流れる川の水しぶきではなく、川そのものを書かなければ、源氏の物語とは言えない。

その光る源氏の冒頭は、以前、書き記した通りだ。そこから湧水《わきみず》のように、書き綴っていかねばならない。

源氏の君は、「光源氏」と名だけは大仰《おおぎょう》であるが、そうでない欠点も多くあり、加えて数々の浮気沙汰《ざた》を人々が聞き、後世にも伝え、軽薄《けいはく》な男だという評判を残し、隠して来た内密な事まで、人々がかぎつけ語り伝えることを恐れていた。誠に人の口には戸は立てられないのは本当なので、源氏の君は非常に世評を気にし、生真面目《きまじめ》を装っていたため、あの『落窪物語』の交野《かたの》の少将《しょうしょう》の物語にあるような、好色めいた面白い話などなく、それを知れば交野の少将から笑われそうなくらいだった。

源氏の君が近衛中将《このえちゅうじょう》であった頃は、内裏のみを居所として、正妻のいる左大臣邸《さだいじん》には、時折しか赴《おもむ》かないため、これは人目を忍ぶ女でもいるのかと、左大臣側では疑っていたものの、そんな浮気めいたゆきずりの恋などは好まない性分《しょうぶん》なので、源氏の君は稀《まれ》に、一途《いちず》に思う恋狂いのような、苦しい色恋をしてみたいものだと、心の底では奇妙にも願っていて、破目《はめ》をはずしたような行いも、多少はあったようである。

五月雨《さみだれ》が晴れ間もなく続き、宮中の物忌《ものいみ》も続いて、源氏の君が帝の側に控えているのを、左大臣邸では気にして、不満ではあるものの、源氏の君のすべての装束《しょうぞく》を、あれこれ極上に仕立てて、左大臣の子息の公達《きんだち》も、帝への宮仕《みやづか》えよりも、源氏の君の部屋によく出入りしていた。その中でも、皇女《こうじょ》腹の頭《とうの》中将は特に源氏の君と仲が良く、馴《な》れ親しんでおり、音楽や遊び事など、余人《よじん》よりは気安く振舞い、婿《むこ》として迎えている右大臣が整えた通い所には、さして寄り付かず、他に通う所がいくつもある色好みではあった。

頭中将は、実家である左大臣邸の自分の部屋を、眩《まぶ》しい程飾り立て、源氏の君が来訪すると、そこに招き入れ、夜昼共に、漢学の学びや、音楽の楽しみも一緒にした。その技量も滅多にひけを取らず、どこへでも同行しているうちに、自《おの》ずと遠慮もなくなり、心の中で思う事も隠さずに口にして、親しい間柄になっていた。

所在ないまま、一日中雨が降り続いて、物静かな宵《よい》の雨になった頃、清涼殿《せいりょうでん》の南廂《みなみびさし》の殿上《てんじょう》の間にも人影がなく、源氏の君の宿直所《とのいどころ》もいつもよりはゆったりとしていた。灯火《みあかし》を近くに置いて、書物を見ていると、すぐ傍《そば》の厨子《ずし》に収めた色とりどりの手紙を引き出して、頭中将がひどく見たがるため、源氏の君は、「見られても支障《ししょう》のないのは、少し見せましょう。

しかし見られては都合の悪い物もあります」と、すべては許さないので、頭中将は「気心を許して書いてあり、見られては不都合と思われている物を拝見したいのです。ありきたりの手紙であれば、物の数にもはいらない私のような者でも、分相応《ぶんそうおう》に手紙のやりとりをしております。

女たちがそれぞれ相手の男を恨めしく思っている文《ふみ》とか、男の訪れを心待ちにして、夕暮れ時に書いた手紙こそ、見所がありましょう」と責める。

源氏の君は、こうした身近な棚に放って置いて、人目に触れるのは困るため、高貴な人からの文は、別のところに大切に秘匿《ひとく》しており、厨子の中にある支障のない手紙の一部を見せた。

頭中将はその一通一通を見ながら、「よくもまあ様々な文がありますね」と驚いて、「これはあの女からでしょう」「これはこの女の手紙でしょうか」と、当てずっぽうに問いかける中に、図星のものもあるが、全く見当はずれで、妙な疑い方を頭中将がしているのが面白く、源氏の君は言葉を濁《にご》してうまくごまかしていたが、最後には手紙を隠してしまう。

「頭中将の手元にこそ、数多くあるのではないですか。ちょっと見たいものです。それができれば、この厨子も快《こころよ》く開けますよ」と源氏の君が言うと、「いえ私の所には、お見せするようなものは大してありません」と応じて、そのついでに、自分の体験談を話し出した。

「女で、欠点のないような人は滅多にいるものではないと、ようやくわかってきました。ただ上辺《うわべ》だけの心で、文をさらさらと書き、その折の応答も心得ているくらいなら、まあまあだと思われます。しかしその中から、これという女を選ぶとなると、絶対にという程の人はさしていません。

自分の得意な物を得意がり、できない者を軽蔑《けいべつ》するなど、納得できない事が多いのです。親からかしずかれて、将来も約束されたような深窓《しんそう》の姫君の場合、その一端のみを聞いて、男が心を動かす事もあるようです。容貌《ようぼう》が美しく、大らかで若々しく、結婚前の、他に心が惹かれることのない頃は、ちょっとした芸事でも、人の真似《まね》をして、自分も熱心に打ち込んで、自ずから一芸を立派に身につける事もあります。その娘を知っている人が、その劣った点を隠して語らず、まあまあの面のみを取り繕《つくろ》って、こっちに伝えて来る事もあります。

そこまで立派であるはずがないと思っても、実情を知らないから何とも言えません。そこで本当だろうかと実際に見に行くと、落胆《らくたん》しないというような例は、まずあり得ません」

と溜息《ためいき》まじりに言う。

頭中将の話がすべて当たっているというのではないものの、源氏の君は自分でも思い当たる節《ふし》もあるのか、にたりとしながら、「今の話の中にあったような、少しも取柄《とりえ》のない女など、本当にいるのだろうか」と訊《き》いたので、頭中将が答える。

「そんなにひどい女であれば、誰がだまされて近寄るでしょうか。何の取柄もない女と、上《かみ》の品《しな》で立派だと思われる女とは、数にしたら同じくらいいるようです。女が身分の高い家に生まれると、周囲のものにかしずかれて、欠点が見えにくくなり、自ずとその様子も優《すぐ》れているように感じられましょう。その点で中流の家柄の女にこそ、それぞれの気質や趣向《しゅこう》、考え方が窺《うかが》えて、多くの面で見分けがつきやすくなります。とはいえ下流の家柄の身になると、もう聞く気もしません」

と、事細かに知っている様子なので、源氏の君は興味をそそられて問い質《ただ》す。

「その家柄というのは、そもそも何でしょうか。どれをもって、上中下の三つの品《しな》に分けるべきでしょうか。もともとは高い身分に生まれても、身が落ちぶれて、位《くらい》が低くなり人並に見えない者もいます。一方で、並の身分の人が上達部《かんだちめ》まで出世して、鼻高々と家の中を飾って、人に負けてなるものかと思っている者もいます。その両者の区別は、どうやってつけるのでしょうか」

と訊いている最中に、左馬寮《さめりょう》の長官である左馬頭《さまのかみ》と、式部省《しきぶ》の三等官である藤式部丞《とうしきぶのじょう》が、物忌に籠《こも》ろうとして参上した。二人共評判の好き者であり、弁が立つので、頭中将は喜んで招き入れ、話題にしていた上中下の品々の見分け方について議論を求めると、実に聞き苦しいような話が飛び出す。まず左馬頭が長舌《ちょうぜつ》を奮《ふる》った。

「成り上がった者でも、もともとそれにかなった家柄でないと、世間の人は大したものではないと思います。一方で、もともとは高貴な家柄であっても、世渡りに手づるが少なくて、時の流れに従い、声望《せいぼう》も衰えてしまう場合もあります。とはいえ、気位《きぐらい》だけは保っているので、いつも不満顔であり、何かと不都合な事が生じます。この二つはやはり中《なか》の品とすべきでしょう。

例《たと》えば受領《ずりょう》にしても、それぞれの国の政に関与して、中の品に決まってしまった人であっても多種多様です。そこにもいくつもの段階があって、中の品とはいえ、異彩を放つ者を選び出せる時代になっています。

こうして見ると、なまじっかの上達部よりも、大弁《だいべん》や兵衛頭《ひょうえのかみ》、蔵人頭《くろうどのとう》などの非参議《さんぎ》の四位《しい》の者たちでも、世間の評判も悪くなく、もともとの家柄も低くなくて、安らかに生活している例もあります。これは見ていていいなと思います。こうした場合、家の中には全く不自由な点などないので、娘をすんなりとこちらが照れくさくなる程大事に育てます。こうして難点もなく成長した者は大勢いるでしょう。

そんな娘が宮仕《みやづか》えに出て、思いもかけない幸《さち》を引き当てる事も生じます。こんな事例は沢山《たくさん》ございましょう」

と言うので、源氏の君は「そうなると、女を選ぶ時、富んで豊かであるのが、前提になりますね」と応じて笑ったので、頭中将が「そのおっしゃり方は、全く他の人が言うようで、不真面目《ふまじめ》です」となじるのを聞き流して、左馬頭は続ける。

「もともとの出身と、今の世間の評判が共に良いような高貴な家柄の女もいます。それでいながら実際の立振舞《たちふるまい》や気立《きだて》が感心できない場合もあり、どうしてこんな風に育ったのかと、がっかりさせられます。とはいえ、身分と世評共に優れているのは、当たり前の事で、珍しくもなく、驚く事でもありません。私ごとき者の手が届かない範囲ですので、上の品中の上の品については、もう申し上げません。

話を戻しますと、世にも知られず、淋《さび》しく荒れ果て、草の繁《しげ》るような家に、思いがけず可愛《かわい》らしい女がひっそりと住んでいる事もあります。実に、この上なく珍しい例で、どうしてこんな所にこんな麗人《れいじん》がと、思いがけない点に心が引かれます。

女の父親は年を取って不恰好《ぶかっこう》に肥《ふと》り、男兄弟たちは憎らしい顔をしているので、それからすると大した女ではあるまいと想像がつきます。ところがその奥まった寝所《しんじょ》に、気位の高い、ちょっとした才芸も身につけているような女がいるのです。その場合、芸事が半端《はんぱ》な腕前でも、意外に思われて興味が湧くものです。全く難点のない女を選ぶという点では、埒外《らちがい》になりましょうが、これはこれなりに捨て難いものでございます」

と言い、式部丞の方を見る。自分の姉妹たちが相当評判がいいのを、左馬頭がほのめかしていると式部丞は思ったのか、何も言わない。源氏の君は「さて、どうだろう。上の品と思われる人々の中にも、優れた女は滅多にいそうもない世の中なのに」と考えていた。

源氏の君は白い柔らかい衣装の上に、直衣《のうし》だけをしどけなく着ている。直衣の紐《ひも》も結ばずに、物に寄りかかっていて、その灯影《ほかげ》に映《は》える姿は、誠に優美で、女にして眺《なが》めたいくらいである。源氏の君のためには、上の品の更に上の女を選び出しても、まだ不足だと思われ、多様な女について語り合う中で、左馬頭が長々と言葉を継いだ。

「通常ありがちな恋仲として、交際する分には難がなくても、いざ我が妻を選ぼうとすると、多くの女のうちで、この人と決めるのは難しいものです。

これは男も同様で、朝廷に仕えて、国の重鎮《じゅうちん》となるべき人物に関しても、本当にその器にふさわしい人を選ぼうとすると、大変難しいでしょう。しかしそうして選んだ人が、いくら優秀であっても、ひとりや二人で世の中を治め、まとめられるものでもありません。上の者は下の者に助けられ、下の者は上の者に従って、複雑な国の政に何とか折合いをつけるべきでしょう。

これに対して、狭い家の主《あるじ》としての妻ひとりを考えると、備えておくべき重要な要件が多々あります。ああすればこうなり、一方が良くても他方が悪いという具合に、一筋縄《ひとすじなわ》ではいきません。人並で、これでよかろうという女は多くいません。

好き心の戯《たわむ》れで、あれこれ女を見比べるのは、私の趣味ではありません。この女こそは一生の連れ合いと思い定めて、自分の心にかなう者を選ぼうとしても、すぐに決められるものではございません。かといって、その女の欠点を、こちらの力で直したり整えたりするのも無理です。

他方、必ずしも自分の思いには合致しないけれども、いったん夫婦になった縁《えにし》を捨て難く思い、女と別れないでいる男は、誠実な男だと世間は見ます。一方の捨てられずにいる女にしても、やはり良い面があるのだろうと想像してしまうのです。

とはいえ、世の中の夫婦の有様《ありさま》を数多く見聞きしますと、思いもかけず完璧《かんぺき》なものはないようです。公達《きんだち》方に、この上ない嫁を選ぶ場合、どういう女人《にょにん》が似合うでしょうか。

容貌も悪くなく、若々しく、自分でも欠点がないように振舞い、文を書いても、うまく言葉を選び、墨の濃淡《のうたん》も思わせぶりで、相手の男が気を揉《も》んで、もっとはっきり筆跡を見たいものだと、じらさせて待たせ、女のかすかな声を聞けるくらいに言い寄った時も、息づかいの下に消え入りそうな声で、かつ言葉少なくされると、欠点もうまく隠されてしまいます。なよなよとして女らしいと思うと、つい情《なさ》けをかけてやりたくなり、下手《したて》に出ると、色っぽくなりますし、これこそ女に関する、まずもっての難事《なんじ》とすべきです。

家の中での妻の仕事も、いい加減であってはなりません。夫の世話をする点では、物のあわれをよくわきまえ、物腰に情緒《じょうちょ》があり、芸事にたしなみが深いなどという事は、なくてもよいと思われがちです。しかし家事ひと筋で、額髪《ひたいがみ》をいつも耳に挟み、美しさなど一顧《いっこ》だにしない主婦で、世帯の維持のみにかまける場合はどうでしょうか。

夫の方は朝に勤めに出て、夕に帰って来ますが、その間に公私それぞれに色々な人の振舞を目にします。その善《よ》し悪《あ》しなどを、家に帰って話したくなるものの、ひたすら家事ばかりをしている妻には、話す気にもなれません。本当ならこうして生活を共にしている妻に、ああだったこうだったと、話し合い、わかってもらいたいのです。そうすれば自然に笑いが出たり、涙ぐみもしたり、あるいは筋違いの事で腹が立ち、胸の内にしまっておけないものを、吐き出せてすっきりします。

しかしこんな事を言っても、妻は聞いてくれないだろうと思うと、つい顔を背《そむ》けて口をつぐんでしまいます。そのうち、人にはわからない思い出し笑いも浮かび、つい独り言も口をついて出るものです。すると『一体、何ですか』と、妻が間《ま》の抜けた顔でこっちを見上げる仕儀《しぎ》になるので、全く話にもなりません」

左馬頭の話は、源氏の君にはすべて耳新しく、じっと聞き入る。左馬頭はそれを見て、いよいよ能弁になった。

「そうなると、ひたすら子供っぽくて素直な女を、何かと躾《しつけ》をして育てて、妻にするのがどうもよさそうです。頼り甲斐《がい》がなくても、仕込み甲斐があります。とはいえその場合でも、向かい合って一緒にいる間は、可愛らしくて欠点も許せます。

しかし夫が立ち離れている時、必要な用事を言いつけたり、折りにふれての行事がある場合は、そうはいきません。それが風流な事でも、生活に即する事でも、自分では判断できず、ちゃんとした心配りもできません。これはこれで残念で、頼りないという欠点が浮き彫りになって、やはり困ります。逆にまた、いつもは少々よそよそしい女が、その時に応じて、見映《みば》えのある振舞をする場合もあります」

と、おしゃべり好きで論の立つ左馬頭も、結論を出せないまま、大きな溜息をついて続ける。

「今はもう上中下の品を問題にせず、容貌も棚上げしましょう。どうにもならない、ひねくれまくった点がなければ、ただただ実直で、おっとりとした性格の女をこそ、生涯の頼りだと思う他ないようです。そこに多少の教養と利発さが加われば、もう御《おん》の字です。少々不足の面があっても、それ以上は無理に要求しますまい。家を空けても、無闇な嫉妬心《しっとしん》は起こさず、穏《おだ》やかな性質《たち》を芯《しん》に持っておれば、女としての情趣は自ずから身についてくるものです。

まだ子供だった頃、女房たちからこんな女の話を聞いた事があります。思わせぶりなはにかみ屋で、恨み事があっても知らんふりをして我慢する女です。表面上には何気なさを装い、それでも胸の内に秘められなくなり、言いようのない物悲しい言葉と、哀れな歌を詠《よ》み置き、加えて男が思い出すような形見の品を残し、深い山里か、人里離れた海辺に、そっと身を隠してしまったのです。

子供心にも胸を打たれて、悲しくなり、よくぞそこまで決心したものだと、涙さえ落としたものです。しかし今考えると、これは大変軽はずみで、わざとらしいやり方だと興醒《きょうざ》めします。

愛情の深い男を残して、たとえ目の前に恨めしく辛《つら》い事があったとしても、男の本心もわからないふりをして、逃げ隠れするのは、いただけません。男をあたふたさせながら、その本心を見定めようとしている間に、夫婦の縁《えにし》が切れて、一生の不幸にもなりかねず、実につまらない結果を招きます。こんな時に、周囲から、『よくぞ決心をされました』などと賞讃され、自分もその気になり、やがては尼になってしまいます。

そうやって思い立った当初は、大変心も澄み切って、この世に未練などないのかもしれません。そこに知人が訪ねて来て、『何と悲しい事でしょう、よくも決心なさいました』と言ったりします。あるいは、ひたすら嫌ってもいないし、愛想《あいそ》づかしもしていない男が、女の出家を聞いて、涙を流します。すると召使いや老女房たちが、『旦那《だんな》様の情愛は深かったのに、尼になられたとは、何とも惜《お》しいです』などと言います。

すると女は、自分の切られた額髪に手をやって、後悔し、泣き顔になってしまいます。いったん涙がこぼれ出すと、万事が我慢できなくなり、後悔が募《つの》るようになり、仏もまだ心が汚いと思われるでしょう。俗人がこの世の濁《にご》りに染まっているよりも、こんな出家後の生悟《なまざと》りでは、逆に悪道《あくどう》に漂《ただよ》ってしまうでしょう。

切っても切れない宿縁《しゆくえん》が深くて、尼になる前に男が引き取った場合でも、その時の思い出が尾を引いて、恨みが残るのではないでしょうか。良くも悪くも、何とか連れ添い、どんな場合でも我慢をしつつ過ごしていく間柄こそ、宿縁も深くなり、心も通うようになります。この女のようでは、自分も相手の男も不安で、互いに気も許せません。

また一方、男が多少なりとも他の女に心を移したのを恨んで、はっきりと仲違《なかたが》いをするのは、馬鹿げています。心が他の女に移っても、男が、結ばれた当初の愛情を思い起こして、女をいとおしいと思うのであれば、そうした縁のある仲と思って、縁は続くものです。しかしそんなごたごたが元となってしまうと、縁は断ち切れてしまいます。

こう考えますと、万事を穏やかにやり過ごし、嫉妬《しつと》すべき事も、気づいている気配《けはい》を見せつつ、恨み事を言うにしても、憎くならない程度にすると、男の愛情は逆に深くなるものです。多くの場合、男の好き心も、相手の対応次第でおさまります。とはいえ、男を寛大に放任しておくのも、心優しく可愛いようですが、軽く見られがちになります。繋いでいない舟が、どこへ漂って行くのかわからないというのも、これはこれで面白くありません。そうではないでしょうか」

左馬頭の言葉に、頭中将が頷いて口を開いた。

「反対に、自分が美しいとか可愛いと思っている女に、何となく頼りになりそうにない疑いが生じたら、これはこれで一大事です。男の方に過失がなくて、大目に見てやれば、女の心を改めさせて結婚生活を続けられるかもしれない。しかしそれは容易ではないでしょう。何はともあれ、仲違いしそうな場合があっても、気長に耐え忍ぶより他に、やりようがない」

と言いながら、自分の妹で、源氏の君の正妻が、この関係そのものだと思い、そっちを眺めると、源氏の君は居眠りをしていて、何も発言しない。頭中将は情けなく不満だったが、左馬頭は議論の立役者として、更にまくし立てる。頭中将はその言い分を最後まで聞こうとして、熱心に相槌《あいづち》を打った。

「女の品定めに関しては、他の様々な事が参考になります。例えば指物師《さしものし》です。様々な物を心に任せて作り出す際に、遊び道具には決まった型もないので、外見の良さで評価されがちです。これは洒落《しゃれ》ている、こんな風にも作るのかと、その時々に応じて見映《みば》えがするように当世風に作られていると、感心させられます。ところが本当に格式のある調度品《ちょうどひん》で、定まった様式のある飾り物を、見事に仕上げなければならない場合、真の名人はやはり格別な出来になります。

また、絵所《えどころ》には名人が沢山います。これが墨書きを任されて、墨絵を描いた場合、上中下の優劣は、ちょっと見た目ではわかりません。しかし人の見知らない不老不死の仙人が棲《す》む蓬莱山《ほうらいさん》や、荒海《あらうみ》の恐ろしい形相《ぎょうそう》の魚の姿、唐国《からくに》の獰猛《どうもう》な獣の姿、あるいはおどろおどろしく作った絵を例にしましょう。心に任せて、ひと際仰々《きわぎょうぎょう》しく、人目をびっくりさせるように描くと、実際には似ていなくても、何とか無難にこなせるでしょう。

問題は、ありふれた山のたたずまいや、水の流れ、見慣れた人家の様子です。なるほどと納得でき、親しみやすく穏やかな情景をしっとりと描き、険峻《けんしゅん》でない山の姿を、木立が繁って幾重《いくえ》にもなり、この世とも思われない風情《ふぜい》で描き、加えて人家の籬《まがき》の内を情緒《じょうちょ》豊かに描くのは、容易ならざる技です。これが名人の手になると、筆の勢いは格別で、未熟な者は到底及びません。

もうひとつ書字《しょじ》を例に取りますと、深い教養もないままに、点を長く引っ張って走り書きをし、何となく風情ありげに書かれた物があります。ちょっと目には、才気があって気が利《き》いているように見えます。一方で、真の筆法で丁寧《ていねい》に書かれているのは、表面の筆遣いのうまさはないように見えます。しかしもう一度じっくり見比べてみると、やはり本来の伝統ある書法のほうが優れています。

このように、ちょっとした技芸でも上中下があります。ましてや女の心はそれ以上のものがあります。何かの折に媚《こ》びて見せるだけの情けは、つくづく頼りないと思い知りました。その最初の頃の私の経験を、好色めいた話になりますが、披露《ひろう》致します」

と言って左馬頭が近くに寄ると、源氏の君は目を覚まし、頭中将も真剣な眼差《まなざ》しになり、頰杖《ほおづえ》をついて向かい合わせに坐る。左馬頭としては、法師が世の摂理《せつり》を説《と》き聞かせる場になったような心地がして、多少滑稽《こっけい》ではあるものの、こうした機会になると、各自の秘めた話も、ついつい口に出したくなるのが人情だった。

「昔、私がまだ若輩《じゃくはい》であった頃に、恋しく思う人がおりました。先刻申し上げた通り、この女は、顔立ちは特に優れていなかったので、若い頃の好き心からして、この人を終生《しゅうせい》の妻とは思いませんでした。頼りにはなるのですが、どこか物足りません。それであちこちの女に出入りしていたのを、この女がひどく嫉妬したのです。

それが不愉快で、もう少し穏やかでいて欲しいと、いつも思っておりました。それでもあれこれ詮《せん》索《さく》するので、煩《わずら》わしく、私のようなつまらぬ人間をどうして見捨てないのかと、不思議ではありました。時々は気の毒になって、自然と浮気心も下火《したび》になるという状態でした。

この女の性格はけなげで、自分が至らない事でも、何とかして私のために無い知恵を絞《しぼ》り、不得意な面でも、夫に駄目《だめ》な女と思われないように、努力していました。万事につけて、生活の細々《こまごま》とした点まで世話をしてくれ、私の機嫌を損《そこ》ねないようにしていたのです。

勝気な女だとは思っていましたが、ひたすら私にかしずき、醜《みにく》い顔も、嫌われまいとして、懸命に化粧をしていました。さして親しくない人と会う時など、私の面目《めんぼく》をつぶしはしないかと、遠慮して人前には顔を出さないといった具合です。いつも初心を忘れずに尽くしてくれ、私も見慣れてきて、いい女だと思うようになったのです。ただこの嫉妬心だけが、どうしても改まりません。

それで当時、こんな手立《てだて》を思いついたのです。この女はいつも私に従順で機嫌を悪くしないようにびくびくしているようだ。ここで、何とか懲《こ》りる程の事をして、脅《おど》かしてやれば、嫉妬心も多少は人並になり、口やかましさもなくなるだろうと考えたのです。

私が本当に嫌だと思って、縁を切るような素振りを見せれば、従順な女だから、きっと懲々《こりごり》するに違いないと思い、わざと冷淡《れいたん》でつれないふりをしました。

すると案の定《じょう》、女が怒って恨み言を口にしたので、そんなに強情《ごうじょう》であれば、夫婦の契《ちぎ》りは深くても、もう二度と会わない、別れてもいいのなら、どんどん邪推《じゃすい》しなさい、行く末長く一緒にいたいのなら、多少の辛い事があっても我慢して聞き流しなさい、その嫉妬心さえなくなれば、あなたをこの上なく可愛いと思うだろうし、人並に出世をして、貫禄《かんろく》もつくようになれば、あなたも妻として並ぶ者がないような立場になる、と自分ではうまく諭《さと》したつもりでいました。

それで調子に乗って、更にまくしたてていると、女が冷やかに笑って、こう切り返したのです。『あなたがどこから見ても見劣りがし、弱輩《じゃくはい》である間は耐えて、いつかは人並になる日が来るだろうと、待つのには何の不安もありません。しかしあなたの薄情《はくじょう》な浮気心に、この先も耐え、いつかは改まるだろうと、長い歳月を重ねるのは、我慢がならず、辛いに違いありません。お互い別れるのには、ちょうどいい機会です』と恨めしげに言うのです。

私は腹が立ち、散々憎々しい言葉を浴びせかけましたが、女も黙っていられない性質なので、私の指の一本を引き寄せて、がぶりと噛《か》み付いたのです。『痛いじゃないか、何をする』と私は捨て科白《ぜりふ》を重ねて言い、『こんなに傷をつけられたのでは出世もできない。あなたが軽蔑《けいべつ》している官位も、このままで、昇進も見込めない。人並の出世はもう無理。出家でもしなければなるまい』と大袈裟《おおげさ》に言い、『それでは今日で最後だ』と、この指を曲げて退出し、歌を詠み掛けました。

手を折りてあい見しことを数うれば
　これひとつやは君が憂《う》きふし

おわかりのように、これは『伊勢《いせ》物語』の十六段、紀有常《きのありつね》の歌の上句《かみのく》をそっくりいただいたもので、逢《あ》った年月を指を折って数えると、あなたの嫉妬は今回だけではなかった、恨んでくれるな、と言い渡しました。

すると女は泣き出し、さすがに返歌しました。

憂きふしを心ひとつに数えきて
　こや君が手を別るべきをり

あなたの非道な仕打ちを心の中で泣き続け、とうとう今度が別れる潮時《しおどき》ですね、と私の和歌の中の、「数う」「これ」「君」「手」をそのまま詠み込んで、切り返してきたのです。

もうこれ以上関係が変わる事もないと思い、何日も連絡しないでおりました。あちこちの女の所に通っているうちに、賀茂《かも》の臨時の祭の調楽《ちょうがく》の日になりました。夜も更《ふ》けて、大層霙《みぞれ》が降る夜、みんなが退出して別れる時、思い巡《めぐ》らすと、やはり家路《いえじ》と思うような所は、あの女の所しかなかったとしみじみ思ったのです。

内裏辺りでの外泊は興醒《きょうざ》めですし、気取った女の家に泊まっても、薄寒いだけだという気がして、あの女がどう思っているか、様子を見に行く事にしました。

雪を打ち払いつつ、それでも何となく体裁《ていさい》が悪く、きまり悪い気がします。しかしこんな雪の宵《よい》に訪ねれば、日頃の恨みも解《と》けるに違いないと思ったのです。

いざ訪問してみると、灯台《とうだい》の明かりは、かすかに壁の方に向け、柔らかな厚めの衣装が大きな伏籠《ふせご》に掛けてあります。几帳《きちょう》の垂れ絹は上げてあって、今夜辺りは訪ねて来るだろうと、待ち受けている風情です。やっぱりといい気になったもの、肝腎《かんじん》の本人がいません。しかるべき女房たちだけが残っていて、本人はこの夜半《よわ》、親の家に行ったと答えます。女は艶《あで》やかな歌を詠んで残してもおらず、気取った文も残してはいません。全く無愛想《ぶあいそう》な有様なので愕然《がくぜん》としました。

女が口やかましかったのも、自分を嫌ってくれという思いからしたのだろうか、そうは見えなかったが、そうかもしれないと、腹立ち紛れに思ったものです。ところが、私が着るはずの衣は、色合いも仕立てもいつもよりは念入りに、申し分なくされています。私が見捨てたあとも、私の事を考え、世話をしてやるつもりだったのです。

それで、全く私を見限っているのではあるまいと考え、その後はいろいろと言い寄りました。女は別れるでもなく、困らせて捜させようと姿を隠すでもなく、私に恥をかかせない程度に返事をくれました。

文面はいつも同じでした。『これまでと変わらない態度ならとても耐えられません。心を入れ変えて、浮気心を起こさないのであれば、元の鞘《さや》に収まりましょう』というものでした。とはいえ、こんな強気でも私を思い捨てることはできまいと考え、しばらく懲らしめておこうと考えたのです。『これからはそのように改心します』とは書かず、お互いに意地の綱引《つなひ》きをしているうちに、女はひどく思い嘆いて、とうとう死んでしまいました。本当に冗談もなかなか難しいものです。

生活の面での世話をしてもらう妻としては、あの程度で充分だったなと、今になって思い起こされます。ちょっとした風流事にしても、生活面での大事な事柄にしても、相談のし甲斐がありました。染色の腕前は、紅葉《もみじ》を染める龍田姫《たつたひめ》と言っていいくらいです。裁縫《さいほう》にしても、織姫《おりひめ》の手つきにも劣らない程でしたので、そういう点では巧みで優れておりましたのに」

と、左馬頭はしみじみと思い出しながら言うので、頭中将が応じる。

「その織女《しょくじょ》の裁縫の腕前はそれとして、彦星《ひこぼし》と織女との長い契りにあやかるべきでした。なるほど、本当に、その龍田姫が染める錦《にしき》に如《し》くものはなかったでしょう。ちょっとした染色の技も、季節を無視すると、下手《へた》であれば、露《つゆ》のようにはかないものです。ですから男女の仲は、なかなかこうと決めるのは難しい」

と、左馬頭の弁舌に油を注《そそ》いだ。

「その通りです。同じ頃に通っていた女は、人柄もよく、気遣《きづか》いにも情緒があるように見えました。和歌も詠み、字も上手で、掻《か》き鳴らす琴《こと》の爪音《つまおと》まで、手も口も優れているとと、見聞きしておりました。この女は器量も無難でしたので、さっき申し上げた嫉妬深い女を主な通い所にし、時々はこの女と隠れて逢っておりました。そうした間に、この女にぞっこん惚《ほ》れ込んでいたのです。

しかし前のあの女が死んでからは、悔《く》やんでも仕方なく、可哀想《かわいそう》とは思うものの、取り返しがつきません。それでこの女の許《もと》にしばしば通って馴染《なじ》んでみますと、多少派手好みで、思わせぶりで、妙に艶《つや》っぽい点など、気に入らないところが見えてきました。妻としては、頼り甲斐がないので、少しずつ足が遠のいておりました。そのうちに、こっそり心を通わす男ができたようなのです。

ある十月の頃の月の美しい夜でした。内裏から退出する際に、ある殿上人《てんじょうびと》と一緒になり、私の牛《ぎっ》車《しゃ》に同乗したのです。私が父の大納言の家に行って泊まるつもりでいると、この人が、『今夜人待ち顔でいる女が、どうも気になる』と言うのです。その女の家は大納言の家に行く道筋にあたっていたので、その家まで行きましたところ、私が通っていた女の家でした。

女の家の荒れた築地《ついじ》の崩れから、月の映る池の水が見えていました。月でさえ宿るそんな風流な住み処《か》を、さすがに通り過ぎ難く、私もつい牛車を降りたのです。

この男は以前から心を通わせていたのでしょう。そわそわと落ち着かない様子で、中門《ちゅうもん》に近い廊《ろう》の簀子《すのこ》のような所に腰を下ろして、しばし月を眺めていました。菊が霜のせいで色変わりしているのが、実に美しく、風に競うようにして散る紅葉も、風情たっぷりです。

男は懐中《かいちゅう》から笛を取り出して吹き鳴らし、その合間《あいま》に催馬楽《さいばら》の『飛鳥井《あすかい》』を謡い出したのです。

〽飛鳥井に宿《やどり》はすべしや　おけ
蔭もよし水《みもい》も冷《さむ》し
御馬草《みまくさ》もよし

つまり、今夜はこの風流な宿に泊まりたい、と言い掛けたのです。

すると女の方は、前以《まえもつ》て調子を整えていた音色《ねいろ》のいい和琴《わごん》を、上手《じょうず》に合奏し始めました。その有様は決して悪くはありません。律《りつ》の調べと、女がもの柔らかに掻き鳴らす和琴の音が、簾《すだれ》の内から聞こえてくるのも、なかなかのものです。清く澄んだ月の風情にぴったりです。

男はいたく感動したようで、簾の傍まで歩み寄り、『庭の紅葉には人が踏み分けて来た形跡はありませんね』と言ったのです。そうです、『古今和歌集』にある、**秋は来ぬ紅葉は宿にふり敷きぬ　道踏み分けて訪《おとな》う人はなし**、を下敷にした物の言い草で、女を口惜《くちお》しがらせたのです。さらに菊を手折《たお》って、歌を詠みかけます。

琴の音《ね》も月もえならぬ宿ながら
**　つれなき人をひきやとめける**

琴の音も月も極上の邸《やしき》ですが、薄情な人を引き留めることができたのですか、と揶揄《やゆ》しつつ、『失礼な事を申し上げました、もう一曲だけ聴かせて下さい。聴きたい私がここにいるのに弾き惜しみしないで下さい』と戯《たわむ》れたのです。すると女は、妙に気取った作り声で返歌をしました。

木枯《こがらし》に吹きあわすめる笛の音《ね》を
**　ひきとどむべきことの葉ぞなき**

木枯と合奏できるような、あなたの見事な笛の音を、引き留めるだけの琴の腕も、歌の力量もございません、と謙遜《けんそん》しながら、今度は箏《そう》の琴を、冬の調べである盤渉調《ばんしきちょう》に、今めかしく弾いたのです。その爪音《つまおと》は才能がないわけではなく、憎らしく思う私にとっては眩しい程でした。

このように、ほんの時々に仲良くする宮仕えの女房が、思い切り気取って風流がっているのは、適当に付き合っているうちは、面白くもあります。しかし時々ではあっても、妻としての通い所とし、長く付き合うとすると、こんな女には信頼が置けません。ついには嫌気《いやけ》がさして、その夜の出来事にかこつけて、通うのをやめました。

この二種類の女を考え合わせますと、若い当時の私の考えでも、嫉妬にせよ、徒心《あだごころ》にせよ、度が過ぎているのは感心せず、信頼できそうもなかったのです。これから先も、尚更《なおさら》そうとしか思えません。

御心のままに手折《たお》ると、こぼれ落ちそうな萩《はぎ》の露《つゆ》や、拾うと消えそうな笹の上の霰《あられ》を、今は優艶《ゆうえん》で風情あるものに思われるかもしれません。しかしあと七年もして、私の年齢になられると、よくわかるはずです。

私のような下賤《げせん》な者の忠告ですが、色めいて靡《なび》きやすい女には用心したほうがよい。そういう女が間違いを起こすと、決まって相手の男の名が廃《すた》るものでございます」

と左馬頭が忠告すると、頭中将は例によって頷き、源氏の君は少々微笑《ほほえ》んで、そういうものかと思っているようで、「どっちにしても、人聞きの悪い、みっともない身の上話ですよ」と茶化《ちゃか》す。みんなで大笑いしたあと、頭中将が「私も、間抜けな男の話をしましょう」と言って、話を切り出した。

「ごく内密に通い始めた女がありました。通い所のひとつとして、続けてもいいと思われる程の風情の女でした。とはいえ、長続きのする仲ではないと思いつつ、馴染んでいるうちに情が移ったのです。途絶えがちであっても、忘れ難く思っているうちに、女の方でも私を頼みにしている様子が見え、頼り出すとそれだけ嫉妬する事もあろうと、私なりに思っていました。

ところが女はそんな事は気にせず、途絶えが長くなっても、稀《まれ》にしか訪れない男とは思わず、朝に夕に出入りする夫を送り迎えするような態度を見せていました。それがいたわしく、末長く私を頼みにしてよい、とも言ったものでした。

その女には親もなく、全く心細い有様なので、私だけを生涯の夫だと、何かにつけ思っているようで、それがいじらしくもありました。こうもおっとりした女ですから、私も安心して、久しく通わないでおりました。そんな折です、私の正妻の嫌がらせが、つてを伝って、それとなくその女に浴びせられていたようで、私はこれをあとになって知りました。

そんな事とは知らずに、心では忘れられないものの、便りもせずに久しく放って置いたのです。女はそれを嘆いて、心細さの余り、幼い子供もいるため、思い煩って撫子《なでしこ》の花を折って、文を付けて送って来ました」

と言って頭中将が涙ぐんだので、源氏の君が「それで、その手紙の文句はどうでしたか」と訊くと、「いえ、大した歌ではありません」と答えながら、

山がつの垣ほ荒るともおりおりに
あわれはかけよ撫子の露

と、女の詠歌《えいか》を口にした。
「山賤《やまがつ》の家の垣根は荒れておりますが、何かの折には、垣根に咲く撫子に、情けの露をかけて下さい、という嘆願で、『古今和歌集』の、あな恋し今も見てしが山がつの　垣ほに咲ける大和撫子《やまとなでしこ》、を下敷にしていました。
これを読んで、思い出すままに訪ねてみますと、女はいつものように、人を疑う様子もなくもてなしてくれました。物思いに沈んだ顔で、荒れた家の庭先に露がしとどに置いているのを眺めて、虫の鳴く音《ね》と競うように女が泣いている様子は、どこか昔物語に似ているようだったので、歌を詠んだのです。

咲きまじる色はいずれと分かねども
なおとこなつにしくものぞなき

入り乱れて咲く花の色は、どれが美しいと見分けはつきませんが、やはり撫子の常夏《とこなつ》であるあなたにかなう者はおりません、という慰撫《いぶ》で、『常《とこ》』には男女の共寝を示す床を掛け、幼い子である大和撫子のことよりは、『古今和歌集』に、塵《ちり》をだに据えじとぞ思う咲きしより　妹《いも》と我が寝《ね》る常夏《とこなつ》の花、とあるように、母となっている女の心を慰めてやると、果たしてその女は返歌しました。

うち払う袖も露けきとこなつに

寝床の塵を払う袖も涙で濡れているわたくしに、嵐が吹きかけ、とうとう秋がやって来ましたという嘆きで、『秋』に飽きを掛け、『万葉集』の、**真袖《まそで》もち床打ち払い君待つと　居《お》りし間に月傾《かたぶ》きぬ**、を下敷にしていました。

そんな具合に可憐《かれん》に言いなして、本気で私を恨《うら》めしく思っている様子も見せず、陰でそっと涙を流しても、本心は表に出さずにいて、私をとことん恨めしがっているのを悟られないようにと苦しがっている様子を前にして、私はそれに甘えて足を遠のかせていたのですが、その後、女は姿を消して行《ゆ》方《え》知れずになってしまったのです。

あの女と娘がまだこの世に生きているのであれば、心細いままに落ちぶれ果てているでしょうし、私がつきあっていた頃に、私が煩わしく思う程、しがみ付く気配を見せておれば、あんな具合に行方不明になるような真似《まね》はさせませんでした。またあんな風に間遠《まどお》には通わず、しかるべき通い所にして、いつまでも世話をしてやれたでしょう。

あの撫子の幼な子も可愛かったので、どうにか捜し出したいと思っていますが、今もって消息がわかりません。

このような女こそ、左馬頭が言われた頼りない女の一例でしょうし、女が平気な顔を装いつつ、内心では恨めしく思っているのも知らず、ただあわれとのみ思っていたのも、甲斐のない私の片思いでした。今ようやく少しずつ忘れていきつつありますが、女の方ではまだ私の事を思い切れずに、他ならない自分のせいでこうなってしまったのだと、後悔をする夕べもあるのではないでしょうか。こういうのが、長く添い遂げにくい、頼りない女の例です。

こういうわけなので、口悪く嫉妬深い女が忘れ難いとしても、共に暮らすにはうるさくて、うんざりするでしょう。琴の音が素晴らしい女の才気も捨て難いものの、浮気心の罪は重いと言うべきです。私の頼りない女にしても、ひょっとしたら他に男がいたのではと、疑えば疑えるでしょう。

結局はどういう女がいいのかは、全く決めかねます。男女の仲はそれぞれに応じて、難事と言えます。良い点ばかりを取り揃えていて、難点が全然ない女など、一体どこにいるのでしょう。かといって吉祥天女《きちじょうてんにょ》のような非の打ち所のない女を妻に持てば、仏臭《ほとけくさ》くなって、この世離れしてしまい、これはこれで面白くなさそうです」

と頭中将が言うと、みんなが笑ってしまい、さらに、「藤式部丞の所にこそ、何か変わった話があるのでしょう。少し披露《ひろう》してはどうです」と催促《さいそく》すると、「私のような身分の低い者の体験談に、どれほどの面白さがありましょう」と尻込みする。「いいから早く」と頭中将が急《せ》かすので、式部丞はどれを話そうかと思案してから、口を開いた。

「それでは私がまだ文章生《もんじょうしょう》だった頃に出会った、恐るべき女の例を申し上げましょう。先程、左馬頭が言われたように、その女は公事《おおやけごと》の相談もでき、私生活の面でも処世術の指南《しなん》も行き届き、学問の程度にしても、生半可《なまはんか》な大学寮《だいがくりょう》の博士《はかせ》も顔色《がんしょく》を失わせ、相手に口を挟ませない程の雄弁《ゆうべん》な女でした。

と申しますのも、私はある博士の許で学問をしようとして、通っておりました。博士には娘が多いと聞いたので、そのひとりに、ちょっとしたきっかけで、ちょっかいを出したのです。それを親である博士が聞きつけ、盃《さかずき》を持ち出して、例の『白氏文集《はくしもんじゅう》』の一部を口にしました。

聴我歌両途
富家女易嫁
嫁早軽其夫
貧家女難嫁
嫁晩孝於姑
聞君欲娶婦
娶婦意如何

わが両《ふたつ》の途《みち》歌うを聴け
富家《ふか》の女《むすめ》は嫁《か》し易《やす》く
嫁すること早くして夫を軽《かろ》んず
貧家《ひんか》の女は嫁し難《がた》く
嫁すること晩《おそ》くして姑《しゅうとめ》に孝なり
聞く、君、婦《つま》を娶《めと》らんと欲すと
婦を娶《めと》る意如何《いかん》

余りの迫り方に怖気《おじけ》づいたので、さして熱心にも通わず、といっても親の心をないがしろにしないよう通っておりました。女は私を大変気に入り、世話をしてくれました。夜の床《とこ》での語らいにも、学問があるため、公務に役立つ知識を教えてくれます。字もきれいで、手紙も仮名ではなく、理屈っぽい巧みな漢文で書きます。それで通うのをやめられず、その女を師匠として、かろうじて下手な漢詩文を作る事を覚えました。その恩は今でも忘れられません。

とはいえ、馴《な》れて親しむ妻として頼るには、私のような無学な者には固苦し過ぎます。いずれ化けの皮が剝《は》がれて、みっともない体《てい》たらくになるはずです。

ましてや、あなた様たちのような公達《きんだち》には、こうした理屈っぽい、しっかり者の奥方など、必要ありますまい。私は、つまらない、期待にそぐわない女とは思いつつも、自分が気に入り、宿縁《しゅくえん》に引かれる場合もあります。身分の低い男とはそういうものでございます」

と式部丞が言い切った。その先を言わせようとして頭中将が、「その女、なかなか興味をかき立てますね」とおだてたので、式部丞はわかっていても得意気に鼻を動かして、言葉を継いだ。

「その後、随分《ずいぶん》長い間通わないでおりましたが、何かのついでに立ち寄ったのです。いつものくつろいだ部屋ではなく、襖障子《ふすましょうじ》越しの対面でした。これは女がすねているのだと思い、別れるのにはいい機会だと考えました。

ところがこの賢い女は、軽々しい嫉妬とは無縁であり、男女の仲を心得ており、恨み言など口にはしません。その代わり、嗄《か》らした声で、『この何か月か、神経痛に悩まされ、熱したにんにくを食しておりますゆえ、ひどく臭いので直接の対面はできません、しかるべき雑用があれば承《うけたまわ》りましょう』と弱々しくも理にかなった言い方をしました。

返事の仕様《しよう》がなく、『承知致しました』と答えて、立ち去ろうとしました。すると物足りなく思ったのでしょう、『この臭いが消える頃に立ち寄って下さい』と声を高くして言ったのです。聞き流すのも可哀想であり、かといってぐずぐずもできません。実際にその臭いまでもが仰々《ぎょうぎょう》しく漂って来て、我慢できず、逃げ腰になって、和歌だけは詠みかけました。

ささがにのふるまいしるき夕暮れに
ひるま過ぐせと言うがあやなさ

蜘蛛《くも》の動きで、私が来るのは明白なこの夕暮れに、にんにくの臭う昼間は会えないというのは、理《り》不尽《ふじん》です、と問いかけ、「ひるま」に昼間と蒜（ひる）間を掛け、『古今和歌集』の、我が背子《せこ》が来《く》べ

き宵なり　ささがにの蜘蛛の振舞かねてしるしも、を下敷にして、『しかるべき雑事とは何でしょう』、と言い終わらないうちに、走り出しましたところ、女は後ろから素早く返歌をしました。

逢うことの夜をし隔てぬ仲ならば
ひるまも何かまばゆからまし

あなたと毎夜に会っている親しい仲であれば、蒜の臭う昼間であっても恥ずかしい事などないのに、という皮肉でした」

そう式部丞が言うと、公達たちはあきれ返り、「それは出来過ぎた話。嘘《うそ》でしょう」と言って笑う。「どこにそんな漢学に長《た》けた女がいようか。そんな学才のある女と会うくらいなら、鬼と会ったほうがましで、気色悪い」と、式部丞を責め立てて、「もっとましな話が聞けると思ったのに」と残念がると、式部丞は「これ以上珍しい話はありましょうか」と澄まし顔だ。そこで、総まとめをしたのは左馬頭だった。

「すべて男も女も、程度が低い者は、少し知っている事を全部見せようとするから、ぼろが出るのです。女が、『史記《しき》』『漢書《かんじょ》』『後漢書《ごかんじょ》』の三史と、『易経《えききょう》』『詩経《しきょう》』『書経《しょきょう》』『春秋《しゅんじゅう》』『礼記《らいき》』の五書を、隅々までわかろうとするのは、可愛げがありません。かといって、女であっても、世間の公事や私事について無知であるのも困ります。多少なりとも才気のある女であれば、わざわざ習わなくても、自然と見聞きして覚える事は多いはずです。

しかしとはいえ、女同士の手紙で、半分以上を漢字にして文章を縮めているのはいただけません。

もう少し女らしくあって欲しいと思います。手紙を書いた本人はそうは思わないでしょうが、漢語が多いと、相手にごつごつした感じの声で読まれてしまい、わざとらしくなります。こういう手合は、身分の高い女の中にも多くいます。

自分はひとかどの歌人だと思っている女が、そのまま歌一途《いちず》になり、面白い故事や古歌《ふるうた》を歌の初句《しょく》に取り込んで、こっちにはその気がないのに、詠みかけてくるのは不愉快です。返歌をしなければ情緒に欠けるため、端《はた》迷惑になります。

しかるべき節会《せちえ》など、例えば五月の節会に男が急いで参内《さんだい》する朝、菖蒲《あやめ》の事をゆっくり考えられない折に、立派な菖蒲の根に関連する歌を詠みかけられると、閉口《へいこう》します。また九月九日の宴《うたげ》のため、難しい趣向を凝《こ》らした漢詩を思案している最中に、菊の露と長寿を詠み込んだ歌を、女が寄越すと、癪《しゃく》に障《さわ》ります。

時と場所に合わせた歌を詠むのが肝腎《かんじん》で、あとからその歌が情緒豊かで心に沁《し》みると思われても、時と所にふさわしくなければ頭が悪いと取られます。

そのようなわけで、万事につけ、どうして今そんな事を言うのかと、不審がられるような、時と場をわきまえない程度の思慮なら、気取ったり風流ぶらないほうが無難です。自分がわかっている事も、知らないように振舞い、言いたい事も、そのひとつ二つの事は言わないでいるのがよいようです」

と左馬頭が締め括《くく》るのを聞いて、源氏の君は、ただひとりの御方《おかた》を胸の内で思い続けていたので、「この左馬頭の言う、不足もなく、出過ぎた事もないのが、まさしくあの御方である」と、一層の思いが募り、胸塞《ふさ》がった。

どこに話が行きつくでもなく、最後の方はとりとめのない話になって、とうとう夜が明けてしまった。

◇　◇

ここまでを一気に書き終えた夜、母君がいる部屋を訪ねて、稿を見せた。書いたばかりの話を読み進むにつれて、母君の顔が笑顔に変わり、何度も頷く。気に入ってくれたようだった。

「香子、よくぞ書いてくれました」

それが母君の第一声だった。「誠に面白い。これは、殿方《とのがた》の話というよりも、女の物語だね」

「そうなりましょうか」

「そうだよ。ここには、女の姿が色々に描《か》き分けられている。それぞれに、けなげに生きている女の姿が、目に見えるようだ」

母君が感じ入った様子で、紙をめくって指差す。頭中将の話の部分だった。

「この頭中将が通っていた女は、どこに消えたのだろうね」

「さあ、今はわかりません」

そう答えるしかない。

「この幼子は、頭中将の子だね」

「はい、それはもう」

「この二人が、このあとどうなっていくのか、気になる。どうなるのだろうね」

探るような母君の言い方だが、答えようがない。今はさっぱり見当がつかない。

「そしてまた、この源氏の君が、左馬頭の言い草を聞きつつ、ある女君《おんなぎみ》こそが、謙虚で非のない方だと、思い焦《こ》がれている。この女君は誰だろう」

母親が思案顔になる。そこは明言を避けながら書き流していた。

「帝《みかど》の新しい妃だろう。そうとしか思えない。しかしそうであれば、畏《おそ》れ多い。困った事態になる。大変だ」

先を想像するように、母君が目を宙に浮かす。その様子を見ながら敢《あ》えて黙っていた。

「ともあれ、先が読みたくなる。これまでの古物語《ふるものがたり》にはない何かが、沢山詰まっている」

「ありがとうございます」

古物語と違うという母君の言葉はありがたかった。紙の束を抱えて局《つぼね》を出るとき、早くも物語の先が頭の中で形を成してきた。

翌日、惟規と惟通に寸暇《すんか》が訪れたようで、竜笛と琵琶を合奏する音が耳にはいる。聴きながら墨をすり、筆を手にした。

やっと雨も上がり、朝は晴れたので、源氏の君はこうして宮中にばかり引き籠っているのも、婚家である左大臣の心中が気の毒になり、内裏を退出して、邸に赴く。すると、邸内の趣向や正妻の葵《あおい》の上の様子も、すっきりとして気品があり、やはりこの女こそ、あの品定めの中で、みんなが言ったように、捨て難い実直な妻として、頼り甲斐があると思う。とはいえ余りに整い過ぎて、うちとけにくく、気詰まりがして、取り澄ましているのが物足りないため、源氏の君は、葵の上付きの若い優秀な女房である中納言の君や中務《なかつかさ》の君と冗談を言い合い、暑さにしどけなくくつろいでいた。

その様子を、女房たちは見事な美しさだと思いながら眺めていると、左大臣も姿を見せ、源氏の君がのんびりしているので、御几帳《みきちよう》を隔《へだ》てて坐り、話を始めた。源氏の君が左大臣に聞こえないように「暑苦しい」と言って渋い顔をしたのを、女房たちが笑ったため、「静かに」と言って制止し、脇息《きよう》に寄りかかっている姿は、実に高貴な人にふさわしい屈託《くつたく》のない振舞だった。

暗くなる頃、女房が「今夜、この邸は内裏からは中神《なかがみ》のため、道が塞がっております」と言い、別の女房も「そうです、いつもなら避けるべき方向でした」と言うので、「私の二条院も同じ方向です。どこで方違《かたたが》えをしましょうか。もう気分も悪い」と源氏の君は言う。

寝所に入ろうとすると、「それはとんでもない事です」と咎《とが》める者があり、「紀伊守《きのかみ》で左大臣に親しく仕えている人が、中河《なかがわ》辺りに家を持っています。この頃、遣水《やりみず》も引き入れて、涼しい木陰《こかげ》がありまず」と別の者が伝えると、源氏の君は「それはいい。気分も悪いので、牛をつけたままで牛車を着けられる所がいい」と答えた。

内密の方違えの泊まり先は、多くあるのだが、しばらくの無沙汰《ぶさた》のあとに、せっかく来訪したのに、方違えを口実にして他の女の所に行ったと、左大臣に思われても癪《しやく》だと考えての決断だった。

紀伊守を呼びつけて下命《かめい》をすると、承諾はしたものの、退出したあとで、「父である伊予介《いよのすけ》の家に慎《つつ》しむ事がありまして、女連中が移って来ております。狭い所ですので、失礼な事でも起きましたら」と陰で心配しているのを聞いた源氏の君は、「その人々が近くにいるというのがいい。女気のない旅寝は、何となく恐ろしい。その女たちの几帳の後ろに寝るのもいい」と言う。

人々も「なるほど、そう悪くない泊まり所になるかもしれない」と考えて、人を使いに走らせ、源氏の君としても、ごくごく忍んで、わざわざ大袈裟でない所を選び、急いで出かけるため、左大臣に挨拶《あいさつ》もせず、供も親しい者のみを引き連れて出立《しゅったつ》した。

「全く急な来駕《らいが》です」

と、紀伊守邸の人々は迷惑がったものの、源氏の君の供人《ともびと》たちは耳も貸さず、寝殿《しんでん》の東側をきれいに片付けさせて、臨時の部屋を支度《したく》させた。庭には遣水の趣《おもむき》もそれなりに備わり、田舎家《いなかいえ》めいた柴垣《しばがき》を巡らして、前栽《せんざい》も配慮して植えられている。風は涼しく、かすかに虫の声々が聞こえ、蛍《ほたる》までが乱舞して、情緒《じょうちょ》があり、供人たちは、渡廊《わたろう》の下から湧き出る泉を見下ろす所に坐を占めて、酒を飲んだ。主人の紀伊守が肴《さかな》を用意すべく、あちこち歩いている間に、源氏の君はのどかに周囲を眺め、あの左馬頭が話をしていた中の品《しな》とは、この程度の家を指すのだろうと、思い起こした。

伊予介の後妻は気位が高いと、かねてから源氏の君は聞いていて、興味を覚えつつ、聞き耳を立てていると、この寝殿の西側に人の気配がし、衣《きぬ》ずれの音がさらさらと聞こえて来た。若い女房たちの声もなかなかのもので、さすがにこちらに気兼《きが》ねして、小声で笑っている様子は、わざとらしくもある。

せっかく格子《こうし》が上げてあったのに、紀伊守が「不用心ですので」と警戒して下ろしてしまったため、灯《ひ》を点《とも》した透影《すきかげ》が、襖障子の隙間《すきま》から漏《も》れている。源氏の君はそっと近付き、見えやしないかと心配になるものの、隠れる所もないまま、しばし耳を傾けていると、殿舎《でんしゃ》の中央に集まっている女たちは、ひそひそと話をしていて、どうやら自分の事を話題にしているようだった。

「大層生真面目《きまじめ》で、まだお若いのに、大変身分の高い正妻がもう決まっているとか。面白くないです」

「とはいえ、人目につかない適当な所には、内密に通われているようです」

と言い合うのを聞いて、胸の内で思っている例のお方が気になっている折だったので、源氏の君はどきりとして、このような時に、人があの秘密を噂《うわさ》するのを聞きつけでもしたらと、空恐ろしくなり、格別の内容でもないので、途中で聞くのをやめる。式部卿宮《しきぶきょうのみや》の姫君に、朝顔を贈った際の和歌を、少し文句を間違えて話すのも聞こえ、「何とも気楽に和歌を詠じているが、実際に会ってみるとがっかりさせられよう」と思う。

紀伊守が出て来て、灯籠《とうろう》の数を増やし、灯火《ともしび》の灯心を引き出して明るくし、菓子や果物を酒の肴として供したので、源氏の君は、催馬楽の「我家《わいえ》」にある、「御肴《みさかな》に何よけむ　鮑《あわび》さだおか石陰子《かせ》よけん」を口にする。「寝所にあれも用意しないと、興醒《きょうざ》めではなかろうか」と言うと、紀伊守は同じ文句の何よけんを口にして、「何がよいでしょうか、あれなどございませんし」と応じて、かしこまって控える。源氏の君は南の廂《ひさし》に仮寝のようにして休んだので、供人たちも静かになった。

紀伊守の子供たちは可愛らしく、殿上童《てんじょうわらわ》として見慣れている者もおり、伊予介の子供も多い。その中に十三歳くらいで、とても上品な感じがする子供もいて、「この子は誰の子だろうか」と源氏の君は紀伊守に訊く。

「この子は亡くなった中納言衛門督《えもんのかみ》の末子です。とても可愛がられておりましたが、幼いうちに父親に先立たれたのでございます。姉が私の父の伊予介の後妻になった縁で、こうしてここに来ております。学問もものになりそうで、見込みがなくもありません。殿上童を希望していますが、すんなりとは出仕《しゅっし》できないようです」

と答えたので、源氏の君が、

「それは不憫《ふびん》な事です。この子の姉が、そなたの継母《ままはは》になるわけですね」と言うと、

「そうでございます」

「それはまた不似合《ふにあい》な親を持ったものです。帝もそれを聞き、かつて父親の衛門督が宮仕えさせたいと奏上した事もあったのに、どういう経緯《いきさつ》でそうなったのか、と仰《おお》せになったのを耳にしました。男女の縁《えにし》というのは、全くわかりません」

と、源氏の君は大人びた口調で言う。

「思いがけず、こういう事になったのでございます。男女の仲はこうしたもので、今も昔もどうなるのかわかりません。その中でも、女の運命は、浮草《うきくさ》のようなのが可哀想ではあります」

「伊予介はその女を大切にしていますか。主君のようにして仕えているのではないですか」

「そうなのです。父はその女を内々の主人と思っているようです。父の好色めいた事は、私をはじめとしてみんな受け付けておりません」と紀伊守は答えた。

「とはいえ、あなたたちのような今めいた若い者に、下げ渡しはしないでしょう。伊予介は教養があって、毅然《きぜん》としていますし」

と源氏の君は言って、「今、その者たちはどこにいますか」と訊く。

「別棟の雑舎《ぞうしゃ》に下がらせましたが、まだ下がらないでいるかもしれません」

と紀伊守は答えた。

供の者たちはみんな簀子《すのこ》に横になり、静かになっていたが、源氏の君はゆっくりと寝られず、『拾《しゅう》遺《い》和歌集』にある、いかなりし時くれ竹のひと夜だに　いたずら臥《ふ》しを苦しむといふらん、そっくりの、つまらない独り寝かと思うと、逆に目が冴《さ》える。

この北の襖障子の向こうに人の気配がするため、「これが先刻話に出た女人《にょにん》が隠れている所だろうか。可哀想に」と思い、心を惹《ひ》かれてそっと起きて立ち聞きすると、さっきの子供の声が、「もしもしどこにいるのですか」と可愛らしく言っている。「ここに寝ています。客人《まろうど》はもう寝られましたか。余りに近いと思っていましたが、意外と離れていますね」と、半分眠ったようなしどけない女の声がし、声色《こわいろ》が似ているので、これが姉だと源氏の君は見当をつけた。

「南廂の間にお客様はおやすみになりました。噂に高いお姿を拝見しましたが、本当に素晴らしい方でした」

と小君《こぎみ》が小声で言うと、「昼間だったら、覗《のぞ》いて見られたのに」と女君が眠たそうに応じて、夜具《やぐ》に顔を引き入れた声がした。源氏の君が「もっと私のことを訊いてくれるといいのに」と残念がっていると、「私は端に寝ます。それにしても暗い」と小君は言って、灯火を明るくしたようである。女君が「中将の君はどこにいるのですか。誰も側にいないような気がして恐いです」と言うのが聞こえ、母屋《もや》と廂の間にある長押《なげし》の下に女房たちは寝ているようで、誰かが、「下屋《しもや》に湯浴《ゆあ》みに行っており、すぐに戻ると申しておりました」と答えた。

みんなが寝静まった気配がするので、試しに掛金をはずしてみると、向こう側には錠《じょう》をしておらず、几帳が障子口に立ててあるのみである。ほの暗い灯の明かりで覗いてみれば、唐櫃《からびつ》のような物が乱雑に置かれているだけであり、源氏の君はその間をかき分けて入って、女のいそうな所に近づくと、そこにはひとり小柄な感じの女が寝ていた。何となく気は咎めたものの、上に掛けている衣を押しやると、まさに求めていたその人だった。

「中将の君をお呼びになったので、参りました。私も近衛《このえ》の中将です。人知れず、あなた様をお慕《した》い申し上げておりました」

と源氏の君が言うと、女は何が何だかわからず、物の怪《け》に襲われる感じがして、「あっ」と怯《おび》えた声を上げたが、顔に衣がかぶさって声にもならない。

「いきなりで、浅はかな出来心と思われるのも当然です。しかし長年思いを寄せている私の胸の内もおわかり下さい。こうした機会をやっとのことでものにしたのも、決して浅い心からではございません」

と源氏の君が実に柔らかく言い掛け、鬼神《きじん》さえも荒々しい振舞はできそうもない雰囲気《ふんいき》なので、女は節度《せつど》を失って、「ここに人が」と叫ぶこともできない。生きた心地《ここち》のしないまま、この狼藉《ろうぜき》にあきれ果てて、「人違いでしょう」と口にするのも声にならず、消え入る程に思い乱れている様子が、いかにも可憐で女らしかった。

「人違いなどではありません。恋しい心のままに、ここに参ったのです。それを知らないふりをなさるのは心外《しんがい》です。好色めいた行いには及びません。思っている事を少し申し上げるだけです」

と言って、その小柄な女を抱きかかえて、襖障子から出ようとしたところに、先刻呼んだ中将の君らしい女房《にょうぼう》が来合わせたので、源氏の君は「これはしたり」と言うと、女房は奇妙に思って、手探りで近づく。薫物《たきもの》の香りが辺り一面に漂い、顔にも燻《くゆ》りかかる気がするので、事態を理解し、驚愕《きょうがく》して、「これはどうした事か」と思って狼狽《ろうばい》するものの、制止するすべもない。

相手が並の身分の人なら、手荒に引き離せるだろうが、いずれにしても大勢の人に知られるのはまずく、仕方なく、おろおろしながら後からついて来たのを、源氏の君は全く動ぜずに、奥の母屋の寝所にはいった。

「明け方に、迎えに参りなさい」と、源氏の君が襖を閉めて中将の君に言ったので、女は、この女房がどう思っただろうかと死ぬ程心配になり、冷汗が濡れるほどに噴き出して、ひどく気分が悪そうなので、源氏の君は可哀想になる。例によってどこからそんな言葉を取り出して来るのかと思える程の、しみじみと心を打つような言い方をするものの、やはりこれは傍若無人《ぼうじやくぶじん》なので、女は必死で抵抗した。

「この世の現実とも思われない行為でございます。物の数にもはいらない身でございますが、わたくしを蔑《さげす》まれるその心は、あんまりです。こんな身分の者でも、それなりに誇りを持っております」

と、非情なやり方を、心の底から浅ましく、思いやりがないと思っているその様子が、源氏の君は余計いとおしくなり、気恥ずかしくもなり、

「あなたがおっしゃる身分というものを、私はまだ知りません。初めての経験です。それをありふれた浮気者扱いされるのは、心外です。自然にあなたが耳にされる事もあろうかと思いますが、私は無理強《じ》いするような好き心は、全く持っておりません。しかしこれは前世からの因縁《いんねん》でしょうか。この不思議な心の乱れは、あなたから非難されるのも、もっともです」

と、真摯《しんし》な態度で、心を尽くしてあれこれ言うけれど、その様子が比類《ひるい》ない美しさであるだけに、女はそのまま、なよなよとすべてを許すのは、自分でも耐えられず、「ここはいくら強情で気にくわない女だと思われても、こういう色恋の道には無縁な女で通そう」と思う。あくまで冷淡な態度を崩さない。元来の優しい人柄に、強情な心が強《し》いて加わったため、細くしなやかな、なよ竹のような感じになり、源氏の君もすぐには手折《たお》ることができないでいたが、最後には契《ちぎ》ってしまった。

源氏の君の辛いやり方が情けないと、女が泣く様子は不憫であり、気の毒ではあるものの、このま

ま逢えないでいたら、さぞ心残りだったろうと源氏の君は思い、女を慰《なぐさ》めるすべもないので、「どうしてこんなに、私を疎《うと》ましくお思いでしょうか。思いもよらずこんな結果になったのは、深い縁《えにし》があったからだと思って下さい。全く男女の仲を知らないように悲しみに沈んでおられるのは、余りに辛《つろ》うございます」と逆に恨んだ。

「身の上がまだ定まっていない昔の娘でありましたなら、こうしてあなた様に情《なさ》けをかけていただくのも、身の程知らずの誇りから、いつかはあなたの心が変わり、後々までも愛して下さるだろうと、思い慰めもしたでしょうが」

と女も恨み悲しむ。「しかし本当にこんな仮のはかない逢瀬《おうせ》だと思うと、ただただ悲しいのでございます。もう契ったものは仕方ございません。今となっては、わたくしと逢ったことは口外なさらないで下さい」

そう言って思い沈んでいる有様は、無理もないと源氏の君は同情し、心底から将来を約束し、あれこれと慰めの言葉を掛けていると、鶏《にわとり》が鳴いて、供の人々も起き出す。「ぐっすり寝て、寝過ごしてしまった。牛車を引き出せ」と叫ぶ声も聞こえ、紀伊守も出て来て、「女人の方違えならともかく、まだ暗いうちに出立を急ぐ必要もなかろう」と言っている。

源氏の君は再びこんな機会が来るとは思えず、再訪も不可能であり、文のやりとりも無理難題だと思うと、胸が痛くなる程苦しく、奥にいた中将の君も出て来て慌《あわ》てふためくため、いったん放した女君をまた引き留めた。

「これからどうやって便りをすればいいのでしょうか。世にも稀なあなたの心の冷たさ、そしてその可憐さは、思い出としてしっかり我が心に刻みつけられました。あなたにとっても同様でしょう」

と言って泣く源氏の君の姿は実に美しく、鶏がまた鳴き出したため、気忙《きぜわ》しくなって和歌を詠んだ。

つれなきを恨みも果てぬしののめに
とりあへぬまでおどろかすらん

あなたの心のつれなさを、心のそこまで恨みきれないうちに夜も白み、どうして鶏はこうして取るものも取りあえぬ程、私を起こすのでしょうか、という詠嘆《えいたん》で、「取《と》り」に鶏が掛けられていた。

女君は、我が身分と姿を思うと、この男君《おとこぎみ》には及ぶはずもなく気恥ずかしいのみで、源氏の君の女に対する丁重な扱いにも、感じるところはない。いつもは無骨《ぶこつ》で配慮もないと軽んじている夫の伊予介のみが思い起こされ、夫の夢に自分の姿が現れるのではないかと、空恐ろしくなり、気が塞ぐままに返歌した。

身の憂《う》さを嘆くにあかで明くる夜は
とり重ねても音《ね》もなかれける

情けない我が身の憂さを嘆こうにも、嘆き足りないうちに夜は明けてしまい、鶏の声に重ねて、私も声を上げて泣きたい程です、という悲嘆で、「とり」に鶏を掛けていた。

益々明るくなるため、源氏の君は女君を障子口まで送り、内外共に人が騒がしくなったので、襖を閉める際は心細く、この襖がちょうど『伊勢物語』にある、彦星に恋はまさりぬ天の河へだつる関をいまはやめてよ、のように、二人を隔てる関のように思えた。直衣《のうし》を着て、南の高欄《こうらん》に寄りかかり、しばらくぼんやりと庭を眺めていると、女房たちが西側の格子を急いで上げ、こちらを覗いているようで、簀子《すのこ》の中程になる低い衝立《ついたて》の上から、かすかに見える源氏の君の姿を、胸をときめかせながら見ている浮気な女房もいるようだった。

有明《ありあけ》の月の光は弱々しいものの、月面ははっきりと見えて、却《かえ》って趣《おもむき》豊かな曙《あけぼの》であり、何の細工もない空の様子は、見る人の心次第で、艶《えん》にも物悲しくも見える。源氏の君の胸の内は辛いばかりで、手紙をやる手立てもないまま、後ろ髪を引かれるようにして退出した。

自邸の二条院に帰っても、すぐには眠られず、また逢う手立てはないものの、自分以上に、あの女が思い悩んでいる心の内はどれ程だろうと、気の毒に感じられる。「格段に優れているというわけではない。しかし見苦しくないたしなみを身につけていた。あれこそが中の品《しな》の女だろう。女に関していろいろ経験している左馬頭が言った通りだ」と、胸の内で合点《がてん》がいった。

この頃、源氏の君は左大臣邸のみで過ごし、あの後、全く行き来が途絶えているので、女がどれ程悩んでいるかが気に掛かり、不憫になり、思い悩んだ挙句《あげく》に、紀伊守を呼びつけた。

「あの先日の中納言の子供を、私に差し出してはくれませんか。可愛らしく見えたので、身近で使わせてもらいます。その後、帝に私から差し上げて殿上童にしましょう」

と言うと、紀伊守は「誠に畏れ多いお言葉でございます。あの子の姉にあたる人に、その仰せ言を伝えましょう」と答えたので、源氏の君は胸の動悸《どうき》を覚えて問うた。

「その姉君には、夫との間にもうけた、そなたの弟か妹がいるのですか」

「いえ、そういう事はございません。連れ添っているのは、この二年くらいです。亡き親の意向とは違った身の上になった事を嘆いて、その面では満足していないように聞いております」

「それは気の毒です。相当に器量のいい人だという噂ですが、本当でしょうか」

「悪くはございませんでしょう。継母《はは》は全くよそよそしい態度ですので、継子《ままこ》は継母になつかないと世間で言われている通りです。親しくする事などございません」

と答えて、五、六日後、紀伊守がこの小君を連れて参上すると、隅々まで整って美しいというわけではないものの、優雅な物腰であり、貴人の子弟のように見える。源氏の君が側近くに呼び、優しく話しかけると、小君も子供心に素晴らしい方だと思って嬉《うれ》しく、源氏の君から姉の事を詳しく訊かれると、答えるべき事はすべて答えてくれる。源氏の君としては何となく気が引けて、女君の事を言い出しにくいものの、大変うまく言いなしたので、小君も姉との間に何かあったのだろうと気がつき、意外な事だと思っても、子供なりに深くも考えずに、源氏の君の文を姉の許まで持参した。

女君にとっては予想外の事なので、涙まで出て来て、弟がどう思っているのか気にしつつも、文を突き返すわけにもいかず、恥ずかしさも隠して手紙を広げると、実に細々《こまごま》と書かれ、末尾に歌が添えられていた。

見し夢をあう夜ありやと嘆く間に
目さえあわでぞころも経《へ》にける

先夜の夢のようなはかない逢瀬が、本物になって、再び逢う夜が来るだろうかと、嘆いているうちに、目も合わす事なく眠れないまま、何日も経ってしまいました、という慨嘆であり、夢を「あう」に逢うを掛け、『拾遺和歌集』の、恋しきを何につけてか慰めん　夢だに見えず寝る夜なければ、を底意にして、寝る夜もありません、と立派な筆致《ひっち》での書き振りに、女君は涙で曇って見えない。思いもよらない運命が、また新たに我が身に加わった、と思い続けて臥せてしまった。

翌日、源氏の君に呼ばれて姉の許を訪れた小君は、戻るにあたって、是非《ぜひ》とも返事が要《い》ると言う。

「そんなお方の手紙を受け取るような人はいないと申し上げなさい」

女君がそう言うと、小君はにっこりとし、「人違いなどではなく、確かに姉君へとおっしゃったのです。そんな申し上げ方はできません」と答えたので、女君はどきりとして、あの方は何もかもこの子に話してしまったのだと思い、耐え難い程に辛く、「それなら、それでいい。参上は許しません」と機嫌悪く言う。「呼ばれたのに行かないわけには参りません」と言って、小君が参上しようとすると、紀伊守はもともと色好みなので、若い継母は高齢の父にはもったいないと思い、機嫌を取ろうとしているので、小君を大切にして引率《いんそつ》した。

源氏の君は小君を側に呼び寄せ、「昨日は待ち暮らしていたのに、帰って来なかった。やはりそなたと私は仲良くなれないのだね」と恨むと、小君は顔を赤らめて坐っているだけである。「返事はどうしましたか」と訊かれて、これこれの次第ですと言上《ごんじょう》すると、「言う甲斐のない事で、あきれ果てる」と源氏の君は言い、再び手紙を書き、小君に話してきかせる。

「そなたは知らないだろうね。私はあの伊予介の翁《おきな》より先に、そなたの姉君とはいい仲だった。しかし私を頼り甲斐のない、頸《くび》の細い男だと軽く見て、あのような不出来《ふでき》な夫を作ってしまった。それで私を軽蔑しているように見てとれる。でもそなたは、私の子供のつもりでいていい。あの頼り甲斐のある翁も、余命はそんなに長くないだろうし」

と言うと、小君は「そうなのかも。それにしてもびっくりするような話だ」と感じ入っているその様子が、源氏の君にはおかしい。その後も小君を側から離さず、内裏にも連れて行き、自邸の御匣殿《みくしげどの》に衣を調達させ、装束《しょうぞく》も整えさせて、実の親らしい態度で世話をした。

源氏の君から女君への文は頻繁《ひんぱん》にあるものの、女君にしてみれば、弟も幼く、託した返事が思いもかけず、人目にでもつけば、軽々しい女だという評判も立てられる。受領の後妻という自分の境遇からして、こういう関係は不釣合《ふつりあい》であり、有頂天《うちょうてん》になどなれず、心を許した返事などできないままであった。

一方で、先の夜の源氏の君の気配と有様は、なるほど噂通りの頭抜《ずぬ》けたものだったと思い起こさないわけではないものの、今更、自分の大した事のない様《さま》を源氏の君に見せたところで、何の甲斐もないと思い返すばかりだった。

源氏の君は思いの薄らぐ時とてないまま、女の事を気の毒にも、また恋しくも思い出しては、女があの夜に思い悩んでいた様子の不憫さも、脳裡《のうり》から離れない。人の出入りに紛れて立ち寄ったところで、人目は多いはずで、軽はずみな振舞が人に知られると、女のためにも可哀想だと思い、悩んだ。

例によって内裏で何日も過ごしてから、紀伊守邸に行くのに好都合な方角の方塞《かたふた》がりの日を待って、心の準備をしてから、急に宮中から左大臣邸に退出するふりをして、途中から中河の紀伊守邸に赴いた。驚いた紀伊守は、遣水が気に入られて光栄至極《しごく》だと喜ぶ他方で源氏の君は小君に対して昼のうちから、「こういう段取りにする」と言って約束させており、明けても暮れても小君を側に侍《はべ》らせていて、その宵もまずは小君を呼び寄せていた。

女君のほうも、今宵の訪問の便りがあったので、こうして人目を忍ぶ工夫をする源氏の君の心の深さを、思わないではないが、そのまま人並でもない我が姿を見せて、逢ったところで、夢のように過ぎたあの夜の逢瀬の悲しみを、再び意味もなく繰り返すだけだと、あれこれ思い乱れて、こうして源氏の君の忍びの通いを待つのは、全く気恥ずかしい。

小君が源氏の君に呼ばれて部屋を出て行った隙《すき》に、「ここは客人《まろうど》の御座所《おましどころ》にとても近く、畏れ多い。気分も悪いので、女房にこっそり按摩《あんま》をしてもらうので、離れた所に」と女君は周囲に言って、例の中将の君が渡殿《わたどの》に小部屋を持っているので、その人目につかない所に隠れた。

源氏の君は女の許に忍ぶつもりで、供人を早々と寝静まらせ、文を送るも、使いの小君は姉の居所を捜し出せず、あらゆる所を探し回った末に、渡殿に分け入ってやっと捜し当てる。姉のやり方を余りにもひどいと思って、「源氏の君がどんなにか気落ちされるでしょう」と、泣きそうになって言うと、「わたしを責めるなど、とんでもありません。幼い人がこんな事の取次をするのは、避けるべきです」と女君は叱《しか》りつけて、「気分が優れないので、女房たちに体を揉《も》ませていると言上しなさい。お前がこんな所にいると、誰もが怪しがります」と突っぱねた。

女君は、心の中では「本当にこんな受領の妻としてではなく、生前に自分の入内《じゅだい》を考えていた、亡き両親がいた実家に、こうやって時折でも源氏の君を迎えられていたら、どんなにか素晴らしいだろう。今こうして、強《し》いて源氏の君の心を理解していない風を装うのを、どんなにか身の程知らずの女かと思われるに違いない」と、自分の決心が切なく、思い乱れた末に、今は言っても甲斐のない前世からの宿運だったのだから、思慮の浅い、強情な女だと、源氏の君に思われたままでい続けようと、心を決めた。
源氏の君は、小君がまだ幼いので、どう仲介してくれるのか不安にかられながら、横になって待っていると、小君が来て不首尾《ふしゅび》に終わった旨《むね》を言上《ごんじょう》する。世にも稀《まれ》な女の強情心に、「つくづくこの身が情けない」と溜息をつき、しばらくはものも言わず、辛さに耐えたあと、和歌を小君に託した。

帚《はは》木《き》の心を知らでその原の
道にあやなくまどいぬるかな

遠くからは見えても、近づけば消えるという帚木のような、あなたの心も知らないまま、その木の生える信濃《しなの》国の園原《そのはら》に、意味なくも迷い込んでしまいました、という嘆きで、『古今和歌六帖』の、**園原や伏屋《ふせや》に生《お》うる帚木の　ありとてゆけどあわぬ君かな**、を下敷にし、「何とも申し上げようがありません」と付記すると、文を貰《もら》った女君も、さすがに眠れないでいたので、返歌した。

数ならぬ伏屋に生うる名の憂さに
あるにもあらず消ゆる帚木

物の数にもはいらない、園原の伏屋という貧家《ひんか》に生まれ育った我が身ですので、それが辛くてこの世にもいたたまれず消え去ってしまう帚木です、という諦念《ていねん》であった。この文を持って、源氏の君を気の毒に思う小君が二人の歌の取次のために、行ったり来たりするのを女房たちが不審がりはしないかと、女君は心配になる。

例によって供人たちは眠りこけていて、源氏の君のみが憮然《ぶぜん》たる思いのままに、不満のやり所がなく、並の女に似ない女の心映《こころば》えが自分の心の中で消えずに立ち昇るのが、癪《しゃく》でもある。「こういう女だから逆に心惹かれるのかもしれない」と思う一方で情けなくもなり、「ええい、どうにでもなれ」と思いつつ、思い切れそうもない。

小君に「その隠れている所に、連れて行ってはくれまいか」と頼むも、「大層むさ苦しい所に閉じ籠っています。女房たちも多くいるので畏れ多いです」と小君も応じるので、それを強いるのも気の毒であり、「それならせめて、そなただけでも私に冷たくしないでおくれ」と言って、自分の側に寝かせる。小君は若くて優しい源氏の君の様子が素晴らしいので嬉しく、源氏の君としてもつれない姉よりも、小君のほうを可愛く思った。

◇　◇

やっと書き上げた「帚木」の帖の後半を、夕餉《ゆうがれい》のあとで母君の許に持って行った。

「雨夜の品定めの続きだね」

と言いつつ、母君がさっそく読み出す。

灯《ともし》火《び》の下で読み進むにつれ、母君の顔が少しずつ緩み、笑みが浮かび、そして最後には真顔《まがお》になった。

「香子、面白いねえ。この女君の心が手に取るようにわかるよ」

母君が目を輝かす。「しかもこの女君は立派だよ。年齢は二十歳くらいかい」

「そうです。源氏の君はそれより年下で十七歳です」

「二十歳そこそこで、年取った受領の後添《のちぞ》えとしての分際《ぶんざい》を、よくわきまえている。源氏の君にとっては、一夜の逢瀬ながら、忘れられない相手になるはずだね。しかもここで帚木を持ち出したのがいい。遠くからは見えても、分け入ると樹は見えなくなる。源氏の君は遠くから眺めるしかない。中の品の女でありながら、どこか高貴な女に見えてくる」

「母君はそう思われますか」

「しかも源氏の君が最初に知った、中の品の女がこれだから、内裏の中で知った女や、左大臣の娘の正妻とも違う。一層、心に刻みつけられたはず」

母君が顔を上げて考える表情になる。「とはいえ、この女君がこのまま物語から消えてしまうのは惜しい。その後の話を知りたいね。どうか書いておくれ。わたしはこの女君がどことなく好きなんだよ」

母君が微笑む。それは自らが受領の後妻という身分だからかもしれなかった。

第十三章　越前《えちぜん》の春

年が改まっても、越前《えちぜん》の春は遅く、遠く日野山《ひのさん》はたっぷり雪をいただいていた。降る雪を眺《なが》めても、雲間から射し込む日の光に見とれていても、物語の先が頭から離れない。母君がいみじくも言ったように、「桐壺《きりつぼ》」「帚木《ははきぎ》」と書き進めた次に来るべきものは、あの女君《おんなぎみ》の後《のち》の話だろう。それは前以《もっ》て考え尽くすよりも、まずは筆を進めるべきだ。頭ではなく筆の先が物語を紡《つむ》ぎ出してくれる。いわば筆の先が考えると言っていい。きらきらと光る雪の切片《かけら》が、筆を進めてくれた。

眠られないままに源氏の君は、「私はこれ程までに、人に憎まれる事には慣れていない。今夜は初めて、この世が辛《つら》いものと知ってしまった。情けなくて、もう生きておれそうもない」と言う。小君《こぎみ》は涙さえもこぼして臥《ふ》しており、それが可愛《かわい》らしいと源氏の君は思い、あの女君のほっそりした小柄な体つきや、そう長くはなかった髪の感じが、この小君と似ているのが、奇妙にもいとおしかった。

今更《いまさら》あの女に強《し》いて言い寄ったところで、外聞が悪いだろうし、冷たくあしらわれた腹立たしさに耐えつつ、夜を明かした。いつものようにあれこれと言葉はかけないまま、夜の深いうちに退出したので、小君は心残りで物足りないと思った。

女君のほうも、申し訳ない事をしたと思っているうちに、文《ふみ》も絶えてしまったので、やはり愛想づかしされたのだと思うと、このまま縁が絶ち切られたら恨《うら》みたくなるし、逆にあのような振舞が続くのも迷惑である。これを潮時《しおどき》として、これで終わりにしてしまおうと考えたが、平静ではいられず、物思いに沈みがちだった。

源氏の君も、気にくわないと思いながら、このままで終わっても心残りであり、みっともないので、小君に「実に情けない。忌々《いまいま》しくもある。無理に諦《あきら》めようとしても思い通りにならない。苦しくて仕方がないので、適当な折を見て、対面できるように工面《くめん》してくれないだろうか」と、会うたびに言う。小君としては煩《わずら》わしいものの、こんなことででも言葉をかけてもらうのは嬉《うれ》しかった。

幼な心にも、どういう折がいいかと待っていると、紀伊守《きのかみ》が任国に下《くだ》ることになった。そこで、女たちがのんびりとくつろいでいる夕闇時の、道もはっきりしない頃を選んで、小君が自分の牛車《ぎっしゃ》に源氏の君を乗せて案内する。

源氏の君としても、幼い子供の手引きなのでどうなる事かと心配になるものの、そんなに悠長《ゆうちょう》にはしておられないので、狩衣《かりぎぬ》の忍び姿で、門が閉まらない先に、急いで出かけた。小君が人目のない門から牛車を引き入れさせ、源氏の君を降ろすと、宿直人《とのいびと》も相手が子供なので、特に近寄って機嫌とりはしないため気楽だった。

源氏の君を寝殿《しんでん》の東側の妻戸《つまど》に立たせた小君は、寝殿南面《みなみおもて》の簀子《すのこ》に回る。隙間《すきま》から格子《こうし》を音高く叩《たた》き、一枚格子を内側に上げさせ、中にはいると、女房たちが「格子を上げたままでは丸見えです」と言うので、「こんなに暑い夜に、どうして格子を下ろしているのですか」と問う。

「昼から西の対《たい》のお方が来られて、二人で碁《ご》を打っておられます」と答えるのが、源氏の君の耳に届き、それならば二人が向かい合っている姿を見たいものだと思う。そっと歩いて、小君がはいった格子と脇に垂らした簾《すだれ》の間に身を隠した。

小君がはいった格子はまだ閉ざされておらず、隙間があるため、そこに近寄って西の方を見通すと、この格子側に立てた屏風《びょうぶ》も端《はし》の方が畳んであり、人目を避ける几帳《きちょう》も、暑いせいか、帷子《かたびら》を横木に掛けてあるので、しっかり覗《のぞ》き見ができた。

二人の近くには灯《ひ》が点《とも》してあり、母屋《もや》の中柱《なかばしら》に対して斜め向きでいる人こそ、あの女君だと思って見ると、下着は濃い紫の綾《あや》の単襲《ひとえがさね》のようで、その上に小袿《こうちき》を着ており、頭つきもほっそりとした小柄な人で、さして見映《みば》えしない姿である。顔は差し向かっている女君にも露《あらわ》に見えないように振舞い、手つきも痩《や》せ細り、しきりに袖で引き隠しているようだった。

もうひとりは東向きなので姿は丸見えであり、白い薄物の単襲に赤味がかった青の二藍《ふたあい》の小袿めいた物をしどけなく着て、紅の袴《はかま》の紐を胸の下で結んでいた。胸元がはだけ、単衣《ひとえ》を透かして肌が見える無造作な振舞であり、背は高く、ひどく色白で可愛らしげに丸々と太り、顔つきと額の様子はくっきりとし、目元や口元に愛らしさがある。華やかな容貌《ようぼう》で、髪は実にふさふさとしており、長くはないものの、下がり端《ば》、肩の辺りもすっきりとして、総じてひどい欠点もない美しい人であった。

なるほど、これこそが伊予介《いよのすけ》がこの上なく大事にしている娘だと、源氏の君は興味を持って見つめ、心地のあり方としては、もう少し静かなしとやかさがあればな、と思う。

才気はあるようで、碁を打ち終えて駄目詰《だめづ》めをする娘の様子はきびきびとしており、大はしゃぎしている。奥の人が逆に落ち着いて「待って下さい。ここはせきでしょう。この辺の劫（こう）を先にしましょう」と静かに言うと、「いいえ、このたびは負けました。隅《すみ》の所は何目《なんもく》でしょうか。数えましょう」と、指を折って「十《とお》、二十《はた》、三十《みそ》、四十《よそ》」と数える様《さま》は、父親の任国の伊予の湯桁《ゆげた》も、すらすらと数えられそうに見えるが、やはり多少気品《きひん》を欠いていた。

一方の静かな女人《にょにん》は、しっかり袖で口を覆《おお》っているので、顔ははっきりと見えないものの、更に目を凝《こ》らすと、横顔が見える。瞼《まぶた》が少し腫《は》れぼったく、鼻筋もすっきりとしておらず、年嵩《としかさ》があり、艶《あで》やかさに欠け、敢《あ》えて言えば不器量《ぶきりょう》な顔立ちなのだが、身だしなみは非常によく、向かい側にいる器量よしよりは、教養が深そうで、誰もが目をつけそうな気配だった。

正面の女は陽気で、愛らしい美しさもあり、いよいよ得意そうにくつろぎ、笑ってはしゃぐと、魅力がさらに加わり、これはこれで興味をかきたてられ、軽薄だとは思うものの、源氏の君とて、好き心があるので、これも捨て難い女だと感じられた。

源氏の君がこれまで見てきている宮中の后妃《こうひ》や女房《にょうぼう》たち、正妻や愛人などは、くつろいでいる時などなく、いつも取り繕《つくろ》って、横を向いて顔をまともに見せないので、表面しか見ていない。このように打ち解けてくつろぐ女の姿の垣間見《かいまみ》は、初めての体験であり、何の警戒心もなく、丸見えなのは申し訳ないとはいえ、長い間見たいと思っていると、小君が出てくる気配がしたので、そっと簾の隙間から出て、渡殿《わたどの》の戸口に寄りかかっていた。

小君は源氏の君を外で待たせたのを恐縮しながら、「いつもはいない人が一緒にいたので、側近くにも寄れません」と言う。「それなら今夜もまた、帰そうとするのだね。誠にがっかりで、ひどい仕打ちだ」となじると、「いえいえ、あの人が向こうに帰ったら、何とか致します」と小君が言上《ごんじょう》するので、源氏の君も、子供ながらうまく立ち回れるのだろう、物事をわきまえ、人の顔色も見て取れるほどの落着きだから、と任せるつもりになった。

碁を打ち終えたのだろうか、多少ざわめき、女房たちが退散する気配がし、「若君はどこにいますか。この格子は閉めておきましょう」と言いつつ、ぎしぎし鳴らしている。「寝静まったようだから、はいって準備をしなさい」と源氏の君が言うと、小君も姉の心は靡《なび》きそうもなく、意志も固いので、説得するすべはなく、それなら人が少なくなった所に源氏の君を入れようと決心する。

源氏の君が「紀伊守の妹もこちらにいるのだね。私に覗き見させてくれ」と言うと、「そんな大それた事はできません。格子には几帳が添えてあります」と答えるので、それはそうだが、さっきは帷子が横木に掛けてあったので見られたのに、とおかしくなる。とはいえその女を垣間見た事を言うと可哀想《かわいそう》だと思い、夜がなかなか更《ふ》けないいじれったさを口にした。

小君が、今度は妻戸を叩いて中にはいると、みんな寝静まっているので、「この襖障子《ふすましようじ》口に今夜は寝よう。風よ妻戸から吹き通ってくれ」と言いつつ、敷物を広げて横になる。女房たちは東の廂《ひさし》に大勢が寝ているらしく、妻戸を開けてくれた女童《めのわらわ》もそちらに行って横になったので、小君はしばらく寝たふりをして、灯の明るい方に屏風を広げて、光が薄くなった所に、源氏の君をそっと導き入れる。

どうなる事か、みっともない結果になるやもしれないと思うと、源氏の君は実に気が引けるものの、導かれるままに母屋の几帳の帷子を引き上げて静かにはいろうとしたが、みんなが寝静まっている夜なので、衣ずれの音が、装束《しょうぞく》が柔らかであるだけに、明瞭《めいりょう》に聞こえた。

女君は、源氏の君があれ以来、忘れてくれたのを嬉しいと思うようにしたものの、奇妙で夢のような体験のせいで、この頃は『拾遺和歌集《しゅういわかしゅう》』にある、**君恋《こ》うる涙の凍る冬の夜は　心とけたる寝《い》やは寝らるる**、のように、心とけたる眠りなどできない。また古歌《こか》に、**夜は覚め昼はながめに暮らされて春は木の芽もいとなかりける**、とあるように、今は木の芽ならぬこの目も休まれず、嘆かわしいのに、碁を打った若い人はのんびりとして寝入っているらしい。

そこに、このような衣ずれの気配がし、誠に香《こう》ばしい匂いが漂《ただよ》ってきたため、女君は顔を上げると、一重《ひとえ》の帷子を掛けている几帳の隙間に、暗いながらも、にじり寄る気配がはっきりと感じられ、これは何事かと思い、どうしていいかわからないまま、そっと起き出して、生絹《すずし》の単衣のみを身に着け、すべるように抜け出した。

源氏の君は中にはいって、ただひとり寝ているので安心し、あとは長押《なげし》の下に女房が二人寝ているだけなので、夜着《よぎ》を押しやって寄り添う。以前の気配よりは大柄のように感じられたものの、別人とは思いもよらず、眠入《ねい》っている様子が妙に以前と変わっているため、次第に人違いに気がついた。

驚きかつ興醒《きょうざ》めはしたものの、人違いと感づかれて顔を合わせるのも馬鹿げていて、女も変に思うだろうし、本来の目的の人を捜し当てたとしても、これ程の逃《のが》れる固い心があるようでは、愚かしいと思われるだけである。この女が先刻見た灯影《ほかげ》の人なら、それも構わないと、けしからぬ好き心の軽さから思った。

女はようやく目が醒《さ》めて、全くの椿事《ちんじ》に呆然《ぼうぜん》となっていた。そこには思慮深いいじらしさも、たしなみもなく、まだ男女の仲を知らない割には、好色めいていて、契《ちぎ》っても消え入って悩む所などない。源氏の君は自分が誰だか知らせまいと思うものの、女がどうしてこんな契りに至ったかと、のちに考えを巡らす時、自分にとっては何でもないが、例のつれない人がやたらに世間体《せけんてい》を気にしているのが気の毒でもあるので、この女には、これまで何度も方違《かたたが》えを理由にして、逢う算段をしたのだと、まことしやかに語り聞かせた。

頭の働く人ならば嘘《うそ》だと察しがつくはずだが、まだ若いので、碁を打っている時ははしゃいでいても、こういう契りには思慮が足りない。源氏の君としては、心が惹《ひ》かれる程の趣《おもむき》はない感じなので、やはりあの憎らしい女君がわざと人違いをさせたのが憎々しく、どこかにこっそり隠れて見ながら、物わかりの悪い男だと嗤《わら》っているに違いない、これ程強情な人は稀《まれ》だと情けなくも思い起こした。

今抱いているこの人が無邪気《むじゃき》で若々しいのも心に沁《し》みるので、軽くは扱えずに、情を込めて、約束を口にする。

「他人が知っている仲よりも、こうした忍ぶ間柄は思いも深くなると、昔の人は言っています。どうか思いを掛けて下さい。私にも人目を憚《はばか》る事情があって、我が身ながらも自由にならないのです。あなたの父君や兄君も許しはしないはずで、今から胸が痛みます。どうか忘れないで待っていて下さい」と、月並の話をすると、「人がどう思うか恥ずかしいので、とても文は差し上げられません」と答える。

源氏の君は「すべての人に知られたら、恥ずかしくもありましょう。あの小さい殿上人《てんじょうびと》に文を託すので、覚《さと》られないように振舞って下さい」と言い置き、かの女君が脱ぎ滑《すべ》らかしたと思える薄衣《うすごろも》を取って出た。

小君が近くに寝ていたのを起こすと、気にしながら寝ていたので、すぐに目を醒まして、妻戸をそっと押し開けると、老女房が「そこにいるのは誰ですか」と声高《こわだか》に訊《き》くのに、「わたしです」と小君が答える。「こんな夜中にどうして出歩くのですか」と、お節介《せっかい》にも戸口に来ようとしたので憎らしく、「違います。ここに出るだけです」と答えて、源氏の君を押し出した。

暁《あかつき》近い月が辺りを隈《くま》なく照らしていて、さっと人影を見た老女房が、「もうひとりいるのは誰です」と問うたあとで、「民部《みんぶ》のおもとの女房でしょう。本当に見事なあなたの背丈です」と言い、背の高い人が常日頃から笑われるのを揶揄《やゆ》する。

老女房は実際に小君が民部の女房を連れて歩いていると思い、「そのうち小君も、背丈は立ち並ぶようになるのでしょう」と言いながら、わざわざ妻戸から出ようとするので、困ったものの、押し返す事もできず、源氏の君は渡殿《わたどの》の戸口にぴったりと寄り添い、隠れて立った。

すると老女房が近寄って来て、「あなたは今夜は北の方に仕《つか》えていましたか。わたしは一昨日《おととい》から腹を痛めて、どうにも耐えられず、下がっていました。人少なだからと呼ばれたので、昨晩上がったのですが、こらえられそうもありません」と訴え、こちらの返事も聞かないまま、「ああ腹が痛い。あとで話します」と言って出て行ってしまったので、源氏の君はやっとの思いで外に出て、やはりこのような忍び歩きは軽率にしては危ないと、懲《こ》り懲《ご》りした。

小君は源氏の君の牛車の後部に乗って、二条院に到着した。源氏の君はこれまでの経緯《いきさつ》を口にして、「そなたも子供だから仕方がない」とこぼし、例の女君の心を、爪をはじいて恨むので、小君は気の毒の余り何も言えない。

源氏の君は「そなたの姉は心の底から私を憎んでいるようだ。我が身が憂《う》しものと思い知ってしまった。たとえ逢ってくれなくても、優しい返事くらいはしてもよさそうなのに。つまり我が身は、あの伊予介にも劣っていたのだ」と不満たらたらであった。前夜の小袿を自分の衣の中に引き入れて寝て、小君を側に寝かせ、様々に恨み、かつは優しく語らって、「そなたは可愛いけれど、あの冷たい人の弟なので、この先いつまでも世話する気にはなれない」と本気で言うので、小君は本当に心細いと思う。

しばらく横になっていたものの、源氏の君は眠れないので、硯《すずり》を急ぎ取り寄せて、わざわざの手紙ではなく、懐紙《かいし》に手習のように和歌を書きつけた。

空蟬《うつせみ》の身をかへてける木《こ》のもとに
なお人がらのなつかしきかな

蟬が身を変えて去った木の下に、抜殻《ぬけがら》が残るように、薄衣の小袿を残して去ったあの人の人柄が、やはり懐しい、という情念であり、「がら」には殻と柄が掛けられている。この懐紙を小君は懐に入れた。

もうひとりの女人がどう思っているのか、気にはなるものの、言伝《ことづ》てはない。空蟬の薄衣は小袿で、実に懐しいあの人の香りが染みていて、源氏の君はそれを身近に持って馴《な》れ親しんでいる。

小君が紀伊守邸に赴《おもむ》くと、姉の空蟬が待っていた。「あれはあんまりでしたよ。どう取り繕っても、人が怪しむのは避けられません。本当に困ります。こんなに幼稚なそなたを、源氏の君はどうお思いでしょうね」と言って、叱《しか》ると、小君は、源氏の君と姉の双方から叱られて、立つ瀬がなくなり、あの手習の懐紙を懐から取り出した。

さすがの空蟬も手に取って見て、あの、も抜けの薄衣は、『後撰和歌集《ごせん》』に、**鈴鹿山伊勢《すずかやまいせ》をの海人《あま》の捨て衣　しおなれたりと人や見るらん**、とあるように、伊勢の海人の潮《しお》に萎《な》えた衣の如《ごと》く、汗じみていたに違いないと思うだけで、心が乱れ、身が縮む思いがした。

西の対《たい》の女君も、何となく恥ずかしい心地がして自分の部屋に戻ったが、他にこれを知っている人もいないので、人知れず物思いをしている。小君が行ったり来たりしているようであり、胸塞《ふさ》がれるとはいえ、源氏の君からの便りはなく、それを嘆かわしいと思うこともなく、好き心のせいで何となくしみじみとした胸の内だった。

あの薄情な空蟬の女君も、我が思いをどんなに鎮《しず》めても、あんなに浅はかではないと思っていた尊い源氏の君の様子から、娘のままの我が身であったならどんなによかったろうと思い、古歌に、**とり返すものにもがなや世の中を　ありしながらの我が身と思わん**、とあるように、我が身はもはや取り返されず、このままでは耐え難いので、源氏の君の懐紙の端の方に返歌を書き加えた。

空蟬のはにおく露の木隠《こがく》れて
忍び忍びに濡《ぬ》るる袖かな

蟬の羽のような薄衣の小袿を置いたまま姿を隠しましたが、葉に置く露が木陰に隠れるように、人目を忍び忍んで、涙に濡れてしまうわたしの袖です、という感傷で、「羽《は》」と葉を掛けていた。

◇　◇

この「空蝉」の帖《じょう》は、和歌で終わることにした。空蝉という女君には、あれこれ言葉を尽くすよりも、ほのかな歌を残すのみが似つかわしいと思ったからだ。

この「空蝉」を書いて、どこかほっとする。光源氏の思いのままになる女がいる反面、そうはならない女もいるのだ。万人《ばんにん》が認める美しい貴公子が相手であっても、二度の逢瀬《おうせ》までは許せない人の道がある。いや女の道がある。

もちろん空蝉は、あの夜の契《ちぎ》りを悔《く》いる一方で、あれはあれで降って湧いたような僥倖《ぎょうこう》だとは思っている。気紛《きまぐ》れに天が与えてくれた贈物だったかもしれない。それはそれでよしとしよう。しかし、繰り返してはいけない宿世《すくせ》が自分には課せられている。受領《ずりょう》の後妻という宿世を今後も生き抜くしかないのだ。

しかしこの空蝉を、物語からこのまま消え去らせてしまうのは惜《お》しい。またどこかで、ほのかでも再登場させたい女君だった。

この「空蝉」の帖は母君には見せずに、次の帖を日を置かずに書き進めた。

六条の辺りに忍んで通っている頃、源氏の君は内裏から出かける途中の立ち寄り所として、自分の乳母《めのと》だった大弐《だいに》の乳母が重病を患《わずら》って尼になっていたのを見舞うため、五条にあるその家を訪問した。

しかし牛車を入れようにも門は閉ざしてあり、乳母の子である惟光《これみつ》を呼び、待っている間、むさ苦しい家が連なる五条大路《おおじ》の様子を見渡していると、この乳母の家の横に、檜垣《ひがき》を新しく作った家があった。上の方は半蔀《はじとみ》を四、五間《けん》にわたって上げていて、中には白い簾《すだれ》がかかり、涼しそうで、簾越しに美しい額際《ひたいぎわ》の若い女たちの影が多く見えて、こちらを覗いている。女たちは立って動き回っているようで、その足元を想像すると、妙に背が高い感じがするので、一体どういった女たちが集まっているのだろうかと、源氏の君にとっては物珍しかった。

　乗っている牛車は地味《じみ》で目立たなくしており、先払いもさせていないので、自分が誰だかわかるはずもないと安心して、牛車の中から一瞥《いちべつ》すると、その家の門は蔀《しとみ》のような扉を押し上げていて、外から見える奥行きも狭く、何となく頼りない住まいである。可哀想《かわいそう》にも思ったものの、そういう自分も、『古今《こきん》和歌集』に、**世の中はいづれかさしてわがならん　行きとまるをぞ宿と定むる**、とある通り、この現世《うつしよ》でどこが自分の家と言えるだろうかと考えると、たとえ豪華な御殿《おとど》だとしても所詮《しょせん》は同じだと思う。

　切懸《きりかけ》のような板塀《いたべい》には、実に青々とした蔓葛《つるかずら》がいかにも心地よさそうに這《は》い、その蔓に白い花が自分だけは憂《うれ》いなさげに咲いている。源氏の君が『古今和歌集』の施頭歌《せどうか》、**うち渡すおちかた人にもの申す我　そのそこに白く咲けるは何の花ぞも**、を口にすると、随身《ずいじん》がひざまずいて、「あの白く咲いているのは夕顔《ゆうがお》と申します。花の名は一人前の人間のようでいて、このように見すぼらしい垣根によく咲くのです」と言上《ごんじょう》した。

　なるほど、辺りは貧相な家ばかりで、見苦しい感じのするあちらこちらで、よろめくようにして、いかにも頼りなげな軒先《のきさき》に、その花がからみついているのが見える。「本当に誰も見てくれない花のようだ。一房取って来てくれないか」と随身に命じると、随身はこの押し上げてある門から入って、花を取った。

するとと、洒落《しゃれ》た引き戸の出入り口に、黄色い生絹《すずし》の単袴《ひとえばかま》をわざと裾長《すそなが》にはいている、可愛らしい女童《めのわらわ》が出て来て、香《こう》を深く薫《た》き染《し》めた白い扇を差し出し、「これに花を載せて献上して下さい。枝もないような情けない花ですので」と言って渡してくる。随身はちょうど門を開けて出て来た惟光を介《かい》して、源氏の君に差し上げた。

「門の鍵の置き場所がわからず、不便をおかけしました。あなた様を見分けられる者などいない、この辺りとはいえ、こんなごたごたした大路に牛車を停《と》めたままにさせまして、申し訳ございません」と惟光は謝罪して、牛車を門の中に引き入れると、源氏の君は牛車から降りる。惟光の兄の阿闍梨《あじゃり》や、尼君の娘婿《むすめむこ》の三河守《みかわのかみ》、それに尼君の娘などが集まっており、こんな所に源氏の君が訪れてくれた事を、この上ない光栄だと恐縮して、口々に感謝を述べた。

尼君も起き上がり、「もはや何にも惜しくもないこの身でございます。ただひとつ俗世を捨て難く思っていましたのは、こうしてあなた様の御前《おんまえ》に参上して、お目にかかれる事がなくなるからでございました。それが残念で出家を躊躇《ちゅうちょ》しておりましたが、受戒《じゅかい》のご利益《りやく》によって生き返り、このようにあなた様がわざわざおいで下さり、お姿を拝見できました。今こそ阿弥陀仏《あみだぶつ》のご来迎《らいごう》の光も、澄んだ心で待つ事ができそうです」と言上して、弱々しく泣く。

源氏の君は、「日頃、病《やまい》がちでおられるのが気がかりで、案じておりました。このように世を捨てた尼姿になっておられるのが、誠に悲しく残念です。どうか長生きされて、これから私の位《くらい》がどんどん高くなるのを、見届けて下さい。その上で、極楽浄土《ごくらくじょうど》の最上階に、障《さわ》りもなく生まれ変わるのがよろしゅうございます。この俗世に少しでも執着《しゅうちゃく》が残るのは、往生《おうじょう》にとっては悪い事と聞いておりますゆえ」と言って、涙ぐむ。

欠点のある子供でも、乳母のように可愛がるのが当然の親やまわりの人は、傍《はた》から見るとあきれ返る程、その子を完全なものと思い込むものであり、ましてやこの尼君は源氏の君の乳母だったので、実に晴れがましく、側近くで親しく仕えた我が身までが大切でもったいないと思うほどで、涙が止まらない。その様子を見た子供たちは、実に見苦しいと思い、尼となって背《そむ》き捨てたこの世にまだ未練が残っているかのように、泣き顔を源氏の君に見せているのはよくないと、互いに膝《ひざ》をつつき合って、目配《めくば》せする。

源氏の君はそれが誠にいたわしく感じられ、「幼い頃に私を可愛がってくれた人たちが、次々と亡くなられ、そのあと私を育ててくれた人はたくさんおりました。しかし親しく肉親のように心を通じ合う点では、あなた方以上の人たちはおりません。成人してからは、制約もあって、朝に夕に気安く会う事もできなくなりました。

思いつくままに訪問する事はできませんが、やはり長らく会わないでいると、心細くなります。『古今和歌集』に、**世の中にさらぬ別れのなくもがな　千代もとなげく人の子のため**、とある如《ごと》く、できる事なら、逃れられない別れなど、あって欲しくありません」と、心をこめて言い、しっかり涙を拭《ぬぐ》う袖の匂いが、部屋中に薫《かお》ってくる。

なるほどこうやって考えると、こんな素晴らしい方の乳母になるのは並々でない宿運だと、先刻まで尼君をはらはらしながら見ていた子供たちも、みんな涙に暮れた。

加持祈禱《かじきとう》など、また改めて始めるべきだと、源氏の君は命じる。乳母の家から出立《しゅったつ》する段になり、惟光に紙燭《しそく》を持って来させて、先刻の白い扇を見ると、使い馴らした人の移り香《が》がとても深く染みており、どこか慕《した》わしく、字も美しく書き流されていた。

心あてにそれかとぞ見る白露《しらつゆ》の
光そえたる夕顔の花

あなた様がお尋《たず》ねの花は、白露の光に紛れて見にくく、おそらくその花だろうかと見当をつけておりますが、あなた様の光が添えられて輝いています、という賛美であり、『古今和歌集』の、**心あてに折らばや折らん初霜の　おき惑《まど》わせる白菊の花**、を下敷にしていて、そこはかとなく書き散らしているのも、上品でたしなみがありそうなので、源氏の君にとっては意外で、興味を抱《いだ》いた。

惟光に「この西隣にある家には、どういう人が住んでいるのだろう。訊いた事はありますか」と問うと、例によって厄介《やっかい》な浮気心だと思うものの、そうは言わずに、「この五、六日はここにいます。しかし病人の看病ばかりしていて、隣については聞いておりません」と無愛想《ぶあいそう》に答えた。

源氏の君が「私を憎らしいと思うかもしれないが、この扇についてはどうしても調べたい。何か事情があるようだ。やはりこの辺りの住人で、事情を知っていそうな者を呼んで訊いてみて下さい」と言えば、惟光は大弐の乳母の家にはいって、留守番役の男を呼びつけて、質問して戻って来た。

「俸禄《ほうろく》もない名目だけの国司《こくし》の次官《すけ》、つまり揚名《ようめい》の介《すけ》の家でございます。主人の男は地方に下っており、妻は若く、風流《ふうりゅう》を好む人で、その姉妹は宮中で女房として仕えておりよく出入りしていると、留守番役が申しておりました。詳しい事は下人《しもびと》も知らないようです」と言上したので、それならあの扇の歌の女は、その宮仕えをしているので、得意顔で馴れ馴れしく詠《よ》んだものだと源氏の君は思う。

興醒めしそうな程の低い身分の女だろうかと思うものの、こちらを目指して詠歌《えいか》してくる心は憎からず、見過ごすわけにはいかないように感じた。例によってこうした女に関する事になると慎重さを欠く性分なので、懐紙に全く筆遣いを変えて、歌を記した。

寄りてこそそれかとも見めたそかれに
ほのぼの見つる花の夕顔

近寄って見るなら、その花かと見定める事ができましょう。たそがれ時にほのかに見た夕顔という花の夕暮れの顔を、という問いかけで、先刻の随身に持たせて届けさせた。

女たちはまだ見た事のない源氏の君の姿ではあったが、実にはっきりとそれとわかる横顔だったので、見過ごすわけにもいかない。いきなりこちらから歌を詠みかけたものの、源氏の君からの返事がないままに時が過ぎたため、何とも間が悪かったと思っていたところに、こんな具合に返事がまともにあったので、きまり悪く、「どのように返事を申し上げようか」と、互いに言い合っているようで、随身はあきれたものだと思いつつ戻って来た。

先払いの持つ松明《たいまつ》も目立たないようにして、源氏の君はこっそりと乳母の家から退出すると、夕顔の家の半蔀《はじとみ》はもう下ろしてあり、隙間のあちこちから漏《も》れる灯火《ともしび》の光は、蛍《ほたる》よりももっとかすかで物寂しかった。

目当てに通う六条辺りの邸では、木立《こだち》や前栽《せんざい》も並の所には似ていなくて、実にゆったりとして奥床《おくゆか》しく住まっており、主人である女君の、気を許さない端正《たんせい》な様子は、風情《ふぜい》も格別である。先刻の夕顔の垣根など思い出すはずもなかった翌朝、少し寝過ごして、日の光が射し始める頃に出立したので、朝明けに見る姿は、いかにも世の人々が賞讃するのも道理だと感じられた。

今日もまたこの夕顔の家の蔀の前を通ると、これまで何度も通りかかった所だったのに、例の一件が心にひっかかって、どういう人が住んでいる家だろうかと、行き来するたびに目に留めていた。

何日か後に、惟光が参上し、「病人がまだ弱ったままでしたので、あれこれと看病しておりました」と言上したあと、更に側近くに寄って、「例の隣の事について訊かれた後、それを知っている者を呼んで尋ねたところ、はっきりとは申せません。しかし、ごく内密に五月《さつき》頃から住んでいる人がいて、その人が誰かは、その家の者にも全然知らせていない、とその者は言っておりました。

それで私自身、隣との間の垣根から覗き見してみますと、なるほど、若い女たちの姿が簾越しに見えます。褶《しびら》のような物をわずかに着ておりますから、その女たちが仕えている主人がいるのでしょう。

昨日、夕日が部屋中に射し込んでいたので、覗くと、手紙を書いている女がいて、その顔が実に美しいのです。何やら物思いに沈んでいる様子で、側に侍《はべ》る女房たちも、ひっそりと泣いています。それがはっきりと見えました」と言うと、源氏の君はにっこりとし、その女についてもっと知りたくなった。

惟光から見ると、源氏の君は世間の評判もよくて当然という身分ではあるものの、年もまだ十七歳と若く、女たちから慕《した》われて、褒《ほ》められている有様《ありさま》からして、色恋に無関心でいるのも趣に欠け、張り合いもないはずである。そもそもが何人も妻妾《さいしょう》を持てない自分のような身分の者でも、しかるべきいい女がいれば、心を惹《ひ》かれるわけで、まして源氏の君なら当然だろうと思われた。

「もしかするともっと詳しく内実を知れるかもと思いまして、ちょっとした折に、手紙をやってみました。すると書き慣れた筆遣いで、早速に返事をしてきました。どうやら、そう悪くもない若い女房たちがいるようです」と惟光が言上すると、「それなら、もっと言い寄ってくれないだろうか。このまま調べないでいるのも、惜しい気がする」と源氏の君は応じる。

あの雨夜の品定めの時、下の品《しな》の最低の身分として、頭中将《とうのちゅうじょう》が問題にもしなかったような住まいではあるものの、左馬頭《さまのかみ》が言ったように、荒屋《あばらや》に思いがけなくも、期待通りの女が見つかるかもしれないと、好奇心に火がついた。

源氏の君としては、あの空蟬《うつせみ》の女が驚く程の冷淡さだったので、世の常の女とは違っている感じがし、大人しく従ってくれていたなら、気の毒な一時の過失としてすまされたのに、そうはならなかったのが実に口惜《くちお》しく、自分の負けとして終わってしまうのが、どうしても気になる。これまで、この程度の並の身分の女まで思う事はなかったのに、例の雨夜の品定め以降は、様々な身分の女がいるようであり、それを隈《くま》なく知りたくなっていた。

その一方、無邪気に源氏の君の再訪を待っている、背が高くふっくらとした女については、気にかけないわけでもないが、空蟬の女が素知らぬふりで、あの時の様子を窺《うかが》っていたのが気恥ずかしく、まずはこの空蟬の心を見定めるのが先だと考えているうちに、伊予介が上京して来た。

伊予介はまず急いで源氏の君の許《もと》に参上した。船旅のせいで少し色黒になり、旅の疲れも加わって、逞《たくま》しくなっているのが風情に欠けるものの、出自《しゅつじ》も賤《いや》しくはなく、年は取っていても容貌も整っていて、人並以上に風格もある。

赴任先《ふにんさき》の伊予国の話を言上する間、源氏の君は催馬楽《さいばら》にならって「湯桁《ゆげた》はいくつ」と訊いてみたくなる反面、妙に気後《きおく》れがして、心の内で様々に思い出されるため、生真面目《きまじめ》な年配の大人を前にして、こんなに思い煩《わずら》うのも、愚かで後ろめたい。

なるほどこうした人妻との一件こそが、非常識な不埒《ふらち》な事だったのだと、あの左馬頭の忠告も思い出され、目の前の伊予介が気の毒になり、空蟬の女の冷やかな心は恨めしいが、夫である伊予介への貞節《ていせつ》の面では感心だと思う。

伊予介から、娘については適当な人に縁づかせ、妻の北の方は伊予国に連れて下るつもりだ、と聞かされた源氏の君は、あれこれと気が焦《あせ》り、再会は叶《かな》わないだろうかと小君に相談もした。

相手が受け入れている場合でさえも、簡単に人の目を避けるのは難しく、まして空蟬の女は、二人の関係を分不相応《ぶんふそうおう》だとして、今更逢うのも見苦しいと思っている。女はきっぱりと諦めている一方、源氏の君が自分の事をきれいさっぱり忘れられてしまうのもどこか寂しくて、源氏の君が折々に寄越す文の返事には、心を寄せているように書き綴《つづ》ってくる。さり気ない筆致で添えた歌は、どことなく愛らしく、目を奪われる点も加わり、恋しがっている風にも見えるため、源氏の君もつれない態度は癪《しゃく》だと思いつつ、忘れ難い女だと考えていた。

もう一方の女については、この先、夫がしかと定まった後でも、以前通りに打ち解けてくれそうなので、それを見込みつつ、縁談に関する噂《うわさ》が色々に耳にはいってくるものの、心は動かなかった。

そのうち秋になり、源氏の君は自分が招いた結果ながら、『古今和歌集』に、**木の間より漏りくる月の影見れば　心づくしの秋は来にけり**、とあるように、辛い物思いに心を乱される事が様々にあって、正妻の葵《あおい》の上がいる左大臣邸に通うのも途絶えがちになり、左大臣側でもそれが恨めしかった。

六条辺りの高貴な女君は、当初、源氏の君が言い寄っても応じようとしなかったのが、ようやくこちらに靡《なび》かせてからは、手の平を返したような、おざなりのつきあいになっているのは気の毒であり、まだ契る以前の源氏の君の強引な執心《しゆうしん》はもう少なくなっていた。この女君は、とことん物事をつきつめる性分の持主なうえ、年齢も七歳年長なので源氏の君とは不釣合《ふつりあい》で、この二人の関係が世間の耳にはいるのを恐れて、薄情にも通って来ないこうした夜の寝覚《ねざ》めのたびに、苦しみは募り、心が萎《な》えてしまう事が誠に多かった。

ある濃霧の朝、この六条御息所《ろくじょうのみやすどころ》に泊まった源氏の君は、世間の噂にならないよう、まだ暗いうちから帰るように急《せ》かされ、眠そうに溜息《ためいき》をつきつつ退出しかけると、御息所に仕えている女房の中将のおもとが、格子を一間上げて、見送って下さいという心づもりで几帳もずらす。女君は頭を起こして外に目をやると、庭の前栽に花が色とりどりに咲き乱れているのを、見過ごし難くて佇《たたず》んでいる源氏の君の姿が見えた。なるほど、評判通りの比類《ひるい》ない美しさである。

渡り廊下《ろうか》に向かう際には、中将のおもとがその供をし、紫苑色《しおんいろ》の季節にかなう表着《うわぎ》に、薄絹の裳《も》をすっきり結んでいる腰つきも、しなやかで艶《つや》めいていた。源氏の君は振り返り、寝殿の縁側の高欄《こうらん》に中将のおもとをしばらく坐らせると、その毅然《きぜん》とした態度や、髪のかかり具合が、目も覚める美しさであったので、歌を詠みかけた。

咲く花にうつるという名はつつめども
折らで過ぎうき今朝《けさ》の朝顔

咲く花に心を移すという噂が立つのは避けたいものの、折らずに素通りもできない、朝顔のような今朝のあなたの美しい顔です、という言い寄りで、「どうすべきでしょうか」と言って、源氏の君が手を取ると、中将のおもとは応対も馴れていて、すぐに返歌した。

朝霧の晴れ間も待たぬけしきにて
　花に心をとめぬとぞ見る

朝霧の晴れてしまうまで待っていられないご様子から、朝顔の花によほど心を寄せておられるのが見て取れます、というとりなしで、源氏の君の私心を、さらりと前栽の花に転換していた。

可愛らしい召使いの侍童《さむらいわらわ》で、その姿も実に可憐《かれん》な少年が、指貫《さしぬき》の裾を露で濡らしつつ、花の中にはいって、朝顔を折って源氏の君に差し出す光景は、絵にも描きたい程だった。

特に関心を持たずに源氏の君を見た人でさえ、姿を見ると、心を寄せたくなり、物事の情緒とは無縁の山里の賤しい者でも、やはり花の陰では休みたいのだろうか、源氏の君の光り輝く姿を目にした人々は、それぞれの身分に応じて、自分が大切にしている娘を仕えさせたいと願う。あるいは、人並以上だと思える姉妹などがいる人は、たとえ下仕《しもづか》えであっても、やはり源氏の君の側で仕えさせようと思わない者はない。

ましてや、この中将のおもとのように、しかるべき折に言葉を掛けてもらうのは、心惹かれる様子を直接見ることができる人で、多少なりとも情趣を理解している人であれば、さらに素晴らしさがわかるはずであり、中将のおもととしても、源氏の君がここで朝な夕なにゆっくりと過ごさないのを、物足りないと思っていた。

ところで、あの惟光が任務としていた垣間見の件は、その内情を詳しく調べ上げて、「当人が誰なのかは、まだわかりません。しかしひどく人目を忍んで、身を隠しているようです。無聊《ぶりょう》の余り、南の半蔀のある長屋に移って来ては、牛車の音がするたびに、若い女房たちが外を覗いたりしていま す。主人と思われる女も、そっとそこに渡って来る時があります。その顔は、一瞥したのみですが、実に美しいです。

先日、先払いをして通り過ぎる牛車があり、それを覗き見た女童《めのわらわ》が急いで、『右近《うこん》の君、ちょっと来て見て下さい、中将殿がここを通られました』と叫んだのです。そこへ別の並の感じの女房が出て来て、『静かに』と手で制しながら、『どうしてそうだとわかるのですか、ちょっと見てみましょう』と言いながら、こっそり渡って来ます。

右近は打橋《うちはし》のような所を通って、やって来るけれど、急いでいたためか、何と衣の裾を何かにひっかけて、よろけて倒れたのです。危《あや》うく、打橋からも落ちそうになり『おっと、この葛城《かつらぎ》の山の一言主神《ことぬしのかみ》は、何と危険な橋を作ったのだろう』と文句を言いました。それで覗き見する気も失せたようでした。

すると女童は、『牛車の中の君は直衣《のうし》姿で、御随身たちも以前いた通りです』と言い、誰々と名前までも口にしました。そこには頭中将の随身や雑用の小舎人童《こどねりわらわ》の名もあったのです」と言上する。

源氏の君は、「それはこの目でしかと見届けたかった」と答え、もしかするとその女君は、頭中将が不憫《ふびん》に思い、忘れられずにいる人ではないかと思い起こされて、もっと知りたがっている様子だった。

それを見た惟光は、「私自身も先方の女房に色恋をうまく仕掛けて、内情を一切合財《いっさいがっさい》見るようにしております。そこには、ただの女房のように見せかけている若い女がいます。他の女房たちにも、同僚のような口のきき方をさせているのです。私は空《そら》とぼけて通っているので、先方では女主人のことをうまく隠せていると思っているようです。小さい子供もそこにいて、うっかり言い間違いしそうになっても取り繕って、特に主人などいないかのように振舞っているのです」と話して笑う。

源氏の君は、「尼君を見舞うついでに、そこを覗かせてくれませんか」と言い、「そこが仮の住まいだとしても、住んでいる家の程度を考えると、これこそあの頭中将が雨夜の品定めをした際に、軽蔑《けいべつ》した下の品なのだろう。そんな中で、思いがけなく心を惹かれることもあるやもしれない」と思う。

惟光は、どんな些細《ささい》な事でも源氏の君の意向に背くまいと思っていて、自分自身でも抜け目のない好き者なので、様々に策を巡らして、駆けずり回り、無理をして、ついには源氏の君が通い出すきっかけをうまく作り出して、今では源氏の君が頻繁《ひんぱん》に通うようになっていた。

とはいえ、相手の女の素姓《すじょう》をはっきりさせる事もままならないので、源氏の君自身も名乗りはしない。身なりもやつして、いつもと違って牛車にも乗らずに歩いて通うのは、並々ならない心の入れ込みようだと思った惟光は、自分の馬に源氏の君を乗せ、自分はその供をして走り回る。

「こうして自分に恋する男が誠に粗末な徒歩《かち》姿でいるのを、先方の女から見られたら、みじめでございます」と惟光は愚痴《ぐち》を言うけれども、源氏の君は他人に知られたくないので、あの夕顔の花の案内をしてくれた随身ひとりと、相手に顔が知られていない童のみを一緒に連れて出かける。もし感づかれでもしたらまずいと思って、隣の尼君の家で休む事さえせずにいた。

女の方でも実に不思議で納得できないので、源氏の君からの使者が来ると、尾行《びこう》の者をつけ、明け方に男が帰って行く道筋を探らせて、その住まいをつきとめるべく詮索《せんさく》させるが、源氏の君側でもそこはうまくはぐらかし続けた。それでもやはり恋しくて逢わずにはいられない程、源氏の君はこの女の事が頭から離れず、こんな忍ぶ恋など不都合かつ軽々しいと、反省をしては煩わしく感じるものの、実に足繁《あししげ》く通っていた。

こうした色恋の道では、真面目そのものの人のほうが、思い乱れる事があるのが普通ではある。これまでの源氏の君は、傍《はた》から見ても軽率《けいそつ》な事もないように自戒《じかい》して、世間の人が咎《とが》めるような振舞はなかったのに、今回は奇妙なまでに、女の許から帰って来た朝も、再び夕方に訪れるまでの昼の間も、そわそわと落ち着かないという具合に、恋心は物狂しくなるばかりだ。

一方では、馬鹿馬鹿しい、ここまで一途《いちず》になるべきではないと、努めて冷静になろうとするが、相手の女が驚く程素直で、のんびりしており、思慮深さや堅実《けんじつ》さには欠け、ただひたすら幼いような感じはするものの、男女の仲については知らないわけではない。さして身分も高くはなさそうであり、一体この女のどこにこんなにまで心が惹きつけられるのだろうかと、何度も思い返していた。

源氏の君は、故意に、装束も貧相な狩衣《かりぎぬ》を着て外見を変え、顔も全く見せずに、夜も深まって、人が寝静まってから出入りするので、昔いたらしい何かの化身《けしん》のようである。

女としては全く嘆かわしい思いはするものの、相手の男の感触は、さすがに手探りでもはっきりわかるので、一体どれ程のお方だろうか、やはりあの好色な男がたくらんだ仕業《しわざ》らしいと、惟光を疑ってはみる。当人はあくまで素知らぬ顔をして、気にも懸《か》けずにふざけて、訊いてもしらを切るので、これはどうした事かと、女の方でも合点《がてん》がいかないまま、通常とは異なる奇妙な物思いをするばかりだった。

源氏の君としても、女がこうして素直な態度を続けて、こちらを油断させておき、急にこっそり姿をくらましてしまえば、どこを目当てにして捜せばよいのか、その場合でも、今いる所は仮の隠れ家《が》だと思えるので、いずれはどこかへ引っ越すはずであり、その日とていつかはわからない、と思い悩む。

女を追いかけて見失った時に諦めがつき、そのくらいのつきあいだったと忘れられればいいが、そういうわけにはいかず、人目もあるために逢えない夜が続くと、耐え難い苦しみに襲われるので、ここは女の素姓がわからないままに、二条院に迎えたい、仮に噂が立って不都合な事が起こっても、それはもう宿命である。とはいえ、我が心ながら、ここまで女に夢中になった事などなかったのに、この女とはどういう宿縁《しゅくえん》があったのか、と様々に思案した。

「さあさあ、ゆっくり心がくつろげる所で、ねんごろに話をしましょう」と、源氏の君が女を誘うと、「それは心細いです。並々ならぬお世話をいただいているのが、却《かえ》って恐ろしゅうございます」と、誠に子供っぽく言うので、それも道理だとつい微笑《ほほえ》む。「一体どっちが狐なのだろう。それなら化かされるのもいいでしょう」と、優しく言い掛けると、女も靡《なび》いて任せる気になった。

世間には例のない奇妙な事でも一途に従おうとするとは、実に可愛らしい女だと思えて、やはりこれはあの頭中将が口にした常夏《とこなつ》の女ではないかと疑い、そうとすれば、頭中将が言っていた女の気性《きしょう》が思い起こされたが、素姓を明かさない点は強《し》いて問い質《ただ》さなかった。

気を持たせた挙句《あげく》、突然姿を隠すような下心《したごころ》は持っていないようなので、こちらの夜離《よが》れのために逢う機会がなくなってしまうと、頭中将が言っていた通り、考えを翻《ひるがえ》してしまう事も考えられるものの、これは自分の心次第である。多少なりとも他の女に気移りした際には、女にとって気の毒な結果になるだろうと、源氏の君は考えていた。

八月十五夜、一点の曇りもない満月の光が、隙間だらけの板葺《いたぶき》の家に射し込み、見慣れてはいない住まいの様子が珍しく、暁《あかつき》近くなったのだろうか、隣の家々から、不気味《ぶきみ》な賤《しず》の者たちの声で、源氏の君は目を覚ました。「ああ、寒くてかなわない」「今日は商売もうまくいきそうもない。田舎《いなか》に行商に行っても、実入りはなさそうで心細い。北隣さん、聞こえますか」と言い交わす声も耳に届き、実にはかない各々の生計《たつき》のために、起き出して忙しげに騒いでいるのも、間近に聞こえる。

女はひどく恥ずかしく思い、風流ぶって気取りたい人なら消え入ってしまいそうな住まいの様子であろうが、その素振《そぶ》りも見せない。辛い事も嫌な事も、きまりが悪い事も、なべて気にしている風ではなく、女の様子や物腰はどこか品がよく、また子供っぽくて、上を下へと大騒ぎしているのが、何の事かよくわかっていない様子である。それが恥ずかしがって赤面《せきめん》したりするよりは、却って罪がないように感じられた。

ごろごろと雷鳴《らいめい》よりはおどろおどろしく、踏み鳴らしている唐臼《からうす》の音も枕元で聞こえる気がして、ああやかましいと、源氏の君はこれには閉口《へいこう》して、何の響きかもわからず、全く以て嫌な音だとばかり思いつつ聞いていた。その他にも煩わしい音が耳に届き、白妙《しろたえ》の衣を打つ砧《きぬた》の音も方々《ほうぼう》から聞こえて来て、空を飛ぶ雁《かり》の鳴き声もそれに加わって入り混じるため、とても耐え難かった。

縁に近い御座所《おましどころ》だったので、遣戸《やりど》を引き開けて、女と一緒に外を見やると、狭い庭に洒落た呉竹《くれたけ》があり、前栽に置く露はやはりこんな所でも同様にきらめいていた。種々の虫の声も入り乱れ、壁の中で鳴くこおろぎの声さえも稀にしか聞かない源氏の君の耳には、耳に押しつけたようにやかましく鳴いているように聞こえるのも、逆に趣があるようで面白く思える。これもひとえに、女に対する愛情が浅くはない証拠で、すべての難点が許されるのだった。

女は白い袷《あわせ》に薄紫色の柔らかな小袿《こうちき》を重ねて着て、華やかでない姿が、実に可憐で、また弱々しい感じがする。どこがいいという程の格別に優《すぐ》れた点はないものの、ほっそりとして、しなやかな雰囲気があり、何かものを言っても、けなげで、なよなよしく、もっとしっかりした面が加わるといいのに、と源氏の君は感じつつ、もっと気楽な所で逢いたいと思う。「さあ、この近く辺りで、ゆっくり夜を過ごしましょう。こんなごたごたしている所で逢っているだけでは気が塞ぎます」と言うと、

「まあ、どうしてまた、そんなに急に」と女はおっとりと答えながらも、じっとしている。

源氏の君が、この世のみならず来世《らいせ》においても、二人の契りは変わらないと、頼り甲斐《がい》のあるように言いなすと、素直に頷《うなず》くこの女の心映えは、不思議に思える程様変《さまが》わりしていて、男女の仲に馴れている人とはとても思われない。他人の思惑を気にするゆとりもなく、女に仕える女房の右近《うこん》を呼んで、随身に牛車を縁側まで引き入れさせる。残った他の女房たちも、女への愛情が月並でないのをわかっているので、内情はよく摑《つか》めないものの、源氏の君を信頼していた。

明け方近くになっていて、鶏の声は聞こえず、吉野《よしの》の金峰山《きんぶせん》に登拝する前に行う御嶽精進《みたけそうじ》だろうか、年寄りじみた声で、額を地面につけて礼拝するのが聞こえる。

立ったり坐ったりの動作を繰り返す勤行《ごんぎょう》は、いかにも苦しげで、実に可哀想である。『白氏文集《はくしもんじゅう》』の秦中吟《しんちゅうぎん》の「不致仕《ふちじ》」に、「朝露に名利《みょうり》を貪《むさぼ》り、夕陽に子孫を憂う」とあるように、朝露がはかなく消えてしまうのと、何ら異ならないこの世の生なのに、何を欲張って自分の利益《りやく》を祈るのだろうかと、聞き続けているうちに、老人が「南無当来導師《なむとうらいどうし》」と唱え出した。

釈迦《しゃか》入滅《にゅうめつ》後五十六億七千万年後に生まれ、衆生《しゅじょう》を救うとされる弥勒菩薩《みろくぼさつ》の名を、ここで聞くのかと源氏の君は思いつつ、女に「あれを聞いて下さい、あの翁《おきな》も、この世だけだとは思っていないようです」と言って、哀れさを感じて詠歌した。

優婆塞《うばそく》が行う道をしるべにて
来《こ》む世も深き契り違《たが》うな

優婆塞が修行している仏の道を案内して、来世にも続く二人の深い契りを間違わないで下さい、という願いを込めていた。「長恨歌《ちょうごんか》」の中で、唐《とう》の玄宗《げんそう》皇帝が楊貴妃《ようきひ》に長生殿《ちょうせいでん》で誓ったという昔の例は不吉なので、比翼《ひよく》の鳥に生まれ変わろうという契りとは異なり、弥勒菩薩が現れる未来の事を約束しているものの、どこか大袈裟《おおげさ》である。続けて、女も返歌した。

前《さき》の世の契り知らるる身の憂さに
行く末かねて頼みがたさよ

前世からの因縁《いんねん》を思い知らされるような我が身の辛さですので、行く末の事は頼みにできそうもありません、という諦めで、こうした返歌の作法はもとより、仏道の面でも女は全く頼りなさそうだった。

沈まないまま空に浮く月に誘われ、ふらふらとさ迷い出す事を、女は思い煩っているので、源氏の君があれこれと説得している間に、急に月が雲に隠れ、ようよう明けていく空の模様は実に美しい。明るくなって見苦しくなる前にと、例によって急いで出立し、軽々と女を牛車に乗せ、右近が付添いで同乗する。

近くの某《なにがし》の院に到着し、そこの院守《いんもり》を呼び出している間、辺りを見回すと、荒廃した門に忍ぶ草が自然と見上げる程に繁り、樹木の下は暗く、霧も深くて、露もしとどである上に、牛車の前後の簾も巻き上げているので、袖もじっとり濡れている。源氏の君は、「こんな具合に女を他に連れ出した事はなかった。気苦労が多いものだ」と思って詠歌した。

いにしえもかくやは人のまどいけん
　わがまだ知らぬしののめの道

昔の人もこんなにさ迷ったのだろうか、私もまだ知らない明け方の道行《みちゆき》だ、という激情の吐露《とろ》であり、女に向かって「こういう経験はありますか」と訊くと、女は恥ずかしがりつつ返歌した。

山の端《は》の心も知らで行く月は
　うわの空にて影や絶えなん

山の端のようにはっきりしないあなたの心も知らないまま、空を渡る月のようなわたくしは、もしかすると空のどこかで月影が消えるように命が絶えるのではないでしょうか、という恐れであり、

「心細くてたまりません」と答える。何かに怯《おび》えているようなので、源氏の君は、あのごたごたした住まいに馴れていたからだろうと、余計に恋情《れんじょう》をかき立てられた。

寝殿の西の対《たい》に御座所《おましどころ》を設ける間、牛車の轅《ながえ》を欄干《らんかん》に引っかけて停めると、右近は晴れがましい気分にかられる。これまでの経緯《いきさつ》をひとり密かに思い出しながら、院守が忙しそうに世話をしている様を見て、この男君がどういう身分の人かを理解した。

うっすらと物が見える頃になって、源氏の君は牛車を降り、かりそめの御座所を見ると、こぎれいに用意されていて、「お供は誰もいないのでしょうか。不便でございましょう」と言上する院守は、源氏の君と親しくしている下役《したやく》の家司《けいし》であった。左大臣家にも仕えていたので、側近くに寄って「しかるべき人を呼んだ方がよろしいでしょうか」と、右近を通じて尋ねてくる。

「わざわざ人が来ないような隠れ処《が》を求めて来たのだから、決して人に漏らさないように」と源氏の君が口止めをすると、院守は粥《かゆ》の食事を急いで用意したものの、それを運ぶ給仕役として右近ひとりしかおらず、源氏の君にとっては全く体験していない旅寝なので、『万葉集』にある、**鳰鳥《におどり》の息長《おきなが》川は絶えぬとも　君に語らむこと尽きめやも**、の通り、二人の仲は永遠だと女に約束するばかりだった。

日が高くなった頃に起き出し、源氏の君自ら格子を上げて、外を見ると、邸は実に荒れ果てて、人影とてなく、遥か向こうまで見渡された。樹木も古びて薄気味悪く、近くの草木も何の見所もなく、一面が秋の野原になっているのは、『古今和歌集』の、**里は荒れて人は古《ふ》りにし宿なれや　庭も籬《まがき》も秋の野らなる**、の通りである。

池も水草に埋もれているので、全くぞっとする感じがし、別棟の家屋には部屋をこしらえて人が住んでいるようだが、この西の対はそこからも離れていて、「ここは、恐ろしげになってしまいました。しかし鬼といえども、私なら大目に見てくれるはずです」と、源氏の君はまだ顔を隠しながら女に言う。女の方は薄情だと思っている様子なので、確かにこれ程の仲になっても、顔を隠すのは二人の間柄にはそぐわないと思って詠歌する。

夕霧に紐とく花は玉鉾《たまほこ》の
たよりに見えしえにこそありけれ

夕べの露で開く夕顔の花のように、あなたがこうして心を許してくれるのは、あの時あなたが差し出してくれた花の枝が道しるべになったのですから、もっと親密にしましょう、という誘いで、「玉鉾」は道を意味していた。源氏の君は、「露の光はどのようにして、夕顔の花を輝かせるのですか」と女に言うと、女はちらりと横目で見て返歌した。

光ありと見し夕顔の上露《うわつゆ》は
たそがれ時の空目《そらめ》なりけり

あの折にあなたの光で輝いているように見えた夕顔の花ですが、その上に置いた露は夕暮れによる錯覚《さつかく》で、所詮《しょせん》わたしは下賤《げせん》な花で、光とは無縁なのです、という愛情の留保《りゅうほ》を願う歌で、かすかな声で言うのを、こうした歌にも可憐さが満ちていると、源氏の君は思った。

こうして源氏の君が打ち解けている様は、世にも稀な美しさで、場所柄畏《おそ》れ多い程の華麗さであり、「いつまでも心隔てをされているのが恨めしく、顔を見せまいと思っていました。さあこうなっては、今からでも名乗って下さい。このままでは気味が悪いです」と源氏の君が言う。

女は「海人《あま》の子ですので」と、『和漢朗詠集』の、**白波の寄する渚《なぎさ》に世を過ぐす　海人の子なれば宿もさだめず**、を下敷にして答え、さすがに名乗るまでの親密さは見せない。源氏の君は『古今和歌集』にある、**海人の刈る藻にすむ虫のわれからと　音《ね》をこそ泣かめ世をば恨みじ**、を踏まえて、「まあ仕方がない、自分のせいだ」と恨む一方で、親しく語らって一日を過ごした。

そこに惟光が、源氏の君の居所を捜し当てて、菓子や果物を差し上げたものの、右近がこれまでの惟光の手引きを非難しそうなので、近くに寄って仕えることができない。源氏の君がここまでして女との道行でさ迷っているのが、惟光には面白く感じられ、そこまで思いを強くしている相手はどんな女人なのかと興味深く、もしかしたら自分とてうまくすれば懸想《けそう》する事ができたのに、主君に譲ってやったのは、我ながら心が広いものだと、不届き千万《せんばん》な事を思っていた。

源氏の君は、この上ない静かな夕べの空を眺めていたが、奥の方が暗くて気味が悪いと女が感じているので、縁側に近い簾を上げて、女に添い寝をすると、夕暮れの薄明かりに二人の顔が映え、互いに見交わすようになる。女もこんな風になった事が思いがけず奇妙な心地になって、全ての嘆きを忘れて、多少打ち解けていく気配が、実に可愛らしい。

側に添って一日を過ごし、それでも何かを恐がっている様子はどこか子供じみていて、源氏の君は格子を早めに下ろして、灯火《ともしび》を灯《とも》させ、「残す所なく心を寄せているように見えて、まだどこかに隠し立てをしておられるのが、情けなく思います」と、恨みがましく言う。

内裏《だいり》では帝《みかど》がどんなにか自分を心配し、人々はどの辺りを捜し回っているのだろうと、源氏の君は思い遣る一方で、こんなにも女に入れ込むとは我ながら妙な心だ、六条御息所もどれほど心を取り乱しているだろうか、恨まれるのは辛いが、それも当たり前と申し訳なく思う。目の前にいる女は無邪気で可憐だが、六条御息所は余りの思慮深さのため、見ているこっちまで重苦しくなるので、もう少し固苦しさを取り捨ててくれればいいと、ついつい、胸の内で二人を比較した。

宵《よい》が過ぎる頃に、源氏の君が少し寝入ると、枕元に実に美しい女が坐り、「このわたくしが、あなたを誠に素晴らしいとお慕いしているのに、来ても下さらない。そしてこんな取柄《とりえ》もない女を連れ出して、夢中になっておられる。実に心外で恨みます」と言って、側に寝ている人をかき起こそうとしている夢を見た。

何か物《もの》の怪《け》に襲われる心地がして、はっと目を覚ますと、灯火も消えており、奇妙な感じがするので、太刀《たち》を引き抜いて側に置き、右近を起こすと、右近も恐ろしいと思っている様子で、近寄ったので、源氏の君が「渡殿《わたどの》にいる宿直《とのい》の者を起こして、紙燭《しそく》を点《つ》けて来るように言いなさい」と命じる。

右近は「それは無理です。暗《くろ》うございます」と答えるので、「何とまあ、子供じみている」と笑い、手を叩《たた》くと、そのこだまが返って来る音が非常に不気味であり、誰も聞いていないのか参上《さんじょう》しない。女君は体をぶるぶると震わせ、どうしたらいいのかわからず、冷汗でびっしょりになって、意識も失いかけており、右近が「非常に臆病《おくびょう》な方なので、どんなにか恐がっておられる事でしょう」と言う。

確かにか弱い女で、可哀想に昼間でも空ばかり見上げていたと源氏の君は思い、「私が人を起こして来ましょう。手を叩くとこだまがうるさい。ここでしばらく、女君の側にいなさい」と右近を近く寄せて、自分は妻戸《つまど》まで行き、戸を押し開けてみると、渡殿の灯火も消えていた。

風が少し吹いており、この院にいる者は数少ない上に、付き人はみんな寝ていて、ここの院守の子で、源氏の君が親しく使っている若い男と、側近の殿上童《てんじょうわらわ》がひとりと、例の随身がいるだけである。呼ぶと院守の子が返事をして起きて来たので、「紙燭を持参しなさい。随身には弦打《つるうち》をして、用心のためにずっと声を出すように言いつけなさい。人気《ひとけ》もない所で、のんびりと寝ているのはよくないです。惟光の朝臣《あそん》も来ていたようですが、どこに行きましたか」と問うと、「控えておりましたが、何も用事がなさそうだと言って帰り、明け方にまた迎えに参上するとの事でした」と言上する。

随身は滝口《たきぐち》の武士でもあるので、弓弦《ゆづる》をいかにも似つかわしく鳴らし、「火の用心」を繰り返しながら、自分の部屋に戻って行くので、源氏の君はふと内裏を思い起こし、夜の宿直の殿上人《てんじょうびと》の点呼《てんこ》がすみ、続く滝口の武士たちの名乗りは今頃ではないかと思った。

源氏の君が部屋に戻ってみると、先刻のまま女君は横たわり、右近はその側でうつ伏せになっているので、「これは何とした事です。なんとも馬鹿げた恐がりようです。こんな荒れ果てた場所では、狐が人を化かして恐ろしがらせるものです。私がいるから、びくびくする必要はありません」と言って右近を起こす。「恐くて、気分も悪いのでうつ伏しております。わたくしよりも女君の方が恐がっておられるはずです」と言うので、「それもそうだ」と思って手で探ってみると、息をしていない。揺り動かしてみると、ぐったりとして気を失っている様子なので、子供っぽい人だから物の怪に魂を奪われたのだろうか、と途方に暮れた。

そこへ院守の子が紙燭を持って参上したものの、右近は動ける状態ではなく、源氏の君が近くの几帳を引き寄せて、「もっと近くに持って来なさい」と命じると、院守の子はこうした寝所にはいる事などないので、遠慮して近寄らない。簀子《すのこ》と廂《ひさし》の間にある下長押《したなげし》にも上がれずにいるので、「もっと近くへ。遠慮するのも時と場合です」と言って、紙燭を手にして見てみると、ちょうど女君の枕元に、さっき夢に出てきた顔つきの女が、幻のように浮かび上がって、さっと消えた。

昔の物語にはこんな事も書いてあったと、源氏の君は思い、奇妙で不気味ではあるが、女君がどうなってしまったのか心配でならない。物の怪に近寄ると、自分の身も危険に曝《さら》されると言われているのにも構わず、寄り添って横になり、「起きなさい」と呼び覚まそうとしても、女君の体はどんどん冷たくなっていくばかりで、もうとっくに息絶えているようであった。

もはや呼びかけても無駄なので、ここでどうすべきか相談できる相手もおらず、法師などがいればこんな場合に頼み甲斐があるものの、先刻までの強がりも消え、まだ若い身では死んだ女君を眺めて、為すすべもない。ぐっと強く抱きしめ、「私のいとしい人、どうか生き返って下さい。私をこんなひどい目に遭《あ》わせないで下さい」と口にするにもかかわらず、もはや体は冷え切り、顔にも死相《しそう》が現れた。

右近はひたすら恐がっていた心地も消え失せ、泣きじゃくるばかりなので、源氏の君は、その昔、太政大臣《だいじょうだいじん》藤原忠平《ただひら》が紫宸殿《ししんでん》を横切ろうとした時、鬼が太刀の末《すえ》を摑んで離さなかったが、無礼者《ぶれいもの》と言って退散させた例を思い出して気を取り戻し、「いくら何でも本当に亡くなったのではないでしょう。夜に大声で泣くのは仰々《ぎょうぎょう》しいので、静かに」と右近に注意したものの、余りに突然の出来事に途方に暮れた。

院守の子を呼んで、「全く以て奇怪な事が起きました。物の怪に襲われて苦しんでいる人がいます。今すぐ、惟光朝臣が泊まっている所に行って、緊急の参上を言いつけるよう、随身に命じて下さい。惟光の兄の阿闍梨《あじゃり》がもしそこにおれば、ここに来るようにそっと伝えてくれませんか。惟光の母の尼君には大袈裟に言わない方がいいでしょう。あの人はこんな忍び歩きには口うるさいので」と言うように源氏の君は命じたものの、胸は塞がり、この女君を死なせてしまったのを申し訳ないと思う。

周囲の不気味さは世にも稀な程で、夜中も過ぎたようであり、風も荒々しげに吹き、松風の響きが深い木立があるかのように耳に届き、何か意味ありげに鳥が怪しく鳴いているのも、梟《ふくろう》のようである。よくよく考えてみると、院内のどこにも人影はなく気味が悪く、人の声とてなく、どうしてこんな所に宿を取ったのだろうと、悔やんでも今更どうしようもない。右近は正気を失ったまま源氏の君にしがみつき、わなわなと震えて死にそうなので、上《うわ》の空のままに摑まえていて、自分ひとり気を確かにもとうとするが、この先どうなるか心配でならなかった。

灯火はかすかに明滅し、母屋《もや》と廂の間に立てた屛風の上は、全く光が届かず、嫌に黒々としており、何かが足音をみしみしと鳴らして、後ろから近寄って来るような感じがする。惟光が早く来てくれないかと思うものの、通い所が多く居所《いどころ》の定まらない男なので、随身があちこちを捜しているのだろうが、夜明けまでの待ち遠しさは、千夜《ちよ》を過ごすような心地がした。

ようやく鶏の声が遥か遠くで聞こえ、源氏の君は命を賭《か》けてまで、何の因縁からこんな目に遭っているのかと思う。我が心ではあるものの、こうした色恋の道にうつつを抜かした報《むく》いとして、過去にも未来にもない先例になりそうな事件が起こったのだろうか、隠したところで、既《すで》に起こった出来事は隠しようがなく、帝の耳にもはいり、世間も様々に思い、口にも出すだろうし、口のうるさい京の若者たちの噂の種にもなろうし、詰まる所、みっともない汚名《おめい》を招くことになるだろう、とあれこれ思い巡らせた。

そこへようやく惟光が参上し、夜中でも明け方でもしょっちゅう源氏の君の側にいて、その意向に従っている者が、ちょうど今宵に限って仕えておらず、しかも呼びかけにも遅怠《ちたい》したのを、源氏の君はとんでもないと思いつつ、呼び入れた。

これから話す事がもはや取り返しのつかないものなので、すぐには言葉も見つからない。右近は大夫《たいふ》の惟光が来た気配に気がつき、当初からの出来事が自然に思い出されて泣き出すと、源氏の君もこらえきれなくなり、自分だけがひとり気を確かに持って、女君を抱きかかえていたのが、惟光の姿を見たとたん、ほっとひと息ついて気がゆるみ、悲しみがこみ上げ、しばらく涙が落ちるのを止め得なかった。

少し気を落ち着かせてから、「ここで異様な事件が起きました。説明のしようがないくらいの椿事《ちんじ》です。こういう急な出来事については、調伏《ちょうぶく》のための誦経《ずきょう》をすると聞いています。それをやらせる一方で、蘇生《そせい》の祈願《きがん》も立てさせるつもりで、そなたの兄の阿闍梨も来るように伝えさせました。どうなりましたか」と言う。

惟光は「昨日、阿闍梨は比叡山《ひえいざん》に登ってしまいました。ともかくこれは、誠に異常な事態です。前々から、この女君は常ならない心地だったのでしょうか」と問うので、「いや、そういう事はありません」と源氏の君が答え、しみじみと泣く様子は、痛々しくも美しく、それを見た惟光もさめざめと泣いた。

惟光が来たとはいえ、世の中で様々の経験を積んで来た人であれば、ここぞという時には頼り甲斐があろうが、ここにいる三人はいずれも若く、困惑を極めた。

惟光が、「ここの院守の耳に入れるのは、誠に不都合です。この男ひとりなら、気心も通じましょうが、その親類には口の軽い者もおりましょう。まずはこの院から出ましょう」と言上する。「しかしここよりも人の少ない所がありますか」と源氏の君が訊くので、「なるほど、それは一理あります。あの元いた五条の家では、女房たちが悲しみの余り泣き喚《わめ》くでしょう。隣家も立て込んで、何事かと不審がる里人《さとびと》も多いはずです。噂にでもなれば困るので、山寺《やまでら》が最適です。同じ寺でも、こうした変死を扱う事もあって、目立たなくてすみます」と言う。

思案した挙句《あげく》に惟光は、「昔知り合いだった女房が、今は尼になって東山《ひがしやま》の辺りに住んでおります。そこへ亡骸《なきがら》を移しましょう。その女房は、私の父の乳母だった者で、今は老いぼれて暮らしております。付近は行き来は繁《しげ》くありますが、とても閑静《かんせい》な所です」と言上し、夜がすっかり明ける頃のざわめきに紛れて、牛車を高欄《こうらん》に寄せた。

今は動転して、源氏の君は女君を抱きかかえる事もできそうにないので、上蓆《うわむしろ》に包んで惟光が車に乗せる。いかにも小柄で死臭もなく可愛らしい。体全体を包めないため、髪がこぼれ出しているのが見え、源氏の君は目の前が真っ暗になり、悲しみに耐えられない。やはり最後の火葬まで見届けようと思ったものの、惟光が「早く馬を使って、二条院にお帰り下さい。人の往来が激しくなる前がよろしいです」と言う。

牛車には右近を亡骸の付添いとして乗せ、源氏の君に馬を譲ったので、自分は徒歩《かち》になり、指貫《さしぬき》の裾の括《くく》りを引き上げて、奇妙な恰好《かっこう》になった。思いもかけない葬送《そうそう》になったとはいえ、源氏の君の悲痛な胸の内を思い遣ると、自分の事など構っておられず、そのまま東山まで行き、一方の源氏の君は何も考えられず、半ば正気を失った状態で、二条院にやっと帰り着いた。

女房たちは「どこから帰られたのでしょう。気分が優れない様子です」と心配するが、源氏の君は御帳《みちよう》の中にはいり、胸に手を当てて思い返すと、いたたまれなくなる。どうして一緒に行ってやらなかったのか、仮に甦《よみがえ》ったとしたら、女はどんな心地がするだろうか、見捨てて去って行ったと辛く思うに違いないと、悲しみが胸に込み上げ、頭も痛くなる。体も熱があるような気がして、とても苦しく、どうしていいかわからず、このまま自分も同じように死んでしまうのではないかと心配になる。

日が高くなっても起き上がらないので、女房たちは不審がり、粥《かゆ》を勧めたものの、源氏の君は苦しく、死ぬのではないかという不安にかられていると、帝からの使者が来て、昨日はどこにも姿がないので気がかりだったという事を伝えて帰っていった。そのあと左大臣の子息の公達《きんだち》が参上したので、頭中将のみに「立ったままでこちらにどうぞ」と言ったのも、坐ると穢《けが》れに触れるからで、御簾《みす》を隔《へだ》てたままで話をした。

「私の乳母が今年の五月頃から、重い病を得ていました。髪をおろして受戒《じゆかい》をしたご利益からか、その後回復しました。ところがまた病がぶりかえして、衰弱し、もう一度お見舞をと言って来たのです。幼少時から馴れ親しんだ者が、これが最期《さいご》という時に、行かないのは薄情だと思われるので、出かけたのです。

ところがその家にいた下人《しもびと》で病気だった者が死にかけ、死穢《しえ》をもたらさないようにと、家から出そうとしましたが、その前に死に絶えたのです。その家の者たちは私に気兼ねして、日が暮れてから遺体を運び出しました。

それを私も耳にして、神事の多いこの時節ですので、誠に不都合だと恐縮して、参内できずにおりました。今日の明け方から、咳《せき》の出る病にかかったのか、頭痛もし、このように失礼ながら、簾越《すだれ》しで失礼しております」と源氏の君が言う。

「それでしたら、その旨《むね》を帝に奏上《そうじょう》しましょう。昨夜も帝は、管絃《かんげん》の遊びに際して、あなたをしきりに捜され、ご機嫌斜めでした」と頭中将が言い、帝の使者としていったん退出してからまた引き返してきた。

「どういう穢れに行き合わせたのでしょうか。話にあった事がどうも本当とは思えません」と頭中将が訊くので、源氏の君はどきりとして、「先に述べた詳しい説明ではなく、ただ不意の穢れに触れた旨を奏上して下さい。本当にこの先が案じられます」と、さり気なく応じたものの、胸の内では言いようもない悲しい一件を思い出す。気分も悪いので、誰とも会わず、頭中将の弟の蔵人《くろうど》の弁《べん》を呼び寄せて、真剣な顔で、帝に伝奏《てんそう》してもらう内容を伝え、左大臣家にも、こうした事情で赴けない旨の手紙を送った。

日が暮れて惟光が参上した。かくかくしかじかの穢れに触れたと言うので、二条院に来る人々も立ったままで、すぐに退出したため、人が少なくなったところで、源氏の君が惟光をこっそり御簾の中に呼び入れる。

「どうでしたか。最期まで見届けましたか」と訊くなり、袖を額に押し当てて泣くと、惟光も泣きながら、「もう最期になっておられましょう。余り長い間、亡骸に付き添っているのも不都合なので、日柄の良い明日に、葬儀をする事にしました。それに関する諸々《もろもろ》の事は、私の知っている高徳の老僧に頼んでおきました」と言上する。

「付いていた女房はどうしましたか」と源氏の君が訊くと、「その女房がまた消え入らんばかりの有様です。自分も一緒に後を追いたいと言って、取り乱し、今朝は谷に飛び込みそうでした。あの五条の家に知らせなくては、と言うので、それはよくない、もう少し考えてから、と言い聞かせました」と答える。

源氏の君も可哀想に思い、「この私も生きた心地がせず、この先どうなるかと思い乱れている」と応じたので、惟光は「今更何を悩まれますか。この世のすべては、前世からの因縁によって決まっておりましょう。この事は誰にも漏らさないようにしておりますゆえ、この惟光が万事を片付けます」と言上する。

「それはわかっています。万事がそういう因縁だと思ってはみますが、浮気心から人を死なせてしまい、その事に関しての非難が心配なのです。そなたの姉の少将《しょうしょう》の命婦《みょうぶ》にも聞かせないようにして下さい。ましてや尼君は、こういう事には厳しく注意されるので、知られては、身の縮まる思いがするはずです」と、源氏の君が口止めをすると、「心配はご無用です。その他の法師連中にも、話の内容はうまく取り繕っております」と惟光が言った。

源氏の君はそれを頼りにするばかりだったが、これをほのかに聞いていた二条院の女房たちは、「どうも変です。穢れに触れたとおっしゃって、内裏《だいり》にも参上せずに、こんな御簾の中で、ひそひそ話をしながら、悲しがっておられる」と言い合って、怪しんでいた。

「今後も無難に処理して下さい」と源氏の君は言って、葬送のやり方について指示を出すと、「いいえ、そこまで大袈裟にすべき事ではございません」と惟光が答えて立ち上がったのを、源氏の君は大層悲しがり、「とんでもないと思うかもしれませんが、もう一度あの人の亡骸が見たいのです。そうしない事には胸がつぶれそうです。馬でそこに行きましょう」と言う。

惟光はあるまじき事だと思ったものの、「そう思われるならば仕方ありません。早速に出かけられて、夜が更けないうちに帰宅して下さい」と答えたので、源氏の君は、忍び歩き用の目立たない装束として作らせた狩衣《かりぎぬ》に着替えて出立した。

心の内はかき乱れて暗く、耐え難い程であり、こうした理不尽な外出は、物の怪に襲われた昨晩の一件で懲《こ》りたはずで、不都合だと思い迷うものの、悲嘆の晴らしようがない。女の亡骸を見ないままでいれば、また来世で生前の姿を確認もできまいと源氏の君は思い定め、いつものように惟光と随身のみを供とした。

東山までの道程が遠く感じられ、十七日の月が出ており、賀茂《かも》の河原付近では、前駆《さき》の松明《たいまつ》の火もほのかで、葬場や墓地の多い鳥辺野《とりべの》の方を見やると、薄気味悪いのが普通だが、源氏の君は何とも感じず、ひたすら思い乱れた心地のままで、ようやく到着した。

辺りはぞっとするような雰囲気であり、板葺の家の脇に堂も建てて勤行をしている老尼《ろうに》の住まいは、実に物寂しく、灯明の光がかすかに透けて見え、板葺の家の中では女がひとり泣いている声がしている。外では法師たちが二、三人で話をしつつ、無言念仏をしている最中であった。

方々の寺では初夜《しょや》の勤行もすべてやり終えたようで静まり返り、清水寺《きよみずでら》の方には灯明の光が多く見えて、人も多くいる気配がし、老尼の子である大徳《だいとこ》が、尊い声で読経《どきょう》をしている声を聞くと、源氏の君は涙も涸《か》れてしまいそうな気がした。

中にはいると、灯火は亡骸からは背けてあり、亡骸とは屏風を挟んで右近が横になっていて、いかにも辛そうに見える。亡骸に目をやると、恐ろしい感じはなく、実に可愛らしく、生前と全く同じなので、源氏の君はその手を取り、「せめてその声をもう一度私に聞かせて下さい。どういう前世の因縁なのか、ほんの短い間だけでも、あらん限りの愛情をあなたに注《そそ》ぎました。それなのに私を打ち棄《す》てるとは、あんまりです」と、声も惜しまずに泣くので、大徳たちも、誰とはわからずに不審がったものの、みな落涙《らくるい》した。

右近に対して源氏の君は、「さあ二条院に行きましょう」と誘うと、「長年、幼い頃から、わずかでも側を離れずに、親しく仕えて参りました。その方と突然こうして別れる事になってしまい、もはや帰る所もございません。五条の家の人々にも、女君がこうなってしまわれた事も、説明しかねます。悲しみは別としましても、何かと人に非難されそうなのが辛《つろ》うございます」と泣き崩れ、「火葬の煙に寄り添って、後を追いとうございます」と言う。

源氏の君は、「それももっともです。しかし世の中とはこうしたもので、別れは常に悲しい。先に死ぬにしろ、後に残されて生きるにしろ、命に限りがある点では、誰も同じです。ここは気を確かに持って、私を頼りなさい」と言いつつなだめながらも、「かく言う私自身とて、生き長らえられない心地がします」と言うので、何とも頼り甲斐がなかった。

「夜も明けて行くようですので、早く帰りましょう」と惟光が言上するので、源氏の君は何度も振り返っては、胸塞がるのを我慢して出立する。

道はかなり露に濡れ、一段と濃い朝霧のために、どこへなりとも漂泊《ひょうはく》して行くような心地になり、亡骸が生前同様の姿で横たわっていた様子や、昨晩互いに掛け交わした衣で、自分が狩衣の下に着ていた紅《くれない》の単衣が、そのまま着せ掛けてあったのを思い起こした。一体どういう前世からの宿縁だったのかと、道すがら思われて、馬にもしっかり乗れない様子なので、帰途もまた惟光が付き添って手助けをする。

賀茂川の堤《つつみ》付近で、源氏の君は気分が悪くなって、馬から降り、「こんな道の途中で、行き倒れになりそうです。もう二条院に帰り着けそうもありません」と言う。

惟光もそれを聞いて困惑し、源氏の君がもう一度亡骸を見たいと言うので連れ出したものの、こんな大変な道中になるのなら、思い立たねばよかったと後悔し、心乱れるままに、賀茂川の水で手を清めて、清水寺の観音《かんのん》に祈ったものの、心は平静にならない。源氏の君も心を奮《ふる》い立たせて、心中で仏に祈りつつ、惟光の手助けで、何とか二条院に帰着した。

奇怪な深夜の忍び歩きに、女房たちは、「本当に見苦しい。このところ、ふらふらと忍び歩きを続けた挙句、昨日は気分が悪いと言って臥せっておられた。それがまた、こうしてうろついておられる」と互いに嘆き合った。

実際に源氏の君は、横になるとそのまま苦しがり、二、三日後には、すっかり衰弱した状態になってしまった。帝もそれを聞いて嘆きはこの上なく、病気平癒《へいゆ》のための祈りを、方々の寺社で絶え間なく実施させて大騒ぎになり、祭やお祓《はら》い、修法《ずほう》なども、この世に類《たぐい》なく、言い尽くせない程であった。

侵《おか》し難いくらいに美しい源氏の君なので、もう長生きされないのではないかと、天下《あめのした》の人々も騒ぎ出す中、源氏の君は苦しい心地のまま、あの右近を呼び寄せ、部屋も近くに与えて仕えさせる。惟光も気もそぞろながら、何とか心を静めて、右近がもう五条の家に帰れないと不安がっているので、何かと手助けして源氏の君に仕えさせていた。

源氏の君は、多少とも気分がよい時には、呼んでは用事を言いつけるので、右近は次第に奉公《ほうこう》にも馴れて、喪服《もふく》として濃い黒の物を着ているが、顔立ちはさほどではないものの、見苦しくはない若い女房である。

「不思議にも短い命だったあの女君との宿縁でした。私もその契りのために、この世に生きておられそうもないです。あなたも、長年頼りにして来た人を失って、心細いでしょう。それを慰めるためにも、もし私が生きていられるなら、すべて面倒を見てあげましょう。しかし間もなく私も、あの女君のあとを追って行きそうで、残念でなりません」と源氏の君は小声で言い、弱々しく泣くので、右近は、今更何を言っても取り返しのつかない女君の死は別にして、源氏の君にもしもの事があったら、全く口惜しいと思った。

二条院の人々は足も地につかない程に思い惑い、帝からの使者が、雨脚《うきやく》よりも頻繁《ひんぱん》であり、帝が嘆いているのを聞くと、源氏の君は実に畏れ多く、何とか気を強く持ちたいと思う。

左大臣家でもお祓いや修法などを行い、左大臣自身も毎日のように見舞い、様々な事をしたのが功を奏したのか、源氏の君は二十日間くらい重病だったのが、特に余病も残さずに回復に向かい、死穢の忌《いみ》の三十日が明けた夜に、快癒《かいゆ》した。

まずは畏れ多くも心を痛めておられた帝のために、内裏の宿直所《とのいどころ》に参内しようとすると、左大臣が自分の牛車で迎えに来て、物忌その他の禁忌《きんき》に触れさせないように指示を出す。源氏の君は自分が自分でないような感じがして、別の世に生き返ったかのように、しばらくの間感じていた。

九月二十日頃に、源氏の君は病から癒《い》えた。顔は非常にやつれてはいるけれども、逆にそれでなまめかしさが加わり、とかく物思いに沈んでは声を上げて泣いているので、それを見た女房たちの中には「物の怪のせいだろう」と言う者もいた。

のどかな夕暮れに、源氏の君は右近を呼び出して話をしつつ、「やはりどうしても不思議です。どうしてあの人はどこの誰とも知られまいとして、素姓《すじょう》を隠していたのだろうか。本当に海人の子だとしても、私があれ程に心を寄せたのにもかかわらず、素《そ》っ気《け》なく隠し通したのは、誠に薄情でした」と言う。

すると右近は、「どうして、そこまで深く隠し立ていたしましょう。あの短い期間のどんな折に、物の数にもはいらないご自分の名前を告げることができたでしょうか。逢瀬《おうせ》が始まった当初から、あなた様が顔を隠して通っておられたので、この世の現《うつつ》とも思われない、とおっしゃっていました。

あなた様が名前を隠された事に対しても、おそらく評判の高い源氏の君辺りではないか、と言っておられました。しかし本気ではないからこそ、名乗らずにごまかしておられるのだと、それが情けないと悩んでおられたのです」と言上した。

「そうすると、あれはお互い、つまらない意地の張り合いだったのかもしれません。私にはあの人をないがしろにするつもりはなかったのです。ただ、誰からも許されないような、あのような忍び歩きなど、いままでした事もなかったのです。

私は帝から叱責《しっせき》される以外にも、何かと身を慎《つつし》まなければならない身なのです。ちょっとした戯《ざ》れ言《ごと》を女人に言っても、周りはうるさく取り沙汰《ざた》します。そんな身の上なので、あの夕顔の花のやりとりをした夕べ以来、妙に心惹かれたのです。無理に逢ったのも、こういう事になる宿命だったのかもしれません。そう思うと切なくなります。

その一方で、先立ってしまわれたのは、薄情な仕打ちだと思われてなりません。そんな短いかりそめの契りだったとしても、どうしてあれ程、心の底から慕《した》わしいと思うようになったのか、自分ながら不思議です。

もうこうなってしまえば、どうか詳しく話して下さい。今は何も隠し立てをする必要はないでしょう。初七日《しょなのか》から七七日《なななのか》（四十九日）まで、七日毎に仏の絵を描かせて法要をするとしても、一体、誰のためと心の中で思っていいのかわかりません」と、源氏の君は吐露《とろ》する。

「どうして隠し立てなど致しましょうか。女君ご自身が、心に秘め続けておられた事を、亡くなられたあとに、慎みもなく口にしてはいけないと思うのです。ご両親は早く亡くなりましたが、父君は三位《さんみ》の中将でした。女君を大層可愛がっておられましたが、ご自分の昇進が思うようにならないのを気にかけておられました。

命もはかなくなってしまわれたあと、ちょっとした縁で、頭中将がまだ近衛の少将であった頃に、通われ始めたのです。三年くらいは愛情がおありの様子でした。しかし昨年の秋頃、あの右大臣殿からとても恐ろしい話が聞こえて来ました。頭中将の正妻は、右大臣の四《し》の君でございます。女君はやたらと恐がられる性分でしたので、とても怯えて、西の京の乳母が住んでいる所に、こっそり身を隠されたのです。ところがそこも実にむさ苦しい所で、住みづらくなり、山里に移ろうとお考えになりました。

しかし今年からは、その方向が方塞《かたふさ》がりになり、方違《かたたが》えとして、あの見すぼらしい五条の家に移られたのです。そこであなた様に見つけられたのを、嘆いておられるようでした。桁《けた》はずれに引っ込み思案の方ですので、人に思いを寄せているのを覚《さと》られるのを恥じておられたのです。そのため、あくまでさり気なく振舞い、あなた様と逢っておられたようです」と、右近が話したので、源氏の君は、やはりと合点がゆく思いがし、いよいよ恋しさが募った。

「頭中将は、幼い子もどこかに行ったかわからないと、悲しんでいました。その子はどうしまししたか」と、源氏の君が訊くと、右近は「はい、一昨年《おととし》の春に生まれました。女の子でとても可愛らしい子です」と答える。

「その子はどこにいますか。誰にも知らせずに、私に引き取らせてくれないだろうか。あの惚然《こつぜん》と亡くなったのが悲しくてならないのです。あの人を忍ぶための形見《かたみ》になれば、誠に嬉しい」と言い、さらに、「あの頭中将にも伝えるべきですが、今更言っても、死なせてしまったので恨み言を聞かされるに違いありません。あの人の遺児という点でも、父親は私の正妻の兄という点でも、私が育てるのに不都合な事はないでしょう。その一緒にいる乳母にも、引き取る事など言わずに、言い繕って連れて来てはくれないだろうか」と、源氏の君は相談を持ちかける。

右近は「それは名案でございます。あの西の京で成長されるのも気の毒です。五条の家ではしっかりと世話できる人もいないので、西の京の乳母の所にいるだけですから」と言上した。

夕暮れの静かな時で、空模様にも趣があり、前栽の植込みも枯れ枯れになり、虫の声も弱々しくなっていて、紅葉《もみじ》も少しずつ色づいているのが、絵に描いたように情緒に溢《あふ》れているのを、右近は見渡しながら、自分は思いもしなかった所に仕えているなと感じて、あの夕顔の宿を思い出すのも気恥ずかしく思う。一方、源氏の君は、竹藪《たけやぶ》の中で家鳩《いえばと》という鳥が太い声で鳴くのを聞いて、あの一件があった廃院でも、この鳥が鳴いたのを女君がとても恐ろしいと思っていた有様が、ありありと思い出された。

「女君はいくつでしたか。妙に普通の人と違って、か弱く見えたので、結局は短命だったのですね」と源氏の君が言うと、右近は、「十九になっておられたでしょうか。わたくしは既に亡くなった乳母の子で、三位の中将が可愛がって下さり、女君の側から離れずに育てて下さいました。それを思うと、この世に生きておられない心地がします。古歌に、思うとていとしも人にむつれけん　しかならいてぞ見ねば恋しき、とあるように、馴れ親しんだ事が悔やまれます。どことなく頼りなさそうな有様だったあの女君に、頼り切って長年を過ごして参りました」と申し上げた。

「その頼りないところが、実に可憐でした。気が強くて人の言うなりにならないのは、誠に困り者です。私自身がはきはきせずしっかりしていないので、女は心の穏やかな人がいいと思うのです。うっかりしていて男にだまされそうでいながらも、慎み深く、心を寄せる男には従順であるのが、可愛さが優《まさ》ります。その上で、自分の思い通りに手を加えて、一緒に暮らしたら、より離れ難くなるでしょう」と、源氏の君が言うので、「女君は、そうしたあなた様のお好みには、最適な方でございました。それを思うと、本当に残念な事でした」と、右近は答えて泣く。

空が曇ってきて、風も冷たく感じられ、源氏の君はしんみりと物思いに沈んで独詠《どくえい》する。

見し人の煙を雲とながむれば
夕べの空もむつましきかな

相見たあの人の火葬の煙は、あの雲だろうかと思って眺めていると、この夕べの空も恋しくなってしまう、という追憶《ついおく》で、右近は返事もできず、あの女君が今の自分と同じように生きておられたら、と思うと胸が塞がる。一方の源氏の君は、夕顔の宿に泊まった折の、耳にうるさかった砧《きぬた》の音を思い起こすだけでも、恋しさが募り、白楽天《はくらくてん》の漢詩を口ずさみつつ、横になった。

誰家思婦秋擣帛
月苦風凄砧杵悲
八月九月正長夜
千声万声無了時
応到天明頭尽白
一声添得一茎糸

誰が家の思婦《しふ》か秋に帛《きぬ》を擣《う》つ
月苦《さ》え風凄《すさま》じく砧杵《ちんしょ》悲し
八月九月正に長き夜
千声万声了《おわ》る時無し
応《まさ》に天明《てんめい》に到りて頭 尽《ことごと》く白かるべし
一声添え得たり一茎《いっけい》の糸

誰の家でか、遠くに征《い》っている夫を思い遣って、妻が帛を打っている。月が冴え、風の寒い夜に、その砧杵の音が悲しく響く、八月九月の秋の夜長に、砧の音は千回も万回も続く。それを聞いている間に、私の髪は、砧の音毎《ごと》に白髪《しらが》が一本ずつ増え、ついには真っ白になるだろう。という感慨だった。

あの伊予介《いよのすけ》の家の小君《こぎみ》が参上しても、源氏の君は以前のような伝言もしないので、空蝉《うつせみ》の女は源氏の君が、自分の事を冷たいと思って諦めてしまったのが情けない、と思っていた折に、源氏の君が病を患っておられるのを耳にした。心配になり、これから遠く伊予に下《くだ》ろうとするのが心細く、自分の事などもう忘れてしまわれたのかどうかが気になり、試みに「ご病気と伺《うかが》っておりますが、お見舞はできないため」と書いて歌を添えた。

問わぬをもなどかと問わでほどふるに
いかばかりかは思い乱るる

お見舞できませんが、あなた様はどうしてそうなのかと訊かれないまま、時が過ぎゆき、わたくしは思い乱れております、という婉曲《えんきょく》な問いかけで、『拾遺和歌集《しゅうい》』にある、**根蓴菜《ねぬなは》の苦しかるらん人よりも　われぞ益田の生けるかいなき**、は、「本当でございます」と付け加えた。

空蝉の女からの手紙は珍しく、またこの女への恋心も忘れられないので、「生きている甲斐がない、とほのめかしてありますが、そもそもそれは誰の言葉でしょうか」と源氏の君は返事を書いて、歌を添えた。

空蝉の世は憂きものと知りにしを
また言《こと》の葉にかかる命よ

空蝉のようにはかないこの世も、そしてまたあなたとの契りも辛いものと思い知っていたのに、またあなたからいただいた言葉にすがって生きる私です、という弱音で、「世」には現世と、男女の仲の世を掛け、「葉」には空蝉の羽が掛けられていて、「はかない私です」と、震える手で乱れ書きしたものの、それが却って美しい出来映えになっていた。

返事を読んだ空蝉は、源氏の君が今もまだ、あの脱ぎ捨てた小袿《こうちき》を忘れていないのが、懐しくも悲しく、このようにさり気ない程度の文のやりとりを続けてはいたが、逢って近くにいたいとは思わず、かといって情けを解さない女ではないくらいには思ってもらえるようにして、源氏の君との関係は断とうと考えた。

もう一方の背の高い女は、今は蔵人の少将を通わせていると、源氏の君は聞き及び、既に男を知っているその女を、蔵人の少将は変に思わないだろうかと気の毒がる。他方でその女の様子も知りたくなり、小君を仲介役にして、「死にそうになる程、あなたを思う私の心を知っていますか」と書いて、和歌を添える。

ほのかにも軒端《のきば》の荻《おぎ》を結ばずは
　露のかことを何にかけまし

ほんの一夜の契りでしたが、その印として軒端の荻を結んでいなかったら、わずかな恨み事も、何を根拠に言えるでしょうか、という揶揄《やゆ》であり、「かけ」は言葉をかけるのと露をかけるを掛け、草を「結ぶ」のは約束の印である。

この軒端荻の女は、背丈が高かったので、丈の高い荻に手紙を結びつけて、小君に託し、「こっそり渡すように」と命じた。

もし小君がしくじって、蔵人の少将が手紙を見たら、相手の男が自分だと露見《ろけん》してしまうはずであり、仮にそうなったとしても、手紙の男がこの私だと知れば、きっと罪を許してくれるだろうと、傲《ごう》慢《まん》にも源氏の君は思った。

蔵人の少将が不在の時に、小君が手紙を渡すと、女は既に男を通わせているのが辛いとは思うものの、心の中では嬉しく、返歌が早いのを取柄《とりえ》にして小君に渡した。

ほのめかす風につけても下荻《したおぎ》の
なかばは霜に結ぼほれつつ

かすかに吹く風のように、あの夜の契りをほのめかす手紙をいただき、荻の下葉のようにはしたない自分ですので、半ば霜によって心が凍りついております、という言い訳で、筆遣いも上手《じょうず》とは言えず、うまくかわしながら利発ぶって書いている様子には品がない。

あの時、灯火の光で見た顔を思い出し、碁を打っていた折の空蟬は、見捨て難い情緒を身につけていたが、この軒端荻は何のたしなみもなさそうで、ただはしゃいで騒いでいたのを思い起こして、それはそれで悪くない女だと、相も変わらず、浮名の立ちそうな好き心が蠢《うごめ》き出す。

亡き夕顔の四十九日《なななぬか》の法要は、密かに比叡山の法華堂《ほけどう》で催し、簡素ではなく、装束を始めとして必要な物はすべて源氏の君が細心の注意で取り揃え、誦経《ずきょう》へのお布施《ふせ》とした。経巻《きょうかん》や仏前の飾りもおろそかにはせず、惟光の兄の阿闍梨が誠に徳の高い人だったので、またとない様子で勤めを果たした。

一方で源氏の君の学問の師で、敬愛する文章博士《もんじょうはかせ》を招いて、仏前で読み上げる漢文の願《がん》を作ってもらおうと、源氏の君が、どういう人かはわからないまま、恋しいと思っていた人が、空しい亡骸になってしまい、その後世を阿弥陀仏に引き渡したい旨を、愛情たっぷりに書いた草案を見せると、文章博士は「もうこのままで、つけ加えるべき事はございません」と言上する。

源氏の君の目からこらえていた涙が落ち、ひどく悲しそうなので、「女君はどういう方なのでしょうか。誰だという噂もありませんが、源氏の君をこんなにも悲しませるとは、誠に素晴らしい前世からの宿縁でございます」と、博士は周囲に漏らした。

源氏の君は、内密に新調させたお布施の装束の袴を取り寄せて、詠歌する。

泣く泣くも今日はわが結う下紐を
　いずれの世にかとけて見るべき

泣く泣く今日は私ひとりで結ぶ下紐だが、いつの世になれば、再び逢って紐を解き、打ち解けた間柄になるのだろう、という詠嘆で、「とく」には紐を解くと、打ち解けを掛け、下紐を結い交わすのは、貞操《ていそう》を誓い合う行為だった。

この四十九日辺りまでは、魂がさ迷っていると言われているので、夕顔は地獄、餓鬼《がき》、畜生《ちくしょう》、阿《あ》修羅《しゅら》、人間《じんかん》、天上の六道《ろくどう》のうち、どの道に定まって赴くのだろうかと思いつつ、源氏の君は念仏誦経を心をこめて行った。頭中将に会うと、やたらと胸騒ぎがして、夕顔が遺《のこ》していった撫子《なでしこ》の育っていく様子を聞かせたくなるものの、非難されるのが恐ろしく、黙っていた。

あの夕顔の宿では、女君は、一体どこに行かれたのかと思い惑っていても、それっきり消息を知る事もできず、右近までも訪ねて来ないので、奇妙だと一同悲嘆に暮れていた。不確かだが、相手の男君はその様子からして源氏の君ぐらいの高貴な方であったのではなかろうかと、ひそひそ話をしていたくらいなので、惟光がそもそもの元凶《げんきょう》だと文句を言っていた。

当の惟光は知らん顔で、事情はわからない風を装い、以前通りに浮かれ歩きをしているため、夕顔の宿では、いよいよ夢のような心地になる。もしかしたら受領の息子などで好色な男が、頭中将を恐がって、そのまま、あの女君を任国に連れて下ったのではないかと、思い疑っていた。
夕顔の宿の主人こそ、西の京に住む乳母の娘であり、この乳母には娘が三人いて、右近はもうひとりの乳母の娘なので、関係が薄く、分け隔てをして、女君の様子を知らせてくれないのだと、泣いて恋しがった。右近の方でもうるさく騒がれてはたまらないと思い、源氏の君も、今更どこにも漏らすまいと内密にしているので、遺された女児の身の上さえも聞けず、情けなくもその行方を知り得ないまま、時が過ぎていく。
源氏の君は、せめて夕顔の夢を見たいと思い続けていると、この四十九日の法事をした翌日の夜、あの一件が起きた廃院がそっくりそのまま、ぼんやりと夢に出て、加えて枕元に寄り添っていた女の姿も、あの時同様に夢の中に出て来た。廃《すた》れた所に棲《す》みついていた物の怪が取り憑《つ》いて、こんな結果になったしまったと思い出され、不吉な気分になった。

そのうち伊予介は神無月《かんなづき》の初旬に、任地に下る事になり、源氏の君は空蝉とその女房たちも一緒に下るはずだと思い、餞別《せんべつ》を特に気配りをして贈り、また内密に別口の贈り物をした。精巧《せいこう》かつ美しい意匠の櫛《くし》、多くの扇《おうぎ》を用意し、道祖神《どうそじん》に捧げる幣《ぬさ》も、いかにも特別に作らせたとわかるようにし、もうひとつ例の思い出の小袿も贈り、歌を添えた。

逢《あ》うまでの形見ばかりと見しほどに
ひたすら袖の朽ちにけるかな

また逢う日までの形見として取っておいたこの小袿ですが、私の流した涙で袖が朽ちてしまいました、という感慨深い追憶で、『古今和歌集』の、逢うまでの形見とてこそとどめけれ　涙は浮かぶもくずなりけり、を下敷にして、その他にも細々とした事を書きつけた。

源氏の君の使者は、文を届けてすぐ帰ったので、空蟬は小君を介して、小袿についての返事のみを送った。

蟬《せみ》の羽《は》もたちかえてける夏衣
　かえすを見ても音《ね》はなかれけり

蟬の羽のように薄い夏衣が、更衣《ころもがえ》になった今、返されたのを見て、蟬のように声を上げて泣きました、という感傷で、「たち」には月日が経つと衣を裁つ、「なかれ」には泣くと鳴くが掛けられており、『拾遺和歌集』の、鳴く声はまだ聞かねども蟬の羽の　うすき衣はたちぞきにける、と、『後撰和歌集』の、わすらるる身をうつせみのから衣　かえすはつらき心なりけり、が下敷になっていた。

受け取った源氏の君は、振り返ってみて、妙に並の女とは違う心強さで、私を振り払って離れて行った、と思い続ける。立冬の折《おり》から、外は時雨《しぐれ》で、鈍色《にびいろ》の空も涙雨にふさわしく、ひとりは死別、今ひとりは生き別れの女二人への未練が澱のように胸に残り、物思いの中で歌を詠んだ。

過ぎにしも今日別るるも二道《ふたみち》に
　行く方《かた》知らぬ秋の暮かな

亡くなってしまった女も、今日別れて行く女も、それぞれに行く道は別なのだが、どちらも私から去って行方知れずになった、秋の暮れの辛さだ、という嘆息であり、古歌の、過ぎにしも今行く末も二道に　なべて別れのなき世なりせば、を下敷にしていて、やはりこのように人目を忍ぶ恋は、苦しいものだと納得がいった。

◇　◇

ここまでひと息に「夕顔」の帖を書き終えると、もう外は暗く灯火が必要なくらいだ。ひと区切りはついたような気がする。その夜はよく眠れた。幸い物の怪にも襲われなかったと、起き出して朝の庭を眺める。庭の垣根沿いに蕗《ふき》が生えているのは知っていたが、地面に小さな蕾《つぼみ》のようなものが顔を出している。蕗のとうだ。越前《えちぜん》で迎える二度目の遅い春だった。

朝餉《あさがれい》には、その蕗の煮付けと、葉のおひたしが出た。

「都も今頃は、春日祭《かすがのまつり》でしょうか」

惟通《これみち》が言う。

「明日が上申日だからな」

父君が頷く。「そなた、そろそろ都が恋しくなったか」

言われて惟通が首をすくめる。

「帰ってもよいぞ。ひとりで行けるだろう。お前の分の働きは、私がしておくので」

惟規《のぶのり》が冷やかす。

「任期はまだあと二年ある」

そう言う父君も、その二年が大儀《たいぎ》に感じられている様子だ。やはり五十歳にもなっての北国赴任《ふにん》は、骨身にこたえるのだ。

朝餉を終えて、母君の部屋に、書き終えたものを持参する。

「もう出来たのだね」

母君は料紙《りようし》の束《たば》を嬉しげに受け取る。

「ここで読ませてもらうよ。いいね」

母君の読み上げる声を聞けば、書き綴ったばかりの欠点がわかる。簀子《すのこ》に立って庭を眺めながら耳を傾ける。やはり、夕顔が死ぬところで、母君の声がゆっくりと文をなぞるようになる。母君としても、そこが物語の要《かなめ》だと感じたのだろう。

そうか、もう都は春日祭かと思う。越前に来て、神の行事も忘れかけていた。都の物語を書いているにもかかわらずだから、自分ながらおかしかった。

「香子《かおるこ》、これは面白いねえ。何度でも読み返したいほどだよ」

背後から母君が声をかける。部屋にはいって母君の前に坐る。

「この夕顔の君が消え入るところは、多分、『伊勢《いせ》物語』が下敷になっているのだろうけど、それよりは数倍趣がある」

「そうでしょうか」

「そうだよ。あの話では、男が女を盗んで蔵の中に隠している。すると女は鬼に食われてしまったという結末になっている。何とも趣のない話だ。それに比べると、夕顔の死は哀《かな》しい。こっちまで胸がつぶれる」

「ありがとうございます」

母君の言葉はありがたかった。

「それにそなた、源氏の君の従者を惟光《これみつ》にしてくれたね。読んだら、惟通も喜ぶだろうよ。自分が光る君の付き人になったつもりになるのではないかな」

図星《ずぼし》だった。書いていて、咄嗟《とっさ》に浮かんだ名前が惟光だった。「これみち」と「これみつ」だから、一字違いだ。

「兄の惟規にしても、読みは違うけど、同じ真名《まな》だから、悪い気はしない」

母親が補足してくれる。いずれ惟規も惟通も源氏の物語を読んでくれるに違いない。特に惟通がどう言うか、楽しみではある。しかし「自分はこんな惟光のような好色な男ではない。困るなあ」と、不満をぶつけられるかもしれなかった。

「それで、源氏の君が女君を連れ出した、なにがしの院というのは、あの河原院《かわらいん》に似ているね。あそこは、そなたが五条にあったとしている夕顔の宿からも近い。荒れた河原院には今でも源融《みなもとのとおる》殿の亡霊が出るというし、光の君が女君を連れ込むとすれば、うってつけの場所じゃないか」

「そう思って下さってよろしいです」

「そうすると納得がいく。このとき、光の君はいくつなのかい」

「十七歳です」

「今の惟通よりも若い。こんな若さで、あんな目に遭うと、あたふたと動転するのも無理はない。生涯忘れられない出来事になる」

「そう思います」

物語の先がわからない分、そう答えるしかなかった。

「それから気になるのが、夕顔が残した女児だ。頭中将の娘になるのだから、このまま消えるのは惜しい。どこかでまた現れて欲しい気がする」

母君の言う通りだった。源氏の君にとっても、まさしく夕顔の形見だった。このまま捨て置けるはずもない。しかしどうやって登場させるかは、皆目《かいもく》見当がつかない。

「ところで、このまま、為時殿《ためときどの》に持って行っていいかい。喜ばれるだろうよ」

断る理由などない。自分で持参するよりも母君の手渡しのほうが、厳しい評価が出たとき、苦しまなくてすむ。

父君が姿を見せたのは、日が傾きかけた時刻だった。料紙の束を文机《ふづくえ》の上に置いて、相対《あいたい》する。

真剣な表情だ。

「香子、よく出来ている」

父君の第一声に、肩の力が抜ける。「驚いたよ。この話は、沈既済《しんきせい》の『任氏伝《じんしでん》』が下敷になっているると、私は見た。

任氏という姓を持つ白衣の美女が、長安《ちょうあん》の町で見染《みそ》めた鄭六《ていろく》を、自分の屋敷に招き入れる。任氏は狐が化けたのだという噂など気にかけず、女の許に通い続け、ついには側女《そばめ》にする。友人の韋崟《いぎん》がそれを耳にして、屋敷に忍び込み、手ごめにしようとするも、任氏は屈せず、鄭六への貞節《ていせつ》を示したので、韋崟も感じ入り、引き下がる。

数年後に官途《かんと》を得た鄭六が、任氏も連れて行こうとする。拒《こば》んでいた任氏も折れ、同行する。一行が馬嵬《ばかい》まで辿りついたとき、猟犬が吠《ほ》えかかった。任氏は狐の姿に戻って逃げた。しかしついに咬《か》み殺されてしまう。任氏が乗っていた馬には、着ていた衣が蟬の抜け殻《がら》のように残っていた。鄭六は涙にくれつつ、墓を作った。そんな筋書だ」

父君がようやく顔をほころばせた。当たらずとも遠からぬ推量は、さすがに父君だった。

「しかし、そんな狐ごときの物語より、そなたの物語は数十倍面白い。沈既済を超えている」

先ほど母君から聞いた通りの讃辞《さんじ》だった。

「ありがとうございます」

「任氏の残した衣は、空蟬が残した薄絹の小袿にも通じる」

「そうでございます」

「意識せずとも、そなたの頭にあったのは確かだろう。それにしても、夕顔の巻は白に満ちている。任氏が白衣の女だったように、夕顔が隠れ住む宿にかかる白い簾、童女が差し出した白い扇、垣根に咲く夕顔の白い花。清らかさとともに、どこかはかない、物忌《ものいみ》に通じる不吉さも感じられる。いや大いに楽しませてもらった」

父君が目を輝かす。「それからもうひとつ、この不気味極まるなにがしの院の雰囲気は、あの白楽天の『凶宅《きょうたく》』を思い出させる。『房廊《ぼうろう》相い対して空《むな》し　梟《ふくろう》は鳴く松桂《しょうけい》の枝　狐は蔵《かく》る蘭菊《らんぎく》の叢《くさむら》　蒼《そう》苔黄葉《たいこうよう》の地　日暮《にちぼ》旋風多し　風雨檐隙《えんげき》を壊し　蛇鼠《だそ》牆墉《しょうよう》を穿《うが》つ』。この様子が、あの廃院と重なってしまう」

図星だった。あの「凶宅」はうろ覚えだったので、書庫にあった『白氏文集』を取り出して、字面《じづら》を追いながら書いたのだ。

「父君の言われる通りです。『凶宅』を頭に描きながら書きました」

「やはりそうだったか。読んで誰もがわかるはずはないものの、わかっている者は、一層不気味さを感じてしまうに違いない」

父君は嬉しそうに言い、「料紙ならいくらでもあるぞ」と、いつもの常套句《じょうとうく》を残して退出した。

「空蟬」から「夕顔」と書き継いで、それ以後どう展開させるかは、まだ思いつかない。しかし無為《むい》な時を過ごすわけにもいかず、草稿の浄書《じょうしょ》にとりかかった。母君の読むのを聞いて気にかかった箇所は、推敲《すいこう》する。


春たけなわになった夕餉《ゆうがれい》の席で、父君が重い口を開いた。

「実は、都に残した祖母君が病を得られた。重い病ではないようだが、年も年で気になる。雅子《まさこ》の世話もままならぬようだ」

都から父君の許には、月に二回、使いがやって来る。内裏との文書のやりとりをするためで、時々は堤第《つつみだい》の様子もそれによって知ることができた。

「それで、香子、都に上《のぼ》ってはくれないだろうか。といっても、ひとりでやることはできない。惟規は、私の片腕としてここに残ってもらう必要がある。惟通、そなた、姉君に従って都に上ってはくれまいか」

急に名指しされて、惟通が目を白黒させる。

「惟通、どうだろうか。行ってはくれまいか。いわば姉君の随身です」

母君が言う。

「随身ですか」

惟通はまんざらでもない顔になる。

「姉君を京に送り届けたら、また越前に戻って来るのでしょうか」

「それは、そなたの随意《ずいい》に」

父君のひと言で、決まったも同然だった。

その後の日々は出立の準備に追われた。夜は遅くまで、灯火の下で浄書に励んだ。

出立の前夜、草稿はすべて母君に手渡した。

「わたしが持っていてもいいのかい」

「道中もしものことがあっても、この草稿さえあれば何とかなります」

「そうだね。後生大事《ごしょうだいじ》にしまって、帰京の折はわが身に替えてでも持って帰る」

母君が心強く言ってくれた。

第十四章　京上《のぼ》り

　行く春を送る頃、朝まだきに国守館《こくしゆやかた》を出た。またあの牛車《ぎつしや》に揺られると思うと、大儀《たいぎ》さが先に立つ。悪路で揺られる辛《つら》さに比べれば、徒歩《かち》のほうが楽そうに見える。とはいえ、徒歩で何十里《り》も行けるはずもない。

　家人《かじん》と侍女《じじよ》が合わせて十人、それに惟通《これみち》が随身《ずいじん》よろしくつく。総勢十二人を父君と母君、惟規《のぶのり》、残る家司《けいし》や女房《にようぼう》たちが見送ってくれた。

　見慣れた日野山《ひのさん》も、これが今生《こんじよう》の見納めと思うと、遠望する目も、おのずから真剣になる。日野川沿いに北陸道を進み、日が高くなって淑羅《しくら》駅に着く。ここで少し休み、今度は日野川の支流の鹿蒜《かひる》川《がわ》に沿い、ゆるやかな坂を登った。

　日が傾く頃に、にわかに空模様が怪しくなり、ほうほうの態《てい》で鹿蒜駅に辿《たど》りつく。荷を解《ほど》いているうちに雪になった。春の雪であり、明日の峠《とうげ》越えが思い遣られた。

　翌朝、雪は小降りになり、西の空はわずかに明るい。もう一日を宿駅《しゆくえき》で過ごす必要はなかった。

しかしこの日が一番の難所になるのは、父君から聞いていた。越前《えちぜん》に下《くだ》る際はここを通らず、海辺沿いの敦賀路《つるがじ》を辿った。それも、『万葉集』や『後撰和歌集《ごせんわかしゅう》』にも歌枕《うたまくら》として歌われた五幡《いつはた》を通るためだった。そして五幡と対《つい》を成す歌枕が、鹿蒜山《かひるやま》なのだ。往きに五幡を通ったとすれば、復路はやはり鹿蒜山を通るべきなのだ。肥前《ひぜん》に下る際、従姉妹《いとこ》が送って寄越した歌も、それにちなんでいたのを思い出す。

行きめぐり誰も都に帰る山
　いつはたときくほどの遥《はる》けさ

もちろん、「帰る山」には鹿蒜山を掛けている。
それにしても、鹿蒜山の木《き》ノ芽《め》峠までは聞きしに勝る難所だった。道はぬかるみ、つづら坂になっている。牛車が進みづらくなり、輿《こし》に乗せられた。これはこれで牛車以上に苦労する。何度も転げ落ちそうになり、そのたびに、輿丁《よてい》たちの息づかいも荒くなる。
道は山腹を曲がる毎《ごと》に細くなり、文字通りの懸路《かけじ》を通らねばならない。輿が傾くとき、谷底に落ちそうで、出そうになる悲鳴をこらえる。その瞬間、森を裂くような鋭い猿の声が響いた。

猿《まし》もなお遠方人《おちかたびと》の声交わせ
　われ越しわぶるたにの呼び坂

息も絶えに辿り着いた木の芽峠からは、はるか北東に白山《はくさん》が望めた。名の通り、まだ雪が残っている。西南の方に目を転じると、敦賀の海が見える。家人や侍女たちも、登った甲斐《かい》があったと言い合う。その横で、惟通だけが、疲れ切った顔で息をついていた。

峠を越えたあとの道は少し広くなる。幸い、真直《まっす》ぐの道で難渋《なんじゅう》はしない。やがて急坂がゆるやかになり、脇を行く惟通も元気を取り戻した。ところが日が傾き、松原《まつばら》駅に着く頃になって、再び春の雪に見舞われた。

駅家《うまや》から雪の降る様《さま》を見るにつけ、明日の旅が思い遣られ、思わず溜息《ためいき》が出る。

翌朝、東の空が明るくなるのを待って出立《しゅったつ》する。この日は、夕暮れ方までに塩津《しおづ》に辿り着けばよかった。牛車の進みはよい。簾《すだれ》越しに道端《みちばた》に目をやると、古びた卒塔婆《そとば》が倒れて、道行く人々に踏まれていた。何とも切なくなり、歌を口ずさむ。

心あてにあなかたじけな苔《こけ》むせる
　仏の御顔《みかお》そとは見えねど

塩津に泊まり、翌日は船旅だった。程よい北風を帆ははらみ、船足も軽かった。東の方に遠く伊吹《いぶき》山《やま》が望めた。頂《いただき》には、わずかに雪が残っている。

名に高き越《こし》の白山ゆきなれて
　伊吹の岳《たけ》をなにとこそみね

越前の白山の雪を見慣れた身にしてみれば、伊吹の雪など子供だましのようなものだ。打出浜《うちでのはま》に着いて、宿でゆっくり一夜を過ごした。疲れ果てていた惟通も、船酔いはなく、骨休めになったようだ。

「姉君、明日は、多少遠回りになりますが、石山寺《いしやまでら》に詣《もう》でましょう」

そう言ったのも、力が新たに漲《みなぎ》ったからに違いなかった。

「惟通が石山詣でをしたいとは。観音信仰《かんのん》をしているようには見えないけれど」

冷やかし気味《ぎみ》に言ってやる。

「姉君がよく読んでいた『蜻蛉日記《かげろう》』、あれを書いた女人《にょにん》も詣でた場所でしょう」

「あの日記を読んだのだね」

「はい、もちろん」

惟通が得意気に答える。国守館の書庫にそれもあったので、暇に任せて読んだのかもしれない。

「それでは、あの日記の最後に記された歌は、何だったろうか」

「そこまでは覚えていません」

「わが思う人は誰《た》そとはみなせども　嘆きの枝に休まらぬかな。これは作者の息子、藤原道綱《みちつな》殿の歌です。それでは作者が石山寺に詣でて詠《よ》んだ歌は」

「さあ」

惟通が首を振る。

「石山寺に十日ばかり参籠《さんろう》したけれども、歌は詠まなかった」

惟通のことだからそんなことだと思いながら、石山詣でも悪くない気がした。少しばかりの迂回路《うかいろ》になっても、明日の夜までには京に着く。

翌朝、暗いうちに宿を出た。侍女や家人たちも、石山詣でができることを喜んでいるようだった。参詣となれば、牛車で行くことはできず、供の者と同じように徒歩《かち》になった。牛車に揺られるより
も歩くほうが楽と思ったのは、初めのうちだけだった。そのうち、足が痛くなり、息も上がって来
る。しかも、人の目を感じて、面映《おもは》ゆい。供の者は心配して、先になり後になって気遣《きづか》う。惟通のみ
が、やはり随身と心得て、傍《そば》に付き添ってくれる。

あの『蜻蛉日記』の作者は、京の都から徒歩で出たのだから、その苦労が忍ばれた。作者が鴨川《かもがわ》の
ほとりまで来たのが、まだ夜のうちで、有明《ありあけ》の月が残っていた。河原《かわら》には死人が横たわっていると聞
いていたが、恐ろしさなど感じる暇もなく、懸命に歩くばかりだった。粟田山《あわたやま》まで来てようやく一休
止し、夜が明けたのは山科《やましな》だったという。

日が明るくなると、行き交う人からじろじろと見られ、逢坂《おうさか》の関を越えて、打出浜に辿り着いたと
きは、半分死にかけていたと、作者は書き綴《つづ》っていた。

それに比べれば、四分の一くらいの距離でしかない。歯をくいしばって歩き、ようやく東雲《しののめ》どきに
なって山の麓《ふもと》に行き着く。本堂は山の中腹にあるので、さらに登らなければならない。あとひと息だ
と自分に言いきかせて、一歩一歩足を進めていると、鹿の声が木にこだました。これも『蜻蛉日記』
と同じだった。

ここまで来ると、石山詣でを言い出した惟通がありがたかった。供の者たちも疲れを知らぬごと
く、晴れ晴れした顔をしている。辺りの景色を味わうように左右を見渡しながら、語り合う。

山門《さんもん》をくぐって左に折れ、最後だという石段を登り切ると、本堂が見えた。思わず涙が出る。祖母の快癒《かいゆ》をねんごろに祈ったあと、見晴らしのよい場所まで行く。

絵のような眺《なが》めだと『蜻蛉日記』にあったのは本当だった。そのうえ、あのときと同じように、瀬《せ》田《た》川の川べりに馬が七、八頭放し飼いにされていた。瀬田川は、この先で尽きて湖になるはずだが、作者が船で渡って来たその湖までは眺めることはできない。

石山に瀬田の川音尽きぬれど
　わが行く末ぞはるけく覚ゆ

胸に去来《きょらい》するのは、これから綴る物語の行方《ゆくえ》だった。命ある限り書き続けていけば、なんとかなるはずとはいえ、その詳細はまだわからない。しかしこうやって、石山詣でをした今、観音様の加護《かご》があるに違いなかった。

供の者たちもそれぞれに祈りをすませて、石段を下る。

「惟通は何を祈願したのですか」

相も変わらず、つかず離れず付き添う惟通に訊《き》く。「祈りがことさら長かったようですが」

「まずは、祖母君の病《やまい》の平癒、そして越前に残った父君と母君、そして兄君の安寧《あんねい》です」

「それだけですか」

「姉君が書き始めている物語の行く末もです」

「嘘でしょう」

まさかと思って問い返す。

「いえ本当です。母君から聞いたのですが、何か私が喜ぶようなことが書いてあると」

「確かに。それが何かは読まないとわからない」

おそらく母君が口にしたのは、惟光《これみつ》の名前だ。

「いつか読ませてくれますね」

「さあ、惟通が『蜻蛉日記』をおろそかに読んだのを知った今、読ませる気にはなりません」

「姉君、それはあんまりな」

惟通が残念がる。

「とはいえ、この石山詣でを言い出したことに免《めん》じて、いつか読ませてあげましょう」

「必ずですね」

「必ず」

こうやって約束していれば、この先を書き続ける気力も湧いてくるはずだ。

帰りは、輿丁たちが、輿を勧めてくれた。帰途《きと》は、観音様も輿を許してくれるはずと言われて、しばらく輿に乗るも、人目が多くなって徒歩にした。

打出浜で遅い朝餉《あさがれい》をとり、逢坂山を越える。ここで家人のひとりが先駆けとして、早足で京に向かった。堤第《つつみだい》到着が夜になるのを告げるためだ。

山科を過ぎて粟田に来れば、もう京の東だ。父君に連れられて、当時権中納言《ごんちゅうなごん》だった藤原道兼《みちかね》様の粟田山荘を訪れたのが、大昔のように思われる。あの頃は右も左もわからぬ少女《おとめ》だった。決して後戻りをしない、時の流れが実感できる。誰にでも訪れるこの一瞬一瞬は、一回きりなのだ。

夕暮れて、鴨川のほとりまで辿りつくと、供人たちがざわめきだす。二年ぶりの都に、侍女も家人たちも嬉《うれ》しさを抑えられないでいる。そのうちの何人かは、また越前に戻るのだろうが、久方《ひさかた》ぶりの都を味わえるだけでも、喜びなのに違いない。

鴨川の流れを見て、どこか自分が変わっているのを感じる。死骸が横たわっているはずの鴨の河原とて、もう驚くほどのことではない。かといって、侍女たちのように都のたたずまいを見て、小躍《こおど》りする気にはなれない。この先、京の北東の片隅にある父親の家で、しっかりと足をつけ、生き続けるのだ。

簾の隙間《すきま》からは、帰りを急ぐ都人《みやこびと》たちの姿が見える。飾りたてた牛車の脇を萎烏帽子《なええぼし》に小袴《こばかま》をつけた水干《すいかん》姿の童《わらわ》が歩き、向こうからは商い人だろうか、竹籠《たけかご》を担《にな》った直垂《ひたたれ》姿の男が連れ立って来る。どこかの参詣《さんけい》の帰りだろう、壺装束《つぼしょうぞく》の女三人組もいる。うち二人は深々と笠をかぶっていた。

日も暮れて鴨川を渡る。惟通が供人に命じて、松明《たいまつ》を点《つ》けさせる。懐しい道筋がほんのりと浮かび上がる。下弦《かげん》の月も、ほのかに行く手を照らしてくれた。

向こうから、先駆けさせた供人ともうひとり、堤第の家司が、おのおの松明をかかげて迎えに来る。おのずと松明が四つになり、まるで一行は凱旋《がいせん》の将兵の有様《ありさま》を呈《てい》した。照らし出された牛車は、いうなれば凱旋将軍の馬で、どことなく気恥ずかしい。

とはいえ、堤第の中門《ちゅうもん》で牛車を降り、迎え出た妹の雅子《まさこ》と弟の定暹《さだのり》に相対したときは、涙が出た。二人とも二年のうちに、すっかり大人びていた。堤第の侍女や家司たちも、涙を抑えきれないでいる。越前から戻った侍女と、残っていた侍女たちが、手を取り合って喜ぶ。これから何日間は、お互い積もる話で明け暮れるに違いなかった。

惟通と一緒に、真っ先に祖母君の部屋に向かった。祖母君は、床《とこ》の上に気丈《きじよう》にも坐《すわ》って待っていた。

「二人共、帰ったのだね」

そう言う祖母君と手を取り合う。涙が出てくる。

「ご無事でしたか」

思ったよりも元気な姿に安堵《あんど》はした。

「体の不如意《ふによい》も年のせいだろうよ。それでも、そなたたちの姿を見たからには、明日から床上げをしよう」

祖母君が気丈に言う。「孫四人に囲まれて、寝つくわけにはいかない」

灯火《ともしび》を近づけて、祖母君がなおも続ける。

「為時殿《ためとき》も、そなたたちの母君も達者であろうか。それに惟規《のぶのり》も」

「元気で立ち働いておられます」

惟通が答える。

「それはよかった。越前から時折届く文《ふみ》で、つつがないのはわかっていても、心配なものは心配だからね。さあ、様々なことは、また明日からたっぷり聞かせておくれ」

ここまで屈託《くつたく》なくしゃべることのできる祖母君に、安心を覚える。主《あるじ》のいない堤第は、やはり祖母君にとって暗過ぎたのだ。この二年が十年にも感じられたのかもしれない。その夜は、朽ちた倒木《とうぼく》のようにぐっすり眠った。明け方の夢に、石山寺が出たのが奇妙だった。堂に籠《こも》って何かを書いているのだが、筆を走らせているのに料紙《りようし》はいつまでも白紙のままなのだ。

朝餉の席に、祖母君までが顔を見せたのには驚かされた。しかも、出されたものの大半は食べ切り、妹も定暹も目を丸くする。

「やはり、みなで食べるのがいいね」

そう言う祖母君を見て、京に帰ってよかったと思う。

朝餉のあと、改めて祖母君の部屋に挨拶《あいさつ》をしに行った。

「香子《かおるこ》、そなたが物語を書きはじめたことは、母君の書状にあった。安心したよ。亡き姉君も喜んでいるだろうよ」

祖母君が言ってくれる。しかしそれを読ませてくれとは口にしない。もう少し書き進めてから、読んでもらおうと心決めする。どこからか力が湧いてくる。

「越前では、箏《そう》や和琴《わごん》は弾《ひ》けたかい」

「はい、和琴は弾いていました。越前では惟通が琵琶《びわ》の手習いを始め、今ではまあまあの腕です」

「そうかい。惟通がね」

「むこうの郷司《ごうし》たちから贈られた琵琶も携《たずさ》えて帰っています」

「それはいい。合奏ができるのではないか。雅子も箏をやるようになった。そして定暹は笛だ」

祖母君が嬉しそうに言う。祖母君から、今一度、あの難しい琴《きん》のおさらいをしてもらえるのもよかった。

二年ぶりに眺める庭は、少しばかり手入れが行き届いていないものの、懐しい。露草が桂《かつら》の木の下で可憐《かれん》な紫色の花をつけている。手前の池の縁でも文目《あやめ》が、薄紫の花を一斉に突き上げていた。

越前から戻った侍女や家人たちが加わって、邸《やしき》中が活気づき、人の声もどこか弾《はず》んでいる。

四、五日経つと、祖母君が雅子に箏を教える音が、その部屋から響き出した。祖母君の床上げが本物になった証拠だった。やはり病は、家の中が一気に寂しくなってから生じたのだ。最初の一年は気力で持ちこたえたものの、二年目になると、先が思い遣られるようになる。残る三年をどう過ごしたらいいか思案するうちに、気うつが重なってしまったのかもしれなかった。

越前には、祖母君が快方に向かっていることを知らせる必要があった。手紙をしたためて、間もなく越前に戻る家人に手渡す。どうやら祖母君自らも短い手紙を添えられたようだった。

堤第に戻って、ここここそが我が棲《す》む所だと実感させられたのは、書庫にはいったときだった。時折、侍女が風を通してくれていたようで、かび臭くはない。

父祖伝来の書を手に取って確かめていると、これから先、書き継がねばならない物語が、様々に頭に去来《きょらい》する。とはいえ、それは断片であり、浮かんでは消える霧に等しかった。浮かんで消えても形になるのは歌だ。歌はその消えゆく断片を捉《とら》えればすむ。物語はそうではない。綿々と紡《つむ》ぎ出さねばならない。ちょうど蚕が糸を吐《は》くように、どこまでも繋《つな》げる必要がある。

貞淑《ていしゅく》で芯《しん》のある空蟬《うつせみ》と、素直で薄命《はくめい》だった夕顔《ゆうがお》を描いた今、書かなければならない女は、おのずと決まってくる。気位《きぐらい》が高くて打ち解け難い正妻とも一線を画《かく》する女とは、どういうものか。

考えつつ、「夕顔」の帖《じょう》に続く一行を料紙に書きつけてみる。

思えどもなお飽《あ》かざりし、夕顔の露に後《おく》れし心地を、年月経《ふ》れど、おぼし忘れず――。

どんなに思っても満たされず、心を惹《ひ》かれたあの女が、夕顔の露のようにはかなく消えてしまった無念さを、源氏の君は歳月が経っても忘れられない。ここの葵《あおい》の上もあそこの六条御息所《ろくじょうのみやすどころ》も、なかなか気疲れする女君《おんなぎみ》であり、強気でそのたしなみ深さを競い合う感じなので、親しみやすく心を許せた夕顔をしみじみと思い出し、あの女にかなう者はなかったと、恋しがるばかりだった。

源氏の君は「何とかして、大仰《おおぎょう》な世間の評判はなくても、可憐《かれん》そのもので、気遣《きづか》いのいらない女を見つけたいものだ」と、『古今《こきん》和歌集』にある、懲《こ》りずまにまたもなき名は立ちぬべし　人にくからぬ世にし住まえば、の通り、性懲《しょうこ》りもなく思い続けていた。

わずかでも器量良しという噂《うわさ》のある女については、すべて耳に留《とど》め、「これこそ上等」と心が惹かれるくらいの気配があれば、一筆啓上《いっぴつけいじょう》として文を送る。これに靡《なび》かずに知らない顔をしている向きはほとんどいないのも、いつもの事であり、強気にも冷淡《れいたん》さを貫き通している女は、心遣いに欠ける妙な生真面目《きまじめ》さを持っていて、物の程度を知らないわけで、さしもの源氏の君も最後まで意を通す事ができず、その途中で、並の男と一緒になったりする者もいるため、言い寄るのを断念する場合も多かった。

こんな時、機会ある毎《ごと》に、あの空蝉を憎らしいと思い出す。今は蔵人《くろうど》の少将《しょうしょう》の妻になっている軒《のき》端荻《ばのおぎ》にも、しかるべき折には文を送ってびっくりさせる事もあり、灯火に照らされて碁《ご》を打っていた際の、あの乱れた姿を、今一度見たいと思うくらいで、全く女の事になると、完全に忘れ去るのは難しかった。

源氏の君には、もうひとり左衛門《さえもん》の乳母《めのと》がおり、これは惟光《これみつ》の母である大弐《だいに》の乳母の次に大切に思っていて、その娘が大輔命婦《たいふみようぶ》という名で内裏に仕《つか》えており、皇族の血を引く兵部《ひようぶ》大輔の娘で、実に色好みをする若女房なので、源氏の君はそれを側に置いて使っていた。母の乳母は兵部大輔と別れたあと、筑前守《ちくぜんのかみ》の妻となって任地に下《くだ》っていたため、大輔命婦は父君の邸を里として宮中に出入りしていた。

その大輔命婦の口から、故常陸宮《ひたちのみや》が晩年にもうけ、大変可愛《かわい》がって愛育していた娘が、心細い有様で暮らしている事を、何かのついでに聞いたので、源氏の君は「それは気の毒です」と言って、心に留め、更に問い質《ただ》した。

「その気立《きだ》てや顔立ちなど、詳細は存じ上げません。目立たないようにされています。人とのつきあいも少なく、しかるべき用件のある宵《よい》などには、簾《すだれ》や障子《しようじ》を隔てて、お話し致します。琴《きん》のみを、親しい物とされておられます」と言上《ごんじよう》する。

「『白氏文集《はくしもんじゆう》』の五言《ごごん》古詩に、琴と酒と詩こそ三つの友とあります。しかし姫君に酒はふさわしくないでしょう」と源氏の君が言って、「私にその琴を聞かせるようにしてくれませんか。父親王《ちちみこ》はその筋にとても造詣《ぞうけい》の深い方でした。通り一遍の手並ではないはずです」とさらに言うので、大輔命婦は「そのように、殊更《ことさら》に聞く程の腕前ではないと存じますが」と答えた。

それでも源氏の君は、「そんなに勿体《もつたい》ぶらなくてもいいでしょう。近々朧月夜《おぼろづきよ》にこっそり出かけてみましょう。その時は、宮中から宮邸に退《さが》って手引きをしておくれ」と言うので、大輔命婦は「面倒な事になった」と思ったものの、内裏《だいり》で行事も少なく暇な、春ののんびりした日に里邸《りてい》に下った。

父の兵部大輔は新しい妻の所に住み、故常陸宮邸に時折通っており、命婦は新しい継母《ままはは》の所には住みたくないため、姫君の邸に親しみを感じて、よく顔を出していた。

源氏の君は言った通りに、十六夜《いざよい》の月が趣《おもむき》たっぷりな頃合に出かけて来た。大輔命婦は「ちょっと不都合ではございます。琴の音が澄んで聞こえるような、夜の按配《あんばい》ではないのですが」と言上《ごんじょう》したものの、「構いません。寝殿《しんでん》の方に行って、一曲弾《ひ》いて下さいませんか、と頼めばいいのです。聞かないで帰るのは、心残りです」と言う。

失礼で畏《おそ》れ多いものの、源氏の君には自分の部屋に控えてもらい、大輔命婦が寝殿に参上すると、姫君はまだ格子《こうし》も下ろさないまま、よい香りで匂っている梅を眺めていたので、「ちょうどいい折だ」と思って、「琴の音がどんなに素晴らしく聞こえるだろうか、と思われる今宵《こよい》でございます。その趣に誘われて参上しました。何かと忙しい出入りのあるこの頃ですので、一曲聴けないとすれば心残りです」と言上する。

「琴の音を聞き知る人がいるとでも言うのですね。しかし、そなたのように、内裏に出入りする人が聞く程のものではありません」と姫君は応じながらも、琴を取り寄せさせたので、一体どのくらいの腕前なのだろうかと大輔命婦は心配になり、「源氏の君はどう思われるのだろう」と胸塞《むねふさ》がる気がした。

姫君がかすかに掻《か》き鳴らすと、趣があり、さほど優《すぐ》れた手並ではないものの、琴は本来備わっている音色が格別な楽器なので、源氏の君は聞きづらいとも思わなかった。

「実に荒れ果てた寂しい所に、常陸宮ともあろう方が住んでおられたものだ。その父親王が古風かつ窮屈《きゅうくつ》に、深窓《しんそう》で大切に愛育されたのが姫君だ。しかしその名残《なごり》もなく、今は寂しくしておられる。さぞかし尽きる事のない物思いをされているだろう。昔物語にも出てきて、心を動かされたのはこういう場所を言うのだろう」と思い、「何か話しかけてみようか」とも考えたものの、「それはぶしつけだろう」と思い留《とど》まり、迷っている。

大輔命婦は利発《りはつ》な女房なので、余り長く弾いてもらうと技量の程が知れると懸念《けねん》して、「空も曇りがちになりました。今日は客人《まろうど》が来る予定なので、長居《ながい》をすると嫌っているととられかねません。またの折に、ゆっくりと聴かせていただきます。さあ格子を下げましょう」と言って、琴を弾くのをやめさせた。

源氏の君の許《もと》に戻ると、「何か中途半端なやめ方でした。どのくらいの技量か判断する間もなかったので、不満です」と源氏の君は言い、「いっその事、もっと近くで、立ち聞きさせてくれませんか」と迫るものの、大輔命婦はほのかに気を持たせるくらいがいいと思うので、「いえ、今夜はひどく寂しい様子で、今にも消え入りそうに沈んでおられました。辛そうなので胸が痛みました」と言上する。

「確かにそうだろう。突然馴《な》れ馴れしく語り合うのは、その程度の身分の人間でしかない」と思い、姫君の身分がしみじみと趣深く感じられた。そこで、「こんな思いの私の心を、それとなく伝えてくれませんか」と、源氏の君は大輔命婦に頼んだ。

まだ他にも約束をした所があるのか、源氏の君は、ごく内密に退出するので、大輔命婦は「帝《みかど》は、あなた様の事を真面目一筋だと思っておられます。それがおかしく感じられる時があります。こうしたお忍び姿を、帝が見られたら、どんなにか驚かれましょう」と言うと、源氏の君は立ち戻って「赤の他人が言うような口振りで責めないで下さい。これを浮気な振舞と言うなら、あなたの行いはどうなりましょうか」と笑いながら言う。日頃から好き者と源氏の君から思われて、時々そう声もかけられているため、大輔命婦は「恥ずかしい」と思って黙ってしまった。

「寝殿の方に行けば、姫君の気配でも感じられるだろう」と源氏の君は思って、そっと立ち退いて、透垣《すいがい》のわずかに折れ残っている物陰に、立ち寄ってみる。すると、先刻からそこに立っている男がいるので、「一体誰なのだろう。やはり懸想《けそう》している好き者がいるのだ」と思って、物陰に身を隠して見た。

その男は、この夕方、内裏から共に退出した頭中将《とうのちゅうじょう》で、源氏の君が左大臣邸に直行せず、自邸の二条院でもなく、そのまま別れたので、「行先はどこだろう」と気になり、自分も行く所はあるものの、後をつけてそっと様子を見ていたのである。自分も忍び歩きのため、みすぼらしい馬に乗った狩衣《かりぎぬ》姿だったので、源氏の君には気づかれず、こうした物寂しい妙な所に源氏の君が入って行ってしまったのを、わけがわからないまま、「琴の音をしみじみと聴きながら立っているうちに、出て来られるだろう」と思って、じっと待っていたのだ。

源氏の君は、まだその男が誰だかわからず、「知られてはまずい」と思って、抜き足でそっと立ち去ろうとした瞬間、男がさっと近寄り、「無情にも私を置き去りにされたので、ここまでお送りしたのです」と言って歌を詠みかけた。

もろともに大内山《おおうちやま》は出《い》でつれど
入《い》る方《かた》見せぬいざよいの月

一緒に内裏を出たのに、行方も知れずに姿を消したのは、入る方を見せない十六夜の月のようでした、という恨《うら》みを込めた諧謔《かいぎゃく》で、源氏の君は頭中将だとわかるとおかしくなり、「私の後をつけるとは、人の思いつかない事です」と憎らしくなって返歌する。

里分《さとわ》かぬかげをば見れど行く月の
いるさの山を誰かたずぬる

どこの里も平等に照らす月を見る事はあっても、その月が沈む山を誰が訪ねるでしょうか、と尾行《びこう》を非難する歌で、頭中将の大内山に対して『後撰和歌集《ごせんわかしゅう》』にある、**梓弓入佐《あずさゆみいるさ》の山は秋霧の　あたるごとにや色まさるらん**、の入佐山を用いていた。

「こうやって後をつけて歩かれたら、どうなさいますか」と頭中将が言い、「本当は、こうした忍び歩きには、随身《ずいじん》を連れて行くと事もうまく進むはずです。どうか私をそのひとりにして下さい。身をやつした夜の外出では、軽々しい不都合事も生じましょう」と、生意気《なまいき》にも注意する。こんな具合に忍び歩きを何度も見つけられている源氏の君は、「小憎らしい」と思うものの、頭中将が夕顔との間に生まれた撫子《なでしこ》を捜し出せないでいるのに、自分が知っているのを大手柄だと思って溜飲《りゅういん》を下げた。

二人はいい気分になり、それぞれに約束をしている所に向かう事もできなくなって、そこで別れずに牛車《ぎっしゃ》に同乗して、月の光が趣豊かな頃合に、雲が月を隠している道すがら、笛を一緒に吹きながら、左大臣邸に着く。先払いもさせずに忍び入り、人目のない廊《ろう》で狩衣から直衣《のうし》に着替え、そしらぬ顔で今来たように見せかけて、笛を吹いていると、例によって左大臣が聞き逃さず、高麗笛《こまぶえ》を取り出して吹くと、名手《めいしゅ》だけに見事であり、御簾《みす》の内でもたしなみのある女房たちに琴を弾かせた。

葵の上付きの女房で、頭中将が思いを寄せる中務《なかつかさ》の君は、上手《じょうず》に琵琶《びわ》を弾くものの、頭中将の懸《け》想《そう》には構わず、源氏の君がたまたまこうして優しく接してくれるのに、ほだされ、その様子が面《おもて》に出てしまい、左大臣の北の方である大宮《おおみや》から不快に思われていた。源氏の君の側にいたいのをこらえ、いたたまれない心地で物に寄り臥《ふ》してはいるものの、源氏の君の姿を全く見られない所に離れ去るのは、やはり寂しく、思い乱れている。

源氏の君と頭中将は、先刻の琴の音《ね》を思い起こし、静寂な住まいの有様も、また別の趣があったと感じていた。頭中将は「これはこうなればいいという仮の願望だが、素敵で可愛い人が、あんな寂しい邸で歳月を送っている時、見初《みそ》めてしまったら、どうなるのだろう。心苦しい程に恋い焦《こ》がれ、人にも騒がれるくらいになったら厄介《やっかい》ではある」と思い、源氏の君がこのように心をあからさまにして通っているので、「このままにするはずはない」と、半分羨《うらや》ましく、半分は癪《しゃく》にさわった。

源氏の君からも頭中将からも、あの故常陸宮の姫君に手紙が送られたものの、双方ともに返事はない。頭中将は焦燥《しょうそう》にかられて、「余りにもひどい。あんな廃《すた》れた邸に暮らす姫君は、普通ではなかろう。ものの情緒《じょうちょ》を解して、草木の様子や空の感じに対しても、細《こま》やかな反応があろう。その心映《こころば》えが感じられる折々が前提となってこそ、心が動くものに違いない。しかし、いくら性格が重々しくおっとりとしていたとしても、ここまで引っ込み思案《じあん》なのは、見苦しくていただけない」と、源氏の君以上に焦っていた。

例によって頭中将は源氏の君とは気さくな間柄であり、「あの故常陸宮邸からの返事はあったでしょうか。それとなく様子を見に行きましたが、体裁《ていさい》の悪い不首尾《ふしゅび》に終わりました」と不満そうに言う。源氏の君は「やはり、予想通り言い寄ったのだ」と思って微笑《ほほえ》み、「さあ、返事を見ようとも思わないので、見たとは言えません」と応じたので、「源氏の君には返事して、こちらには返事をしていない。差別したのだ」と、頭中将は恨めしがった。

源氏の君としては、まださして深くは思っていないものの、ここまで冷たくされて、もはや興醒《きようざ》めとは思っていたのに、「頭中将はしきりに言い寄っている。優しい言葉攻めにあえば、相手は最後は靡いてしまうだろう。私を思い捨てて、頭中将を選んだことで、あの姫君が得意顔になるとしたら、こっちとしては立つ瀬がない」と思う。

そこで大輔命婦に、「どうもこっちをじらしているのが、気になります。浮気な男だという疑いの目で見られているのでしょう。こっちとしては、いくら何でも、浮ついた浅薄《せんぱく》な心ではありません。人の心がのんびりしていなくて、不平ばかりかこっていると、自然に間違いを犯すものです。かといって、心がおっとりしていて、親兄弟の世話も行き届き、安心している人は、こちらも可愛く思うでしょうに」と真剣に相談をもちかけると、大輔命婦は「その辺りはどうでしょうか。そのような趣のある立ち寄り所としては、似つかわしくないかもしれません。とにかく遠慮深く、引き籠っている点では、珍しいお方です」と、ありのままを言上する。

源氏の君は、「世馴《よな》れして洗練されているという面が、欠けているのでしょう。しかしとても子供っぽくて、おっとりしていれば、それはそれで可愛らしい」と、あの夕顔を思い起こして言った。

その後、源氏の君は瘧病《わらわやみ》を患《わずら》い、人知れぬ思いの乱れも、心が休まる暇《いとま》もない程になり、春と夏が過ぎ、秋の頃、静かに思い続けて、あの五条の夕顔の宿で耳についた、聞き苦しい砧《きぬた》と唐臼《からうす》の音も、自《おの》ずと恋しく思い起こされる。故常陸宮邸にしばしば文を送ったものの、依然として応答はなかった。

男女の情愛に疎《うと》いのが小癪《こしやく》であり、負けたままで終わらせはしないという意地まで加わり、源氏の君は大輔命婦を責めて、「一体どういう事情があるのですか。こんな仕打ちをされるのは初めてです」と言う。不愉快千万《せんばん》と思っている様子に、大輔命婦も気の毒がり、「あなた様との間柄が似つかわしくないとは、姫君に申してはおりません。ただ、余りの遠慮深さから、どういう返事を差し上げていいのか、おわかりにならないようです」と答える。

それに対して源氏の君は、「それこそが世馴れしておらず、男女の機微《きび》を解していない事です。物の道理がわからず、ひとり身なので何も決められないのであれば、そこまでの恥ずかしがりようも当然です。しかし万事を思慮深く判断されるのだろうと、私は感じています。姫君が私と同じように心細く感じておられるのなら、お会いするだけで私の願いも叶《かな》います。

あれこれ男女の情愛がからまる筋ではなく、ただただ、お会いしたいので、あの荒れ果てた簀子《すのこ》に佇《たたず》んでいたのです。全く真意が摑《つか》めないので、姫君の許しがなくても、何とか一計を案じて会わせて欲しいのです。焦慮《しょうりょ》の余り、不届きな真似《まね》は絶対しません」と説得した。

源氏の君は、世にある限りの女の様子をことごとく聞き集めて、耳に留めておく性癖《せいへき》なだけに、物足りない夜更《よふ》かしの、ちょっとした折に、「こんな姫君もおられます」と言って、大輔命婦が話を切り出したのを、こんなにまで入れ込んでしまった。

大輔命婦は、しきりに仲介役を頼まれるので、面倒臭く、「姫君の有様は男女の事について明るくもなく、趣もありそうでないため、生半可《なまはんか》な手引きでもすると、気の毒な事が生じないだろうか」と思われたものの、源氏の君がこうして本気で言うのを、無視するのはひねくれ者と思われてしまう。

父の親王が生きておられた時でさえ、古びた所と思われて訪問する人もなく、まして今は、庭に繁《しげ》る浅茅《あさじ》を踏み分けてはいって来る人も途絶えているにもかかわらず、こうして世にも珍しく、男君からの言い寄りの気配《けはい》がほのかに伝わってくるのを、女房たちがにんまりとして、「やはりご返事されますように」と促《うなが》すのだが、姫君は、情けない程の遠慮深さなので、全く手紙には目もくれないままだった。

大輔命婦は、「それでは適当な折を見つけて、物を隔てて話ができるように取り計らいましょう。その上で、気が進まなければ、中止なさればよいのです。反対に、しかるべき縁《えにし》で仮にでも通われても、咎《とが》める人などございません」と、自らも好き心の持ち主なので、浮き浮きしながら決め込み、父の兵部大輔にはこうした成行きも伝えなかった。

そして八月二十日過ぎ、宵過ぎていつ出るかと待たれる月が遅く、星の光ばかりが鮮やかで、松の梢《こずえ》に吹く風の音が心細い頃合に、大輔命婦が故常陸宮の生前の事を話し出すと、姫君が泣き出したので、「これはいい折だ」と思って、源氏の君に使いを出した。そこで源氏の君は例によってこっそり二条院を出た。

月がようやく昇ってきて、荒れた籬《まがき》の付近が気味悪く、源氏の君はその有様をぼんやり眺めていると、大輔命婦にそそのかされたのか、姫君がほのかに琴を掻き鳴らす音色は、さして悪くない。側で聞く大輔命婦は、「もう少し親しみ易《やす》く、今風の趣を添えたらいいのに」と、浮ついた性分《しょうぶん》から不満に思っていた。

人目のない所なので、源氏の君は気楽に邸内にはいり、大輔命婦を呼ばせると、今知ったように大輔命婦は驚きながら、姫君に、「大層厄介な事が生じました。かくかくしかじかの経緯《いきさつ》で、あの源氏の君がおいでになったようです。いつもご返事がないのを恨んで、責められるのですが、わたしにはどうにもできかねると断っていたのです。すると、『私自らものの道理を教えて上げましょう』と言われるのです。どうお返事しましょうか。並の軽々しい訪問ではないので、困っております。物越《ものご》しに、あちら様が言われる事をどうか聞いてやって下さい」と言う。姫君は、「恥ずかしい限り」と思って、「人にどう話をしたらいいのかわかりません」と言って、奥の方にいざりながらはいってしまうその様子は、極端に世馴れしていない風だった。

大輔命婦が、「そんなに子供っぽく振舞われると困ります。限りなく高貴な人も、親が存命で後見《うしろみ》役《やく》がしっかりしているうちは、子供っぽくても仕方ありません。しかしこれ程の心細い暮らしぶりですと、昔のまま、世をいつまでも憚《はばか》っているのは、似つかわしくございません」と教え諭《さと》すと、さすがに人の言う事には強く抗《あらが》えない性分なので、「返事をしないで、ただ聞きなさい、と言うのであれば、格子を下ろしたままでいましょう」と姫君が答える。

「簀子に坐ってもらうのは、不作法《ぶさほう》でございます。無理に軽率な振舞をされる心など、よもや持たれておりません」と、大輔命婦はうまく取り繕《つくろ》って言い、二間《ふたま》の境の襖障子《ふすましようじ》にしっかりと錠《じよう》を下ろして、褥《しとね》を置いて座を整えた。

姫君は大変恥ずかしく思うものの、源氏の君のような人に話をする気遣いなど、全くわかっておらず、命婦が言うのだから、そんな事情があるのだろうと思うだけだった。乳母だった老女房は自室で横になり宵寝をしている頃合である。二、三人いる若い女房たちは、「世間で褒《ほ》め称《たた》えられている源氏の君の様子をひと目見たい」と思って、お互い緊張しながら、姫君には好ましい衣装《いしよう》に着替えさせ、髪や化粧もしてやるが、当の姫君は何の緊張もない様子だった。

源氏の君は、この上ない素晴らしい姿を、人目につかないように気遣いをしていて、それが逆に優艶《ゆうえん》である。「この風情《ふぜい》がしっかりわかる人にこそ見せたい。それがこんな小ぎれいでもない所なので、お気の毒ではある」と大輔命婦は思うものの、姫君がひたすら無頓着なので、「この面《めん》では安心して、私はもう出過ぎた真似はすまい」と考える反面、「とはいえ、源氏の君から終始責められた挙句《あげく》、こんな企《くわだ》てをしてしまっている。これで世間知らずの姫君に、恋心でも生じたらどうしようか」と、気がかりでもあった。

源氏の君は、故常陸宮の子女だという姫君の身分がわかっているので、「ひどく気取って、今風の上品ぶったもてなしよりは、段違いに奥床《おくゆか》しい」と感じていた。周囲から促されて膝行《しっこう》しながら寄って来る気配は、しとやかであり、裛衣香《えいこう》が好ましく香ってのびやかなので、「やはり思った通りだ」と納得する。

長い間思い続けて来た心の内を、縷々《るる》言い続けたものの、手紙に返事がないくらいなので、ましてや近くでの返答はさらさらなく、源氏の君は「これはどうしようもない対応だ」と内心で嘆きつつ、詠歌《えいか》した。

　いくそたび君がしじまに負けぬらん
　　ものないいそといわぬ頼みに

どれだけあなたの沈黙に負けたでしょうか、こうやってものを言ってはならないと、あなたが言わないのを頼みにして、しゃべっております、という慨嘆《がいたん》で、「むしろきっぱりおっしゃって下さい。

『古今和歌集』に、ことならば思わずとやは言いはてぬ　なぞ世の中の玉だすきなる、とあるように、どっちつかずの曖昧《あいまい》さは苦しいのです」と源氏の君が言う。姫君の乳母子で侍従《じじゅう》という軽々しい若女房が、「はらはらして見ておられない」と思って、姫君の側に寄って、代詠《だいえい》をしてやる。

鐘つきて閉じめむことはさすがにて
答えまうきぞかつはあやなき

鐘をついてきっぱりと終えるのは、さすがにできません、しかし返事をするのが辛いというのは、本意ではございません、という言い訳で、若々しい声で、格別重々しくない歌を、代詠でなく姫君の言葉として言上した。源氏の君は、「姫君の身分にしては馴れ馴れしい」と思いつつ聞き、珍しい返歌なので呆気《あっけ》に取られて返事した。

いわぬをもいうにまさると知りながら
おしこめたるは苦しかりけり

言わないのは、言うよりも思いが優《まさ》っていると知りつつ、黙ったまま心の内に閉じ込めておくのは苦しいものです、という取り成しで、その後も何やかやと他愛ない事を、面白くも生真面目にも言って聞かせたが、応答はなく無駄《むだ》だった。

源氏の君は、「本当になんと風変わりで、考え方も世間離れしている人だろうか」と、忌々《いまいま》しく、そっと襖障子を押し開けてはいる。大輔命婦は、「これは大変、こちらを油断させておられたのだ」と思い、姫君に気の毒なので、素知らぬ顔で自室に戻る。若女房たちは、また世に比類《ひるい》ない有様だという評判に免じて、無礼の罪を許して、大仰に嘆かず、しかし思いもかけない突然の事に、姫君にはこういう事への心準備がないと、心配する。当の姫君は何の事かわからず、恥ずかしがって身を縮めるのみであった。

　源氏の君は「今はこういう慎《つつ》ましさに心が引かれる。まだ男女の情にはうぶで、大切に養育されたのだろう」と、咎め立ては一切しなかったものの、「何にもわかっていない。何となく可哀想《かわいそう》だ」と思える有様なので、「一体どんな事に心を開かれるのだろう」と、源氏の君は呻《うめ》きながら、契《ちぎ》りが不首尾のまま、まだ夜深い頃にそっと退出した。

「どうなるのだろう」かと目を醒《さ》まして、聞き耳を立てながら横になっていた大輔命婦は、「知っているような顔をしてはいけない」と思って、他の女房たちに見送りをさせるための咳払《せきばら》いもしない。

二条院に戻って横になっても、「やはり望み通りにはならない世だ」と思い続けて、「軽くも低くもない身の上の姫君なのに、何とも心苦しい人だ」と考えていた。

　頭中将が訪問して来て、「相当の朝寝でございます。何か深い事情があるように見受けますが」と言うので、起き上がって、「のんびりとした独り寝の床《とこ》なので、気分がゆるんでしまいました。内裏からの達示《たっし》でしょうか」と訊く。

「そうです。内裏を出て直接参りました。帝の朱雀《すざく》院への行幸《ぎょうこう》が、十月十日過ぎなので、今日、楽《がく》人《にん》や舞人《まいびと》が決まります。その旨《むね》を昨夜承《うけたまわ》ったので、大臣にも伝えるべく退出したのです。すぐ帰参するつもりです」と忙しそうだ。「それでは同行しましょう」と源氏の君は言う。

粥《かゆ》や強飯《こわいい》を食べ、頭中将にも差し出して、牛車は二両引き連ねてあったものの、ひとつの牛車に同乗する。「まだ眠そうではないですか」と頭中将が咎めるように言い、「何か私に隠し事をされているのではありませんか」と恨み言を口にした。

その日は内裏で諸事が多く定められる日だったので、源氏の君は終日宮中にいた。「せめて、あの姫君には文を送ろう」と、後朝《きぬぎぬ》の文が夕刻になってしまって気の毒ではあったが、手紙を送ると、雨が降り出して、煩わしいものの、姫君の許に雨宿りしようとはさらさら思わずに、そのまま二条院に帰った。

故常陸宮邸では、後朝の文を待つ時刻も過ぎており、大輔命婦も「何とも可哀想な姫君だ」と心苦しく思っているのにもかかわらず、当の姫君は心の中でひたすら恥ずかしく思っているのみで、今朝《けさ》届けられるべき文が夕方になっても、これが落度とも何とも思っていなかった。

夕霧の晴るる気色《けしき》もまだ見ぬに
いぶせさ添うる宵の雨かな

あなたの心が開かないのと同じく、夕霧の晴れる気配もまだ見えないのに、鬱陶《うっとう》しさを加えるように今宵は雨が降っています、という嘆きであり、「雲の晴れ間を待っているのは、さぞかしじれったい思いをされているのではありませんか」と付記してあった。源氏の君の来訪がないのを、女房たちは胸がつぶれる程案じていて、「やはりここは、ご返事されて下さい」と姫君を促し合ったが、姫君の困惑は深まるばかりで、型通りの言葉さえも思い浮かばない様子であり、「こんな調子ですと、夜が更けてしまいます」と言って、例の侍従の導きでようやく返歌した。

晴れぬ夜の月待つ里を思いやれ
同じ心にながめせずとも

晴れぬ夜に月の出を待っている里のように、来訪を心待ちしているわたくしの胸の内を思い遣って下さい、あなた様とわたくしが同じ心で月を眺めるのではありませんが、という困惑で、女房たちから口々に責められた挙句に、もともとは紫色の料紙《りようし》が古くなって、白茶けてしまった紙に、筆遣いはさすがに文字がしっかりしつつも、時代遅れの趣があり、行の上と下を揃えて書かれている。

源氏の君は見る甲斐《かい》もないと思って、脇に置き、「姫君は一体どう思っているのか」と焦慮にかられ、「こういう事を悔《くや》しいというのだろうか。しかしどう対処したものだろう。まあ、先方があのようであっても、こっちとしては最後まで面倒を見よう」と決意した源氏の君の心を知らない故常陸宮邸では、ひどく嘆くばかりだった。

左大臣が夜になって内裏《だいり》から退出する際に、誘われるままに源氏の君は左大臣邸に赴いた。帝の行幸に興味を持ち、左大臣の子息の公達《きんだち》たちが集まって話しながら、各自、舞の稽古《けいこ》をするので、源氏の君も加わる。それがこの頃の日課として日は過ぎ行く。

楽器の音はいつもより耳騒がしく、あちこちで競い合い、平常の遊宴とは違って、大篳篥《おおひちりき》や尺八《しやくはち》の笛が鳴り響き、太鼓《たいこ》さえもが高欄《こうらん》の元に寄せられ、公達たちは自ら打ち鳴らし、興じ合っていた。

源氏の君もそこに加わって暇《いとま》がなく、どうしてもと思う所にのみ忍んで通うものの、あの姫君の許からは足が遠のいたまま、秋も暮れ果て、故常陸宮邸では、なおも来訪を心待ちしている甲斐もなく、日は経つばかりだった。

行幸が近くなり、試楽《しがく》で大騒ぎしている頃、大輔命婦が源氏の君の許に参上したので、「姫君はどのようにされていますか」と、申し訳ない気分で尋《たず》ねた。大輔命婦が様子を伝え、「何ともこうして疎遠《そえん》になっている状態は、見ているわたしまで辛くなります」と泣きそうな顔で心配しているので、「奥床しくつきあう程度にしておこう」と思っていたのが、そういうわけにはいかなくなる。命婦が不安に感じているのがわかり、当の姫君は物も言わずに思い詰めているはずであり、そんな姿を思い浮かべると哀れでもあった。

「今は暇もないのです。私としても辛い」と嘆きつつ、「姫君は男女の機微を全く解しておられない。それを懲《こ》らしめようと思っているのです」と微笑む源氏の君の姿は、若々しく美しいので、大輔命婦も自ずと頬が緩《ゆる》むのを覚えて、「ここは仕方がない。人から羨《うらや》ましがられる若さであり、他人への配慮に欠け、自由奔放《ほんぽう》なのももっともだ」と思う。

この行幸の準備の期間が過ぎてから、源氏の君は時々、故常陸宮邸を訪ねるようになった。この頃、源氏の君は、あの藤壺《ふじつぼ》宮の血縁である幼い人を探し出して引き取っており、その可愛さに心が惹かれて、六条御息所からは益々《ますます》足が遠のき、まして荒れた宿の姫君は、いたわしく思う心は緩んでいないものの、気が進まないのも当然で、何とも解《げ》せない恥羞心《しゅうちしん》の魂ともいうべき姫君の姿を、露《あらわ》にしてやりたいと思う心も特にないまま、時は過ぎて行く。

「実際見てみると、予想以上かもしれない、手探りなのでよくわからないだけではないか。是非《ぜひ》ともはっきり見たいものだ」と、繰り返し源氏の君は思う一方で、はっきりと見届けるのも気恥ずかしく、姫君がくつろいでいる夜の談笑の頃合に、そっと邸内に入り、格子の隙間から覗《のぞ》き見した。

ところが姫君の姿は見えず、几帳《きちょう》はひどく壊れていても、長年立てられている場所は同じで、押しやられて乱れてもいないので、奥は見えず、女房たちが四、五人坐っている。膳の食器は、青磁《せいじ》じみた唐土《もろこし》からの舶来品《はくらいひん》ではあっても、洗練さにかけ、品数の少ない食事を、姫君の前から下がってとっていた。

隅の間では、実に貧相な女たちが、白い衣が煤《すす》けてしまっている物を着て、汚らしい褶《しびら》を腰に巻いた腰つきは、見苦しい。さすがに櫛《くし》を垂らして挿《さ》している額の様子は、「女楽《じょがく》を教習する内教坊《ないきょうぼう》や、神体を奉安《ほうあん》する内侍所《ないしどころ》辺りに、こんな連中がいる」と、源氏の君は苦笑したものの、「こんな連中が姫君の側に仕えているのではなかろう」と考えた。

「本当に今年は寒い。長生きしたのでこんな目に遭《あ》ってしまった」と言って泣いている女もおり、「常陸宮が存命だった頃は、辛いと思った事などなかった。心細くはあっても何とか過ごせたのに」と言い、今にも飛び立ってしまいそうに震えている者もいて、様々に情けなさそうに嘆き合っている。聞いているのも胸が痛むので、立ち退《の》いて、たった今しがた来たようなふりをして、源氏の君が格子を叩《たた》くと、「あれ、これは大変」と言って、灯《ひ》を点《とも》し直し、格子を上げて中にお入れした。

あの侍従は、斎院《さいいん》にも頻繁《ひんぱん》に参上している若女房で、折しもこの時は不在であり、いよいよ賤《いや》しく田舎《いなか》じみた者ばかりなので、源氏の君は馴染《なじ》めない感じがする。女房たちが心配していた雪は、一層ひどく降り、空模様がいよいよ荒々しくなり、風は吹き荒れ、大殿油《おおとのあぶら》が消えてしまったのに点《てん》じる人もないので、源氏の君はあの物の怪《け》に襲われた時を思い出してしまう。

荒れた光景はそれ以上であるものの、狭い所であり、人の気配が多少あるので、少しは安心する反面、薄気味悪く、寝つけそうにもない夜の気配である。日頃とは違って、心が動かされそうな気配がするのに、姫君はひどく内気で、情緒に薄く、繊細《せんさい》さに欠けているのを残念に思いつつも契った。

ようやく夜も明けたようなので、源氏の君は自ら格子を上げて、前栽《せんざい》に降った雪を眺めると、踏み分けた足跡もなく、遥か遠くまで一面に荒れて、実に寂しい景色である。女君をこのまま振り捨てて退出するのも不憫《ふびん》なので、「趣のある空模様を見て下さい。いつまでも心隔てをなさるのは理屈が通りません」と恨み言を口にする姿は、まだほの暗い中で、雪の光に照らされて一段と清らかに、若々しく見える。

老女房たちは満面の笑みを浮かべてそれを眺め、「早く出て来られませんと。引っ込んだままでおられると、失礼になります。素直な心が一番でございます」と女君を諭すと、人が言上するのを拒めない性分なので、あれこれ身づくろいを整えて、いざり出て来た。源氏の君は見ないふりをして外を眺めてはいるものの、ぐっと横目遣いをしつつ、「どんなものか。いつもよりも打ち解けた様子がほのかでも加われば、嬉しいが」と、一途《いちず》に思った。

ところが居丈《いたけ》が高くて胴長に見えるので、「やはり思った通りだ」と胸がつぶれ、続いて「これは不恰好《ぶかっこう》だ」と見えたのは鼻で、思わずそこに目をやると、あたかも普賢菩薩《ふげんぼさつ》の乗物のように、あきれんばかりに高く長々と伸びていた。先の方が少し垂れて赤く色づいている様子は、全く以《もっ》て興醒《きょうざ》めであり、肌の色は雪も恥ずかしがる程に白く、青ざめ、額はことさら広く、顔の下半分はだらりと長く、痩《や》せ衰《おとろ》えて骨ばり、肩の辺りが骨さらばえて痛々しい感じは、衣の上からでも見えた。

「どうしてこんなにも赤裸々《せきらら》に見てしまったのだろう」と思うものの、珍奇な感じに引かれて、そのまま見つめると、頭の形や髪のかかり具合は美しく、「見事だ」と思っている人々にも劣らず、髪が袿《うちき》の裾にたまって引かれている様子から、「身丈《みたけ》より一尺程長い」ように見えた。

着ている物について細々《こまごま》と言うのは、慎み深くはないものの、昔物語でもまずは装束《しようぞく》がどうなのか語られているので、見てみると、誰でも着用できる聴《ゆる》し色の紫が、ひと重ねの表の方は薄汚く白く色褪《いろあ》せており、その上にもともとの色さえわからない黒い袿を重ね、表着《うわぎ》には、大層気品のある香り豊かな黒貂《くろてん》の皮衣《かわぎぬ》をまとっていた。昔風の由緒《ゆいしよ》深そうな装束とはいえ、若々しい女の装いには不似合いで、いかめしさだけが目立っているものの、「やはりこの皮衣なしでは寒かろう」と見える、寒々とした顔なので、源氏の君は不憫がる。

何か言葉をかけようにも、できかねて、自分までも口が塞《ふさ》がる心地がするものの、「いつもの沈黙が打ち破れるか試してみよう」と思って、あれこれ話しかけると、女君はひどく恥じらい、扇《おうぎ》で口元を隠すため、古めかしくも無骨《ぶこつ》であり、儀式官の大袈裟《おおげさ》な張り肘《ひじ》を思い起こさせ、さすがに微笑している様子は、何を考えているのかわからないしまりのなさがある。

それが可哀想で、源氏の君はその場にいたたまれず、急いで邸を退出しかけて、「頼りになる人がおられない様子なので、見初《みそ》めた私を疎《うと》まず、親しくして下さるなら、こちらとしても本望《ほんもう》です。しかし心をまだ許されていないようなので、辛いです」と言い、詠歌した。

朝日さす軒の垂氷《たるひ》はとけながら
などかつららの結ぼほるらん

朝日の射す軒のつららは溶けても、あなたの心はどうして、氷のように固く閉ざされているのでしょう、という嘆息で、「結ぼほる」には水が凍るという意と、心が晴れないという意を掛けていた。女君は返歌もせずに「うふふ」とのみ含み笑いをして、返事に窮している様子が情けなく、源氏の君はげんなりした気分で退出した。

牛車を寄せた中門《ちゅうもん》が、ひどく歪《ゆが》んで崩れかかっているのが、夜目《よめ》にも歴然としてはいたものの、万事隠されている所が多かったのに、今朝ははっきりと寂しく荒涼《こうりょう》としていて、松の雪だけが暖かそうに降り積もっているのは、どこか山里の感じがして趣があるので、「かつて雨夜《あまよ》の品定《しなさだ》めした折、話に出た葎《むぐら》の門《かど》というのはこうした所なのだろう。本当にいたわしく可愛い人をここに住まわせて、心の底から恋しいと思いたい。あってはならないあの方に対する秘めた思慕《しぼ》の情も、それに紛らわせるのに」と源氏の君は思う反面、この思い通りの住《す》み処《か》に似合わない先刻の女君を「何の取柄《とりえ》もない」と思いながらも、「自分以外の者は、我慢して世話しないだろう。こうして馴染《なじ》んでしまったのは、故常陸宮が心配の余り、魂の手引きでこうして自分を側に置くようにしたのだろう」と考えた。

橘《たちばな》の木が雪に埋もれているのを、随身《ずいじん》を呼んで払わせると、羨ましそうに松の木が自ら起き返って雪をさっとこぼしたのも、『後撰和歌集《ごせんわかしゅう》』にある、**わが袖はなにたつすえの松山か　そらより浪のこえぬ日はなし**、のような趣があるものの、「そんなに深くなくても、並の程度に受け答えしてくれる人がいればいいのに」と思う。

牛車が出る正門はまだ閉まっていて、鍵を預っている者を捜させると、ひどく年取った老人が出て来て、その娘か孫の中間くらいの背丈の娘が脇にいて、衣は雪の白さのために一段と煤けて見え、

「寒い」と思っている様子が伝わり、風変わりな入れ物に火を少し入れ、袖でくるんで持っていた。
老人が門を開けられないため、その女が近寄って手を貸している有様は、実に見苦しく、供人が手助けして、ようやく開いたので、源氏の君は独詠する。

ふりにける頭《かしら》の雪を見る人も
おとらずぬらす朝の袖かな

白髪頭《しらがあたま》の老人に降った雪を見る人も、老人に劣らず涙で濡らす、今朝の私の袖だ、という自嘲《じちょう》だった。さらに幼い者が着る物にも不自由している姿を目にして、白楽天《はくらくてん》の「秦中吟《しんちゅうぎん》」の「重賦」の一節を口ずさむ。

歳暮閉天地
陰風生破村
夜深尽煙火
霰雪白紛々
幼者形不蔽
老者体無温
悲喘与寒気
併入鼻中辛

歳《とし》暮れて天地閉《と》じ
陰風破村に生じ
夜深くして煙火尽き
霰雪白く紛々たり
幼《わか》き者は形蔽《おお》わず
老いた者は体 温《あたたか》なること無し
悲喘《ひぜん》と寒気
併《ふた》つながら鼻中入りて辛《から》し

幼い者は身にまとう物もなく、という文言《もんごん》からも、女君の寒そうな面影《おもかげ》がふと思い浮かび、源氏の君はつい微笑しつつ、「頭中将にあの顔を見せたら、何に喩《たと》えるだろうか。いつも様子を探りに来るので、そのうち見つけるだろう」と、源氏の君は困り果てる。

世間並みで、とくにどうということもない容貌《ようぼう》であれば、思い棄てて関係を断てるものの、生じっか顔をしっかりと実見してからは、逆に心惹《こころひ》かれてしまい、真心のある様子で常に来訪した。

黒貂《くろてん》の皮とはいかないまでも絹や綾《あや》、綿《わた》など、老女房たちが着られるような衣類を、あの翁《おきな》のためにまで、上下《かみしも》を思い遣って贈呈《ぞうてい》すると、こうした生活面での援助には、女君は恥ずかしがらないので、源氏の君は気安く感じて、「暮らしを支える面での後見《うしろみ》として庇護《ひご》してやろう」と決心し、いつもの振舞とは異なり、男女の関係ではない世話をしてやるようになった。

「あの空蟬が、軒端荻と碁を打っていた宵の横顔は、実によくない容貌《ようぼう》だったが、その振舞のよさが欠点を隠して、まんざらでもなかった。一方のこの女君は、あの空蟬とは比べようのない高い身分だ。とすると、女の優劣《ゆうれつ》はその身分で決まるのではない。それにしても、心の動きが麗《うるわ》しく、小憎《こにく》らしいほどしっかりした人だったが、最後にはこっちが負けてしまった」と、源氏の君は何かの折に思い出した。

年も暮れて、源氏の君が内裏の宿直所《とのいどころ》にいると、大輔命婦が参上した。髪を整えるのも、好色な関わりでなく気楽にしてもらい、冗談を言ったりして、ずっと仕えさせているため、特別に呼ばれなくても、伝えるべき事がある時には参上していた。

大輔命婦が「妙な事でございますが、申し上げないのも心苦しく、思い悩んでおります」と、微笑するだけで黙っているので、「どんな事ですか。私に遠慮などしなくていいのに」と言うと、「いえ、それが難しいのです。わたくし自身の心配事であれば、畏れ多くも一番に申し上げます。しかし、これはいかにも言上しにくく存じます」と、大層口ごもっている。「いつもの勿体《もったい》振りです」と恨み言を言うと、「あの女君からの文でございます」と大輔命婦が言いつつ取り出した。

「それなら敢《あ》えて隠すまでもないでしょう」と言って、源氏の君が手に取ると胸がつぶれる思いがする。料紙は白い陸奥国紙《みちのくにがみ》で厚ぼったく膨《ふく》らんでいるのに、香りのみは深く染み込ませてあり、実に上手に歌が書きつけられていた。

唐衣君が心のつらければ
袂《たもと》はかくぞそぼちつつのみ

あなた様の心が薄情に感じられて、袂もこんなに涙に濡れるばかりです、という嘆きであり、源氏の君はわけもわからず、首をかしげている。

すると、大輔命婦は包み布の上に衣装箱の重々しい古風な物を置いて、押し出して、「これを、どうしてはらはらしないでおられましょう。とはいえ、あなた様の元日の衣装として、わざわざご準備されたようでございますので、これを返すにしても、体裁が悪くてできません。かといって、わたくしの一存でしまい込むのも、女君のお心に反する事になります。ともかく見ていただこうと思いまして」と言上する。

源氏の君は「しまい込まれるのは、よくありません。沫雪《あわゆき》は今日はな降りそ白妙の　袖まきほさん人もあらなくに、と『万葉集』にあるように、袖を乾かす人もいない私にとっては、実に嬉しい思いやりです」と答えたのみで、他には何も言わなかった。

女君の和歌については、「何とまあ、あきれた詠みっぷりだ。これはご自分で詠まれた和歌の限界だろう。侍従が手直しするのがせいぜいで、他に手を取って教える博士《はかせ》などいないはず」と、がっかりはするものの、心を尽くして詠んだのだと思うと、「実に畏れ多い事とは、こういうのを指すのでしょう」と、源氏の君は文を微笑んで見ている。

大輔命婦は顔を赤らめてそれを眺め、贈られた直衣《のうし》は今様《いまよう》の薄紅色であっても、耐え難いくらいに艶《つや》が失《う》せて古ぼけており、裏と表が同じように濃い色なのが、いかにも下品に、装束の端々《はしばし》を見せている。源氏の君は「全く趣に欠ける」と思うものの、女君の文を広げたままで、その端に気儘《きまま》に歌を書きつける。

なつかしき色ともなしに何にこの
末摘花《すえつむはな》を袖に触れけん

心惹かれる色でもないのに、どうしてこの末摘花に袖を触れたのだろうか、という後悔であり、「紅《くれない》色が濃い花と見たのですが」と「花」に鼻を掛けて、書き添えたためで、大輔命婦は花への言及に対して「何かそうした理由があるのだろう」と考える。思い当たるのは、折々の月明かりに照らし出された女君の姿であり、気の毒ではあるものの、内心ではおかしくなり返歌する。

紅のひと花衣薄くとも
　ひたすら朽《く》たす名をし立てずは

一度染めの薄い紅色の衣のように、思いが薄くても、女君を貶《おとし》める悪評は立てないで下さい、という懇願で、「心苦しく感じる間柄です」と、実に手馴《てな》れた様子で独り言を口にしたのを源氏の君は耳にして、「上出来ではないものの、せめてこの程度の出来映《ば》えであったならいいのに」と、女君の和歌を返す返すも残念に思う。

女君の身分を考えると可哀想であり、名前が汚《けが》されるのはやはりまずく、「この贈物は隠しておこう。元日の装束を用意するのは正妻で、それ以外の人はするべきではない」と嘆息《ためいき》をつき、大輔命婦も「何で源氏の君に見せてしまったのだろう。これでは自分までが配慮が足りないと思われてしまう」と後悔して、そっと退出した。

翌日、大輔命婦が殿上の間に伺候《しこう》していると、源氏の君が清涼殿《せいりょうでん》の西側にある、女房たちが集《つど》う台盤所《だいばんどころ》に顔を出して、「ちょっと、これが昨日の返事です。大いに苦労しました」と言いつつ、文を投げた。

女房たちが「何事だろう」と知りたがるのを尻目に、源氏の君は、「ただ、梅の花の、色のごと、三笠《みかさ》の山の、乙女をば、捨てて」を口ずさみながら出ていった。

大輔命婦は俗歌の「たたらめの花のごと、掻練《かいねり》好むや、げに紫の色好むや」を思い出して、元来、たたらめは鍛冶《かじ》の炉《ろ》を司《つかさど》る巫女《みこ》で、奉仕しているうちに鼻が赤くなったので、その諧謔《かいぎゃく》が誠に面白いと思う。

事情を知らない女房たちは「何の事ですか、その独り笑いは」と怪しみ合うので、命婦は「いえ、ちょっとした寒い霜の朝に、掻練の紅梅《こうばい》色の衣を好んでいる人がいて、その鼻が赤く見えたのではないでしょうか。ともかく、一句ずつ区切って謎をかけるように、口ずさまれましたよ」と答える。

「それは言いがかりです。わたしたちの中には、鼻が赤く色づいている者はおりません。あるいは左《さ》近《こん》命婦や肥後采女《ひごのうねめ》が交じっていたのかもしれません」と、内情を解せぬまま言い合った。

大輔命婦が故常陸宮邸に行って、源氏の君の返事を差し出すと、女房たちが集まって来て、しきりに感嘆した。

逢わぬ夜をへだつるなかの衣手《ころもで》に
重ねていとど見もし見よとや

逢わない夜が続いていますが、隔てている中の衣の袖を重ねるように、一層仲を隔てる逢わない夜を、あなたも望んでおられるのですか、という問いかけで、白い紙に無造作に書かれているのが、却《かえ》って趣豊かだった。

大晦日《おおつごもり》の日の夕方、例の衣装箱に、源氏の君の着る衣として人々が献上した装束一揃《ひとそろい》、葡萄染《えびそめ》の織物の衣装、それに表が薄枯葉色で裏が黄色の山吹襲《やまぶきがさね》など、種々の物を入れたのを、源氏の君が女君に贈るため、大輔命婦が故常陸宮邸に持参して、女君に奉《たてまつ》った。

「さては過日《かじつ》の女君の装束を見映えがしないと源氏の君は思われたのだ」と命婦は感知したものの、

老女房たちは「あの時の衣装は重々しい色の紅で、これらの品々と比べてもまさか見劣りはしていない」と品定めする一方で、「女君が書かれた和歌も、筋が通っていてしっかりしていました。源氏の君の返歌は、ちょっと風情があるだけです」と口々に言い、女君としても苦労して作った和歌だったので、物に書きつけておいた。

元日から少し日が経ち、今年は清涼殿東庭で男踏歌《おとことうか》が催されるので、例によって方々《ほうぼう》で管絃《かんげん》の大きな音が響き、物騒がしい折、源氏の君は寂しい末摘花の邸がしみじみ思い遣られ、七日の白馬《あおうま》の節会《せちえ》が終わり、夜にはいって御前から退出し、宿直所にそのまま泊まったふりをし、夜が更けるまで待ってから、故常陸宮邸に赴いた。

そこでは常日頃より、世間並に賑《にぎ》やかな雰囲気になっていた。女君も多少しとやかな感じになっていて、契ったあと源氏の君も、「どうだろうか。これまでと違って、親密な態度になられただろうか」と思い続ける。

日が射し始める頃まで、ゆっくりと添い寝をして、宿所から出て、東の妻戸《つまど》を押し開けると、真向かいの廊が屋根もなく壊れており、日の光が内部まで射し込み、少し降った雪の輝きで、本当に中まで丸見えになっている。源氏の君が直衣《のうし》を着るのを奥から見た末摘花は、少し出て来て横になっており、髪が豊かにこぼれ出ている頭《かし》つきが、とても美しく、「改まって感じがよくなった女を、ちゃんと見たいものだ」と思って、格子を引き上げた。

とはいえ、過日、末摘花の姿があからさまになったのに懲《こ》りていたので、格子を完全には上げずに、脇息《きょうそく》を押し当てて、それに格子をもたせかけ、鬢《びん》の毛筋が乱れているのを整えていると、女房がひどく古びた鏡台の、唐櫛笥《からくしげ》や掻き上げの箱などを取り出して来た。

男用の道具がわずかに整っているのを、「気がきいている」と源氏の君は思い、一方、末摘花の装束が今日は「世馴《よな》れしている」ように見えるのは、この前贈った衣装箱の中の衣を着ているからであった。贈った事も忘れていたので、興趣《きょうしゅ》のある模様がはっきりした表着《うわぎ》だけを、珍しいと思いつつ、「せめて今年は、声をちょっとだけ聞かせて下さい。『拾遺和歌集』にある、**あらたまの年立ち帰る朝《あした》より　またるるものはうぐいすの声**、ではなく、鶯《うぐいす》の声は後回しにして、声を出されて下さい」と言う。

末摘花は「さえずる春は」と、やっとの思いで震え声を出す。「そうです、そうです、年を取った証《あかし》です」と微笑みながら、『古今和歌集』の、**わすれては夢かとぞ思うおもいきや　雪踏み分けて君を見んとは**、を源氏の君は詠じた。

「夢かとぞ思う」を口にして退出する姿を、末摘花は物に寄りかかって見送る。口を覆《おお》った横顔には、やはりあの特徴のある鼻が、実に艶々《つやつや》と出っ張っているので、源氏の君はそれを側目《そばめ》に見て、「やっぱり見苦しい」と思う。

そのあと、二条院に戻ると、あの紫の君がとても可愛らしい盛りであり、「紅にもこんな風に慕《した》わしい物もある」と思われ、無紋《むもん》の表は白、裏は赤花の桜襲《さくらがさね》の細長《ほそなが》を、柔らかに着て、無邪気に振舞っている様子が、実に愛らしい。

古風な祖母君による養育の名残から、お歯黒《はぐろ》もまだしてはいないものの、源氏の君が整えさせて、眉《まゆ》が鮮やかになり、清らかさが一層増していた。「自分がした事ながら、末摘花とはどうしてこうも辛い関係になってしまったのか。こんな可憐な紫の君が側にいるのに」と思いながら、例によって一緒に雛遊《ひいなあそ》びをする。

紫の君は絵を描いて色を塗りながら、あれこれと面白く興に任せて描き散らし、源氏の君もそこに描き加える。髪が非常に長い女を描いてから、鼻に紅《べに》を塗ってみると、こんな恰好《かっこう》の女がいれば見たくもないと思う。

他方、鏡台に映っている自分の顔が、実に清らかで美しいが、自分で鼻に紅花を塗りつけて、赤く色付けすると、様変わりして、美しい顔もたちまち見苦しくなるので、それを見た紫の君は笑い出す。源氏の君が「私がこんな具合になったらどうでしょう」と訊くと、「気味悪いです」と紫の君は答えて、「そのまま染みついてしまうのではないか」と心配している。

源氏の君がそこを拭《ぬぐ》う真似をして、「全然色が取れない。つまらない戯《たわ》け事をしてしまった。このまま帝に見せたら、どう思われるでしょうか」と生真面目《きまじめ》に言うと、紫の君は「本当に困った」と思い、近寄って拭おうとする。

「平中《へいじゅう》（平貞文《たいらのさだふみ》殿）のように墨《すみ》を塗り加えないで下さい。赤いだけならまだましです」と、戯《たわむ》れながら源氏の君が言うのも、昔物語にある好色な平中が、泣く真似をするため硯《すずり》の水入れで目をこすると、相手の女がそこに墨を入れていたので、顔が真っ黒になったからである。紫の君との関係が、実に微笑ましい兄弟のように見えた。

日和《ひより》が大層うららかな上に、いつの間にか一面に霞《かすみ》がかかり、木々の梢《こずえ》がかすかに見えている。梅の花はもうほころびかけ、蕾《つぼみ》が膨らんでいる様は、特に目を引き、階段《きざはし》を覆っている屋根の階隠《はしがくし》近くにある紅花は、早咲きでもう色づいているので、源氏の君は詠歌する。

紅の花ぞあやなく疎《うと》まるる
梅の立ち枝《え》はなつかしけれど

紅の花はどうも親しみが持てないけれど、高く伸びて立っている枝は好ましい、という悩ましい心であり、紅梅の花は末摘花の鼻を思い起こさせるので、うんざりするものの、すっくと伸びた梅の枝は、親しい人がその枝を遠くから見て来訪するとされており、心惹かれている。源氏の君は、「どうも嫌な具合になってしまった」と嘆息し、この先の末摘花との行く末や、空蝉、軒端荻との間がどうなるのか懸念された。

第十五章　懸《け》想《そう》文《ぶみ》

「末摘花《すえつむはな》」の帖《じょう》の後半で、源氏の君が養育している紫の君を登場させたのは、ほとんど直感だった。末摘花の赤鼻をどこかでもう一度、滑稽《こっけい》なものとして描きたかったのだ。

咄嗟《とっさ》に思いついたのが、美の極致《きょくち》にある源氏の君が、自分の鼻に紅《べに》を塗って、そのおかしさを確かめるという光景だ。しかしそれがひとりでの行為では、何とも馬鹿馬鹿しい。やはりこれは戯《たわむ》れであり、戯れるべき相手がいなくてはならない。それには可愛《かわい》い童女《めのわらわ》が似つかわしい。新たに姿を見せたこの紫の君こそ、様々な女遍歴《へんれき》の果てに辿《たど》り着いた理想の女君《おんなぎみ》になるはずだ。

そのためには、これまでのように、たまたま巡《めぐ》り会った女では不充分で、源氏の君が自らの好みで育て上げた女君でなければならない。

そしてこの紫の君こそ、後々の物語を大きく支え、話を紡《つむ》いでくれる人物のような気がする。その童女をいかにして源氏の君が発見したかは、これから先じっくり考えればいい。そのための時間はたっぷりあった。

堤《つつみ》第《だい》の暮らしはゆったりと過ぎていく。早くも初夏を迎えつつある邸内は静かだ。何より祖母君の病《やまい》が癒《い》えて、惟通《これみち》や雅子《まさこ》の表情にもゆとりが見えていた。

「桐壺《きりつぼ》」「帚木《ははきぎ》」「空蟬《うつせみ》」「夕顔《ゆうがお》」「末摘花」とひととおり書き整えて来たのも、これでひと区切りだった。考えてみると、これまでは光源氏のいわば外向きの行為で、まだ内面は全く描き切れていない。いわば浮かれ出ての逸話であり、光源氏が自らの意志で動く話が欠けていた。物語としては、中が空洞のままなのだ。これを埋めなければ、先に進めるはずはない。

堤第に戻って、改めて打ち込んでいるのは琴《きん》の稽古《けいこ》で、祖母君からそれこそ口授《くじゅ》で習っている。箏《そう》と和琴《わごん》については、多少の自信はあっても、琴のほうはまだ人前で聞かせる自信もない。とはいえ、末摘花が琴を弾《ひ》くと書いた今、このままでいいはずはない。

「琴というのは、上達部《かんだちめ》のたしなみとされる四芸の筆頭にあげられているので、知っていて損はないよ。わたしもそんなに上手《じょうず》ではないけど、多少のたしなみがあるのとないのとでは、大きな差がある」

こういう話をするときの祖母君は、普段より背筋が伸びている。「あとの三芸は香子《かおるこ》も知っているね」

「碁《ご》と書と画です」

「それらと比べて琴は難しい。もともとは五絃《ごげん》だったらしい。その五絃が金木水火土と名づけられ、後に中国の文《ぶん》と武《ぶ》という帝《みかど》が一本ずつ増やしたので文絃と武絃が加わり、七絃琴《しちげんきん》として日本に伝来した。長さは三尺六寸六分、幅六寸、箏と違って琴柱《ことじ》がない。その代わり、印としてこの通り、十三個の徽《き》が打たれている」

祖母君には、知っているすべてを教えておこうという意気込みが感じられた。「琴ではこの世のすべての風物、風情《ふぜい》、そして心の内を表すことができる。それは和琴や箏でも同じだけれど、琴では音がごまかせない。心と音が一致しなければならない」

そう言いつつ、祖母君は自ら弾いてみせる。川面《かわも》で靡《なび》く水草、その間を泳ぐ水鳥、降り出した雨、樹木の葉に雨滴《あまだれ》がはじける音、かと思えば、いとおしい人を失った悲しみ、再会の歓《よろこ》び、酒席の賑《にぎ》わいなどだ。

「こういう、ひとつひとつの音の塊《かたまり》を身につけていると、見るもの感じるもの、思う心のすべてを、琴によって何倍にも膨《ふく》らますことができる。何だろうね。一絃一絃に金木水火土君臣と名がついているのも、それが理由かもしれない」

まずおさらいとして指慣《ゆびな》らしで習ったのが、注という弾き方だった。これこそ琴独特の音で、絃を押さえたまま、低い音に向かって指を滑《すべ》らせる。

こうして日々、琴を弾いていると、次に書くべき物語の輪郭《りんかく》がおぼろげに浮かんできた。

そんな折、あの宣孝《のぶたか》殿から十日も置かずして、幾度も懸想文《けそうぶみ》が届けられた。今は筑前《ちくぜん》から戻り、ちょうど散位《さんい》らしいから、暇にまかせての文なのだろう。書かれている常套句《じょうとうく》は「ふた心なし」だった。

とはいえ、宣孝殿の好色ぶりはつとに耳にはいっており、この頃は近江守《おうみのかみ》の娘に熱を上げているという話もある。多少なりとも腹が立つので、歌を送ってやる。

みずうみの友呼ぶ千鳥《ちどり》ことならば
八十《やそ》のみなとに声絶えなせそ

ふた心なければ、あちこち噂《うわさ》が立たないようにしてくれと、皮肉を込めたつもりだった。それでも次に届いた文には、あれは人の噂のみで心外《しんがい》だ、やはり自分はあなたひと筋だと、臆面《おくめん》もなく綴《つづ》られていた。

さらに次に来た文には、ご丁寧《ていねい》にも絵まで添えられていた。海人《あま》が塩を焼いている風景が描かれ、その上に、このようにあなたへの思いに身を焼いていると書かれている。児戯《じぎ》にも等しい戯れごとを打ち捨てておこうと思ったものの、こちらも戯れの返歌を考えつく。塩焼く海人が薪《たきぎ》を積み上げている絵の下に、煙の形で小さくゆらゆらと書き加えた。

よもの海に塩焼く海人の心から
やくとはかかるなげきをや積む

「なげき」には投木《なげき》を掛け、あなたが嘆きを積み上げて燃やしているだけではないかと、あてつけたつもりだった。

しかし今度は、またしても別の文が届く。相変わらず「ふた心なし」と書き、その上に朱《あか》で点々と滴《しずく》を垂らしている。

これこそ「あなたにつれなくされて流す血の涙だ」という意味らしい。笑うにも笑えず、また筆を執《と》って返歌を送りつけてやる。

くれないの涙ぞいとどうとまるる
　移る心の色に見ゆれば

この血の涙というのはすぐに色が変わるもので、それこそあなたの移り気の印だと、皮肉ってやった。宣孝殿には、正妻がいるのだから当然だ。

そのうち、宣孝殿がこちらから出した文や歌を、他人に見せびらかしているという噂が耳にはいった。とんでもない不作法《ぶさほう》であり、「出した手紙の類《たぐい》はまとめて返却してくれ、さもなければ今後は一切返事は書かない」と、使いの者を送って抗議した。

その返事が届いたのは、正月を過ぎてからだった。まとめて手紙は返しますと言いつつ、くだくだしく恨み言が記されている。本意としては、手紙類は返したくないらしい。こうなれば、こちらも意地で歌を書き送る。

閉ぢたりし上の薄氷《うすらひ》解けながら
　さは絶えねとや山の下水《したみず》

二人の仲のしこりが解けてきたと思ったのに、また氷が張って仲違《なかたが》いなのかと問うてみたのだ。これに対する返事はすぐには来ず、じらすようにして夜も暗くなって文が届いた。その返歌を見てまた腹が立つ。

東風《こちかぜ》に解くるばかりを底見ゆる
石間《いしま》の水は絶えば絶えなん

これで二人の仲は絶えても仕方ない、という捨て科白《ぜりふ》は、そのままにはしておけず、腹立ち紛れに歌を送りつけた。

いい絶えばさこそは絶えめ何かその
みはらの池をつつみしもせん

池の「堤《つつみ》」には、慎（つつ）しみを掛けて、もうこうなったら、腹の内を慎しみなく言いますよ、と半ば許すつもりの歌だった。すると夜中にまた返歌が届けられた。

猛《たけ》からぬ人かずなみはわきかえり
みはらの池に立てどかいなし

自分は取るに足らない弱い人間であり、あなたの荒い波を受けても、飄々《ひょうひょう》と浮かんでいるだけです、というのだ。まさに糠《ぬか》に釘であり、腹立ちも拍子《ひょうし》抜《ぬ》けして苦笑するしかない。

このあと宣孝殿は、堂々と堤第に通い出した。許す気になったのも、当初からこれは父君が認めた仲であり、宣孝殿の人となりがどこか憎めなかったからだ。歌を詠《よ》ませても如才《じょさい》なく、物事にこだわらず、多少の難事でも笑い飛ばす磊落《らいらく》が気に入ったのだ。

枕を重ねても、興味の尽きない話が多かった。蔵人左衛門尉《くろうどさえもんのじょう》だった頃の父君とのつきあい、大嘗会《だいじょうえ》の御禊《ごけい》で父君と共に奉仕したこと、七年前の御嶽詣《みたけもう》でや、そのあとの任地筑前での体験など、面白い話はそれこそ無尽蔵《むじんぞう》だった。

そのいずれもが自分の失敗談ばかりで、自慢話でないところが、宣孝殿の人柄だった。快活なところは、いつももの静かだったあの平維敏《たいらのただとし》殿とは、正反対とも言えた。

一方で宣孝殿は、通って来るたび、祖母君や弟、妹への手土産《てみやげ》を忘れなかった。祖母君の部屋から宣孝殿の笑い声が届くと、堤第全体が明るくなるような気がする。祖母君も宣孝殿の来訪を心待ちにしているようで、今となっては、帰京した折の祖母君の病は何だったのだろうと思う。

堤第における父君の不在を、宣孝殿が補ってくれているような気がした。

そしてまた、宣孝殿との文のやりとりをするようになってから、物語の続きが明瞭《めいりょう》になったのも、不思議といえば不思議だった。この「若紫《わかむらさき》」の帖こそ、「末摘花」の帖の前に挿入《そうにゅう》すべき話だった。その冒頭は次のような文章にした。

わらわ病《やみ》にわずらい給いて、よろずにまじない、加持《かじ》などまいらせ給えど、しるしなくて、あまたたびおこり給《たま》いければ――。

源氏の君は瘧病《わらわやみ》にかかって苦しみ、あれこれと加持祈禱《きとう》をさせたけれども霊験《れいげん》はなく、何度も発《ほっ》作《さ》を繰り返すので、ある人が「北山《きたやま》の某《なにがし》寺《でら》に、徳の高い修験者《しゅげんじゃ》がおられます。去年の夏も、世間で病が流行し、人々がまじないをしても効き目がなかったのを、あっという間に治した例が多くありました。こじらせては大変ですので、是非《ぜひ》とも試されて下さい」と言上《ごんじょう》した。

その行者《ぎょうじゃ》を呼び寄せるため、使者を送ると、「年老いて腰も曲がり、庵室《あんしつ》から出られません」という返事があった。「仕方がない。ごく内密に出かけよう」と源氏の君は言い、供として信頼できる者を四、五人連れて、まだ暁《あかつき》の暗いうちに出立《しゅったつ》した。

寺は北山を少し奥まではいった所にあり、三月の末なので、京の花の盛りはすべて過ぎていたのに、そこの山桜はまだ満開で、山に分け入るに従い、霞《かすみ》がたなびく景色が趣《おもむき》深く、今までこうした外出はままならない窮屈《きゅうくつ》な身分だけに、源氏の君は珍しいと感じ入り、寺の様子もしみじみとして興趣《きょうしゅ》があった。

峰が高く、大きな岩の洞穴《ほらあな》に、その修験者の聖《ひじり》は籠《こも》っているため、源氏の君はそこまで登って行く。自分の素姓《すじょう》は明かさず、ひどく身なりをやつしているものの、それとわかる様子なので、行者は、「これは畏《おそ》れ多い事です。先日お呼び下さったお方でございましょうか。今は俗世の事は考えておらず、加持祈禱の効験《こうけん》に対する修行も放棄《ほうき》しています。にもかかわらず、どうしてこのようにお越しいただいたのでしょうか」と、驚き騒ぎつつ、微笑しながら源氏の君に対面する。

さすがに誠に尊い大徳《だいとこ》であり、しかるべき護符《ごふ》を聖が作って、源氏の君に飲ませ、加持を続けているうちに、日も高く上がった。

源氏の君は、少し外に出て周囲を見渡すと、高い場所なので、いくつもの僧坊がはっきりと見下ろせ、そのつづら折りの道の下に、同じ小柴垣《こしばがき》であっても整然と結《ゆ》い巡《めぐ》らせ、瀟洒《しょうしゃ》な家屋《かおく》や渡り廊下《ろうか》が立ち並び、木立《こだち》も風情のある邸《やしき》が見える。

源氏の君が「誰が住んでいるのですか」と問うと、供の者が「この邸は、あの某僧都《そうず》が、この二年間、籠っている所だそうでございます」と言上する。「とすると、こちらが気恥ずかしくなる程の人が住んでいるのですね。にもかかわらず、私の身なりはみすぼらしくも、見苦しい。私の事を聞きつけられたら、心配です」と言っていると、こぎれいな女童《めのわらわ》が大勢出て来て、仏に水を供《そな》え、花を折ったりする様子がはっきりと見えた。

供人《ともびと》たちが「あそこに女が住んでいる。僧都はまさか、あんな風に女を囲っておられるのではなかろうに。一体、どういう女たちなのだろう」と口々に言い、下《くだ》って覗《のぞ》く者もいて、「きれいな娘たちや若女房《にょうぼう》、女童が見える」と言う。

源氏の君は勤行《ごんぎょう》をしながら、日が高くなるにつれ、病の発作が来るのではと案じていると、供人が「ともかく、そこまで思い詰めないで、気を紛《まぎ》らせた方がよろしゅうございます」と言うので、後方の山に立ち出《い》でる。

京の方を眺《なが》めると、遥か遠くまで霞《かすみ》がかかり、四方《よも》の樹木の梢《こずえ》がほのかに煙《けぶ》っていて、「これは誠に絵のようです。こんな所に住む人は、心がすがすがしくなるでしょう」と源氏の君が感嘆する。

「こうした景色はまだまだございます。地方の国々の海や山の風景を目にされれば、また一段と絵の腕前が上達なさるでしょう。例《たと》えば富士の山や浅間山《あさまやま》などがあります」と言上する供人や、西国《さいごく》の美しい浦々や、磯《いそ》の景色について語る者もいて、源氏の君の心をくつろがせる。

「近い所では、播磨《はりま》の明石《あかし》の浦こそが、本当に美しい所でございます」と言ったのは、親しく仕《つか》えている供人の良清《よしきよ》だ。

「どこといって特に興趣豊かな所はございませんが、ただ海を見渡せる眺めが、不思議な程に他所《よそ》とは違って、広々としております。播磨国の前《さき》の国守《こくしゅ》で、近頃出家した者がいて、娘を大切に育てている邸が、実に大した物です。

前国守は大臣の子孫で、出世もできた男ですが、変屈者《へんくつもの》で、人との交際も嫌っておりました。近衛《このえの》中将《ちゅうじょう》の地位を投げ打って、自ら望んで播磨国の国守になりましたが、その国の人々にも少し軽蔑《けいべつ》され、今更《いまさら》都には戻れないと言って、髪を下ろしてしまったのです。

とはいえ、多少なりとも山深い所に住むのではなく、海辺で暮らしているのも、臍曲《へそま》がりではございます。確かに播磨国には、そんな世捨人が籠るのに似合いの場所はあります。しかし山深い里は物寂しく、若い妻子が心細がります。それで国守自身も、心を紛らすに足る住まいにしています。

先頃、下向《げこう》したついでに、様子を見に立ち寄ったところ、驚きました。京でこそ不遇《ふぐう》をかこっていましたが、海辺一帯に広々と建てた壮大な邸には目を見張りました。国守の間に得た、財力によって建てたのでしょう。余生《よせい》を豊かに過ごすための用意も、充分にしておりました。極楽往生《ごくらくおうじょう》のための勤行も怠《おこた》らず、法師になって却《かえ》って人品《じんぴん》の上がった人物でございます」と言上する。

源氏の君は「それで、その娘はどういう有様《ありさま》ですか」と訊《き》いた。

「そう悪くはございません。顔立ちも気立ても、よろしゅうございます。その後の代々の国守が、娘に言い寄ったのですが、入道《にゅうどう》は一切受けつけません。自分ひとりはこうして無念にも落ちぶれているが、娘はひとりしかいない。いずれは高貴な方に嫁がせようと思っている。万が一、自分が先に死んで、その願いが叶《かな》わなかったら、海に身を投げよ、と日頃から娘に遺言《ゆいごん》しているそうです」と言うので、源氏の君も面白いと思って耳を傾けていると、他の供人たちは、「海に身を投げよと言うのは、海の龍王《りゆうおう》の后《きさき》になるべき深窓《しんそう》の娘ということだろう。高望みにも程がある」と言い合って笑う。

この良清は播磨守の息子で、六位蔵人《ろくいくろうど》を六年勤め上げ、今年従五位《じゆごい》に叙《じよ》せられたので、他の供人たちは、「色好みの良清だから、その入道の遺言を反故《ほご》にしようという魂胆《こんたん》なのだろう。だからこそ入道の邸に出入りしているのだ」と口々に言う。

一方で、「いや、そうは言っても、田舎臭《いなかくさ》い娘に違いない。幼い頃からそんな所で育ち、古めかしい親の言う事だけ聞いていたのでは」「いやいや、母親は由緒《ゆいしよ》ある家の出らしい。入道はきれいな若い女房や女童などを、都の高貴な家々から、つてを求めて集めているそうだ。そうやって眩《まぶ》しいばかりに、娘を養育しているらしい。しかしそうやって鼻持ちならない娘に育ってしまえば、心安く邸の中に置いておく事もできまいに」と言う者もあった。

源氏の君は「その入道はどういう料簡《りようけん》で、願いが叶わなかったら海に身を投げよとまで深く思い詰めているのだろうか。古歌《ふるうた》に、**海士《あま》の住む底のみるめも恥ずかしく　磯に生いたる若布《わかめ》をぞ摘《つ》む、**とあるように、そこまで思い詰めるのは、海の底の海松布《みるめ》のように、傍目《はため》にも恥ずかしかろうに」と言って、並々でない関心を寄せる。供人たちは、源氏の君は普通とは異なる風変わりな事を好む性《しよう》分《ぶん》なので、こんな話についても、気を惹《ひ》かれるのだろうと、評し合った。

「日が暮れかかって参りました。発作も起こらなくなったようなので、早目に帰京されますように」と供人が言うのを、大徳は「物の怪《け》が憑《つ》いているようでございます。今宵《こよい》はこのまま静かに加持をされて、明日の出立がよろしゅうございます」と言上する。「それも道理」と一同も賛成し、源氏の君もこのような旅寝の体験は初めてなので、面白がって「それならば明朝出立しましょう」と言った。

春の日は誠に長く、所在《しよざい》ないので、夕暮れの深く霞がかっているのに紛れて、例の小柴垣付近まで行き、供人たちは帰らせ、惟光朝臣《これみつあそん》と一緒に垣の内を覗く。

すぐ近くの西側の部屋に、持仏《じぶつ》を据《す》えて勤行をしているのは尼であり、簾《すだれ》を少し上げて、花を供え、真ん中の柱に寄りかかって坐っている。脇息《きょうそく》の上に経典を置き、ひどく苦しそうに読経《どきょう》している尼君は、並の身分の人とは見えず、四十過ぎくらいで、とても色白で上品であった。痩《や》せてはいても、頰《ほお》はふっくらとして、目元や美しく切り揃《そろ》えられた髪の末も見た目がよく、「むしろ長い髪よりも、すっきりとして美しい」と、源氏の君は感心しながら見ている。

その他にもこざっぱりした女房が二人いて、子供たちも出たり入ったりして遊んでいる中に、十歳くらいに見える、白い袿《うちき》の上に、表が薄朽葉《うすくちば》、裏が黄色の山吹襲《やまぶきがさね》の着馴《きな》れた表着《うわぎ》を着ている、走り出た女童は、他の大勢の子供たちとは似ても似つかず、成人した後の美しさはさぞかしと思われる程の可愛《かわい》らしい顔立ちである。髪は扇《おうぎ》を広げたように、ゆらゆらとしていて、泣いた顔は手でこすって赤くなっていた。

「何事ですか。みんなと喧嘩《けんか》をしたのですか」と言って、見上げた尼君の顔立ちには少し似たところがあり、尼の子なのだろうと思って源氏の君が見ていると、「雀《すずめ》の子を犬君《いぬき》が逃がしてしまいました。ちゃんと伏籠《ふせご》の中に入れていたのに」と言って、口惜《くちお》しがっている。

その場に坐っている女房が、「いつものあのそそっかしい犬君が、また失敗して、叱《しか》られるのは困ったものです。雀の子はとても可愛らしく育っていたのに、どこに行ったのでしょう。烏《からす》に見つけられたら大変です」と言って、立って行く。髪は豊かで大変長く、見た目のよい人で、少納言《しょうなごん》の乳母《めのと》と人が呼んでいるらしく、どうやら女童の世話役のようだった。

尼君は、「まあ、何と子供じみている事でしょう。聞き分けが悪いです。わたくしがこうして明日今日とも知れない命なのに、平気な顔で雀を追いかけておられる。生き物を捕らえるのは罪作りだと、日頃から申しているのに、情けない事です」と言って、「こちらに来なさい」と招くと、女童は膝をついて坐った。

顔立ちは大層可愛らしく、眉《まゆ》の辺りはほんのり匂うようで、あどけなく髪を掻《か》き上げた額の様子や、髪の生え際《ぎわ》が実に美しく、これから成人していく様《さま》を見届けたい人だなと、源氏の君はじっと見入る。それというのも、限りなく心の底から慕《した》っている方に瓜《うり》二つなので、思わず目が離せなくなり、涙がこぼれ落ちる。

尼君は少女の髪を掻き撫《な》でながら、「櫛《くし》を入れるのを嫌がるのに、美しい髪です。それなのにまだ子供っぽいので不憫《ふびん》で、心配です。これくらいの年になれば、もっと大人びた人もいます。亡くなった姫君は、十歳くらいで父君に先立たれました。それでも万事につけ、物事をよく心得ておられました。たった今、わたくしがあなたを見捨てたら、どうやって暮らしていくつもりでしょう」と言って、ひどく泣くので、源氏の君は自分が幼くして母君を亡くしたのを思い、悲しくなった。

少女はじっと尼君を見つめて、伏し目になって俯《うつむ》き、こぼれかかった髪が艶《つや》やかで美しく見え、尼君は詠歎した。

生い立たんありかも知らぬ若草を
　おくらす露《つゆ》ぞ消えん空なき

今から育っていく先もわからない若草を、後に残していく露のようにはかない身は、消えようにも消える空がありません、という不安で、もうひとりそこに坐っていた女房も、「本当にそうです」と涙を流して歌を詠む。

初草《はつくさ》の生《お》いゆく末《すえ》も知らぬ間《ま》に
いかでか露の消えむとすらん

初草が生い育ってゆく先もわからないうちに、どうして露が先に消えようとするのでしょうか、という嘆きを尼君に伝えると、そこへ僧都が姿を見せた。

「こんな様子では、丸見えでございましょう。今日に限って、こんな端《はし》近くに出ていたのですね。この上の聖の坊に、源氏の中将が、瘧病の祈禱のために訪問されていると、たった今聞きました。大変内密な来訪なので、知らずにいて、まだ見舞にも参上《さんじょう》しておりません」と言う。尼君は「これは何とした事でしょう。ひどく見苦しい姿を、誰かに見られたかもしれません」と答えて、簾を下ろしてしまった。

僧都が「世間で評判が高い光る源氏の君を、この機会に拝見するといいでしょう。俗世を捨てた法師であっても、本当にこの世の煩悩《ぼんのう》を忘れ、寿命が延びる思いがする君の様子です。どれ、ご挨拶《あいさつ》を申し上げましょう」と言って、立つ音がするので、源氏の君は聖の坊に戻った。

「実に心惹《ひ》かれる少女を目にしてしまった。こうした事があるから、周囲の色好みの者たちは、このような忍び歩きばかりして、思いの外《ほか》の人を発見するのだろう。たまたまこうして出歩いてみても、思いがけない事に出会うのだから」と源氏の君は面白く思う。「それにしても実に愛らしい少女だった。どういう人なのだろうか。あの御方《おかた》の身代わりとして、明け暮れの慰めに見ていたいものだ」と思い詰める心が、深々と取りついてしまう。

源氏の君が横になっていると、僧都の弟子《でし》が惟光《これみつ》を呼び出した。

狭い所だけに源氏の君もそのまま耳を傾けていると、「この僧坊にお立ち寄りいただいた旨《むね》を、今しがた人から聞きました。取る物も取り敢《あ》えず参上すべきでございますが、内々の来訪との事で、それもできかねております。拙僧《せっそう》がこの寺に籠っている事については、源氏の君もご存知でしょうし、本来であれば旅の御座所《おましどころ》も、こちらの坊に設けるべきでございました。誠に不本意でございます」と言上する。

源氏の君は、「去る十日過ぎ頃より、瘧病を患いまして、度重《たび》なる発作が耐《た》え難くなりました。人の教えに従って、急に山に尋《たず》ね入ったのです。これ程名高い方が、仮に霊験《れいげん》をもたらさなかったとしたら、世間体《せけんてい》も悪くなります。並の行者であれば、そう気にしなくてもいいのですが、ここではそうもいかず、ごくごく忍んで参ったのです。今すぐ、そちらに参りましょう」と答えた。

使いの弟子が帰るとすぐ、僧都が参上し、法師ではあっても、こちらが気後《きおく》れする程の立派な人物であり、源氏の君は身分を卑《いや》しくした軽々しい姿を、きまり悪く思っていると、僧都はここ二年の修行生活について話したあと、「同じ柴の庵《いおり》ではございますが、少し涼しげな遣水《やりみず》の流れでもお目にかけとうございます」と、しきりに言上する。自分の姿をまだ見た事のない人たちに、僧都が大仰《おおぎょう》に言い聞かせていただけに、気恥ずかしい心地はするものの、あの可愛らしい女童の様子も気になるので、出かけてみる。

なるほど、特に心を込めて造作《ぞうさく》したようで、同じ草木でも趣豊かに植えられ、月もない頃なので、遣水の付近に篝火《かがりび》を灯《とも》し、灯籠《とうろう》にも火を入れて、南側の部屋が実に美しく整えられている。室内の薫香《くんこう》が誠に奥床《おくゆか》しく香り出て、仏に供える名香《めいこう》が匂い満ちている上に、源氏の君の装いに薫き染《たし》めた香りも、実に素晴らしいため、奥の部屋にいる女房たちもついつい、気を張っていた。

僧都はこの世が無常である話や、来世《らいせ》の事を語って聞かせるので、源氏の君は継母《ままはは》である藤壺《ふじつぼ》への道ならぬ思慕《しぼ》を省《かえり》みて、その罪の深さが恐ろしく、生きている限り、この事を苦悩しなければならないだろう、ましてや後の世では地獄行きかもしれないと思われて、このような俗世を棄《す》てた山住まいもしてみたくなる。

とはいえ、昼間見た女童の面影《おもかげ》が気になって、恋しいので「こちらにおいでになるのはどなたでしょうか。お尋ねした夢を過日《かじつ》見たのを、今日になって思い出しました」と言うと、僧都は微笑《ほほえ》んで「それは誠に唐突な夢語りではございます。お尋ね下さっても、きっとがっかりされるでしょう。故按察大納言《あぜちのだいなごん》は、もう世を去って久しいので、ご存知ではないでしょう。その北の方が拙僧の姉でございます。夫を亡くした後、尼となっていたのが、この頃、病を得て、こうして私が京を離れている間、ここを頼り所にして籠っているのです」と言上する。

「その大納言の息女がおられると聞いています。そのお方はどうされているのでしょうか、これは何も好き心ではなく、真面目《まじめ》に訊いているのです」と、源氏の君が当てずっぽうに言うと、「はい、娘がただひとりおりました。亡くなって十年余りになりましょうか。故大納言はその娘を帝《みかど》に入内《じゅだい》させるつもりで、大層大事にしておりました。しかし本意通りに事は運ばず、大納言は亡くなってしまったのです。

そのため、この尼君がひとりで世話をするうちに、どなたの手引きでしょうか、あの藤壺宮の兄にあたる兵部《ひょうぶ》卿宮《きょうのみや》が、密《ひそ》かに通われるようになったのです。ところが兵部卿宮の別れた北の方は身分が高く、娘は心の休まらない事が多く、明け暮れ思い悩んだ末に亡くなってしまいました。心労《しんろう》から病になるものと、この目で見て経験しました」と言上した。

「それではあの女童は、兵部卿宮の子だったのだ」と、源氏の君は納得し、「親王の血筋なので、あの藤壺宮に似ているのだろう」と、益々《ますます》心惹かれて、妻にしたいと思う。人柄も上品で可愛らしく、生半可《なまはんか》に利口ぶった点もない、このまま親しく睦《むつ》み合って、自分の思い通りに養い育ててみたいものだと考えた。

「それは誠に気の毒です。その早逝《そうせい》された方には、遺《のこ》された忘れ形見《がたみ》はないのでしょうか」と、先刻の女童についてもっと知りたくなって訊く。

「その娘は、出産後すぐに亡くなり、生まれたのは女の子でした。その子の将来が気になるのに、姉尼は余命《よめい》がいくばくもない有様なので、行く末を大変案じております」と僧都が答えたので、源氏の君は、「やはりそうだった」と得心する。

「妙に思われるでしょうが、その幼い方の後見《うしろみ》として、私をお考え下さるように、尼君に伝えていただけないでしょうか。内々に考える事がありまして、私には通うべき正妻もおりますが、どうも気が合わないまま、独り暮らしをしております。私とその幼い方の年齢が不釣合《ふつりあ》いだとはわかっていますが、どうか並の男たちと同列に、お考え下さらないように」と、源氏の君が言う。

　僧都は、「大変嬉《うれ》しいはずのお言葉ではございますが、何分まだ全くあどけない年頃です。冗談だとしても、妻とされるのは難しいでしょう。そもそも女人《にょにん》は、人から世話をされて、一人前になるものであり、僧侶の私としては、それ以上の事はわかりかねます。ともかく、あの子の祖母に相談をして、ご返事を差し上げさせましょう」と、無愛想《ぶあいそう》に答え、頑《かたく》なな態度だった。

年若な源氏の君は恥ずかしくなり、それ以上は何も言えず、僧都は、「阿弥陀仏《あみだぶつ》を祀《まつ》るお堂で、勤行をする時刻です。初夜《しょや》の勤めをまだしておらず、すませてからまた参上致します」と言って堂に上がって行った。

源氏の君は気分が非常に悪い上に、雨が少し降り出し、山風も冷やかに吹き、滝壺の水嵩《みずかさ》も増して、水音が高くなる。そこにやや眠たそうな読経《どきょう》の声が、途切れ途切れに寂しく聞こえてくるので、情緒《じょうちょ》に鈍感な人でも、場所柄しみじみと感じるはずであり、ましてや源氏の君はあれこれと思い乱れる事が多く、少しの間も眠れなかった。

僧都は晩方の初夜と言っていたにもかかわらず、夜もひどく更《ふ》けて、奥の方でも人が寝ないでいる様子が明瞭《めいりょう》であり、大層ひっそりとはしているものの、数珠《じゅず》が脇息《きょうそく》に触れて鳴る音がかすかに聞こえる。それとわかる衣《きぬ》ずれの音も上品だと、源氏の君は思う。さほど離れてもおらず、近い所なので、部屋の外に立て並べてある屏風《びょうぶ》の中程を、ほんの少し引き開けて、人を呼ぶために扇を鳴らすと、聞こえないふりをするのも申し訳ないという風にして、膝行《しっこう》して来る人がいるようだった。

その女房は少し退《さが》って、「変です。空耳《そらみみ》でしょうか」と不審がっている声を聞いて、源氏の君が「仏の導きは、暗い所にはいっても、決して間違うはずはないと言われていますが」と法華経《ほけきょう》の中の「化城喩品《けじょうゆほん》」の一節を口にする。その声が実に若々しく、優美なので、女房は応じる自分の声に気後れしつつ、「どういう導きでございましょうか。わかりかねます」と言上すると、源氏の君は「ごもっともです。突然の事で、驚かれるのも道理です」と言って、詠歌した。

初草の若葉のうえを見つるより
　旅寝の袖もつゆぞかわかぬ

初々《ういうい》しい可愛いあの人を見てからは、私の旅寝の袖も、恋しく思う涙で全く乾きません、という訴えであり、昼間に尼君と女房が交わした和歌の、若草や初草や露を取り入れ、「つゆ」には露と、少しという意味のつゆを掛け、「このように申し上げて下さいませんか」と言う。

女房は「全くこのようなお言葉を承《うけたまわ》って、理解できる者もおりません。その辺りの事情は、ご存知だとは思います。一体どなたに伝えればよろしいのでしょうか」と応じたので、「そこは、何か事情があって言うのだろうと、思って下さってけっこうです」と源氏の君が答えると、女房は奥にはいった。

尼君は女房の説明に、「まあ何と軽薄《けいはく》な態度でしょう。この子が男女の情をわかっている年頃だと、思われているのでしょうか。とはいえ、あの若草の歌を、どうやってお聞きになったのか」と、万事が奇妙なので、心乱れるまま、時が経つのは失礼なので返歌した。

枕ゆう今宵ばかりの露けさを
　深山《みやま》の苔《こけ》にくらべざらなん

旅寝の枕を結ぶ一夜限りの、あなた様の袖の露けさと、奥山に住むわたくし共の苔の衣の露を比べないで下さい、というはぐらかしで、源氏の君の女童への思いを無視しながら、『古今《こきん》和歌集』の、夕さればいとど干がたきわが袖に　秋の露さえ置き添わりつつ、を念頭に、「わたくしたちの袖は干《ひ》難《がた》く、乾きそうもございません」と言上させた。

すると源氏の君は、「このような人を介《かい》してのお言葉には、馴れておらず、どう申していいのかわかりかねます。畏れ多い事ながら、真心《まごころ》からお伝えしたい事情がございます」と伝えさせた。

尼君は、「間違って、この子がもう成人しているという噂を聞かれたのでしょう。こちらが恥じ入るような立派な様子の方に、何を答えればいいのでしょう」と言う。

女房たちが、「ご返事なさらないのは失礼にあたります」と言うので、「確かに。若い人なら気後れもしましょうが、こうして真心からおっしゃっているのであれば、年寄りが応じるのも構わないでしょう」と言って、膝行しながら近寄った。

「突然の事で、軽薄だと思っておられるに違いありません。折が折ではございますが、私の心は軽々しいものではなく、それは御仏《みほとけ》もおわかりのはず」と、源氏の君はここまで言うと、尼君が実に落ち着いて思慮深そうなので、気後れがしてその先を継げないでいる。尼君は「本当に思いがけないこのような折に、ここまで仰《おお》せになるとは。わたくしも軽い心などとは思っておりませんが」と言上した。

「可哀想《かわいそう》だと承っている身の上のようでございます。その亡くなられた母君の代わりとして、私をお考え下さいませんか。私もごく幼い頃、三歳で母君を亡くし、六歳で祖母君とも死別しております故《ゆえ》、浮き草のように年月を過ごして参りました。あの幼い方は、同じような生い立ちでおられるようなので、つがいにしていただきたいと、衷心《ちゅうしん》から申し上げたいのです。こうした機会は滅多になく、唐突だとお思いになるのも気にかけず、思い切って申し出たのでございます」と、源氏の君は言う。

尼君は、「誠にありがたい申し出だと思わなければならないところでございますが、お聞き違いではないかと存じます。卑しいこのわたくしひとりを頼みとしている女童ではございますが、まだあどけない年頃です。大目に見ていただける点もなさそうですので、とても本気で受け止めかねるのでございます」と答える。

源氏の君は、「万事をはっきりと聞いております。そこまで窮屈《きゅうくつ》にお考えにならなくてもいいかと存じます。ひたすら思いを寄せている私の真心をわかっていただけたらと思います」と言う。尼君は、十歳の孫と十八歳ばかりの源氏の君とでは全く不釣合で、それをわからずに言っていると思い、受諾《じゅだく》の返事もしかねていると、僧都が姿を見せたので、源氏の君は「こうしてお願いの糸口はつきました。とても頼りにしています」と言って、しっかりと屏風《びょうぶ》を閉ざした。

明け方になり、法華三昧《ほっけざんまい》を勤行する御堂《みどう》の法華懺法《せんぼう》の声が、山から吹き下る風に乗って届くのか、誠に尊く、滝の音と響き合い、興趣豊かな暁《あかつき》なので、源氏の君は僧都に向かって詠歌する。

吹きまよう深山《みやま》おろしに夢さめて
　涙もよおす滝の音かな

懺法の声に乗せて吹き迷う深山下ろしの風に、煩悩《ぼんのう》の夢も醒《さ》めて、涙を催す滝の音です、という感慨で、すぐさま僧都も返歌する。

さしぐみに袖ぬらしける山水《やまみず》に
すめる心は騒ぎやはする

不意に訪問されたあなたが、つい涙で袖を濡《ぬ》らした山の水ですが、この山に住む、澄んだ私の心は動揺もしません、という取り成しで、「すめ」に住めと澄めを掛けており、「山水にもう耳馴れしたのでしょう」と言上した。

明けゆく空は、厚く霞んでいて、山の鳥たちが、そこはかと囀《さえず》り合い、名前を知らない木草の花々も、色彩豊かに散り交じり、錦《にしき》を敷いたように見える所を、鹿が佇《たたず》んだり歩いたりしているのを、珍しいと思って眺めていると、源氏の君は病苦もすっかり忘れる。行者の聖は身動きもままならないものの、あれこれ護身《ごしん》の修法《ずほう》をして、そのしわがれ声が、とてもひどく歯の間がすいて音が変わっているのも、却っていかにも修行の年功《ねんこう》が備わっている感じがした。読まれているのは陀羅尼《だらに》だった。

迎えの人々が参上し、病が癒えているのを祝い、帝からも見舞があった。僧都は、世間では見られないような珍品の木や草の実を、谷の底まで採りにやらせ、せっせと接待しつつ、「千日籠りの修行は今年一杯という誓いをしており、お見送りもできません。源氏の君にお会いして、却って名残惜《なごりお》しく感じます」と言上して、酒を振舞う。

源氏の君は「こちらの山水の有様に心惹かれました。帝が心配されているとの事ですので、退出致しますが、またこの桜の時期を逃《のが》さずに参上致します」と応じて詠歌する。

宮人《みやびと》に行きて語らん山桜

風よりさきに来ても見るべく

この見事な山桜の事を、大宮人《おおみやびと》に帰って話をしましょう、花を散らす風が吹く前に来て見るように、という感嘆で、そう詠じる源氏の君の物腰と声が眩しいくらいに優美なので、僧都は返歌する。

優曇華《うどんげ》の花待ち得たる心地して
深山桜《みやまざくら》に目こそうつらね

あなた様に会えた事は、優曇華の花の咲くのに、やっと巡り会えた気がし、この奥山の桜には目が移りません、という賛美であった。その返事に源氏の君も微笑して、「法華経の『方便品《ほうべんぽん》』に、『是《かく》の如き妙法《みようほう》は、諸仏如来《にょらい》の、時に乃《すなわ》ち之《これ》を説き給う、優曇鉢華《うどんはらげ》の、時にひとたび現れるが如《ごと》きのみ』とあるように、まさに時があって、ただ一度咲くとか。こういう事は滅多にないと聞いています」と応じたので、聖の方も酒杯を口にしてから、詠歌した。

奥山の松のとぼそをまれにあけて
まだ見ぬ花の顔を見るかな

この奥山の庵の松の戸を珍しく開けて、まだ見た事のない花のようなご尊顔を拝見致しました、というこれも賞讃で、感涙《かんるい》にむせびながら、聖は源氏の君の顔を見て、お守りとして独鈷《どっこ》を贈呈した。

それを見た僧都は、聖徳太子が百済《くだら》から入手した金剛子《こんごうし》の数珠《じゅず》の玉《たま》で、美しい飾りがついた物を、そのまま百済国から渡来した元の唐風《からふう》の箱のまま、透《す》かし編みの袋にしまい、五葉《ごよう》の松の枝に結びつける。さらにいくつもの紺瑠璃《こんるり》の壺《つぼ》に種々の薬を入れ、藤や桜の枝につけ、こうした場所にふさわしい数々の贈物を献上《けんじょう》する。

源氏の君も聖を始めとして、読経した法師への布施《ふせ》の品々や、その他にも準備した品々を、京に取りにやらせて、下賜《かし》した上に、近辺に住む山賤《やまがつ》にまで、身分相応《そうおう》の品を与えて、今後の誦経を依頼するためのお布施もして出立した。

僧都は奥にはいって、源氏の君の申し出を尼君にそのまま伝えると、「ともかく今は、何とも返事のしようがございません。もし志《こころざし》がおありなら、あと四、五年経ってからがよかろうと思います。その節《せつ》は承りましょう」と尼君が答えたので、僧都も「このような次第でございます」と源氏の君に言上すると、源氏の君は残念だと思い、僧都に仕える小さい童に歌をことづけた。

夕まぐれほのかに花の色を見て
けさは霞《かすみ》の立つぞわずらう

夕暮れ時にほのかに美しい花の色を見たので、今朝《けさ》は霞が立っていますが、私は出立しかねております、という躊躇《ためらい》で、花の色はもちろんあの女童を差しており、尼君もすぐに返歌した。

まことにや花のあたりは立ち憂《う》きと

霞むる空のけしきをも見ん

本当に花の辺りを立ち去り難いのでしょうか、霞んで不明瞭《ふめいりょう》なあなた様の心模様を見届けたく思います、という懐疑《かいぎ》であり、趣のある筆遣いにも気品が備わり、取り繕《つくろ》わずに書き流してあった。

牛車《ぎっしゃ》に乗る頃になって、左大臣邸から「行先も告げずに出かけられたので心配しておりました」と言って、迎えの人々や、左大臣家の子息たちが大勢参上した。

長男の頭中将、次男の左中弁《さちゅうべん》や、その他の人たちも源氏の君を慕《した》っていたので、「こうしたお供には是非《ぜひ》とも同行しようと待ち構えておりましたのに、心外にも置き去りになさるとは」と、恨《うら》み言を述べる。「このようにとても見事な花の下に、しばしも休まずに帰京されるのは、実に心残りでございます」と言うので、岩陰《いわかげ》の苔の上に並んで坐り、酒杯を手にしたのも、流れ落ちる水の様子が、実に風情のある場所だった。

頭中将が懐《ふところ》から笛を取り出して吹き始めると、澄んだ音色《ねいろ》が響き渡り、左中弁が扇で左手を打ちながら拍子《ひょうし》を取って、催馬楽《さいばら》の「葛城《かつらぎ》」を謡《うた》い出す。

〽葛城の寺の前なるや
豊浦《とよら》の寺の西なるや
榎葉井《えのはい》に白玉《しらたま》しづくや
真《ま》白玉しづく
おしとんど　おしとんど

しかしては国ぞ栄えんや
我家等《わいえら》ぞ富みせん
おしとんど　おしとんど
おしとんど　おしとんど

こうした左大臣家の公達《きんだち》も気品に溢《あふ》れているのに、源氏の君がひどく悩ましげに岩に寄りかかっている姿は、それ以上に、不吉なまでに美しいので、周囲の者たちは他に目移りする事なく、目が釘付けになっている。例によって篳篥《ひちりき》を吹く随身《ずいじん》や、笙《しょう》の笛を従者に持たせている風流な者もいて、僧都が自ら琴《きん》の琴《こと》を持参して、「これを一曲弾いていただき、どうせなら山の鳥も驚かせましょう」と、熱心に勧めるので、「耐《た》え難い乱れ心地です」と応じたものの、興醒《きょうざ》めしない程度に琴を搔《か》き鳴らしてから、一同は立ち上がって帰途についた。

名残が尽きずに残念だと、取るに足らない法師や、下使《したづか》いの童なども、みんな感激の涙を流し、まして庵の中では年老いた尼君たちが、これまでこのような素晴らしい人の有様を見た事がなかったので、「この世のものとも思えない」と言い合う。僧都も「ああ如何《いか》なる宿縁《しゅくえん》で、このような立派な姿で、大変難儀《なんぎ》なこの日本の末世《まっせ》に、お生まれになったのだろう。それを思うと大層悲しい」と言って、目を拭《ぬぐ》った。

女童の若君《わかぎみ》は、幼な心にも立派な人だと見て、「父君の兵部卿宮より素敵《すてき》な方です」と言うので、「それでしたら、あの方の子供になられたらどうです」と周囲が口にすると頷《うなず》いて、それはいいと思い、人形遊びや、絵を描くに際しても、これは源氏の君だという具合に拵《こしら》えて、美しい衣を着せ、大切にした。

源氏の君はまず内裏に参内《さんだい》して、ここ数日来の話を言上すると、帝は源氏の君がとてもやつれたと感じて、不吉だと思い、聖の霊験の尊さについて尋ねる。源氏の君が詳しく奏上《そうじよう》すると、「本来は阿闍梨《あじやり》になるべき人物なのだろう。修行の労が積もって、朝廷にも知られていなかったのだ」と、不憫だとのお言葉があった。

左大臣もちょうど参内して来て、「お迎えにと思いましたが、お忍びのお出かけと聞いて、遠慮しておりました。私の邸で一日二日、気楽にお過ごし下さい」と言い、「このままお送りします」と勧めるので、気は進まないものの、源氏の君は仕方なく退出する。左大臣は自分の牛車に案内し、源氏の君を上席《じようせき》の前の方に乗せ、自分は後ろの席に坐り、こうして自分を立てて大切に扱ってくれる左大臣の心配りを、源氏の君は心苦しく感じた。

左大臣邸では、源氏の君が見えるというので、気配りをして、しばらく来ない間に、以前にも増して、玉のように麗《うるわ》しい御殿《ごてん》に磨《みが》き飾って、万事を整えていた。

女君の葵《あおい》の上は例によってそっと隠れ、すぐには出て来ないのを、左大臣が強く勧めて、ようやく姿を見せると、あたかも身動きしない絵物語の姫君のようで、その場に坐られ、じっと動かずに端坐《たんざ》している。源氏の君は自分が思っている事をそれとなく口にして、北山行きの話を切り出そうにも、話し甲斐があって気の利いた返事でもあれば、情趣《じようしゆ》もあろうが、葵の上は全く心を開かず、源氏の君を疎《うと》ましく気詰まりな相手だと思い、年が重なるにつけて、心の隔《へだ》たりも大きくなっていた。

源氏の君としても辛く、心に添わないので、「たまには、世間並の妻らしい親しげな様子を見とうございます。耐え難い程の病に苦しんでおりましたのに、どんな具合ですかとの、お尋ねもありません。これもいつも通りではありますものの、やはり恨めしゅうございます」と言った。

すると葵の上は、「古歌に、言《こと》も尽き程はなけれど片時も　問わぬはつらきものにぞありける、とあるように、問わないのは薄情《はくじょう》なのでしょうか」と言い、顔を源氏の君から背《そむ》けて、横目でこちらを見やる目つきは、全く相手が気後れする程の気高《けだか》さがあり、美しい感じの顔立であった。

源氏の君は、「稀《まれ》におっしゃる言葉としては、誠に情けのうございます。尋ねないのが辛いというのは、私たちが夫婦だからです。人目を忍ぶような間柄でもないのに、あんまりなおっしゃり方です。日頃から冷淡《れいたん》な扱い方を、もしかしたら考え直して下さるかと、あれこれ試しているうちに、いよいよ私を疎むようになられたようです。仕方ありません。古歌に、命だに心にかなうものならば何かは人を恨みしもせん、とあるように、このまま行くしかありません」と言って、夜の帳台《ちょうだい》にはいる。

葵の上はすぐにははいらないため、源氏の君はどう声をかけたものか考えあぐね、嘆息《たんそく》をしつつ横になったものの、何となく面白くなく、故意に眠たそうなふりをして、あれこれと男女の仲について思い乱れた。

源氏の君は、あの若草の少女がこれから成長していく様子が見たくなり、「不都合な年頃と、尼君たちが思っていたのも道理ではある。言い寄るとしても、これは難事だ。何とか策を弄《ろう》して、すんなりと邸に迎え取って、明け暮れの慰みとして世話をしてやりたい。

父の兵部卿宮はとても上品で優雅であられるが、匂うような華やかさはない。しかし、どうして一族である藤壺宮に似ておられるのだろう。お二人が同じ后腹《きさきばら》の兄妹だからだろうか」と思い、その縁続きが実に慕《した》わしく、「何とかしてこの策を成功させよう」と、心の底から思った。
翌日、北山に文を送り、僧都にもそれとなく意中を伝え、尼君にも手紙を書いた。

あの折、私の本意を汲《く》み取っていただけなかったのが遠慮されて、胸の内を充分お伝えできませんでした。それが心残りで、再度、並々でない私の心中を理解していただきたく、筆を執《と》りました。おわかり下されば、どんなにか嬉しく存じます。

と正式な立文《たてぶみ》が書かれた中に、小さく結び文があり、和歌が添えられていた。

面影は身をも離れず山桜
心の限りとめて来《こ》しかど

山桜の美しい面影が、この身から離れません、心のすべてはそこに残して来たのですが、という未練であり、『拾遺《しゅうい》和歌集』にある、**朝まだき起きてぞ見つる梅の花　夜の間の風のうしろめたさに**、を引いて、「夜の間に吹く風も気がかりです」と、あの若草の少女がどこかに引き取られないかと危ぶんでいた。

筆遣いの見事さは言うまでもなく、ただ無造作《むぞうさ》に手紙を包んだ様《さま》にも、年の盛りが過ぎた尼君たちの目には、眩しいくらいに美しく見え、「これは困りました。何と返事しましょうか」と、思い惑った挙句に返事を書いた。

先日の通りすがりのお言葉は、軽い心からの事と承っておりました。しかしこうしてわざわざ手紙を賜《たまわ》り、返事に困り果てております。『古今和歌集』の仮名序《かなじょ》の、難波津《なにわづ》に咲くやこの花冬ごもり　今を春べと咲くやこの花、の「難波津」さえもまだ満足に書けないようでございます。従ってお心には添いかねます。

と綴られていて、和歌が添えられていた。

嵐吹くおのえの桜散らぬ間を
　心とめけるほどのはかなさ

風が吹く峰の桜が散らないでいる、ほんの少しの間だけ、心をお留めになったご様子ははかないものです、という拒否で、「こちらとしても、うしろめたく気がかりです」と付言されていて、僧都の返事も同じような内容だった。

源氏の君は気落ちして、二、三日後に惟光を使者に立てて、「少納言《しょうなごん》の乳母《めのと》という人がいるはずです。その人を訪ねて詳細を相談するように」と言い聞かせると、惟光は「何とも抜け目のない好き心だ。あれ程幼い女童だったのに」と、おぼろげに垣間見《かいまみ》した折の事を思い起こして、興味深く感じた。

源氏の君から再度手紙があったので、僧都も恐縮の旨を返書で伝え、一方、惟光は少納言の乳母に来意を告げて対面し、詳しく源氏の君の考えや、日頃の様子を話して聞かせた。

もともと言葉が巧《たく》みなので、もっともらしく話し続けるものの、全くどうしようもない姫君の幼さを、源氏の君はどう思われているのだろうかと、誰もが不安がっている。源氏の君は真心のこもった文を寄越し、幼い姫君に結び文を送り、「続け書きではない一字一字離して書く放ち書きでもいいので、やはり見たいものです」と書いて、和歌が添えられていた。

あさか山浅くも人を思はぬに
など山の井のかけ離るらん

決してあなたを浅くも思っておりません、それなのに、どうして山の井に影が宿らないように、私から遠く遠れるのでしょうか、という懇願で、「かけ」には影を掛けており、『古今和歌集』の仮名序に引かれた『万葉集』中の、**あさか山影さへ見ゆる山の井の　浅き心をわが思はなくに**、を下敷にしていた。

これに対する尼君の返歌は、またもや、はかばかしくなかった。

汲みそめてくやしと聞きし山の井の
浅きながらや影を見るべき

汲んでみて後悔すると聞きました山の井のように、浅いお心のままで、姫君の姿をご覧になれましょうか、という拒絶で、『古今和歌六帖』にある、**くやしくぞ汲みそめてける浅ければ　袖のみ濡るる山の井の水**、を下敷にしていた。

惟光も同じ事を少納言の乳母に伝えると、「尼君の病が多少なりとも快方に向かえば、もう少しここで過ごしてから、京に戻って、改めてご挨拶致します」との返事だったため、源氏の君はじれったく思った。

その頃、藤壺宮が病を得て、宮中から退出したので、帝が心配の余りに嘆いている様子を、源氏の君は同情の念で眺める一方、せめてこんな機会にでも、思慕《しぼ》の人に会えないものかと、気も心も上《うわ》の空《そら》になっていた。他の女たちの許には一切通わず、内裏でも自邸でも、昼はぼんやり物思いに耽《ふけ》り、日が暮れると、藤壺宮付きの女房である王命婦《おうみょうぶ》を捜し回り、宮との取次を急《せ》き立てた。

王命婦はどんな策を巡らしたのか、無理なはからいによって逢瀬《おうせ》が叶うまでの間、源氏の君としては、過去のあの一度きりの契《ちぎ》りが現実のものとは思えないのが辛く、一方の藤壺宮は思いもよらなかったあの出来事を思い出しては、寝ても覚めても気になる。せめてあれきりで終わりにしてしまおうと、深く心に決めていたのに、こうして改めて対面するのは情けなく、辛くもあった。

優しく可憐《かれん》であり、かといって馴れ馴れしくはなく、思慮深く気品溢れる態度は、やはり並の女君とは別格であり、源氏の君は「どうしてわずかな瑕瑾《かきん》さえないのだろうか」と、それを恨めしくさえ思った。

思慕の念を、思う存分に伝えるにも、余りにも短い四月の夏の夜であり、本来なら鞍馬山《くらまやま》の夜の明けない宿で逢っていたかったのだが、短夜のためにすぐに夜明けとなる。むしろ逢わない方がよかった、切ない限りの逢瀬になり、源氏の君はたまらず詠歌する。

見ても又逢う夜まれなる夢の内に
やがて紛《まぎ》るるわが身ともがな

こうして逢っても、またふたたび逢える夜は稀《まれ》であり、あたかも夢のような逢瀬なので、夢の中にそのまま紛れていくわが身であって欲しい、という悲痛な嘆きで、「逢う夜」には合う世が掛けられていて、涙にむせ返っているその姿が余りにも可哀想なので、藤壺宮は返歌する。

世語りに人や伝えんたぐいなく
憂き身を醒めぬ夢になしても

この逢瀬を世間の語り草として、人々は伝えるのでしょうか、これ以上の辛さはないわたくしの身を覚めない夢の中に消えさせても、という宿命《しゅくめい》への嘆きであり、そうやって思い乱れている有様を、源氏の君は道理であり、申し訳ないと感じ入っている。王命婦が、脱ぎ放たれていた源氏の直衣《のうし》装束を取り集めた。

源氏の君は二条院の自邸に戻っても、泣きながら寝たままでその日を暮らし、こちらから出した手紙にも、例によって藤壺宮はご覧にならないという王命婦からの返事があるのみで、いつもの事ながら辛く、もはや考える気力もなくしていた。内裏にも参内せず、二、三日引き籠っていると、帝がまた病の再発ではないかと心配されるだろうが、それだけに一層犯した罪の重さが恐ろしかった。

藤壺宮も「やはり情けない我が身だ」と思い嘆き、そこに体の具合の悪さも加わり、里邸《りてい》に留《とど》まっていると、帝からは「早く参内するように」との使者が頻繁《ひんぱん》にあるものの、そう決心もできない。本当に気分がいつもと異なるため、「どうした理由からなのだろう」と自問すると、人知れずこれは悪阻《つわり》ではないかと思い当たる節《ふし》もあるので、心は沈み、この先どうなるかと思い悩むばかりだった。

暑いうちは一層起きるのも大儀《たいぎ》で、懐妊《かいにん》三月《みつき》になるため、その兆候《ちようこう》が明白になり、女房たちもそれに気がついて心配する。藤壺宮としても思いも寄らぬ宿縁《しゆくえん》が余りに嘆かわしく、女房たちも「この月になるまで、懐妊を帝に奏上なさらなかったとは心外でございます」と驚く反面、自分の胸に手を当てて考えると、思い当たる節はもう明々白々であった。

湯殿《ゆどの》の入浴に際して身近に仕えて、どんな様子なのかを、はっきり見ている乳母子《めのとご》の弁《べん》や王命婦は、変だとは思うものの、お互い口にすべき事ではないので、事情を知っている王命婦のみは、やはりこれは逃れられない宿縁であり、どうする事もできなかったのだと胸の内に秘めている。

帝には、物の怪のせいで懐妊の兆候には気づかなかった旨を奏上したので、周囲の女房たちもそう信じていた。帝は一層いとおしいと感じて、見舞の使者がひっきりなしに到着するのも、藤壺宮にとっては空恐《そらおそ》ろしく、あれこれ物思いは尽きない。

源氏の君も、ただ事とは思えない異様な夢を見たので、夢解《ゆめと》きの者を呼んで尋ねると、思いも寄らぬ内容を解き合わせて、「あなた様が天子の父になるという運勢ではありますが、その中に思いがけない不幸も訪れそうなので、ご謹慎《きんしん》なさるのがよろしいかと存じます」と言う。

源氏の君は煩《わずら》わしい事になったと思い、「これは私自身の夢ではなく、別人の夢です。この夢が事実と符合一致《ふごういつち》するまでは他言《たごん》を禁じます」と下命《かめい》し、心の内では一体何の事だろうかと思案していた。

ところが藤壺宮の懐妊の噂を耳にして、「もしかすると、あの夢は正夢《まさゆめ》になるのでは」と思い合わせ、一層激しく切ない言葉の限りを尽くした文を藤壺宮に届けたる。仲介をする王命婦も、考えてみると空恐ろしい限りで、煩雑《はんざつ》な事も増えて、全くよい手立てがないまま、わずか一行程度の返事が藤壺宮からあったのみで、それっきり絶えてしまった。

七月になって、藤壺宮は参内し、帝はそれを懐しく愛情をもって迎え、寵愛《ちょうあい》は以前にも優《まさ》って限りない。少しふっくらとして、悩んで面瘦《おもや》せはしてはいるものの、藤壺宮は比類ない美しさであり、いつものように帝は一日中こちらにばかり赴く。

管絃《かんげん》の催しもようやく映《は》える時節《じせつ》なので、源氏の君も頻《しき》りに側に呼ばれて、琴や笛、その他の楽器を演奏させせられる。ひたすら隠してはいるものの、隠しきれない胸の内が、表に漏《も》れ出てしまう折々もあり、藤壺宮もさすがに困惑しつつ、様々な事を思い続ける他なかった。

あの山寺の尼君は、病が軽快してから山を下《くだ》ったので、源氏の君はその京での住まい宛てに、時々手紙を送るものの、返事が以前と全く同じであるのも、もっともであり、その上、これまで以上の藤壺宮へのやるせない思慕のために、他の事を考える余裕もないまま、時は過ぎて行く。

秋の末の頃、源氏の君はひどく物寂しく嘆息を漏らしつつ、月の美しい夜に、密かに通っている六《ろく》条《じょうの》御息所《みやすどころ》へ向かおうと久しぶりに思い立った。

邸を出ると、時雨《しぐれ》模様の天候であり、向かう場所は、六条京極《きょうごく》辺りで、内裏からは少々道程が遠い気もするものの、その途中に荒れ果てた家があり、木立も古びてうっそうと繁《しげ》っていて、いつも供人として従っている惟光が、「亡き按察大納言の家でございます。ついでの折に訪問しますと、あの尼君がひどく弱られ、他の事は何も考えられないと申しておりました」と言う。「それはお気の毒。見舞わなくてはならないのに、どうしてその事を言わなかったのですか。中にはいって私が見舞に参上したと伝えなさい」と命じたので、惟光が供人を邸内に入れて取次をさせた。

源氏の君がこうしてわざわざ立ち寄った旨を告げさせたので、供人がはいって「こうしてお見舞に来られました」と言った。先方の女房たちは「誠に困った事になりました。ここ数日来、回復の見込みもないようになられました。お目にかかることなど、もはや不可能でしょう」と言上する。ただ、このまま帰すのも畏《おそ》れ多いと思って、南廂《みなみびさし》の間を片付けて、そこに源氏の君を迎える。「誠にむさ苦しい所でございますが、せめて御礼だけでもと思います。不用意にも、このように木暗《こぐら》い御座所《おましどころ》です」と女房が言うので、源氏の君は、なるほどこんなに植栽《しょくさい》にも手がはいっていない邸は、普通とは異なると思った。

「いつも伺《うかが》いたいと思いながら、お願いしても甲斐のない扱いをされるので、つい遠慮しておりました。重病だとも聞いていなかったのも、迂闊《うかつ》でございました」と、源氏の君は言う。

尼君は「気分が優《すぐ》れないのは、いつもの事でございます。しかしもはや命も限りが来たようで、そんな折、大層畏れ多くも、こうしてお立ち寄りいただきました。それなのに直接ご挨拶申し上げられないのは、残念でございます。

お申し越しのあの一件については、万が一にもお考えが変わらず、このように幼い年頃が過ぎましてから、必ずや人の数の中に入れて下さい。全く心細い様子のままで、この世に遺《のこ》しておくのは、願っております極楽往生《ごくらくおうじょう》の妨《さまた》げになるのではと、思わないではいられないのです」と言上した。

病床がとても近いので、心細そうな声が、絶え絶えに源氏の君に届き、更に尼君は側の女房たちに、「このようにお越し下さるとは、何とも畏れ多い事です。せめてこの姫君が、御礼を申し上げられる年頃であればいいのですが」と言うのが聞こえる。

それを源氏の君は痛々しく聞いて、「おっしゃられたあの件は、軽々しい心からではございません。いい加減な思いであれば、こんな好色めいた有様をお目にかけられません。どんな宿縁からか、初めて姿を見た時から、いとおしく感じたのも、不思議であり、この世だけでなく来世までのご縁に思われます」と言い、「このままでは、お伺いした甲斐もございません。せめてあの愛くるしい方のお声を、ひと声なりとも、是非聞かせて下さい」と頼む。すると、女房が、「申し訳ございません。何もわからないご様子で、もうぐっすりと寝ておられます」と言上した。

ちょうどその時、奥の方からこちらに誰かが来る足音がして、「おばあ様、あのお寺に来られた源氏の君が、お越しになったのですか。どうしてお姿を拝見しないのですか」と言う。女房たちは「まあ、お静かに」と制すると、「でも、源氏の君の御姿を見たら、気分が悪いのが治ったと、おっしゃいました」と、自分ではいい事を聞いて覚えていると思いながら話すのを、源氏の君は実に面白いと感じたものの、人々が困ったと思っている様子なので、聞かないふりをする。

丁重《ていちょう》な見舞の言葉を残して退出し、「なるほど、大変幼い様子ではある。しかしそこは立派に教え込もう」と思った。

翌日、実に真心豊かな見舞の手紙を送り、いつものように姫君宛の小さな結び文を添えた。

いわけなき鶴《たづ》の一声《ひとこえ》聞《き》きしより
葦間《あしま》になづむ舟ぞえならぬ

あどけない鶴の一声を聞いた時から、葦の間で行きなずんでいる舟は、切なさで一杯です、という訴えで、「え」には江《え》が掛けられ、もちろん「鶴」は姫君、「舟」は源氏の君を指しており、『万葉集』の、湊入りの葦分け小舟障り多み　わが思う君に逢《あ》わぬころかも、を踏まえていて、『古今和歌集』の、堀江漕《こ》ぐ棚無し小舟漕ぎかえり　同じ人にや恋《こ》いわたりなん、を暗示していた。「何回断られても、同じ人を恋い慕《した》います」と付言《ふげん》した文が、故意に子供っぽく書いてあるのが、実に見事なので、人々は「そのまま、お手本にしましょう」と言い合う。

少納言の乳母が、「お訪ねいただいた尼君は、今日一日がもたない有様です。これから北山の僧都の坊に向かいます。こうして見舞って下さった御礼は、この世でなくても申し上げる事でございましょう」と返事を書いたので、源氏の君は心の底から悲しいと感じた。

秋の夕暮れは、一段と心の休まる時はなく、恋い焦《こ》がれるあの藤壺宮に思いが向かい、ここは無理強いしてでも、藤壺宮の姪《めい》にあたるあの姫君を求めたい心地が、一層深まったのか、「消えようにも、その行方《ゆくえ》もありません」と尼君が詠じたあの夕べが、自《おの》ずと思い起こされ、恋しくもある。一方で、手に入れたら見劣りはしないだろうかと、さすがに気は落ち着かないまま独詠する。

手に摘《つ》みていつしかも見ん紫の
　根に通いける野辺《のべ》の若草

この手に摘んで早く見たいものだ、あの紫草の根に繋《つな》がっている野辺の若草を、という切望で、紫は藤壺宮でもあり、その紫草と根がからみ合う若草の姫君を暗示し、『古今和歌集』の、**紫のひともとゆえに武蔵野《むさしの》の　草はみながらあわれとぞ見る**、を下敷にしていた。

十月に催される朱雀院《すざく》への行幸《ぎょうこう》に備えて、舞楽の舞い手や上達部《かんだちめ》や殿上人《てんじょうびと》で、その方面に適任の者はみな選ばれ、親王《みこ》や大臣を始めとして、それぞれが自分の技芸の稽古《けいこ》に余念がなく、多忙な日々が続いた。

源氏の君は、北山にいる尼君にも、久しく便りを出していなかった事を思い出し、わざわざ使者を送ったところ、僧都からの返書のみがあり、「先月の二十日頃に、とうとう命が果てるのを見届けました。人の世の道理とは言え、悲しみに沈んでおります」と書かれているのを読み、世の中のはかなさがしみじみと思い遣られる。「故人が常に心配していたあの人はどうなったのだろう。幼い年頃なので、恋しがっているのではないか。自分が三歳の頃に、母の桐壺更衣《こうい》に先立たれたのを思えば」と、はっきりとではないが思い出されて、丁寧《ていねい》な見舞を送ると、少納言の乳母から行き届いた返事が届いた。

三十日間の忌《い》みの期間が過ぎた十月二十日頃、あの紫の姫君が京の邸にいると聞いたので、源氏の君はしばらくして、暇な夜に来訪すると、尼君亡きあとの邸は実に気味悪《きみわる》げに荒涼《こうりょう》としており、人の気配もない。さぞかし幼い人は怖がっていると思われ、かつての南廂に招き入れられ、少納言の乳母が尼君の臨終の様子を、泣きながら言上するので、源氏の君も思わずもらい泣きして、袖がしとどに涙に濡れる。

「姫君は、父君の兵部卿宮の邸に移す事も考えております。しかし亡き尼君が、宮の北の方は配慮に欠ける辛い人だと思われていたようです。姫君は稚児《ちご》でもなく、かといって人の思いがわかるでもない、中途半端な年頃でございます。そんな姫君が、大勢おられるお子さんたちの中で、軽々しく扱われるのではないかと、亡き尼君も終始懸念《けねん》されていました。全くその通りだと、思い当たる事も多くございます。

そんな折に、あなた様からのかりそめの申し出は、その本心がどこにあるかは別として、こんな折ですので、わたくし共も大変嬉しく思っております。とはいえ、姫君があなた様の伴侶《はんりょ》としては、全く似つかわしくない有様で、実年齢よりも幼いくらいにお育ちです。そのため何とも決めかねております」と言上した。

源氏の君は、「どうしてどうして。こうして繰り返しお伝えしている私の心ですので、そのまま受け取って欲しいのです。姫君の他愛ない純な心が、私にはいとおしくも慕わしく感じられます。これはもう、特別な前世からの宿縁があるのではと、我ながら身に沁《し》みて思われます。ここは人を介《かい》してではなく、直接申し上げて、理解してもらいたいのです」と言って、詠歌する。

あしわかの浦にみるめはかたくとも
こは立ちながらかえる波かは

若い姫君にお目にかかるのが難しくても、こうして伺ってそのまま立ち帰る私でしょうか、という説得で、「わか」には葦の若芽が生えている和歌（わか）の浦と、若いが掛けられ、紫の君を指し、「みるめ」には見る目と海松布（みるめ）を掛けていて、「本当に心外に思います」と源氏の君が言い添えたので、少納言の乳母も「誠に畏れ多い事でございます」と答えて返歌した。

寄る波の心も知らでわかの浦に
玉藻《たまも》なびかんほどぞ浮きたる

訪問して下さったあなた様の心も確かめないまま、若い姫君が靡《なび》くとしたら、不安でございます、という拒否であり、「それは無理なご依頼です」と言上する。その様子が物馴《ものな》れているので、源氏の君は少し大目《おおめ》に見てやろうと思い、『後撰和歌集』にある歌、人知れぬ身は急げども年を経て など越えがたき逢坂《おうさか》の関、を口ずさんで、どうしても紫の君に逢いたい旨を暗示すると、若い女房たちは身に沁みて心動かされた。

紫の君が、亡き尼君を恋しがって泣きながら床《ゆか》に伏《ふ》していると、遊び相手の女童《めのわらわ》たちが「直衣《のうし》を着た方が見えました。父君がいらっしゃったのでしょう」と言うと、起き出して、「少納言や、直衣を着ているという方はどちらにおられますか。父宮でしょうか」と言いながら、近寄って来る声が実に可愛らしい。源氏の君が「父宮ではありませんが、同じように親しく思っていただいてよい者です。どうぞこちらへ」と言うと、あの立派だった人だと、さすがに幼な心にもわかり、「悪い事を言ってしまった」と思って、乳母の側に寄って、「さあ行きましょう。眠たいので」と言う。

源氏の君が、「今更、どうして逃げるのでしょうか。この膝《ひざ》の上で休みなさい。もう少しこっちに寄って下さい」と言うと、乳母が「ですから、先程申し上げた通りです。この通り、聞き分けのない年頃でございます」と言いつつ、紫の君を源氏の君の方に押しやって差し上げると、そのまま無邪気《むじゃき》に坐っている。几帳《きちょう》の下から手を差し入れて探ると、柔らかに着馴らした衣の上に、髪はつやややかにこぼれかかり、末の方がふさふさと手に触れて確かめられ、その感触から、さぞかし見事な髪だろうと推測された。

源氏の君が手を掴むと、紫の君は恐がり、馴れていない人がこんなに近づくのは恐ろしく、「今から寝るのです」と言って、手を無理にひき離して引っ込もうとしたので、源氏の君は奥に滑《すべ》り込んで、「今はもう、この私があなたを可愛がる人です。どうか嫌がらないで下さい」と言う。乳母は「これは異な事をなさいます。喪中《もちゅう》ですのに、あんまりな振舞です。どんなに言い聞かせても、まだ体の用意ができておりません」と言いつつ、苦しそうにしている。

源氏の君は、「いくら何でも、こんな年少の人を私がどうかするはずもありません。ただ世にも例がない程の深い愛着心《あいちゃくしん》を、最後まで見ていただきたいのです」と言った。

霰《あられ》が激しく降って、すさまじい夜なので、源氏の君は、「どうしてこんなに少ない人数で、心細く暮らしているのだろうか」と思って泣く。このまま見捨てて帰るのも可哀想であり、「格子《こうし》を下ろしなさい。恐ろしい夜のようなので、私が宿直人《とのいびと》の役目をしましょう。みんな近くに控えていて下さい」と言い、大変手馴《てな》れた様子で御帳台《みちょうだい》の中にはいったので、思いも寄らない奇怪《きかい》な事だと誰もがあきれ返る。少納言の乳母は、「心配でならない。困った事態だ」と思うものの、荒々しく騒ぎ立てるのも失礼なので、嘆息して坐っている。

紫の君は実に恐ろしく、どうなる事かと体をわなわなと震わせ、可愛らしい肌も、寒そうで鳥肌《とりはだ》が立つ思いでいるのを、源氏の君は可哀想になり、単衣《ひとえ》だけを押し包んで着せる。自らも、とんでもない事をしでかしたと思うものの、優しく話しかけ、「さあ、私の邸に行きましょう。面白い絵も沢山《たくさん》あって、人形遊びもできます」と、紫の君が喜ぶような事を言う様子に、子供心にも恐ろしさが少し和《やわ》らぎ、かといっても気味悪さは残り、寝る事もできない気がして、もじもじしながら横になっていた。

一晩中、風が吹き荒れて、女房たちは「本当にこうして源氏の君がおいでにならなかったなら、どんなにか心細いでしょう。どうせなら、姫君がふさわしい年頃であったらいいのに」と囁《ささや》き合い、少納言の乳母は、心配の余り、すぐ側近くに控えていた。

風が多少吹きやんだので、まだ暗い夜明け前に帰るのも、何か訳ありげな様子になるため、源氏の君が「本当に心から愛らしいと感じます。今後は、尚更《なおさら》ひとときの間も忘れず、気がかりでしょう。私が明けても暮れても物思いに耽っている所に、お連れしましょう。ここに、こんな状態でいるのはふさわしくありません。今まで、よくも怖がらなかったものです」と言う。

少納言の乳母は、「父の兵部卿宮も、迎えに来ようとおっしゃって下さっています。尼君の四十九日《なななぬか》が終わってからでもと考えております」と言上する。

「確かに父君は、頼りになる筋ではあります。しかし離れ離れに暮らしていた点では、私と同じです。姫君とて親しめないでしょう。私こそ今夜こうやって初めて会い、決して浅くない思い入れは、父君より必ずや勝《まさ》っているはずです」と言って、紫の君の髪を撫《な》でながら、何度も振り返りつつ、退出した。

深く一面に霧のかかった空も、ただならぬ気配がする上に、霜《しも》が真っ白に降りていて、これが本当の懸想《けそう》であれば似合いの情景ではあるが、相手がまだ幼い人だったので源氏の君はどこか不満であった。この付近に、ごく内密に通う所があったのを思い出して、供人に門を叩かせたものの、聞きつける人もなく、仕方がないので、供人のうち声のよい者に命じて詠歌させた。

あさぼらけ霧立つそらのまよいにも
行き過ぎがたき妹《いも》が門《かど》かな

夜明けの霧が立ち込める空に戸惑って、このまま通り過ぎ難いあなたの家の門です、という呼びかけで、催馬楽《さいばら》の「妹之門」の「妹が門　夫《せな》が門　行き過ぎかねてや　我が行かば　ひじかさの　雨もや降らなむ　しでたおさ　雨宿り　笠《かさ》宿り　宿りてまからむ　しでたおさ」を下敷にし、「肱笠雨《ひじかさあめ》」はにわか雨、「しでたおさ」はほととぎすの異名である。さらに『万葉集』の、妹が門行き過ぎかねつひさかたの　雨も降らぬかそをよしとせん、とともに、『古今和歌六帖』の、妹が門行き過ぎかねつ肱笠の　雨も降らなむあまがくれせん、を響かせていて、二度程詠じさせると、小ぎれいな下仕《しもづか》えの女を出して、その女に歌を詠じさせた。

立ちとまり霧の間垣《まがき》の過ぎ憂くは
草のとざしにさわりしもせじ

立ち止まって、霧が深くてこの家の垣根が通り過ぎにくいのであれば、閉ざしている草の戸などには邪魔されないでしょう、という反発で、『後撰和歌集』の、言うからにつらさぞまさる秋の夜の草のとざしにさわるべしやは、を踏まえていた。下仕えの女は供人にそう詠みかけたあと、中にはいってしまい、他に人が出て来ないので、そのまま帰るのも趣に欠けるものの、明るくなって行く空も気がかりなので、二条院の自邸に帰った。

可愛らしかった紫の君の面影が恋しく、ひとりにやにやしながら眠りにつき、日が高くなってから起き出して、手紙を書こうとしたが、書くはずの後朝《きぬぎぬ》の文も普通とは違うため、筆を何度も置いては、あれこれと考えて書き、文に面白い絵を添えて送った。

故按察大納言邸では、この日、父君の兵部卿宮が来訪していた。ここ数年ですっかり荒廃して、広くて古くなった邸が、さらに仕える人の数も少なく寂しいので、「どうしてこんな所に、しばしの間だけでも、幼い人がいられれましょうか。やはり私の邸に移しましょう。何も気兼《きが》ねはいりません。乳母は、部屋を設けて仕えればいいでしょう。年の若い人も大勢いるので、一緒に遊んで、とても楽しく過ごせるはずです」と言う。

兵部卿宮が紫の君を近くに呼び寄せると、あの源氏の君の移り香が、実に麗《うるわ》しく染み付いている。「いい匂いがする。着ている衣はすっかり古くなっているのに」と心苦しく思い、「ここ数年、病気がちの尼君と一緒にいたのですね。私の邸に移って、住み馴れた方がいいと言ったのに、何故《なぜ》か嫌われてしまいました。一方で北の方にも遠慮していたようです。その尼君が亡くなったこんな折に、引き取るのも、心苦しくは思いますが」と言う。少納言の乳母は、「いいえ移すには及びません。いかに心細くても、しばらくはここにおられます。今少し物の道理が理解できる年頃になってから、引き取られるのがよろしいかと存じます」と言上する。

さらに「夜も昼も尼君を恋い慕って、ちょっとした物でも口にされません」と乳母が言う通り、紫の君はなるほど、ひどく面痩せはしているものの、却ってそれが上品で可愛らしく見える。

「どうしてこんなにも悲しむのですか。もうこの世にいなくなった方の事は、どうしようもありません。これからは私がいます」と、兵部卿宮は言って、日が暮れるので帰ろうとする。紫の君はとても心細くなって泣き出すと、父宮ももらい泣きして、「そんなに深く思い詰めないようにしましょう。今日明日のうちに、あっちの邸に移りましょう」と、何度もなだめすかして帰途につくと、そのあとも紫の君は悲しさの余り泣き続けた。

紫の君はこれから先の我が身の行方までは考えられず、ただこの何年かの間、少しの間も離れず、常に側近くに置いてくれた尼君が、今は亡き人になってしまったのが悲しく、幼な心ながらに、胸塞《むねふさ》がって、いつものように遊びもできない。それでも昼間は何とか気晴らしはできるものの、夕暮れになるとひどく気が沈んでいる様子なので、少納言の乳母は「これではこの先、どうやって過ごすか、思い遣られる」と、慰《なぐさ》めかねて、一緒に涙に暮れていた。

源氏の君からは、使者として惟光が派遣され、「お伺いするべきですが、内裏からの呼び出しで、動けません。あの可愛らしく拝見した紫の君が、どうされているか気がかりです」と伝言されると、少納言の乳母は、「共に寄り添って寝て、朝に帰るという段取りを果たしながら、その後の訪れがないとは、情けのうございます。戯れにしても、ご縁談の当初から、こんな仕打ちをされるとは心外です。

これを父宮がお聞きになれば、仕えているわたくし共の不届きだとして、叱責《しっせき》されるでしょう。今後は決して、何かのはずみでも、源氏の君の事を他言されませんように」と応じる。紫の君はそれを何とも感じていないのが、可哀想だった。

少納言の乳母は、惟光に悲しい話をいろいろして、「これから何年か後に、紫の君は源氏の君と一緒になるという宿縁から、逃れられなくなる事もございましょう。ただ現在は、どう考えても不似合いな一件だと思っております。にもかかわらず、奇妙にも心を寄せられるのは、どういうおつもりなのかと思い惑《まど》っているのです。

今日も、兵部卿宮が訪問されて、しっかり仕えなさい、軽率な真似《まね》はしないように、とおっしゃれました。それも気が重く、宮からの注意がなかった以前から、あのような好色な振舞が、改めて気になっております」と言う。少納言の乳母はこの惟光に、源氏の君と紫の君の間で何かあったのではと、怪しまれては困るので、大袈裟《おおげさ》には話せず、惟光としても一体どういう事なのか合点《がてん》がいかない。

帰参《きさん》した惟光はその旨を源氏の君に伝えると、紫の君が可哀想だと思い、このまま通うのも、さすがにはしたない気がして、軽々しく奇怪な振舞だと、世の人も密かに耳にするかも知れず、そうなる前に紫の君を二条院に引き取ってしまおうと決心する。何度も手紙を送り、日が暮れると、例によって惟光を使者として赴かせ、「種々の支障《さわり》があって、参上できませんが、決してこれが浅い心だとは思わないでいただきたい」と言わせる。

少納言の乳母が、「父の兵部卿宮から、明日迎えに来るとおっしゃっていました。それで気忙《きぜわ》しくしております。長年住み馴れたこの蓬生《よもぎう》の宿を去るのも、さすがに心細いものがございます。仕えている者たちも、あれこれ悩んでいます」と、言葉少なに言い、きちんとした対応はせず、忙しく物縫《ぬ》いをしている様子が感じられるので、惟光はすぐさま、源氏の君に報告に帰る。

源氏の君は左大臣邸にいたが、例によって葵の上はすぐには出て来ないので、嫌な気分になり、和《わ》琴《ごん》を少しばかり掻き鳴らし、風俗歌の「常陸《ひたち》」を、優艶《ゆうえん》な声で口ずさむ。

〽常陸にも田をこそ作れ
あだ心　や
かぬとや君が
山を越え
数夜《あまよ》来ませる

わざわざ来たのに、出て来ない妻を責める意味が込められていて、そこへ惟光が来たと言うので、呼び入れて、源氏の君は先方の事情を訊く。

惟光が、父宮が紫の君を引き取る件を伝える。「宮邸に移ってしまったら、わざわざこっちに迎え取ろうとしても、色好みと思われてしまう。幼い人を盗み出したという非難も受けてしまう。そうなる前に、しばらく人には口止めして、こちらに迎えてしまおう」と考える。「明け方に、向こうに行こう。牛車の用意はそのままにして、随身をひとり二人、待機しておくように申しつけなさい」と命じたので、惟光はその命《めい》を受けて退出した。

源氏の君は「さてどうしたものか。紫の君を引き取ったことがわかれば、世間の評判になって、度が過ぎた好き心だと言いふらされるだろう。女の年齢がせめて男女の道を知っていて、女の方でも心を許したと思われるような事であれば、世にもありふれた事として許されよう。しかし今回の場合、父宮にどうした事かと尋ねられれば、こっちとしても体裁《ていさい》悪く、格好《かっこう》もつかない」と思い悩む。

しかしこの機会を逃してしまえば、後悔するのは必至《ひっし》であり、まだ明け方の暗いうちに退出しようとすると、葵の上はいつものようにしぶしぶ顔で、不機嫌そうなので、「二条院の方で、どうしてもしておく事があったのを、今思い出しました。行ってすぐ帰って参ります」と言って退出した。仕えている女房たちも気がつかず、自分の部屋で直衣《のうし》に着替えて、惟光だけを馬に乗せて、故按察大納言邸に向かった。

門を叩かせると、事情を知らない者が開けたので、そのまま牛車をそっと引き入れさせる。惟光が妻戸《つまど》を叩きながら咳払いすると、少納言の乳母がそれを聞き分けて出て来たので、惟光が「ここに源氏の君がお見えになっています」と言う。

少納言の乳母は「幼い人はまだ眠っておられます。どうして、こんな夜更《よふ》けに来られたのでしょうか」と、他の通い所からの帰途に立ち寄ったのだろうと思いつつ応じると、源氏の君が「父宮邸に移られるそうで、その前に申し上げたい事があります」と言う。少納言の乳母は「何事でございましょうか。紫の君が、はっきりした返事をされましょうか」と皮肉を言って、笑いながら控えている。

源氏の君はそのまま中にはいったので、少納言の乳母は困って、「不用心にも、見苦しい古今の女房たちが眠っております」と言うと、「まだお目覚めではありますまい。ここはひとつ目を覚まさせてやりましょう。こんな風情のある朝霧をよそに、寝ていていいはずがありません」と応じて、奥にはいってしまうので、「それは無茶な」と言うばかりで制止する事もできない。

紫の君は無邪気に寝ていて、源氏の君がそれを抱いて起こしたので、目を覚まし、父君が迎えに来たと、寝ぼけて思っているようである。髪を優しく撫でて、「さあ行きましょう。父宮の使いで参りました」と源氏の君が言う。父宮ではなかったのだと紫の君はびっくりしていて、怖がるため、「怖がらなくていいのです。私も父宮と同じです」と、源氏の君は言って、そのまま抱いて出たので、大《たい》輔《ふ》の女房や、少納言の乳母は「これはまた何とした事を」と制止しにかかった。「こちらには常に参上できないので心配です。私の邸にどうぞと申し上げたのに、残念ながら他に移られると聞きました。そうなれば、今まで以上に話ができなくなります。誰かひとり、供として付いて来て下さい」と源氏の君が言うので、少納言の乳母は「今日は大変都合が悪うございます。父宮が見えた時には、どのように申し上げたらよろしゅうございましょうか。自然と時が経って、一緒になられるご縁であれば、どのようにでもなりましょう。しかし今は、全くどう対処していいのかわかりません。仕えている女房たちも、さぞ困るでしょう」と言上する。

「それでは、誰でもいいので、あとから参上するように」と言い置いて、源氏の君は牛車を呼び寄せたので、みんな驚きあきれ、どうしたものかと途方に暮れる。紫の君も様子が変だと感じて泣き出し、少納言の乳母は引き止めるすべもなく、昨夜縫った衣を手にして、自身も見苦しくない衣に着替えて牛車に乗った。

二条院は近いので、まだ明るくなる前に到着し、西の対《たい》に牛車を寄せて、源氏の君は降り、その後に紫の君を実に軽々と抱いて降ろしていると、少納言の乳母が「やはり夢心地です。どうしたらいいのでしょうか」と迷っている。

源氏の君は「それはあなたの心次第です。もう紫の君はここに連れて来ました。あなたが帰りたいなら、送らせます」と言ったので、少納言の乳母は苦笑しながら牛車から降りたものの、余り急な事なので、驚きの余り、胸の動悸《どうき》もおさまらない。「父宮がどう思われ、何と言われるか。これから姫君はどうなるのか。ともかく、頼りにしていた母君や祖母君に先立たれたのが、不運だった」と思うと涙が止まらないが、さすがにこうした源氏の君との暮らしが始まる日に泣くのは縁起《えんぎ》でもないので、涙をこらえた。

西の対は普段は誰も住んでいない場所なので、御帳台《みちょうだい》などがなく、惟光を呼んで、御帳や屏風《びょうぶ》などをあちこちに用意させ、几帳《きちょう》の帷子《かたびら》を引き下ろしたり、御座所《おましどころ》も体裁ばかりの簡単なものだったので、普段の住居にしている東の対から、夜着《よぎ》や寝具を取り寄せさせた。

横になると、紫の君はひどく怖がり、どうなるのかと不安でぶるぶる震えてはいるものの、さすがに声を立てて泣くような事はせず、「少納言の所で寝たい」と、あどけない声で言う。「これから先はもう乳母と寝るものではありません」と源氏の君から諭《さと》されて、悲しみの余りに泣きながら横になり、一方の少納言の乳母は横にもなれず、どうしていいのかわからないまま起きていた。

夜が明けゆくままに、少納言の乳母が周囲を見渡すと、御殿の造りや部屋の調度《ちょうど》は言うまでもなく、庭の白砂《しらすな》も玉を敷き重ねたように見え、光り輝く心地さえするので、場違いのような気がする。こちらには女房なども仕えておらず、余り訪れない客が参上する場所であるため、番人の男たちが御《み》簾《す》の外に控えているのみで、こうして女君を迎えたと聞いた者は、「一体誰だろう。並々でない愛情をかけた方だろう」と、小声で囁き合った。

お手洗《ちょうず》の水、粥《かゆ》などを西の対に運ばせて、源氏の君は日が高くなってから起きて、「女房がいないと不便でしょう。故按察大納言邸に残っている人々を、夕方になってから呼び寄せるといいです」と、少納言の乳母に言う。東の対に日頃からいる女童《めのわらわ》を呼ぶために、人を遣わして、「小さい者だけを特別に選んで」という仰せ言だったので、実に可愛い四人が参上した。

紫の君が衣にくるまって寝ているのを、源氏の君は無理に起こし、「そんな風に嫌がってばかりではよくありません。軽々しい思いの者は、こんな具合に一緒に住もうとまでは思いません。女は素直さが一番です」と、今から教え諭す。

紫の君の顔立ちは遠くから見た時よりも美しく、源氏の君は優しく相手をしてやりながら、面白い絵や玩具《がんぐ》も取り寄せさせて見せ、紫の君が気に入るような事をあれこれしているうちに、紫の君は少しずつ起き上がって絵を見るようになる。鈍色《にびいろ》の濃い喪服《もふく》の糊《のり》が落ちてなよなよしている召し物を着て、無邪気に笑顔を見せたりして坐っているのが、実に可愛らしく、源氏の君も思わず微笑んでしまう。

源氏の君が東の対に行っている間に、紫の君は欄干《らんかん》近くに出て、庭の木立や池の方を見やると、霜《しも》枯《が》れした前栽《せんざい》が絵のようにきれいで、今まで見たこともなかった黒衣《こくい》の四位《しい》の官人、緋色《ひいろ》の表着《うわぎ》を身につけた五位《ごい》の者たちがひっきりなしに出入りする光景に目を見張る。なるほど、素敵な邸だと思いながら、いくつもの屏風に描かれている絵を眺めていると、わずかながら心はなごんできたのも、他愛なかった。

源氏の君はそのあと二、三日は宮中に参内せず、紫の君をなつかせようと相手をしてやり、そのまま手本にさせるつもりもあって、手習や絵を書いては見せてやるうち、見事な出来映《できば》えの物が次々と書かれる。

『古今和歌六帖』にある和歌、**知らねども武蔵野といえばかこたれぬ　よしやさこそは紫のゆえ**、と紫の紙に書きつけたのも、紫の君が藤壺宮の姪《めい》だと思うと、つい恨み言も口にしたくなるからであり、この元歌である『古今和歌集』の、**紫の一本《ひともと》ゆえに武蔵野の　草はみながらあわれとぞ見る**、も響かせていた。紫の君はその墨付きが実に見事なのを、手に取って眺めているので、脇の方に少し小さな字で、和歌を書き添えた。

ねは見ねどあはれとぞ思う武蔵野の
露分けわぶる草のゆかりを

まだ共寝はしていないが、しみじみと可愛いと思う、逢おうとしても逢えないあの紫草のゆかりであるこの紫の君を、という感激で、「寝《ね》」に根を掛けて、古歌の、武蔵野に色やかよえる藤の花　若紫に染めて見ゆらん、や、『後撰和歌集』の、武蔵野は袖ひつばかり分けしかど　若紫はたずねわびにき、を響かせていた。

源氏の君が「さあ、あなたも書いて下さい」と言うと、紫の君は「まだ上手には書けません」と答えて見上げる様子が、無邪気で可愛らしいので、源氏の君は思わず微笑む。「下手《へた》であっても、全然書かないのはいけません。私が教えましょう」と言うと、紫の君が横を向いて書いている手つきや、筆を持つ姿が幼いながらも可憐に感じられるので、源氏の君は我ながらなぜだろうと思っている。

紫の君が「書き損ないました」と恥ずかしがって隠したので、無理やり見てみると、和歌が記されていた。

かこつべきゆえを知らねばおぼつかな
いかなる草のゆかりなるらん

恨み言をおっしゃる理由がわからないので、心配です、わたしは一体どんな草のゆかりなのでしょうか、という疑問で、大変幼いとはいえ、この先の上達が感じられる筆太な書き方で、亡き尼君と筆遣いが似ている。仮に今様《いまよう》の手本を習えば、とても上手に書くだろう、と源氏の君は思って見ながら、人形や人形の家を数多く作り並べて、一緒に遊び、藤壺宮への辛い思慕《しぼ》の紛れになった。

故按察大納言邸に残っていた女房たちは、父の兵部卿宮がやって来て幼い人の行方を尋ねた時も、返事に困り果て、源氏の君が「しばらくは誰にも知らせないように」と言い、少納言の乳母も絶対に口外しないように書き送っていたので、「少納言の乳母がこっそりと連れ出して、行方もわかりません」とのみ、父宮に言上した。

父宮も、もう今更何を言っても無駄《むだ》と考えて、「亡き尼君も私の邸に移すのには反対だった。そこで乳母が出過ぎた思いで、移すのは嫌だとは言えないまま、自分の一存で連れ出したのだろう」と思う。泣く泣く帰りがけに、「もし行方がわかったら知らせて下さい」と言い置いたのも、女房たちにとっては煩わしかった。

父宮は、故尼君の弟である北山の僧都にも、消息を訊いたものの、手掛かりはなく、素晴らしかった器量を「恋しく、悲しい」と思う。宮の北の方も、紫の君の母君を恨んでいた心地も消えて、自分の思い通りにしようと思っていた当てがはずれ、残念がった。

西の対には少しずつ女房が参集し、遊び相手の女童や幼い子たちは、源氏の君と紫の君がとても今風で珍しいので、何の屈託《くったく》もなく遊ぶ紫の君も、源氏の君がいない寂しい夕暮れ時には、尼君を慕って泣いたりするものの、父君の事は特に思い出しもせず、それも、もともと父君には常々会ってはおらず、なついてはいないからだった。

今では源氏の君を親と思っているようで、源氏の君が帰宅すると最初に迎えるのは紫の君であり、顔を合わせて話をし、懐の中にはいってもきまりが悪いとも感じず、可憐な相手役になっていた。

相手に利口《りこう》ぶる心があると、何かと面倒な事も生じる関係になり、そうすれば自分の心も多少なりともささくれ立ち、自ずと心隔《こころへだ》てが出て来て、相手の方も恨めしく思って、思いの外の齟齬《そご》が自然と起きて来るものではある。この紫の君は実に素直で可愛らしい遊び相手であり、たとえ自分の娘でも、このくらいの年齢になれば、気安く振舞い、心隔てもないような感じで一緒に寝起きするのは到底不可能で、これは本当に世の常とは違う、大事にしなければならない人だと、源氏の君は思っていた。

◇　◇

ようやくこうして「若紫」の帖を書き終え、ほっとする。これだけ若紫との邂逅《かいこう》を詳しく書いておけば、「末摘花」の帖の前に挿入《そうにゅう》しても違和感はなかろう。

北山に尼君と共に籠っている姫君を書くのには、かつて父君たちと一緒に北山詣《もう》でをした体験が役に立っている。あのときは姉君の平癒《へいゆ》を願っての北山行きだった。あそこで目に焼きつけた風景が、筆を進めているうちに頭に浮かび、筆は難なく進んだ。

もうひとつ、光源氏が北山に立ち、四方《よも》の景色に感心しているとき、良清《よしきよ》が出て来て、明石の景色の良さを語り出したのは、咄嗟《とっさ》の思いつきだった。良清はさらに、風変わりな元受領《ずりょう》の明石入道のことまで言及する。

この明石入道の生き方は、光源氏の琴線《きんせん》にわずかながらも触れたはずであり、いつか再び物語の材料に資するはずだった。それがどんなものになるかは、皆目《かいもく》見当がつかない。いずれ書き進めるうちに、形を現すに違いない。それを待つだけだ。

あの宣孝《のぶたか》殿の堤第《つつみだい》への通いは、稀ながらも続き、そういうときを考えて、夜になると文机《ふづくえ》などは、目に触れない場所にしまっておいた。それでも何かものを書いているようだと、家人から聞いたのか、「見せてはくれまいか」と、執拗《しつよう》にせまられた。「いえいえ、ほんの手習いです」と答え続けているうちに、根《こん》も尽きたのか、口にしなくなった。

どうやら宣孝殿は、越前の父君にも文《ふみ》を送ったようで、父君からの書状には宣孝殿の通いを喜んでいる旨が記されていた。

父君にとっても、宣孝殿の昇進ぶりは慶事《けいじ》だったはずだ。この年の一月に右衛門権佐《うえもんごんのすけ》に任じられたあと、四月には賀茂祭《かものまつり》の舞人《まいびと》を務めた。そしてこの秋には、山城守《やましろのかみ》を兼任せよとの内示が下されていた。

宣孝殿の如才《じょさい》なさと、八方美人にも比される人づきあいのよさを見ていると、こうした昇進もむべなるかなだった。それがまた、方々《ほうぼう》に通い所を持つ結果にもなっているのだろう。まさしく、謹厳実《きんげんじつ》直《ちょく》な父君とは正反対の人となりと言えた。通って帰った日など、祖母君への見舞の文と品を、必ず送って寄越すのも、宣孝殿らしいまめまめしさだ。

心配だった祖母君の体の具合は幸い横這《よこば》いで、悪化の兆《きざ》しはない。食も進み出して、顔色もよくなっていた。秋を迎え、冬をどう乗り越えるか案じられたものの、こればかりは神仏のはからいに任せるしかない。

「香子、母君からの見舞文のなかに、そなたの物語がどうなっているか、楽しみだと記されていた」

自分も読みたいとは口にしないのが、祖母君のたしなみだった。

「ようやく清書《せいしょ》を終えました。あとで持って参ります。見ていただけるでしょうか」

「それは嬉しい。読ませてくれるのだね」

祖母君の顔がぱっと明るくなる。『桐壺』から『末摘花』の巻まで、手控えを浄書《じょうしょ》した料紙《りょうし》を重ねると、優《ゆう》にひと抱えはあった。それを見て、祖母君が驚く。

「もうこんなに書いたのかい。いったいいつの間に。楽しみだねえ。文机を格子の傍《そば》に移してくれないか。今日一日で読んでしまうよ」

「それは体に障《さわ》ります」

「どうして我が身に障るものか。孫娘が書いた物語を読めば、病も退散してくれるはずだよ。そなたの母君、父君に続いて、このわたしが三番目の読み手だね」

「いいえ、後ろ半分は、祖母君に初めて読んでいただきます」

「そうなのかい。ありがとう」

見返す祖母君の目がみるみる赤くなる。それを見ないようにして、文机を移動して、その上に料紙を置いた。

その日一日、物語を読む祖母君の声は絶えなかった。母君のときと違って、脇で聞くのは気がひけ、自分の部屋に戻り、脇息に寄りかかって、切れ切れに届く祖母の声を聞いた。

昼近くになって、惟通と弟の定暹《さだのり》が連れ立って顔を出した。

「姉君、祖母君が読まれているのを立ち聞きしましたよ。面白いです」

惟通が言い、横で定暹までが頷く。

「どこが面白いですか」

意地悪に訊いてみる。

「女が次々と出て来るところです」

「その女たちが、扇の要《かなめ》のようにひとりの貴公子に結びつきます」

定暹が惟通に言い添える。「あの公達《きんだち》は、一体いくつぐらいですか」

「そなたと同い年くらいですよ」

「ひえーっ」

定暹がおどけて見せる。「羨《うらや》ましいな」

「あくまで物語だからね」

惟通が笑いながらたしなめる。「その光源氏の君に仕えている家司《けいし》の名は、これみつ、ですよね」

「そうですよ」

「姉君、それはどう書きます」

「真名《まな》で書くとすれば、惟通の惟に光で、これみつ」

「ほうら、姉君が私の名前を光源氏の従者に取り入れ、似たような名にしてくれた」

惟通が弟の定暹に自慢する。

「私の名もどこかに使って下さい」

横合いから定暹が体をせり出す。

「物語に、そんな私情は無用です」

ぴしゃりと言われ、二人とも首をすくめる。

「姉君、いつか私たちにも読ませてくれるでしょう」

「いつかはね」

返事を濁《にご》して二人を追いやる。

かすかに届く祖母君の声は、日が傾きかけても途切れなかった。どうやら妹の雅子が心配して、脇に侍《はべ》っているようだった。夕餉《ゆうがれい》前になって、妹が呼びに来て、祖母君の部屋に行った。

「よくぞ書いてくれたね」

それが祖母君の開口一番だった。さすがに日がな一日読み続けたせいで、声が嗄《か》れている。

「姉の朝子《あさこ》が生きていたら、どんなにか喜んだだろうね。読ませてやりたかった」

言われてみると、書いている最中、いつも姉君を思い浮かべていたような気がする。少なくとも、姉君に読んでもらっても恥ずかしくないように心したつもりだった。

「この源氏の君、琴《きん》の琴も和琴《わごん》も弾くのだね」

「はい。その他にも、箏《そう》にも長《た》け、横笛《おうてき》の才があると考えています」

「それは嬉しいね。琴や和琴を奏《かな》でる姿を思い浮かべるだけでも、この源氏の君の光り匂う様がわかる」

祖母君の顔色が明るくなる。「とはいえ、時の帝の妃《きさき》と密かに通じて、先が思い遣られる。生まれてくる御子は、男君か女君か。ここは男の子だろうね」

「そうです。そうするつもりです」

「そうなると、その御子は当然、帝の世継ぎ人になる。それはそれで、先が思い遣られる」

「はい」

頷くしかない。

「そして、この幼い紫の君の行く末もまた、思い遣られる。源氏の君には正妻がいるからね。遠い先のことだろうけど」

「はい、それはもう」

そう答えたものの、紫の君の将来などわかるはずはなかった。

今は詳細はわからない。まだ幼い紫の君の前途多難は、それをどうするか、そのままこちらの前途多難ではあった。

「姉君、わたしは夕顔の君が可哀想でなりません」

不意に妹の雅子が言う。

「そなたも聞いていたのかい」

「初めは所々聞いていたのですが、夕顔の段になって、ずっと祖母君の横に坐っておりました。夕顔の君に対して、源氏の君は真心を尽くされましたが、最初の男は薄情です」

頭中将のことだった。「残された幼な子はどうなるのですか」

「雅子、それはわからないよ、まだ」

「このまま放っておくのは、姉君、無責任です」

無責任だと言われて苦笑する。「あの残された女の子、どうか幸せにしてやって下さい」

「はい、必ず」

「ありがとうございます」

我が事のように雅子が頭を下げた。

「あの夕顔の母子も、お前に感謝しているよ、きっと」

祖母君が言う。

祖母君の読む声を脇で聞いているだけで、雅子が夕顔に肩入れしてくれたのはありがたかった。

「これは、しばらく預かっていていいかい。すべて書写させてもらうよ」

「えっ、大丈夫でしょうか」

「香子、大丈夫だよ。そなたが書いた物語を読ませてもらって、何かこう力が湧いてきた。ここまで生きられたのが嬉しい。これはわたしの最後の手習いだよ。あの亡くなった朝子の代わりに」

祖母君の熱意には頭を下げるしかなかった。

それからひと月余り、祖母君が筆写する姿が見られた。驚いたことに、その脇で妹もまた、祖母君の書き写したものを手本にして筆を執《と》っていた。

本書は書き下ろし作品です。

本文中、現在は不適切と思われる表現がありますが、差別的な意図を持って書かれたものではないこと、また作品が歴史的時代を舞台としていることなどを鑑み、原文のまま掲載したことをお断りいたします。

装丁――芦澤泰偉
装画――大竹彩奈

〈著者略歴〉
帚木蓬生（ははきぎ　ほうせい）
1947年、福岡県生まれ。精神科医、医学博士。東京大学文学部仏文科卒業後、TBSに勤務。2年で退職し、九州大学医学部に学ぶ。93年に『三たびの海峡』で吉川英治文学新人賞、95年に『閉鎖病棟』で山本周五郎賞、97年に『逃亡』で柴田錬三郎賞、2010年に『水神』で新田次郎文学賞、11年に『ソルハ』で小学館児童出版文化賞、12年に『蠅の帝国』『蛍の航跡』の「軍医たちの黙示録」二部作で日本医療小説大賞、13年に『日御子』で歴史時代作家クラブ賞作品賞、18年に『守教』で吉川英治文学賞および中山義秀文学賞を受賞。著書に、『国銅』『風花病棟』『天に星 地に花』『受難』『悲素』『襲来』『沙林』『花散る里の病棟』等の小説のほか、新書、選書、児童書などにも多くの著作がある。

香《かおる》子《こ》（一）
紫式部物語

2023年12月26日　第1版第1刷発行

著　者　帚木蓬生
発行者　永田貴之
発行所　株式会社PHP研究所
東京本部　〒135-8137　江東区豊洲5-6-52
文化事業部　☎03-3520-9620（編集）
普及部　☎03-3520-9630（販売）
京都本部　〒601-8411　京都市南区西九条北ノ内町11
PHP INTERFACE　https://www.php.co.jp/
組　版　朝日メディアインターナショナル株式会社
印刷所　図書印刷株式会社
製本所　図書印刷株式会社

ISBN978-4-569-85451-9

PHP文芸文庫

月と日の后《きさき》（上・下）

冲方丁 著

内気な少女は、いかにして〝平安のゴッドマザー〟となったのか。藤原道長の娘・彰子の人生をドラマチックに描く著者渾身の歴史小説。